포근한 품에 머무르고 싶은 '사모곡(思母曲)'

어머니

추명성 지음

어머니

초판 1쇄 인쇄 2022년 05월 05일
초판 1쇄 발행 2022년 05월 08일

지은이　　　추명성
제목 및 감수　청송(青松) 장덕수, 박옥순
감수　　　　장승연
펴낸곳　　　도서출판 아우룸
주소　　　　서울특별시 마포구 동교로 156-13(서교동) 동보빌딩
전화│　　　02-383-9997
팩스│　　　02-383-9996
홈페이지　　www.aurumbook.com
E-메일　　　aurumbook@naver.com

ISBN　　　979-11-91184-40-2 (03810)

▪ 저작권법에 의해 보호 받는 저작물이므로 무단전재, 무단복제를 금합니다.
▪ 잘못 만들어진 도서는 교환 가능합니다.

포근한 품에 머무르고 싶은 '사모곡(思母曲)'

어머니

추명성 지음
청송(靑松) 장덕수(張德洙)
박옥순(朴玉順) 제목글씨 및 감수
장승연(張丞延) 감수

아우름

글을 쓰고 나서

　겨울바람이 한창 쌩쌩 거리며 불어오고, 동해안에는 눈 폭탄이 내려 곳곳이 하얀 설원으로 변해 갈 무렵, 나는 이 글을 쓰기 시작했습니다. 남들은 한 해를 갈무리해야 한다며 알지 못할 설레는 마음으로 '가는 해 오는 해'를 분주하게 설계할 즈음에 이 글을 쓰기 시작한 것이었습니다.
　창밖의 차가운 바람이 귓가를 스쳐 가고, 하얀 눈발은 내 생각의 심연(深淵)에서 나를 깨워 생각보다 일찍 먼 길을 떠나신 내 어머니가 아주 많이 생각나던 그런 밤이었습니다. 그저 가진 것도 없고, 잘난 것도 없는 나의 어머니셨지만, '애지중지(愛之重之)' 자식들을 키우시느라 손에 물마를 날 없으셨고, 가난한 살림에 허덕이시면서도 오직 자식들 잘되기만을 마음으로 빌어 주시다가, 소위 말하는 호강 한번 못해 보시고 이른 나이에 홀연히 아버지 뒤를 따라 가신분이 나의 어머니셨습니다.

남들 앞에 자랑할 일도 없고 잘나지도 않은 어머니셨지만, 평생 고생만 하시다가 다시 못 오실 먼 길을 떠나신지 오래된 지금, 이제야 철이 제대로 들어가고 있는 못난 아들이 어머니를 그리워하는 마음으로 가난했던 시대의 나의 어머니이시면서도, 우리시대의 어머니의 모습을 그려 보기로 했습니다.

　　이제는 시대가 바뀌어 어머니라는 말에 담긴 절절한 사랑의 메시지도 줄어들고, 농업사회를 배경으로 살아오시다가 산업화 시대를 거치면서 전환기적 사회를 살다 가신 그 시대의 어머니 상을 그린 다는 것이 무슨 의미가 있을지는 알 수 없습니다. 그러나 그런 시대로부터 이제는 두어 시대가 가버린 지금, 지나간 역사 속의 아주 가난하고 평범한 농촌이라는 삶 속에서 살다가 한국의 현대사와 함께 라고도 할 해방과 전쟁, 그리고 격변의 산업사회를 겪다 가신 이름 없는 어머니가 오늘의 나를 있게 해 준 원천이었음을 새삼 깨닫게 되는 즈음이었습니다.
　　그렇게 해서 탄생한 이번 장편소설「어머니」는 가난하지만 진실로 자식들을 위하며 사셨던 지나간 우리 시대의 전형적인 어머니의 있는 그대로의 모습을 담으려고 애썼다는 것을 먼저 말하고자 합니다.

　　어머니!

　　나이가 들었거나 아니거나 간에 언제나 가슴에 아려오는 그 이름입니다. '어머니'라는 이름이 가슴에 와 닿고, 그제야 어머니를 그려 보는 시간이 될 때면, 그리웠고 아련했던 어머니는 이미 '북망산천(北邙山川)'에 가신지 오래고, 후회한들 기다려 주지 않으신 분이 나의 어머니

이셨습니다. '생전에 잘해 드릴 걸', '살아 계실 때 자주 뵙고 따뜻한 밥 한 그릇이라도 함께 할 걸' 하는 생각을 하지만, 이미 나의 어머니는 하늘나라 어느 곳에서 '그래! 마음이라도 고맙다. 너희들이나 잘 살아라' 하면서 우리를 굽어 살피고 계신지도 모를 일입니다.

　지금이야 시대가 달라지고, 세계적으로도 잘 살게 된 나라가 된 마당에, 지나간 시대의 어려웠던 그 시절의 가족과 어머니 이야기를 한다는 것이 다소 시대에 뒤떨어지기도 하고, 글로서의 가치가 적어진 것도 오늘의 현실인 듯합니다. 하지만, 세상이 달라져도 영원히 변치 않을 '어머니'의 모습을 그린다는 것은, 세상의 모든 '가치'를 넘어 선 인간 본연의 '심성'이 아닌가 하는 생각입니다.
　이 「어머니」라는 글을 시작하면서, 잘난 것도 없고 평범하기도 하면서 그저 가난했던 시절의 '나의 어머니의 모습'을 제대로 그려 볼 수 있을까 하는 마음이 들어 많이 망설이기도 했습니다. 또, '지나간 그 시절이었던, 우리 시대의 어머니를 제대로 그릴 수 있을까' 하는 생각이 들기도 하고, '그런 것이 가당키나 할까' 하는 생각을 해 보기도 했습니다.

　한편, 지독하게도 가난하고 어려웠던 그 시절을 온 몸으로 이겨 오면서 오직 자식들 잘되기만을 바라고 살아 오셨던 '지난날 우리 시대의 나의 어머니 모습을 어떻게 그려야 할까' 하는 생각도 하면서 많은 시간을 허비하기도 했습니다. 거기에다 어머니를 그린다는 것이 자칫하면, '한(恨) 많은 가난한 시대를 살다 먼 길 떠나신 나의 어머니를 더욱 욕되게 하는 것은 아닌지 하는 생각도 했습니다.
　그런 저런 생각으로 막연하게 시간을 보내면서, 그 동안은 남들

보다 비교적 이른 나이에 세상을 먼저 떠나신 어머니에 대한 그리움과 아쉬움만 간직하고 있었습니다. 그러다가 여러 가지 '세파(世波)'를 겪고 난 다음, 더 나이가 들고 나서야 어머니에 대한 그리움이 새록새록 다가오면서, 드디어 어머니에 대한 못 다한 것들을 글로 담아보아야겠다는 생각을 하게 된 뒤늦은 후회를 간직하게 됩니다.

어쨌든 이제는 그런 저런 핑계를 대기에는 다소 늦은 감이 들지만, 어머니 시대의 그 짙은 가난의 그림자 속에서도 모진 세월을 온 몸으로 살다 가신 '나의 어머니'의 모습을 그려 보고자 했습니다. 어머니의 가슴에 맺힌 것들을 온전히 그려 낼 재주는 없지만, 나의 어머니가 영원한 안식에 들고 나서도 수년이 지난 후에야 어머니를 그려 보겠다는 마음이 든 것은 나도 나이가 들어, 이제야 철이 들어서인가 하는 생각을 해 보기도 합니다.

이 글은 지난 2014년쯤부터 다른 글들을 써 내려가면서 이런 저런 생각들을 정리해 두었다가 본격적으로 써 내려가기 시작했습니다. 그렇게 시작된 이 글의 대강(大綱) 완성된 것은 오랜 시간이 지난 2019년 '삼복(三伏)' 더위가 지날 무렵 태풍 '링링'이라는 것이 추석을 앞두고 엄습해 오는 날 새벽이었습니다. 이 글이 언제 세상에 나올지는 모를 일이지만, 그렇게 오랜 시간이 걸린 것은 특별한 이유가 있었다기 보다는 다른 글을 쓰면서 어머니에 대한 생각을 정리하는데 많은 시간들이 걸렸기 때문입니다.

이 글 「어머니」는 내 어머니 이야기이면서도, 동시에 농업사회에서 산업사회 그리고 현재 우리 사회로 진화해 가는 중첩적이고도 복합적인 세상 속에서, 그런 시대를 말없이 살아 온 '민초(民草)'들의 알려지지 않은 이야기이며, 그들의 역사이기도 한 소설적 '가정(假定)들'이라고 할 수 있을 것입니다.

    그런 모티브를 갖고 있기는 하지만, 실제 글을 쓰는 것은 그리 녹록한 일이 아니었습니다. 그래서 이 장편소설 「어머니」를 쓰면서 글을 잘 써 봐야겠다는 생각을 해 보지는 않았습니다. 그저 생각나는 대로, 기억나는 대로 손이 가는 대로 써 내려갔다는 표현이 더 어울릴 것입니다. 내 어머니의 이야기를 누가 읽어 줄 것도 아니고, 더구나 요즘의 어머니들 이야기가 아닌, 오래된 우리 시절의 어머니 이야기를 누가 깊이 생각할 시대도 아닌 마당에, 그저 생각나는 대로 어머니를 그려보고자 한 것이기 때문입니다.

    그래서 글로서의 가치나 극적 박진감이 담겨져 있는 글이 아닌, 그저 담백한 묘사들만이 이 글 곳곳을 채우고 있다고 고백하고자 합니다. 또, 나의 어머니가 살아오신 길을 그대로 담담하게 써 내려가다 보니, 너무도 부족한 어머니에 대한 나의 사랑과 기억에 한계를 느끼기도 하고, 그저 있는 그대로도 제대로 묘사하지 못하는 저 자신을 느끼기도 합니다.

    그럼에도 불구하고 저는 이 글 「어머니」를 완성했습니다. 그것은 있는 그대로의 모습으로 가난했던 시대를 걸어오셨고, 호의호식 한번 못하시고 돌아오지 못 할 길을 떠나신 어머니를 기억하면서, 제가 그리운 그 어머니의 곁으로 다가가는 날, '어머니 저 왔어요!'라면서 포근한 어머니 품에 머무르고 싶다는 저의 '사모곡(思母曲)'인지도 모를 일입니다.

    이 글은 내 어머니의 살아오신 역정을 써 내려갔지만, 사실 그대로의 일들을 액면 그대로 써 내려가면서 '선(善)'과 악(惡)', '잘잘못'의 잣대로 어머니와 주변의 일들을 그저 열거할 수만도 없는 일이어서, 일부 '가상적(假想的)' 요소와 '소설적 형식'을 빌어 첨가했다는 사실을 밝히는 바입니다. 또, 실제로 살았던 '지명(地名)'이나 '동네 이름'도 부분적으로는 그대로 사용했지만, 이는 오직 글을 쓰기 위한 소설적 요소만을 위해 사용했으며, 등장인물도 이와 같다는 말씀을 밝힙니다.

이 소설 「어머니」는 나보다는 평생을 함께 하시면서, 돌아가시는 순간까지 어머니 아버지를 함께 모시고 사신 나의 큰 형님과 큰 형수에게 더 많은 이야기 거리와 할 말이 많을 것이란 생각을 합니다. 그분들도 자식들과 며느리들, 손주들까지 거느린 그야말로, 나의 어머니 아버지가 계셨던 그 자리에 앉아, 이제는 연로해 가시는 두 분께 어머니 아버지를 기리는 추억의 세레나데가 되기를 진심으로 바라봅니다.

2019년 말부터 나타나기 시작해, 2020년 들어서면서부터 본격적으로 퍼져 나갔고, 사회 전체를 긴장시켰던 '코로나(코로나-19)'. 그 코로나로 인해, 우리나라는 물론, 전 세계가 위축되고, 더불어 코로나가 넓게 번져 가면서 뜻하지 않게 유명을 달리 한 사람이 급속도로 늘어 갔습니다. 그러자 드디어 이를 퇴치하기 위한 인간의 연구는 '백신'이라는 유력한 수단을 개발했고, 그 백신이 2020년 후반기부터 인류에게 코로나 퇴치 가능성을 열어 주면서, 2021년부터는 우리나라에도 전 국민이 백신을 맞는 상황을 맞이했습니다.

그런 가운데 맞이하는 2022년, 새로운 변이들이 속출할 것이라는 걱정들이 늘어 가고, 돌파 감염이나 부스터샷 등등의 듣지도 보지도 못했던 말들이 속속 세상에 알려지면서 일상을 성실하게 살아가는 우리에게 많은 걱정을 주고 있는 것이 오늘의 현실이라고 할 수 있을 것입니다. 이제는 백신 주사를 맞는 것이 일상이 되다시피 한 2022년의 아침, 코로나 걱정을 뒤로하고 나는 이 글을 세상에 내 놓습니다. 이 글이 나오게 되는 2022년에는, 드디어 코로나가 정복되고 곧 일상으로의 복귀가 가시화되는 시기가 올 것이라는 희망 섞인 기대를 품어 보면서 이 「어머니」를 세상에 내 놓습니다.

이 글이 나오는 새 봄과 함께, 우리나라와 사회, 그리고 우리 가족에게도 '희망과 미래' 라는 말이 늘 함께 하는 날이 오리라는 믿음을 가져 봅니다. 더불어 가족 모두에게 사랑과 웃음의 날들을 꽃피게 해 준, 우리의 미래이자 희망인 '해윤, 아윤, 재인, 시아' 모두에게 하나님의 사랑이 함께 하며, 우리 가족의 미래가 이들에게서 비롯되기를 진심으로 기도하면서 이 책을 세상에 내 놓습니다.

2022년 5월

추명성/청송(靑松) 장덕수(張德洙)/박옥순(朴玉順)/장승연(張丞延)

/ 목차 /

글을 쓰고 나서 ... 5

목골 ... 16
인연 ... 28
이별 ... 45
희망의 날들 ... 55
새 길 ... 65
위난(危亂)의 시대 ... 89
가족 ... 134
전쟁 ... 146
망중한(忙中閑) ... 191
수난(受難)의 날들 ... 205
발각 ... 220
길 위의 가족 ... 245

새 생명	... 258
선산	... 264
북망산천(北邙山川)	... 273
새 세상에서	... 295
추석	... 301
화전놀이	... 310
세월의 흔적	... 317
또 한 번의 이별	... 322
서울로 서울로	... 330
서울의 달	... 344
남겨진 삶	... 368
발간후기	... 373

목골

　한 여름 뙤약볕이 가만히 서 있기만 해도 온 몸에 땀이 베인 날이었다. 그런 한 여름날 뜨거운 대낮에 '자남 댁'은 포대기에 딸 덕순을 들쳐 업고 머리에는 똬리로 소쿠리를 받친 채, 목골 산을 오르고 있었다. 소쿠리를 받치고 있는 똬리가 빠지지 않게 똬리 끈을 입에 물고 그 더 위에 산을 오르자 숨은 더 할딱거리고, 이마와 등줄기에 흐르는 땀이 아이를 업고 있는 등짝에 흥건히 고여 가고 있었다. 그런 땀에 견디지 못한 것인지 등에 업은 덕순도 칭얼거리며 울음을 터트리기 시작했다.
　자남떡은 그런 덕순의 칭얼거림을 아랑곳 않고 겨우 나오는 지친 목소리로 덕순을 아우르고는 뜨거운 햇볕 아래 곡괭이질을 하며, 산 등허리를 개간하고 있을 남편을 생각해 부지런히 목골 산을 향해 발길을 재촉하고 있었다. 그렇게 한참 동네 옆 등성이를 돌아 산 밑에 있는 자그마한 저수지 둑에 이르자 저 멀리 산 중턱에서 곡괭이질을 하고 있는 남편의 모습이 눈에 들어 왔다. 몸이 지쳐 갔지만, 그런 곳에서 그렇게 일을 하고 있는 남편이 흘릴 땀을 생각하면 배도 고플 것이라는 생각에, 한걸음이라도 빨리 먹을 것을 가져다 줘야겠다는 급한 마음으로 잠시도 쉴 수가 없었다.

그렇게 저수지 둑을 돌아드는데, 그 모양을 본 것인지 남편 기남이 일을 하다말고, 아이를 업은 채 머리에 소쿠리를 이고 건너오는 아내 동엽을 향해 일손을 놓은 채 달리듯 다가오며 소리쳤다.
"더운디 천천히 오소. 힘든디 거그 기다리소! 나...가 받으러 가네, 잉?"
"야! 힘든디 오지 마쇼, 그냥 올라 갈께라!"
아내가 이고지고 오는 모습이 안쓰러웠는지 기남은 한달음에 달려 내려와 동엽이 머리에 이고 있는 소쿠리부터 받아들었다.
"힘든지 오지말지 그랬는가?"
"배고픈디 일하는 사람 두고 우찌 그란다요!"
"자네가 고상이네, 어서 올라가세!"
"워메! 온 몸에 땀이 홍건하네! 덕순이는 그새 자는갑네!"
"야! 금방까정 치근거리든디...그새 자는갑소. 땀 범벅일건디, 잠이 들었는갑소!"
"엉, 자네 덜 힘들게 할라고 그런갑네!"
그렇게 저수지 옆 좁은 길을 따라 땅을 개간하고 있던 산등성이를 올랐다. 그리고는 산등성이 한 쪽에 몇 그루 소나무가 서 있고, 대나무가 둘러 싸여 그림자가 드리워진 골짜기 근처에 자리를 잡았다. 거기에 소쿠리를 내려놓은 기남은, 동엽이 등에 업고 있는 딸 덕순을 포대기에서 풀자 곧바로 받아 안으며 자리에 앉았다. 그러자 그제야 아내 동엽은 조금 홀가분해졌는지 큰 한숨을 내쉬며 함께 자리에 앉았다.

"아이고...이러고 오는 것만도 죽것는디, 일하는디 얼매나 더웠소? 배고플텐디 어서 드쇼, 잉? 그나저나 먹을 것이 마땅찮어서..."

소쿠리 안에는 먹을 것이라고는 고구마 세 개하고 꽁보리밥 한 그릇, 총각김치가 전부 다이고, 마실 물도 함께 담겨져 있었다.

"우리 살림에 이만하믄 훌륭허네! 힘들었을건디, 이고 오느라 고상했네! 담부턴 오지말소, 힘들고 더운디..."

"그래도 덕순 아부지가 땀흘리고 고상하는디라! 배고픈디 어서드쇼! 담부턴 나도 같이 와서 일해야 것소!"

"덕순이는 어쩌고... 그런 소리말소. 살림도 힘든디!"

"배고픈디 어서 드쇼!"

"같이 묵세! 자네도 오느라 배고플건디!"

"난, 괜찮으요. 덕순이는 이리 주쇼!"

기남이 그렇게 동엽에게 덕순을 건네자 그 사이에 잠에 취해 있던 딸 덕순이 깨어나 젖을 찾았다. 그러자 동엽은 젖을 물렸고, 그런 모습을 보며, 기남은 보리밥에 총각김치를 얹어 허기를 채우기 시작했다. 그 모양을 보고 있던 동엽은 남편이 측은 해 보였던지,

"천천히 잡수쇼, 목 몽친디!"

하면서. 기남에게 마실 물을 따랐다. 한 팔로는 덕순에게 젖을 먹이느라 받치고 있으면서도 다른 한 손으로는 물을 따라 주자, 그것을 보고 있던 기남이,

"나...가 따를 탱께, 덕순이 젖이나 주쇼!"

하며, 물을 받아 목을 축였다. 그런 남편이 걱정되었던지 다시 동

엽이 말을 이었다.

"큰일이요. 힘들어서 어쩐다요!이러다가 아프기라도 하믄 어쩐다요!"

"걱정 말소. 그렇잖아도 조심해서 하네. 여그라도 개간해서... 고구마라도 캐야 묵고 살지 않것는가!"

"이녘이 뭔 일을 해 봤다고 이 고상이요!"

"어쩌것는가? 다 망한 집안에다... 묵고 살라믄 해야제! 이러다 보믄 쥐구멍에도 볕들 날 있지 않것는가?"

"그라믄 얼매나 좋것소!"

땅이 꺼지도록 긴 한숨을 쉬어 보지만, 이들에게 지금의 상황이 달라질 일은 없을 것이었다. 그들이 윗동네에 살 때는 동네에서 제일가는 부자였었고, 아버지 대 까지는 고을 '별감'을 지낸 덕분에 논밭도 많아, 이 동네에서 '기남이네' 땅을 밟지 않고는 지날 수 없을 정도였었다. 하지만, 세상을 잘못 만난 것인지 어느 순간엔가 '가세(家勢)'가 기울어 윗동네에 살았던 집과 그 많은 땅들도 모두 기남이 어렸을 적에 없어져 버리고, 겨우 아랫동네의 허름한 집 한 채를 마련해 살고 있는 형편이었다.

그렇게 망해 버린 집안이었지만, 시부모를 모시고 시아제들과 시누까지 한 집에서 살아야 했기 때문에 말 그대로 잠 한 숨 잘 틈도 없었고, 어려운 집안 형편은 허리띠를 졸라매도 나아질 기미가 전혀 보이질 않았다. 그래서 하는 수 없이 동네의 외진 곳 '목골'이라는 곳에 그나마 재산이라고 유일하게 남아 있는 선산인 야산이 있어서, 그 곳을 개간해 고구마라도 심을 요량으로 기남이 나서서 밭을 일구고 있는 것이었다. 가뜩이나 가난에 찌든 살림에다 그 많은 식구들, 해마다 다가오는 보릿고개를 넘기기란 말 그대로 죽을 지경인 날들이 반복되었다.

그래서 이 밭을 개간해서 고구마라도 심어 먹을 수 있게 되면, 그나마 겨울을 나고 보릿고개를 넘기는데 도움이 될 수 있을 듯싶어 개간을 차고 있는 것이었다.

"다 돼 가는 거 같은디, 그라믄 고구마 순을 워디서 구한다요?"

"응, 그렇잖아도 다래기 동상한테 부탁해 뒀네!"

"며칠 있으면 장마가 질 모양인디라. 낼부터 그람...나도 와서 두둑 좀 만들고... 할라요!"

"자네는 집안 살림도 힘들고 그란디, 여그까지 와서 힘들어서 어쩔라고 그랑가? 내 걱정 말고, 덕순이도 있는디...그냥 오지 마소!"

"하여튼 알았으니께 살살...힘 태워 감서 하쇼, 잉?"

"잉! 알것네"

딸 덕순이 젖을 먹고 나서 배가 부른 듯 생긋생긋 웃으며 기남을 바라보자, 기남이 덕순을 받아 안았다.

"아이고 요것이 많이 컸네!"

"힘든디 이리 주고 좀...쉬쇼!"

"괜찮네, 자네나 좀 더 쉬었다 나려 가소!"

서로가 걱정을 해 주고 있는 사이에 흐르던 땀도 조금 식어 가고, 그 동안의 힘든 일들도 잦아드는 듯 했다. 그러는 사이에 살아오면서 힘든 일들도 한 순간에 녹아내리고 있었다.

남편 기남을 남겨 두고 목골 산을 내려 온 동엽은 아이를 포대기에 업은 채 머리에 인 소쿠리에서 내린 빈 그릇 몇 개를 씻어 설경에 엎어 놓고는 곧바로 저녁 준비를 시작했다. 물을 퍼 올리는 바가지에 끈을 달아 두레박을 만들고, 그 두레박으로 우물을 길러내 저녁밥을 짓기 위한 쌀을 씻으려고 두어 번 물바가지를 퍼 올리는데 시아버지의 목소리가 들려 왔다.

"덕순 애미야, 덕순 애미야!"

"야, 아분이!"

동엽은 물을 퍼 올리다말고, 시아버지의 부름에 대답을 하며 시아버지의 목소리가 들리는 마루로 다가갔다.

"덕순 애미야! 개간은 다 돼 가드냐?"

"야, 아분이...며칠만 더하믄 다 될꺼 같든디라! 낼부턴 지도....같이 힘을 보태야 것어라"

"그러냐! 알았다. 니가 고상이 많다."

"아녀라! 근디 뭐....필요한 거라도 있으신가라?"

"아니다. 느그 엄니....기침이 심허다"

"알았어라, 쬐끔만 기다리서요!"

어디서 돈을 주고 약을 구해 올 만한 여유도 없는 살림이라, 다래기 아제가 얼마 전 살짝 갖다 준 양귀비 원액을 몰래 숨겨 두고, 배앓이를 하거나 열이 날 때, 새끼손가락에 그것을 조금 묻혀 삼키는 것이 약의 전부라고 해도 과언이 아니었다. 시어머니가 하고 있는 그 기침은 집안이 망하기 전부터 맞아 왔던 아편을 어쩔 수 없이 끊고 나서 얻게 된, 결핵성 가래 기침 해소 때문인 것을 잘 아는 동엽은, 아편 진액을 그대로 줄 수 없어서 숨겨 두고 그저 약으로만 사용하고 있는 참이었다.

시어머니의 심한 기침이 계속될 때는 가끔씩 한약을 써 보기도 했지만, 약효가 있을 리 없었고, 그래서 기침이 심할 때는 우선 방편으로 진액을 드시게도 했지만, 그것은 마약으로 단속이 심해서 아들 며느리인 동엽이 몰래 감춰 두고 필요할 때에만 드리곤 했는데, 그것마저도 구하기가 쉽지 않아 애를 먹기도 했다. 또, 시어머니가 아편을 끊기는 했지만, 몇 년이 지난 아직까지도 아편 중독으로부터 완전히 벗어나지 못해, 수전증 증세가 함께 와 있기도 했다. 그런 와중에 양귀비 재배에 대한 단속이 강화되어 양귀비를 재배하기도 어렵고, 더불어 양귀비 원액을 구하기도 더 어려워져 동엽이 애를 먹기도 했다.

"아분이! 인자는 양귀비 진액을 구하기도 어렵다고 합디다. 단속도 심하고... 큰일이여라!"

"알았다. 나...가 니한테는 할 말이 없다..."

"..."

동엽이 시집을 오자마자 가족들에게는 호랑이처럼 엄하게 대한 시아버지였지만, 그래도 며느리인 동엽에게만은 잔정을 베풀기도 했었다. 오랫동안 잘 살던 집안이 망하게 된 장본인이기도 했던 시아버지가 말은 하지 않았지만, 이 어려운 집안을 일으켜야 할 며느리인데다가, 본인 말로 '제삿밥' 얻어먹을 며느리라며 그나마 대우를 해 준다고 애를 썼다. 하지만, 몰락한 양반이라도 양반의 기질은 남아 있어선지 먹는 것, 입는 것 까지 모두가 까다로운 노인 양반이었다.

그런 시아버지는 원래 본 부인과는 아들 하나를 두고 '사별(死別)'을 하게 되었다. 그리고 나자 현재의 시어머니와 '재혼(再婚)'을 하게 됐고, 그 슬하에 5남 1녀를 두게 되어, 전체로 봐서는 6남 1녀를 두게 되었다. 그런데 본 부인한테서 낳은 아들은 현재의 시어머니인 계모와 갈등이 심했고, 그래서 시아버지는 일찍감치 그 아들을 결혼시켜 분가하도록 해, '고흥 읍내'로 가서 자리를 잡게 되었다.

지금 이렇게 몰락해 사는 것과는 달리, 그 당시에는 재산도 조금 남아 있었고, 그래서 논·밭을 팔아 살림 밑천도 장만해 주어, 분가한 아들이 살아가는 데에는 큰 지장이 없었다. 그러나 그렇게 분가해 나간 큰 아들은 남과 다름없는 사이가 되었고, 그야말로 어쩌다 얼굴을 보는 사이로 멀어지고 말았다.

원래 시아버지의 본부인이자 작고한 시어머니가 생존했던 시절인 '구한말(舊韓末)' 이후 일제 강점기로 접어들면서, 시아버지는 만주에 자리한 독립군들을 지원하기 위한 군자금을 주러 두어 번 직접 만주를 다녀오기도 해, 남몰래 독립군을 지원하기도 했었다. 그러나 일제 강점기가 깊어지면서 집안 전체가 위기를 맞게 되었다.

그러자 그 윗대로부터 '고을 별감' 자리를 세습해 왔던 시아버지는 벌교 쪽에서 터를 잡았던 '장씨(張氏) 일가(一家)'로부터 분가해, 이 고을로 들어와 터를 잡았다고 했다. 그렇게 터를 잡은 이 동네는 몇 개의 '부락(部落)'이 모여져 한 동네를 만들고 있는 곳이었다. 벌교 쪽에서 고흥으로 넘어 가는 신작로를 따라 '한천리'라는 곳에서 동네를 향해 들어가면 제일 먼저 왼쪽에는 '들빼기'라는 이름의 작은 마을이 있고, 오른쪽에는 '선지'라는 작은 마을이 있다. 그런데 그 들빼기와 선지 사이를 가로 흐르는 개천이 있었는데 그 개천을 넘어 두 동네를 이어 주는 돌다리를 만들어 준 것도 시아버지였다고 했다.

그 돌다리를 들어오기 전 벌교에서 고흥으로 가는 큰 신작로에서 동네로 들어오는 지점에, 그 동네에서는 제법 뾰쪽하게 솟은 '첨산'이라는 비교적 높은 산이 있는데, 산을 끼고 '수동 저수지'에서부터 흘러나오는 개천이 그 첨산을 따라 돌고 있었다. 그런 첨산 밑에서 신작로를 따라 내려오다가 들빼기와 선지를 들어가려면, 수동 저수지로부터 흘러나오는 개천을 건너야 해, 들빼기와 선지라는 두 동네가 서로 왔다

갔다 하기에 많이 불편했다고 했다. 그래서 그 돌다리를 만드는데 들어가는 돌은 '첨산'에서 '울력'을 통해 날아와 '농(農)' 다리로 만들었고, 거기에 들어가는 비용 전체를 시아버지가 댔었다고 했다.

그런 돌다리를 지나 나타나는 본 동네는 신작로를 따라 조금 더 들어가는 안쪽에 자리하고 있었는데, 그 신작로를 따라가다가 왼쪽 야산 안자락에 일백여 호가 모여 있는 곳이었다. 이 동네의 거의 중앙에 있는 집이, 이 동네 별감이었던 시아버지의 집이었고, 이 동네 땅도 거의 모두가 별감이었던 시아버지인 '한영(漢英)'의 것이었다.

그래서 이 동네 사람들 몇몇을 제외하고는 모두 한영의 '뭇갈림'으로 농사를 짓거나 머슴과 다름이 없었고, 한영의 집에서 먹고 자며 살아가는 머슴도 대여섯 명이나 되었다. 그런 윗동네에서 내려다보면, 들빼기 쪽에서 내려오는 개천이 신작로를 따라 흐르고, 그 개천을 건너 야트막한 '앞산'이 동네를 마주 보고 있어, 마치 '안산(安山)'과 같은 편안함을 주고 있기도 했다. 그런 개천과 신작로를 끼고는 몇 채의 집들이 아랫동네를 이루고 살고 있었는데, 이곳 윗동네와 아랫동네를 골몰이라고 부르고 있었고, 이런 동네 모두를 합해서 '오월리'라는 이름으로 불리고 있었다.

그런 골몰의 아랫마을을 지나 신작로를 따라가면, 다시 작은 마을이 나타나는데 그 곳이 '다래기'라는 동네이고, 그 동네에는 '당골네'도 살고 한영의 수양아들인 '송영성'이 살고 있기도 했다. 예전에 한영의 집이 잘 살던 시절, 갓 난 '영성'을 두고 일본으로 떠난 영성의 아버지가 소식이 없자, 잘 살면서 가족이 많은 한영의 집에 '영성'을 양자로 보내, 경제적으로 도움을 받을 수도 있고, 외롭지 않게 형제지간도 만들어 줄 수 있어 '영성'의 어머니가 한영의 집으로 양자를 보낸 아들이 송영성이었다.

그런 송영성은 동엽에게는 친 아제는 아니지만, 반듯한 생각을 가지고 있는 사람이어서 의지할 수 있는 아제이기도 했고, '목골 산에 개간하고 있는 밭의 고구마 순을 주기로 한 아제이기도 했다. 그 아제는 '보통학교'도 나온 배운 사람이어서 여러 방면에서 기남과 동엽에게는 보이지 않는 힘이 되어 주기도 했다.

시어머니의 기침이 잦아들 무렵, 어느새 해가 뉘엿뉘엿 저물어 갔고, 목골 산에서 하루 종일 뙤약볕을 맞으면서 개간을 하던 기남이 집으로 돌아 왔다.

"별일 없었지라?"

힘들게 일하고 집으로 돌아오면서도 아들인 기남은 어머니 아버지의 안부부터 묻고 있었다. 기침이 잦아든 시어머니는 아들이 돌아오자 기운지 나는지, 밖에서 고생한 아들이 안쓰럽다는 듯 말을 건넸다.

'고상했네. 배고플건디 어서 밥묵세!"

"야, 엄니! 금방 씻고 갈라요!"

기남은 온 몸이 파김치가 될 정도로 힘들었지만, 그래도 집에 들어오자, 몸은 피곤해도 마음은 편안해지고 있었다. 그렇게 어머니 아버지께 인사를 마친 기남은 곧바로 집 오른쪽에 있는 우물로 향했다. 그 우물 쪽에는 정재로 들어가는 입구가 있었고, 거기엔 아내 동엽이 딸을 업은 채 한참 저녁밥을 짓고 있었다.

"나...왔네! 고상했네!"

"집에서 일허는 나...가 머이 고상이것소! 땡빛에서 일하고 온 당신이 고상이제. 금방 밥 채릴랑께 어서 방에 드쇼!"

"알았네, 천천히 하소, 씻을라네!"

두레박에 물을 퍼 올려 씻으려고 하는데, 아이를 업은 동엽이 밥을 차리러다 말고 우물로 나왔다.

"에쇼... 누어보쇼, 등물이나 찌끕시다. 더운디..."

"힘든디..."

하루 종일 땀에 찌들었던 기남이 팔을 벌리고 엎드려 등허리를 들어 올리자, 동엽은 기남의 등에 물을 퍼다 부었다.

"아후, 아후...푸 풋..."

그렇게 더위도 식히고, 흘린 땀에 베인 몸을 씻고 난 기남은 동엽이 밥상을 차리고 있는 정재로 들어갔다. 그리고는 동엽이 밥상 차리고 것을 도우려 하자, 어느새 안방에서 정재로 향하는 쪽문을 연 시어머니가 기남을 불렀다.

"에비야! 힘든디 언능 들어온나!"

그러자 어머니의 눈치를 보던 기남은 어쩔 수 없다는 방으로 들어가고, 동엽 혼자 밥상 두 개에 반찬과 밥을 놓아 방으로 들였다. 방에서는 시아버지 시어머니가 밥 한상을 받고, 시집 안간 큰 시누와 장가 안간 시아제가 남편과 한상을 받았다. 그러나 동엽은 두 개의 밥상을 차리고도 밥상에 함께 앉지 못하고, 밥상 두 개 모두를 들이고 난 다음, 안방으로 통하는 쪽문을 닫고 아궁이 앞에 앉아 밥솥에 물을 붓고 숭늉이 끓기를 기다리면서 군불을 때기 시작했다.

배는 고프고 아이는 칭얼거리지만, 식구들이 밥을 먹고 나면 찾을 숭늉을 끓이면서 아궁이에 불쏘시개를 이리 저리 뒤집는 동엽의 손놀림은 일상의 반복되는 일이 되고 있었다. 밥솥에는 밥이 남아 있을 리도 없고 배도 고팠지만, 다들 먹고 난 밥상이 나올 때쯤 숭늉을 넣어주고, 밥상이 나오면 그제야 숭늉을 밥 삼아 숭늉 속에 남아 있는 보리쌀 몇 톨에 한 끼 식사를 때우는 것이 동엽이 할 수 있는 식사의 전부일 뿐이었다.

인연

밥술깨나 먹고 살만한 집인지 알고 시집을 보냈던 동엽의 부모님은, 동엽이 이렇게 힘들게 살고 있으리란 것은 상상도 못할 일이었다. 갯가 어촌의 힘든 살림에 그저 밥술깨나 먹는 농사짓는 집에 시집간 것이어서, 동엽이 잘 살고 있는 것으로 알고 계실 일이었다. 시집을 오기 전 동엽은, 현재 시집 와서 살고 있는 '오월리'에서 걸어서 삼십여 리 정도 떨어 진 곳 '대포리'라는 바닷가 가난한 마을에서 태어나고 자라났다. 그래서 바닷가 주변 갯가에서 잡은 '생물'들을 보고 자라났고, 커 가면서부터는 직접 그것들을 잡아 살림에도 보태고 호구지책으로 삼아 살아 왔었다.

일제가 침략해 있던 때에 태어 난데다가 가난한 집안 살림과 여자라는 이유로 '소학교'도 제대로 다니지 못한 동엽은, 일제 말기를 지나 어렵고 힘든 시기를 거치면서 해방이 되고 나자 글을 배울 기회를 갖지 못하고 말았다. 그래서 한글은 아예 깨우치지도 못했고, 일본 말도 제대로 배우지 못해, 한글을 읽고 쓸 수도 없던 동엽은 그저 낮은 단위의 숫자 정도 알고 읽을 수 있는 것이 전부였지만, 동엽은 한번 보면 잊지 않고 기억하는 뛰어 난 기억력을 가지고 있기도 했다.

 그렇게 가난한 바닷가 동네에서 태어나고 자라 남자를 알지도 못한 채, 처녀로 자라가고 있던 동엽이 기남을 만나게 된 것은 기막힌 인연이 아닐 수 없었다. 위로는 언니 하나가 있었고, 아래로는 여동생 둘과 남동생 하나가 있었던 가난한 집 안에서 동엽은 근근이 연명할 수 밖에 없는 생활을 하고 있었다. 갯가에서 잡은 생물들이 돈을 벌게 해 주는 것도 아니었고, 밭 몇 뙈기 있는 것도 겨우 목숨을 연명하기에도 벅찰 정도로 살림은 궁핍하다고도 말 할 수 없는 어려움을 겪고 있을 시기였다.

 그러던 어느 봄 날, 갯가에 다녀와 잡은 것들을 우물에 내려 씻고 내장을 따내면서 먹을 수 있게 고르고 있는 참이었다. 그런 때에 동엽의 인연이 시작될 줄은 꿈에도 모를 일이었다. 동엽의 집은 삼십여 호가 옹기종기 모여 있는 바닷가 동네의 위쪽에 자리하고 있었는데, 허름한 볏짚으로 얹은 집에, 여느 바닷가 동네의 집들처럼 돌담으로 담장이 쌓여진 전형적인 바닷가 집이었다.

 바다에서 동네 어귀를 바라다보면, 마을 중간쯤에 실개천이 마을 위쪽에서 아래로 흘러내리고, 그 실개천을 따라 양쪽으로 마을의 집들이 고만고만하게 모여 있었고 그 개천을 따라 좁은 마을 안길들이 사방으로 연결되어 있었다. 그 개천을 따라 마을 위에서 아래로 난 길은 경사를 따라 두 사람이 겨우 비킬 수 있는 아주 좁은 계단식 길이었고, 그 길을 따라 가로 질러 양쪽으로 늘어선 집집마다의 담장들도 모두 돌담으로 만들어져 있었다. 그 마을 안쪽 길을 따라 마을 위쪽으로 끝까지 올라가면 마을 뒷동산이 나오는데, 동엽의 집은 그 뒷동산에 거의 다 올라가기 전, 위에서 세 번째에 있는 집이었다.

집 앞 실개천 위에 살짝 얹히다시피 걸쳐진 작은 돌다리를 건너면 동엽의 집이 있었다. 그 집은 대문도 없고, 집 입구는 약간 왼쪽으로 돌아가듯 대여섯 개의 돌계단으로 되어있어 그 곳을 오르면 자그마한 마당이 나왔다. 마당 왼쪽 입구에는 헛간이 있고, 오른쪽에는 아랫집과 경계를 이루는 야트막한 돌담과 오랫동안 그 자리를 차지하고 있는 감나무가 자리하고, 그 옆으로는 우물과 장독대가 자리하고 있었다.

마당이라고 해 봐야 '덕석' 몇 개를 깔면 그만일 정도로 자그마한 것이었고, 덩그러니 서 있는 야트막한 초가집은 마당에서 바라보는 왼쪽으로부터 정재와 안방, 마루가 얹어져 있었는데, 그 오른쪽에는 작은 방이 달려져 있는 아주 초라하고 보잘 것 없는 그저 그런 바닷가 초막집이었다.

집 뒤쪽의 지붕 처마 밑으로는 사람 하나 들어갈 수 있는 뒤안길이 만들어져 있었고, 그 뒤안길 위로는 지붕 높이보다도 두어 배는 더 높아 보이는 대나무 밭이 집을 감싸 바닷바람을 막아 주는 병풍 역할을 해 주고 있는 곳이기도 했다. 그런 집에 동엽의 형제간이 태어나면서 그 숫자가 늘어나 방이 모자라게 되자 헛간 구석을 고쳐 방으로 만들었지만, 한 방에서 여럿이 살아가는 건 동네 여느 집과 다를 바가 없었고, 고단한 살림은 늘 동엽을 억눌러 오기도 했다.

그렇게 자란 동엽은 갯가와 집을 오가는 생활을 반복했고, 아들은 남동생 하나뿐이어서인지 가난한 살림에도 아들 하나는 학교를 보내야겠다는 부모의 성화에 겨우 남동생 하나만 학교를 보냈고, 둥엽은 아예 초등학교를 나오지도 못하는 형국이 되었다.

그런 동엽이 나이가 들어가고 있었지만, 남자를 안다든가 결혼을 한다는 것은 꿈도 꾸지 못하고 있을 무렵이었다. 그 날도 어느 때처럼 갯가에서 생물들을 잡아와 식구들과 저녁을 먹기 위해 생물들의 내장도 떼어내고, 개펄을 씻어내고 있던 참이었는데, 그것들이 그 날 저녁 한 끼의 국과 반찬이 될 것들이었다.

그렇게 생물들을 다듬고 개펄을 씻어내면서 동엽의 등과 이마에 땀이 배어 갈 무렵, 누군가가 지켜보고 있는 듯한 이상한 느낌이 들어 개천이 있는 위쪽 담장을 쳐다보았다. 집으로 들어오는 입구에 있는 돌다리 옆으로, 위에서 아래로 흐르는 실개천의 위쪽, 뒷집과의 경계를 이루는 모서리 쪽은, 비스듬히 쌓여진 돌담인데다가 사람 무릎보다 약간 높은 정도에 불과한 곳이었다. 그래서 그곳에서는 동엽의 집 마당과 우물이 모두 보이는 곳이었는데, 그 곳에서 사람의 인기척이 느껴진 것이었다.

동엽이 그 곳을 바라보자 잠깐 눈을 마주친 그 곳에서 젊은 청년으로 보이는 사람이 한동안 동엽을 바라보고 있었던지 동엽의 눈을 피해 재빨리 몸을 피하는 모양이 눈에 들어 왔다. 아주 짧은 순간이었지만, 동엽은 생전 처음 보는 그 사람의 모습이 아주 생생하게 기억할 수 있을 정도로 머릿속에 잔상으로 남게 되었다. 그러면서 무언지 알 수 없는 설렘이 가슴을 쿵쾅거렸고 얼굴엔 홍조가 묻어나고 있었다.

'내가 왜 이러지? 그 총각은 누구지?'

그런 생각을 하면서 잠깐 '멍'하니 하던 일을 멈춰있는데, 정재에서 어머니 목소리가 들려 왔다.

"아가! 다...됐냐?"

그제야 정신을 차린 동엽은 그 설렘이 머릿속에서 가시지 않았지만, 다시 생물들을 다듬으며 아무 일 없었다는 듯 설레는 가슴을 진정하고 있었다.

언니는 시집을 갔고 남동생은 부모님하고 한 방에서 잠을 잤는데, 동엽이 두 여동생들하고 같이 자는 방에는 그날 밤도 변함없이 깜깜한 밤이 찾아왔다. 두 여동생 가운데 바로 손 밑의 동생은 동엽과 함께 바다에 갔다 와서 피곤한지 곯아떨어져 잠이 들었고, 막둥이 여동생은 초등학교에 다녔는데, 뭘 하고 놀았는지 동네를 쏘다니고 오더니 일찍도 잠이 들어 버렸다. 바다에 나가 생물을 잡느라 힘들었던 동엽이었지만, 오늘은 이상하리만큼 잠은 오지 않고 어스름 달빛 사이로 낮에 보았던 그 청년의 얼굴이 자꾸만 떠오르고 있었다.

'누구지? 참...잘생긴 것 같던디...우연이었것지! 나 같은 것 헌테 누가...'

그런 생각을 하다가도 자꾸만 가슴이 설레는 이유가 무엇인지 도무지 알 수가 없었다. 평생 그런 마음은 처음이었고, 더구나 한 번도 본 적이 없는 낯선 남자에게 그런 마음이 생긴다는 것이 더 이상하게 생각되기도 했다. 그런 생각으로 잠이 오지 않던 동엽은 조용히 일어나 방위에 난 자그마한 창문을 살짝 열어 보았다. 며칠 흐렸던 탓에 밤이 깜깜했었는데, 오늘 따라 달이 밝게 쏟아지듯 내 비치며 문 틈 사이로 하얀 빛을 내려 쏘이고 있는 듯 했다.

'아...달도 밝다!'

저절로 감탄사가 나올 정도로 달빛이 창가를 스쳤고, 하늘 높은 곳에서는 별들이 반짝이고 있었다.

집으로 돌아 온 기남은 아버지에게 사람을 놔 달라고 조르고 있었다. 담 너머로 넘겨다 본 우물가의 그 아가씨가 눈에 선해 도저히 더 바라보고 있을 수 만 없었던 것이었다.

"아부지! 대포리에 봐 둔 아가씨가 있는디라..."

"그게 뭔 소리냐, 잉? 야, 이놈아! 니 맘대로? 잉? 지금 시상이 워떤 시상인디, 니 놈이 그란다다 정신 팔고 다니냐, 이놈?"

"아부지! 지... 눈으로 확인하고 왔으니께, 그런 걱정은 마시고라. 걍...사람이라도 한번 넣어 봐 주랑께라! 야?"

"허허.....그 놈 참... 바람이 불어도 단단히 불었구먼...이거야 원..."

윗동네 한 가운데에 있는 기남의 집 외양은 그대로였지만, 가세는 많이 기울어 있었다. 그런 가운데서도 작고한 원래 별감 어머니의 아들인 큰 형님은 이미 결혼해 저금을 나가 살고 있었고, 지금 어머니한테서 낳은 큰 형도 서울로 올라가 아직까지 제대로 된 소식조차 없던 터였다. 그래서 기남이 결혼은 하지 않았지만, 아버지는 이 집과 가문을 이어 받아야 할 놈으로 기남을 낙점하고 있던 참이었다.

그래서 가능하면 빨리 장가를 보내 이 집과 얼마 남지 않은 재산을 넘겨 줄 요량이었다. 그런 생각을 하고 있던 아버지는 몇 군데에 사람을 놓아 알아 본 혼처들이 자기 맘에 썩 들지 않기도 했고, 어떤 땐 서로 조건들이 맞지 않기도 해, 늘 신을 놓는 일이 깨지곤 했는데, 느닷없이 아들 기남이 자기가 처자를 보고 왔다며 사람을 놔 달라고 하니

기가 찰 노릇이었다.

자기들끼리 눈이 맞은 것도 아니고, 설령 그렇게 눈이 맞았다 해도 그런 맞선이 쉽게 허락될 리도 없는 판이라, 기남이 원하는 대로 '속는 셈 치고' 사람을 한 번 넣어 보는 것도 좋을 것 같다는 생각을 하게 되었지만, 아버지는 내색을 하지 않았다. 일단은 아들 기남이 말하는 그 처자가 어떤 집안의 누군지도 알아봐야 하고, 중간에 다리를 놓아 줄 적당한 사람이 있어야 서로를 연결해서 주선도 하고, 그래야 결혼이고 뭐고 할 수 있는 일이어서 좀 더 시간을 두고 지켜봐야 할 일이었다.

"아짐, 계시오?"

대포리에서 말께나 하는 아랫녘 용심이 엄마가 무슨 일인지 호들갑을 떨면서 동엽의 집으로 들며서 소리쳤다. 그 소리를 안방에서 듣고 있던 동엽의 엄니가 문을 열었다.

"용심 엄니 아녀? 용심 엄니가 뭔 일이당가? 언능 들어오소, 언능!"

방으로 들어오자마자 용심 엄니는 자리에 앉는 둥 마는 둥 하면서 주변을 살피듯이 말을 이었다.

"머시기냐...저그 말여! 성님, 그랑께라..."

"와 그랴. 뭔 일이당가, 잉? 숨이나 쉬고 말하소, 잉?"

"그니까 거시기...성님! 머시기냐..동엽이 말여라!"

"동엽이? 동엽이가 뭔 일 있당가? 시방 갯가에 갔는디, 와?"

"그거시 아니라, 성님... 그니께 거시기...동엽이 말여라!"

"허, 거....참. 찬찬히 숨이나 좀 쉬고... 그랴... 무슨 일인디 그랑가? 말을 해야 알거 아닌가, 잉?"

"그니까 단도직입적으로 말해서라... 동엽이 시집 보낼라요... 말라요?"

용심 엄니는 숨을 고르기도 전에 다짜고짜 동엽의 결혼 애기부터 꺼냈다. 뜬금없는 그 말에 동엽의 엄니는 놀래기도 하고, 궁금해지기도 했다.

"이 사람아 뜬금없이 그거이 뭔 소리당가? 잉? 찬찬히 자초지종이나 말 해 보소!"

"그니까, 성님! 말할거나 말거나 없이... 이참에 시집보내쇼, 잉?"

"시집? 갑자기 뭔 뚱딴지같은 소리여... 이 사람아 어서 속 시원히 말이나 해 보랑께, 잉? 사람 답답하게... 이라다간 나...가 숨 넘어 가긋네!"

일제가 젊은 처자들을 공출해 간다는 소문이 돌고 난 다음부터 동네에서는 동엽의 큰 언니를 일찍 시집보냈고, 다음에는 동엽이 시집을 갈 순서였는데, 그 사이에 해방이 됐고 집안 형편도 어려워 이러지도 저러지도 못하고 있던 참이라 과년한 딸을 둔 어머니 입장에서는 용심 언니의 말이 무척 궁금해지기 시작했다.

"성님! 그니까 저그...머시기냐, 오월리라고 알지라?"

"잉, 아네! 근디 오월리는 와?"

"그니께 그 오월리에 머시기냐 거....별감 양반집도 아시지라?"

"잉, 알제! 근디 그 집이 왜?"

"아 글씨...그 집서 머시기냐... 동엽이를 알아 봐 달라고 연락이 왔당께라!"

"머시여? 그거이 참말이여?"

오월리 별감 양반집을 직접 알지는 못했지만, 그 동네 땅이 전부다 그 집 것이라서 오월리에선 그 땅을 밟지 않으면 지나 갈 수 없다는 말을 익히 들어서 알고 있는 터였다. 그런 집에서 이렇게 가난하게 살고 있는 동엽이네까지 사람을 보내자 동엽의 어머니는 그저 놀라울 뿐이었던지 달리 할 말이 없었다.
"어짤라요? 손을 넣어 보라고 할까요, 말까요?"
"허허! 글씨말시...."
"와따 성님! 뭔 생각을 한다요, 야? 생각을 할거도 말거도 없고... 보거나 말거나제, 안그라요, 성님!"
동엽의 어머니는 봉초 담배를 꺼내 신문지에 말고선, 담배 한 모금을 길게 빨며 한참동안 무언가를 생각하는 듯 하더니 다시 입을 열었다.
"글믄...자네가 한번 나서 볼랑가?"
"아이고 성님! 잘 생각하셨소! 그라믄 나...가 당장에 손을 대 볼랑께 그리 아쇼, 잉?"
"그려...우찌됐든 간에 이따가 즈그 아부지하고 말은 해 볼라네만... 근디...우찌 알고 연락이 왔든가?"
"야...고것이...그니께 잘은 몰것소만... 하여튼 간에 고거이 뭣이 중요하다요? 거시기 뭣인가...그 쪽 말에 의하면 그 집 아들이 이 근처를 지나다가 우연히 동엽이를 봤다는디라..."
"뭐여? 허...참..."

동엽은 올해 열일곱이었다. 일본 놈들이 공출을 해 간다고 해서 웬만하면 열다섯 살이면 시집이 보낸 집이 꽤 있었다. 그런 연유로, 열일곱이면 시집갈 나이가 조금 지난 것이나 마찬가지로 볼 수도 있는 나이이기도 했다. 그런 동엽을 돌 담 너머로 몰래 쳐다보고 왔던 아들 기남이 아버지를 졸라 사람을 넣어 달라고 한 것이어서 두 사람의 일이 성사 될 진 더 두고 봐야 할 일이었지만, 첫 눈에 반한 기남의 기세는 동엽을 향하고 있는 것이 분명해 보였다.

　그렇게 딸 동엽의 선을 주선하기로 한 용심 엄니가 돌아가고 나자, 동엽의 어머니는 아버지와 그 일을 상의 해 보았지만, 워낙에 가진 것이 없어 걱정만 늘어갈 뿐이었다. 집안 간에 서로 어느 정도 얘기가 진행될 때까지는 동엽에게 알리지 않기로 하고 입을 다물고 있기로 했지만, 어머니 아버지의 마음은 결혼 얘기가 나오자 착잡하기만 해졌다.

　동엽의 집은 지독한 가난에 찌들려있던 처치라 딸들 가운데 하나라도 밥술깨나 먹을 수 있는 집에 시집을 보낼 수만 있다면 다행스러운 일이 아닐 수 없었었다. 그만큼 어려운 살림에 입 하나 더는 것이 힘들 정도였기 때문이었다. 기남의 집도 가세는 기울었지만, 아들 기남을 장가라도 보내야 그나마 집 안을 이어갈 수 있을 일이어서 기남의 결혼에 대한 관심이 커져 갔다.

　그런 얘기들이 오가는 줄도 모르는 동엽은 여전히 날마다 갯가에 나가 먹을 것을 잡아 오는 일이 하루의 가장 큰 일과가 되고 있었다. 그런 가운데 잠깐 사이에 얼굴을 비추고 사라져 버린 그 총각에 대한 기억도 거의 다 잊혀 져 갈 무렵이었다. 동엽이 물이 빠져나간 개펄에서 잡은 생물들을 담는, '널' 위에 있는 항아리에 넣고는 집으로 오기 위해 갯가로 나오는데, 보일 듯 말 듯 멀리 '방축'에서 남자 한 사람이 서 있는 것이 어렴풋이 눈에 들어 왔다.

　거리가 멀어서 그 사람이 누군지 알 순 없었지만, 남동생이나 아버지는 아니었고 동네 사람도 아닌 낯선 모습의 사람이 분명했다. 누군지 궁금한 생각이 들기도 했지만, 그저 '지나가는 사람이려니' 하고 별 생각 없이 널을 밀며 갯가 방축으로 나가자 어디서 본 듯한 그 사람의 모습이 눈에 다가왔다. 그러는 동안 개펄 멀리에서부터 서서히 바닷물이 쓸리듯 차고 들어오자 개펄에서 갯것들을 캐던 동네 아짐들도 물이 들기 전에 부지런히 널을 지치며 갯가 방축으로 나오기 시작했다.

"워메! 저...그, 저...사람이 누구다냐, 잉?"

"으디, 누가 있어?"

"진짜로 누가 있네, 잉! 거시기... 총각이다냐, 아제다냐?"

"나...가 먼저 가볼탱게 천천히들 오쇼, 잉?"

그런 농담을 주고받는 아짐들 틈에 끼어있던 동엽은 어디서 본 듯한 그 모습을 기억해 내려고 했지만 기억이 쉽게 나질 않았다.

"동엽아! 언능 가자 잉? 곧 물들어 온다, 잉?"

동엽이 무언가를 기억해 내려고 해선지 널을 차던 발의 속도가 느려지자, 일행들이 동엽에게 '어서가자'고 발길을 재촉하는 소리가 들려왔다. 그제야 정신을 차린 동엽은, 생각나질 않았던 그 사람의 모습이 불현듯 스쳐 갔다.

'아...그 사람! 그 때 그 담장 뒤에서 처다보던 그 얼굴!'

동엽은 생각이 거기에 미치자 지은 죄도 없는데, 온 몸에 뜨거운 열이 '확'달아 오르며 얼굴까지 붉어져 오는 듯 했다.

'어쩐댜! 그 사람이 분명한디...'

동엽이 개펄에서 나오며 방천으로 가까이 다가오자 그 사람의 모습이 더 분명해지고 있었다. 동엽이 그 사람을 알고 있다는 사실을 동네 사람들 누구도 알 수 없는 일이었지만, 또다시 쿵쾅거리는 가슴을 억제할 길이 없어 고개를 들지 못하고, 아짐들의 맨 끝에서 숨은 듯 고개를 숙인 채 따라 나오고 있었다.

혹시나 그 사람이, 아가씨인 동엽이 이렇게 널 타는 모습을 보면

창피할 일이고, 이런 일을 하는 모습을 보이고 싶지도 않았다. 그렇다고 그 사람 얼굴을 제대로 본 것도 아니고 말을 건네 본 것도 더더욱 아닌데, 이런 자리에서 그 사람을 정면으로 바라보게 되면 어떻게 해야 할지 겁이 나기도 했다. 그런데 맨 앞에 있던 아짐도 그 사람을 본 듯 말을 이어 갔다.

"워매야! 워디 가불고 없다야... 나...가 헛것을 봤다냐?"
"뭣이? 가불었다고?"
"그니께 아까 저그...남자가 있었는디 안보이네... 자네도 봤는가?"
"잉, 나도 보긴 봤는디...분명히 있었는디? 그냥 가불었는갑소!"

고개를 숙이고 뒤따르던 동엽도 그 소리에 고개를 들어 방축 쪽을 바라보자, 정말 그 사람이 거짓말처럼 사라지고, 더 이상 보이질 않는 것이었다.

'이상허다. 분명 그 사람이었는디...'
그러면서도 속으로는
'무심허긴, 얼굴이나 한번 보여주던가...'
하면서, 긴장했던 마음이 풀어지고 스스로 멋쩍은 웃음을 짓고 말았다.

'허기사, 나 같은 거이 뭐라고...'

기남은 대포리에서 단 한번 스치며 봤던 그 여자를 마음에 두고는 아버지를 졸라 사람을 넣어 달라고 했었다. 그런데 아버지는 기남의 얘기만 듣고 있을 뿐 한동안 시간이 지났는데도 아버지로부터 소식이 들리지 않았다. 그러던 기남이 논에 물을 대고 모를 심고 나자, 며칠 쉴 여유가 생겨 오랜만에 친구들을 만나러 간다는 거짓말을 하고는 한달음에 대포리로 달려갔다.

그러나 대포리 집을 찾았을 때에는 집이 모두 비어있었고 그 처자의 모습도 보이질 않았다. 딱 한번 우연히 지나다가 본 그 처자의 모습이 눈에 아른거려, 두근거리고 설레는 마음으로 쉬지 않고 달려왔지만, 담 너머로 보이질 않는다고 해서 안 보고 그냥 갈 수는 없는 일이었다. 그렇다고 누군지도 모르는 그 처녀를 어떻게 물어보고 어디서 찾아야 할지 망설이고 있는 차에, 동네 할머니가 지나가는 것을 본 기남은 용기를 내어 말을 물었다.

"할무니, 편안하신가요?"
"잉! 근디 누군감? 모르는 거시긴디..."
"야, 뭣 좀 물어 볼라고라! 근디...동네 아짐들은 다...워디갔는가라?"
"뉘신디 그란 걸 다 묻소! 저...그 안보이요?"
하면서 동네 앞 방축 너머의 물 빠진 개펄을 가르쳤다. 기남은 담 너머로 봤던 처자도 그 아짐들 틈에 끼어 있을 듯 해 더 이상 묻지도 않는 채, '수상하다'는 듯 고개를 갸우뚱 거리는 할머니를 뒤로 하고, 그저 '고맙다'는 인사만 하고는 서둘러 방축으로 온 것이었다.

그렇게 막상 방축에 다다르자 근처 바위틈에는 '널'을 타고 개펄에 나간 사람들의 것인 듯한 옷들이 돌 틈 사이에 끼워져 있고, 나가지 않고 남아있는 몇 개의 널도 끈으로 묶여 돌 틈에 매달려 있었다. 그 곳에서 처자의 모습을 볼 수 있을 것이란 생각을 했지만, 눈에 보일 둥 말 둥하게 멀리까지 나가있는 동네 사람들 사이에서 그 처자를 알아 볼 재간은 없었다. 그러자 기남은 방축 뚝방을 따라 이리 저리 왔다 갔다 하며 구경도 하고 아짐들이 일을 끝내고 나오기만을 기다라고 있었다.

그렇게 한참 동안 바다를 향해 바라보기도 하고 이런 저런 생각으로 서성거리며 목이 빠져라 아짐들이 나오길 기다리는데 드디어 동네 아짐들이 서서히 무리를 지어 나오기 시작하는 모습이 보였다. 그러자 그 처자도 그 가운데 있을 것이란 생각에 가슴이 또다시 벌렁 거리고 심장은 쿵쾅거리며 안절부절 하지 못하게 되었다.

　그 때까지만 해도 오늘은 그 처자의 모습을 꼭 보고 확인해야겠다는 생각을 하고 기다렸었다. 그렇게 시간이 지나 한 무리의 동네 사람들이 드디어 움직이기 시작하면서, 동네 아낙들이 가까이 다가올수록 그 무리들 속에 그 처자가 있을 것이란 생각을 들자, 자신도 모르게 온 몸이 후들 거리고 얼굴이 화끈 거려 더 이상 아짐들 얼굴을 못 볼 것 같아 몸을 숨길 수밖에 없었다.
　그렇게 한 참 숨을 죽이고 있는데, 갯가로 나온 아짐들이 한동안 왁자지껄하는가 싶더니 머리에 인 항아리와 등에 진 물동이에 그들이 잡아 온 '갯것들'을 이고 지고하면서 동네로 향하고 있었다. 그제야 기남은 동네로 향하는 아짐들 맨 뒤 쪽에서 항아리를 이고 가는 그 처자의 뒷모습을 발견할 수 있었다. 마음속에서는 당장에라도 뒤를 따라가 아는 척하며 말을 걸고 싶었지만, 동네 아짐들이 늘어 선 틈에서 그 앞에 나설 용기가 생기질 않아 그저 두근거리는 가슴을 달래며 바위 틈 바구니에 몰래 숨을 죽이고 몸을 숨기고 있을 뿐이었다.

　그날 밤, 아랫집에 사는 순자가 담벼락 너머로 고개를 살짝 내밀며 동엽을 불렀다. 아랫집 순자는 동엽네 마당을 들어서면 오른쪽 한 구석에 있는 감나무 밑 돌담 아래 살고 있는데, 가끔 심심할 때는 둘이 밤을 새우며 이야기도 하고, 하소연도 하는 이 동네에서 유일한 동무이기도 했다.
"동엽아...동엽아...자냐? 잉?"
방 안에 동엽과 함께 있던 여동생이 먼저 소리를 들었는지
"순자 언니다. 언니..."
하면서 문을 열었다.
"잉! 언니있쟈?"
"잉! 언니..."
그러자 잠을 자려다 눈을 뜬 동엽이
"알았당께! 나...순자랑 놀다 올랑께 자고 있어라, 잉?"
하며 방문을 열고 나섰다.
"잉, 언니 일찍 와 잉?"
"알았응께, 조용히 하고, 잉?"

아랫집 순자네를 찾아 갈 때는 돌담을 나가 대문을 돌아 나가는 것 보다는 우물 옆 장독대가 있는 낮은 담장을 넘어 가면 그만이었다. 동엽은 오늘도 늘 하던 것처럼 그 쪽 돌담을 넘어 바로 담장 아래에 있는 순자의 방으로 살짝 들었다.
"순자야! 뭔 일이다냐? 좋은 일 있다냐?"
"뭔 일이 있긴...그냥 심심해서 놀자고 불렀지!"
"엄니, 아부지는 주무시냐?"
"글씨...주무실 거 같은디..."
"그려? 조용히 해야 긋다. 주무시는데 깨면 좀...그렇잖냐..."
"잉, 알았네... 근디, 거시기 말여!"
그러면서 순자는 방문 밖을 살피듯 조용히 말을 이었다.

"나랑 워디 좀 갔다오자, 잉?"

"워딜...이 야밤에야..."

"쉿...소리 들릴라! 잠깐만 있어 봐, 잉?"

그런 순자는 순자의 어머니 아버지가 계신 방이 조용한지 살피다가는, 뒤꿈치를 들 듯 조용히 동엽을 밖으로 나오게 해 동엽이네와 맞붙어 있는 담벼락에 바짝 붙어 대문을 나섰다. 순자네도 동엽이네와 마찬가지로 대문이 따로 없어 담벼락만 나서면 동엽이네 집 앞이었다. 순자는 동엽에게 따라 오라는 신호를 하고는 동엽이네 집 앞으로 흘러 내려오는 실개천에 걸쳐 있는 돌다리를 건너 동네 아래로 내려 가, 동네 맨 아래에 있는 용구네 집으로 갔다. 그 용구네는 동네 앞 갯가 방축에서 보면 오른쪽 끝에 있는 집이었는데, 무슨 영문인지도 모르는 동엽은 그저 시키는 대로 숨을 죽인 채 순자를 따라 가고 있었다.

"야...워디 간다냐, 잉?"

"잉, 용구 오빠네..."

"뭐여? 용구 오빠네는 왜야?"

"쉿! 누가 들어...조용히 하라니께. 일단, 거그 가서 야그하자, 잉?"

용구는 순자, 동엽과 함께 한 동네 사는 오빠였는데, 용구의 아버지는 고기잡이를 나갔다가 일찍 돌아가셨고, 어머니와 단 둘이 힘들게 살고 있는 친구였다. 하지만, 생각보단 밝고 서글서글한 성격으로 동네 사람들한테 인정받고 있었고, 여자 아이들이나 동네 친구들과도 잘 어울려 지내는 그런 아이였다.

궁금해 하면서 도착한 용구네 집에 들어서자, 용구 어머니가 계신 방에 불이 꺼진 것을 확인한 두 사람은 곧바로 용구의 방으로 들어

갔다. 그런데 거기에는 용구와 낯선 남자가 함께 앉아 그들을 기다리고 있었다. 순간, 무심코 방으로 따라 왔던 동엽은 숨이 멈출 것 같은 놀란 가슴을 억지로 다독거려야 했다. 그 방에는 낮에 거짓말같이 나타났다가 사라졌던 바로 그 사람이 용구와 함께 기다리고 있는 것이었다.

"야, 왜들 이래...어서들 앉어, 잉? 이러다 지붕 무너지것다. 언능 앉어, 언능..."

용구는 어색한 분위기를 바꾸려는 듯 다들 자리에 앉을 것을 권했다.

"야, 기남아! 니가 말한 그 사람 맞어?"

언제 말을 놓는 친구 사이가 되었는지 알 순 없었지만, 두 사람은 말을 놓고 있었다. 그러자 기남도 처음으로 가까이서 동엽의 얼굴을 바라보고는 무척이나 놀랐던지, 그 역시 동엽처럼 긴장된 모습이 역력해 보였다.

"어? 엉!"

"짜...식, 뭐여? 왜 그래, 엉?"

"어? 엉..."

그런 말을 하면서 용구와 순자는 둘의 모습이 재미있다는 듯 킥킥거리며 웃는 듯 했다.

"여...요것들 봐. 둘이 처음 만나는거이 아닌 모양인디? 잉? 둘 다 이렇게 긴장하는 거 보니께 심상찮은디, 잉?"

여전히 심장이 쿵쾅거리고 있는 동엽은 고개를 숙인 채 기남을 제대로 바라보지 못하고 있었고, 기남도 말을 더듬다시피 하며 첫만남을 갖고 있는 것이었다.

이별

"그 때...나는 심장이 멈춰 버린지 알았네!"
"워따워따, 진짜로 그랬다요?"
"하믄, 자네가 얼마나 이뻤는지 아는감? 눈이 다 부시더라니께!"
"그랬...다요?"
잠을 자려는 듯 칭얼거리며 젖을 찾는 딸 덕순에게 젖을 물리면서 기남의 말을 듣고 있던 동엽은, 그런 옛 기억을 되새기며 하고 있는 기남의 말이 싫지 않았다. 사실 동네에서 친구들도 있긴 했지만 남자로 보이는 사람은 기남이 처음이었고, 잠깐 한 순간에 스쳐 가는 그 남자가 동엽의 가슴을 난도질하고 말았었다. 더구나 동네 용구네서 그렇게 얼굴을 보고 나서는 떨리는 마음에 그 사람이 자신을 좋아하지 않으면 어쩔까 하는 불안한 마음까지 생긴 적도 있었다.

"그 때...뭔 용기가 나서 날 불렀당가요?"

"잉…"
무언가 말을 하려던 남편 기남의 목소리가 이상해지는 듯 해 얼굴을 바라보자 하루 종일 일을 하고 와서 피곤해선지 그대로 잠에 빠져들고 있었다.
"크르렁 큭큭…"
그 모습을 보던 동엽은 딸 덕순에게 젖을 물린 채 기남에게 이불을 덮어 주며 함께 잠을 청하고 있었다.

"성님, 성님!"
아침 댓바람부터 한창 뙤약볕이 내리 쬐고 있는데, 다래기 시아제가 목골 밭으로 왔다.
"어이, 동상! 바쁜디 뭔일이당가?"
"야, 쬐께 시간이 나서, 성님 밭일이나 같이 할라고 왔소! 성수도 고생허요, 잉! 힘든디 좀 쉬시지라… 우메, 덕순이도 있네요, 잉! 성수는 덕순이 좀 보셔요, 잉? 덕순이가 뙤약볕에서 저러코롬 놀다가는 큰일 나것소!"
"야! 고맙소. 아제도 힘들건디 이러코롬 오셨소…"
다래기 아제는 양아들로 와 있었지만, 친동생도 나 몰라라 하는 일인 개간하는 밭까지 찾아와 힘을 보태고 있었다.
"성님, 동상들은 뭣헌다요. 이랄 때 힘 좀 보태지들…"
"허! 그 놈들이 어디 일할 놈들인가?"
"그래도 그렇지. 놀 땐 놀드래도 이러코롬 힘든 판국에…"
"그러게 말시. 덕순이 엄니만 큰 고상허네!"
"참…성수 아니면 어쩔라고 다들 그런다요? 걱정이요, 걱정… 그건 그렇고 어무니는 좀 어쩌신다요?"

아제가 어머니의 안부를 무든 것은 아편을 끊고 난 이후 얻게 된 결핵 기침으로 인한 건강을 염려하는 것이었다.

"쬐끔 우선허긴 허네... 식구들한테 옮기지나 말아야 할건디 걱정이네!"

"성님도 이런 저런 고민이 많지라. 지도 맘만있제 뭐...어쩔수도 없고, 그요!"

"잉! 맘만이라도 고맙네..."

"성님, 그려도 고구마 순이... 잘 숨궈져서 좋아 보이요!"

"잉! 다...자네가 좋은 순을 줘서 잘 될 거 같네!"

"저야 뭐...그라고 보니께 개간도 인자는 거의 다 마무리 되어 가는 갑소?"

"잉. 며칠이면 거의 끝날 거 같네. 낼부턴 돌도 좀 고르고, 고구마 밭고랑도 다듬을라고 허네!"

"그라믄 내일도 나...가 올께라. 성수는 덕순이도 봐야고, 어무니 수발도 힘들건디라!"

"자네도 바쁠텐디... 찮것는가?"

그런 얘기를 하면서도 아직 남은 밭을 마무리하기 위해 산과 경계를 이루는 밭의 비탈진 곳에 쉴 새 없이 곡괭이질을 하고 있었다. 아제가 올라오자 겨우 짬이 나서 잠깐 쉰 동엽은 혼자서 포대기에 앉거나 누워 뒹굴기도 하고, 이리저리 파헤쳐진 흙 사이를 기어 다니며 놀고 있는 덕순을 안아 젖을 물리려다 말고, 덕순의 입에 가득 들어있다 시피 한 흙을 손으로 파내고 있었다. 덕순이 손으로 주워 먹었던 흙이었다.

"워매 워매...이거이 뭣인고! 어서 뱉소, 어서...퉤퉤하소...퉤퉤..."

그 소리를 듣고 있던 기남이 곡괭이질을 하면서 소리쳤다.

"많이 줏어 먹었는가? 우리도 어릴 땐 그렇게 컸네! 너무 많이만 안 먹으면...괜찮을 것이네....너무 걱정 말소!"

"야! 성수. 너무 걱정 안 해도 될 거 구만요!"

덕순의 입에 있던 흙을 파내고 젖을 물린 동엽이 걱정스런 표정을 짓자 안심해도 된다는 말을 그렇게들 하고 있는 것이었다.

그날 밤, 하루 종일 뙤약볕 아래서 놀아서인지 덕순의 이마와 온몸엔 불덩이 같은 열이 올랐고, 밤 새 칭얼거리며 덕순이 잠을 이루지 못했다. 그런 덕순의 울음소리와 칭얼대는 소리가 밤 새 그치지 않자 시아버지도 잠이 깼는지 기침 소리가 들려왔고, 안되겠다 싶어선지 시아버지의 부르는 소리가 들려 왔다. 시아버지는 원인이 뭔지 알 수 없었지만, 밤눈이 어두워 밤에는 거의 길을 다닐 수 없을 정도였지만, 그 대신 귀가 밝아 귀로 듣는 소리는 남들보다 예민해져 있었다.

"덕순 애미야! 그러다 덕순이 경칠라... 워디가 많이 아픈갑다..."

"야! 아분이...좀...그러네요."

"그라믄... 거시기 좀... 새끼손가락에 쬐끔만 묻혀서 헛바닥에 발라 줘라, 잉?"

"야! 알았어라. 언능 주무서라..."

"잉야...고상해라!"

'거시기'는 양귀비 진액을 말하는 것인데, 갓난아기한테 그것을 찍어 먹인다는 것이 탐탁찮았지만, 열도 내리지 않고 마땅히 먹일 약재가 있는 것도 아닌 마당에 힘들어 하는 덕순을 가만 보고만 볼 수 없어, 기남은 아버지가 말하는 대로 양귀비 통에서 새끼손가락으로 진액을 찍어 덕순의 혓바닥에 발라 주었다. 그러고 나서 얼마 지나지 않아 덕순의 고통이 덜해 지는지 칭얼거리는 소리가 잦아드는가 싶더니 어느새 잠이 들고 말았다.

그렇게 열이 내리고 덕순이 편안히 잠이 들자, 남편 기남도 잠이 들고 동엽도 깜빡 잠이 들었다. 그런데 눈을 붙였는가 싶었던 덕순이 다시 울음을 터뜨렸고 온 몸에서 나는 열은 더 이상 어찌해 볼 수 없을 정도가 되었다. 그 새벽에 덕순의 울음소리가 얼마나 컸던지 온 식구들이 잠에서 깨어났다.

동엽은 그런 덕순을 들쳐 업고 달래는 것 밖에는 달리 방법이 없었고, 기남도 잠에서 깨어 덕순을 달래겠다고 나섰다. 허지만, 동엽은 피곤한 남편이 잠을 자게 하려고 덕순을 포대기에 업고 마당으로 나섰다. 밖으로 나온 덕순이 포대기 속에서 잠시 울음을 그치는가 싶더니 목소리가 잦아들고 또다시 잠이 드는 듯 했다. 동엽은 그렇게 포대기에 딸 덕순을 업고 어르는 일 말고는 어쩔 수 없는 엄마인 자신이 한없이 못나 보였지만, 우선은 그렇게 수그러진 덕순의 울음소리에 조금은 안심이 되고 있었다.

"아가 아가...자장 자장..."

달빛도 하나 없고, 그저 깜깜한 적막 속에 여름날의 풀벌레 소리와 개구리 소리만이 밤의 정적을 깨우고 있었다. 동엽은 등에 업은 덕순을 두어 차례 더 어우르는 듯 부르며 등에 업힌 딸의 숨소리를 듣고 있었다.

"아가 아가...자장 자장..."

그런데, 육감인지 알 순 없었지만 이상한 진저리가 온 몸에 엄습해 오는 것이 느껴졌다. 그 순간 동엽은 포대기를 풀어 덕순을 품으로 돌려 앉았다. 그리고는 덕순의 코를 귀에 갖다 댔지만, 덕순의 숨소리가 들리지 않는 것이었다.

"덕순 아부지! 덕순 아부지..."

그렇게 불렀지만, 덕순 아버지는 잠에 곯아 떨어졌는지 인기척이 없었다.

"아분이! 아분이..."

그러자 잠을 이루지 못하고 있었던 듯 시아버지의 방문이 열리고 시어머니가 문을 나서며 물었다.

"덕순 애미야! 뭔 일이다냐, 잉?"

"어무니, 어무니! 덕순이가요, 덕순이가..."

동엽이 황급히 덕순을 안고 시아버지 방으로 들어가자, 남편 기남도 일어나 급히 달려오고, 잠이 들었던 시동생들도 모두 일어나 시아버지 방으로 왔다.

"덕순 애미야! 이거이 뭔 일이다냐, 잉?"

시어머니는 놀랜 나머지 더 이상 말을 잇지 못했다. 남편 기남도 순식간에 일어 난 이 일이 어찌된 것인지 어안이 벙벙할 뿐이었다.

"이리 줘 보소!"

하며, 기남이 덕순을 받아 방바닥에 뉘이고 살펴보았지만 더 이상 덕순의 숨 쉬는 것을 확인 할 길은 없었다.

"아분이! 아분이...어무니..."

갑자기 닥친 기막힌 일에 기남도 동엽도 눈물조차 나오질 않았다. 낮에까지도 밭에서 젖을 먹고 잘 놀던 애기가 하룻밤 사이에 '불귀(不

歸)의 객(客)'이 되고 만 것이었다. 시아버지도 숨을 쉬지 않는 손녀 덕순을 보고 기가 막혔는지, 덕순을 안고는 그저 하염없이 내려다보고만 있었다. 딸이 귀한 집이라 손녀 하나 있는 것을 얼마나 귀여워해 주었는지 몰랐던 시아버지였다. 동엽이 아이를 갖자 다들 아들이기를 바랬지만, 막상 딸 덕순이 태어나자 누구보다 예뻐해 주신 분이 시아버지였었다.

그런 시아버지도 어찌된 영문인지 알 수 없어 기가 막힌 모양이었다. 그 순간 시아버지는 덕순을 앞에 누이고는, 몇 가지 약재들이 담겨져 있는 자그마한 약통에서 빠르게 '대침(大鍼)'을 꺼냈다.

"덕순 애미야! 덕순이 양 팔을 꽉 잡아라, 잉?"

하더니, 어두워서 눈이 잘 보이지 않는데도 대침에 콧김을 두어 번 분 다음, 덕순의 코와 입술 사이의 '인중(人中)'이라는 곳에다 단숨에 깊게 찔러 넣고 있었다. 그 순간 손녀 덕순의 온 몸이 마치 전율이 온 것처럼, 순간적으로 떨려왔다.

"아분이! 덕순이가 움직였구만여라, 아분이!"

기남이 소리를 쳤지만, 대침을 꽂은 아버지는

"가만있어 봐라, 잉? 더 두고 보자..."

하며, 대침을 꽂은 손이 가볍게 떨리는 듯 했다. 하지만, 기남의 손에 느껴지던 덕순의 움직임은 그것으로 끝이었다. 그렇게 한동안 대침에 힘을 태우던 아버지가 대침을 빼면서 큰 탄식을 질렀다.

"비켜라..."

그러더니 아들 기남과 며느리 동엽을 한발씩 물러나게 하고는 덕순을 업고 있던 포대기를 덕순이 옆에 깔았다. 그리고는 덕순을 그 위에 바로 눕히고는 두 손과 두 다리를 가지런히 하고는 온 몸을 덮어 버렸다.

"아분이! 아분이...덕순이는 야? 아분이!"

시아버지가 덕순을 포대기로 싸는 모습을 보며 동엽이 소리쳤지만, 시아버지는 그런 동엽을 말리고 있었다.

"덕순 애비야! 덕순 애미 데리고 건너 가그라!"

"야? 아분이, 아분이..."

망설이고 있던 기남에게 며느리 동엽을 덕순에게서 떼어 놓으라는 뜻이었지만, 기남도 가슴 한 가운데가 뻥 뚫린 듯 해 도저히 발걸음을 뗄 수가 없었다.

"느그들은 성하고, 성수를 방으로 옮거라, 알았제?"

시동생들도 처음 눈으로 보는 조카의 죽음 앞에 놀라고 있었지만, 더 놀래고 힘들 형과 형수의 손을 잡고 방을 나갔다.

그렇게 방을 나간 지 한 참이 지나서야 기남과 동엽은 덕순이 죽은 것을 실감했는지, 그제야 눈물이 나오기 시작했다. 그러고 나서야 시아버지는 기남의 손 밑 동생을 다래기로 보내며 길을 재촉했다.

"언능...다래기 느그 성한테 가서... 지금 당장 오라고 해라 잉? 덕순이가 죽었다고 허고..."

"야, 알았어라. 핑...허니 다녀 올께라!"

지겟발에다가 포대기에 말려 있는 덕순을 얹어 덕순의 시신이 편안하게 누울 수 있게 하고는, 덕순이 들어갈 만한 항아리 하나를 얹은 다래기 아제가 삽과 괭이, 톱 등을 지게에 걸친 채 지게를 둘러맸다.

"덕순 애미 애비헌테는...묻힌 곳을 말하면 안된다, 잉?"

"야, 아분이! 걱정 마시쇼!"

"그래, 잘 다녀 오거라. 서둘러라! 해뜨기 전에 마무리허고..."

"야! 아분이…"

"기순이 너도 같이 가서 성님 좀 도와라…"

"알았어라!"

기남과 동엽을 시아버지 방으로 오지 못하게 하고 마당으로도 나오지 못하게 한 채, 다래기 '영성'이 지게를 지고 나갔다. 그러자 동엽이 문 밖으로 나가 덕순을 보려고 했지만, 기남이 앞을 가로 막았다.

"나가지 마소!"

"놓으쇼! 놓으라고라… 내 새끼…내 새끼가 어디가는디라, 야? 나…가 봐야지라. 이거 놓쇼, 야?"

"가만있어! 가긴 어딜 간당가… 아분이가 알아서 한당께, 잉? 덕순 엄니가 진정하고 있어야…"

그렇게 실랑이를 해 보았지만, 덕순의 모습을 더 이상 보이질 않았고, 순식간에 온 집안이 모두 조용해져 있었다.

영성은 동생 기순과 함께 새벽어둠을 제치고 늘 다니던 동네 야산 후미진 곳에 올랐다. 그리고는 익숙하게 삽으로 땅을 파고 곡괭이질을 해서, 항아리를 넣을만한 공간을 만들어 갔다. 그리곤 기순의 도움을 받아 항아리를 옆으로 뉘어 앉히고 나서 지게 위 포대기에 싸여 있던 덕순의 시신을 포대기 째 들어내렸다.

항아리 바닥에 흙을 채워 평평하게 만든 영성은 덕순의 시신을 그대로 항아리에 밀어 넣었다. 조카를 묻어야 하는 영성의 눈에도 눈물이 났고, 기순도 눈물이 났지만, 그렇게 조카를 보낼 수밖에는 없었다. 덕순이 항아리 안에서 편안하게 자리 잡을 수 있게 위치를 잡은 영성은 다시 흙으로 덕순이 보이지 않도록 채워 넣은 다음, 파 낸 곳을 덮

이별 53

어 가며 그 자리를 평평하게 다듬어 나갔다. 갓난아이의 항아리 무덤이라 아무런 봉분이나 표식도 없이, 그렇게 표시 나지 않도록 땅을 갈무리하며 덕순을 먼 곳으로 떠나보내고 있었다.

"아제, 어디다 묻었소...야? 알고는 있어야 할 거 아녀라!"
"성수! 그냥 잊어부쇼...나중에...나중에.... 나...가 야그해 줄탱께라. 인자는 맘이나 좀 추스르쇼!"
그 말을 듣고 있던 시아버지가 나섰다.
"영성아! 쉬도 못허고 고상했다..."
"아녀라! 그나저나 맘이 많이...그라실건디!"
"아니다! 우선은 쬐께....쉬시고라..."
"고맙다! 니가 애썼다. 다...지 팔자제. 지....명이 그거 밖에는 안된갑제! 벌써 날이 밝았다. 언능 가서 잠깐 눈이라도 붙여라. 고상했다, 잉!"
"야, 아분이! 건너 갈께라..."
"그래! 애 다."
"성님, 성수! 나... 가요, 잉?"
영성은 벌써 새벽이 훤히 밝아오고 있는 길을 나서고 있었지만, 사는 것이 참으로 허망하다는 생각을 하면서 동녘 하늘을 무심히 바라보았다.

희망의 날들

　아침부터 날이 꾸물꾸물해 지면서 곧 비가 내릴 것 같았지만, 고구마 밭의 절반정도 풀을 맸는데도 아직 비는 내리지 않고 있었다. 기남과 영성이 고구마 밭을 고르며 풀을 매고 있는데, 오전 참을 가져 온 동엽도 내려가지 않고 함께 고구마 밭을 매고 있었다.
　"아제! 우리 덕순이는 워디다 묻었다요?"
　"성수! 인자는 잊어 부쇼. 죽은 놈이 살아 돌아 올 것도 아니고... 그 보다 더한 사람들도... 더 큰 애기들도 생짜로 죽어 나가는 것 안 봤소! 편안히 잘 묻어 줬응께라...그란지만 아쇼!"
　"야! 그거야 그란지 알지만..."
　"나...가 편안히 잘 보내　응께, 걱정은 안해도 되고라!"
　"아제, 고맙소! 고상했는디... 고맙단 말도 지대로 못하고, 미안하요!"
　"성수! 어디 그럴 틈이 있었는가라?"

"통...그런 소리 마쇼. 나...가 한 일이 뭐 있다요? 그저 할 일 했으니께 그런 말 마쇼!"

영성은 기남에게는 덕순이 묻은 자리를 일러 주긴 했지만, 동엽에게는 말하지 않고 둘만 알고 있기로 했다. 아이들이 태어나도 장질부사나 이름 모를 역병들이 돌아 죽어 나가는 경우도 많아서 출생 신고를 하지 않은 경우도 많았는데, 덕순도 출생 신고를 하지 않고 있기는 마찬가지였다. 거년(去年)에는 해방된 지 몇 해 만에 역병이 돌아 어른들이고 애들이고 간에 한 동네에서 많은 사람들이 죽어 나간 때도 있어, 영성은 에둘러 덕순의 죽음을 잊어버리라고 동엽의 말을 가로막고 있었던 것이었다.

"성수! 곧 비가 올랑갑소!"

그렇게 다른 곳으로 말을 돌려 보려고 애를 썼지만, 첫 아이를 잃은 동엽은 그 마음의 상처를 쉽게 돌릴 수 없는 일이었다.

"성수! 심 내쇼, 잉?"

"..."

하지만, 고구마 밭은 다듬는 손이 떨리고 어깨가 들썩 거리며 덕순이 죽은 슬픔을 삭이고 있는 동엽이었다. 그래서인지 고구마 밭을 다듬는 호미 소리가 가끔 정적을 깨울 뿐 한동안 말이 이어지지 않고 있는데, 잔뜩 찌푸린 하늘에서 '후드득' 거리며 비가 흩뿌리기 시작했다.

"비...오는디 자네는 내려가소! 영성이랑 둘이 다...매고 갈라네!"

"..."

그래도 동엽은 아무런 대꾸도 없이 두둑에 몸을 고정이라도 시킨 듯 고구마 밭을 다듬고 있었다. 그러자 기남과 영성은 더 이상 말을 시키지 못하고 서로 눈치만 살피며 일을 해 나가고 있었다. 그 사이에 한

두 방울 후드득 거리던 비가 순식간에 세차게 내리기 시작했다.

"비 좀 피하세! 그러다 자네도 몸 상하긋네..."

하면서 기남이 동엽에게 잠깐 비를 피하자고 했지만, 동엽은 미동도 하지 않고 내리는 비를 그대로 맞고는 넋 나간 사람처럼, 들릴 듯 말 듯 한 말을 내 뱉었다.

'우리 딕순이 헌테... 비는 안들것지라!'

덕순의 죽음으로 한동안 마음고생이 컸지만, 그래도 하루하루 살아가야 하는 힘든 일들은 피해 갈 순 없는 일이었다. 하는 일마다 눈물이 앞을 가리고 일을 하긴 해도 마음의 안정을 찾긴 쉽지 않은 시간이 흘러갔다. 그럴 때마다 시아버지는 며느리인 동엽에게 호통을 치기도 하고 달래기도 하면서 위로 아닌 위로를 해 주었지만, 그런 말들이 마음에 와 닿을 리 없었다. 시아버지뿐 아니라 그동안 동엽을 고깝게 봐 오던 시어머니도 딸을 잃은 며느리가 안 되어 보였는지 한마디씩 해 주곤 했다.

"덕순 애미야! 인자는 고만하그라!"

"..."

"나도 둘이나 묻었다! 다...시간이 해결해 주니라! 야 야! 답답하긋지만 어쩌것냐, 잉?"

"..."

시어머니는 아편을 끊고 나서 후유증이 꽤 심했다. 그래서 며느리인 동엽에게는 심하게 대할 때도 있었고 그럴 때마다 시어머니가 밉기도 했지만, 자식을 잃은 며느리한테는 '동병상린(同病相燐)'이었는지, 그런 위로를 해 주고 있었다. 하지만, 그런 위로의 얘기조차도 가슴에 와

닿지 않는 동엽은 일도 싫고 세상만사가 다 싫어져 목골 개간한 밭 밑에 있는 저수지 둑에 올라 혼자 딸 덕순을 잃은 슬픔을 달래고 있었다.

목골 저수지는 그리 크지는 않았지만 산줄기에서 내려오는 물이 고여 그 계곡 밑 전답에 물을 댈 수 있는 아담한 규모의 저수지였다. 평소에는 그 저수지 옆의 둑을 타고 난 길을 따라 밭을 일구러 올라 다니던 길이었고, 그 저수지의 물길이 잔잔히 찰 때면 마치 마음의 호수처럼 포근해 보이기도 한 그런 곳이었다.

밭을 개간하면서 부터는 일을 하거나 참을 날라다 주고 오가면서 저수지 위쪽에서 저수지로 들어가는 맑은 물줄기에서 간단히 얼굴과 목줄기에 물을 묻혀 땀을 식히기도 한 곳이기도 했다. 그런 저수지 한쪽에 수양버들 몇 그루가 둑 밑으로 모여 있었고, 동엽은 그 수양버들 나무 틈에 몸을 숨기고 앉았다. 덕순이 그렇게 가고 나서 살아 갈 의욕도 없어 진 마당에 이대로 물에 빠져 들고만 싶었던 것이었다.

'아가! 엄마가 잘못했다, 잉? 나도….니 옆으로 가야 쓰것다. 덕순이 아부지! 당신도 날 잊고… 좋은 사람 만나서 잘 사시오!'

그런 생각을 하자 동엽에게 눈물이 앞을 가려왔다. 그리고는 신발을 벗어 수양버들 밑에 나란히 두고 '다시 그 신발을 볼 수 없을 것'이란 생각에 신발을 뚫어져라 바라보았다. 그러자 신발 속에서 덕순의 모습이 떠오르는 듯 했다. 얼마 전, 밭에서 입에 잔뜩 머금고 있던 흙을 파내고 젖을 물리던 덕순의 모습이 또렷이 그려졌다.

'아가! 이쁜 우리 아가! 좋은디 갔는고… 애미가 우리 덕순이한테 갈라니께 조금만 있소, 와!'

하지만, 딸 덕순은 '방긋 방긋' 웃음만 짓고 있을 뿐이었다.

그 순간, 동엽의 가슴이 답답해지고 마치 숨이 막힐 듯하더니, 헛구역질이 나올 듯 했다. 수양버들 가지만 놓으면 이제 동엽은 덕순이 곁으로 갈 수 있는데, 이상한 일이었다. 동엽은 얼굴이 달아오르고, 가슴이 무언가로 꽉 차오르며, 온 몸에 힘이 빠지는 듯한 느낌을 받기시작했다.

'뭔 헛구역질이다냐!'

하는 생각이 들자, 정신이 번쩍 들기 시작했다.

'혹시...'

세상이 싫어 이 세상을 놔 버리려고 했던 동엽에게 생각지도 않았던 소식이 오고 있는 것만 같았다. 그러자 동엽은 그간 잊고 지냈던 달거리를 생각해 봤다. 그러자 이 헛구역질이, 덕순이가 죽게 된 충격으로 잊고 지냈던 달거리가 없던 것과 연관이 있는 것이 분명했다.

'설마...아이가...'

죽어야겠다고 마음 먹고 있었던 생각은 금새 어디로 날아가 버리고 자신도 모르고 배로 손이 가고 있었다. 이것이 '삼시랑'이 점지해 준 일인 듯 그간의 모든 일이 한 순간에 잊혀져 가고 있는 순간이었다.

"아분이! 덕순 애미 어디갔다요?"

"글씨, 몰것다. 워디 일보러 갔는갑제!"

"야! 알것어라!"

기남은 이곳저곳을 찾아보았지만 아내 동엽이 보이지 않자 뒷집 담벼락을 올려다보며 소리 쳤다.

"아짐, 아짐!"

한참 후에 뒷집 아짐의 소리가 들려 왔다.

"아제! 뭔 일 있소?"
"아녀라!, 덕순 엄니가 안보여서라!"
"그려...요? 난 모르것는디라!"
"오늘 동네에 뭔 일 없지라?"
"야! 오늘은 아무 일 없어라!"
"야, 알것어라. 고마워요..."

기남은 뒷집 아짐이 덕순 엄마 소식을 모른다고 하자, 대문을 돌아 나와 동네 우물 근처에 사는 친구 '송기열'의 집으로 향했다.
"기열이, 기열이!"
기남이 친구 기열을 부르자, 기열이는 보이지 않고 기열의 집사람이 얼굴을 내 밀었다.
"아제, 잘 기셨소! 뭔 일이라요?"
"야, 별 일 없지라?"
"하믄요! 근디 뭔 일이다요?"
"거시기...혹시 덕순 엄니 봤는가라?"
"덕순 엄니요? 아까 목골 쪽으로 가든디라! 일 있어 가는 것도 같고라..."
"그려요? 알것어라! 고마워요..."
이상한 생각이 든 기남은 부지런히 목골을 향해 걸으며 주변을 살폈다. 동네 등성이를 돌아들며 저수지가 보이자, 혹시나 고구마 밭에 있는가 싶어 멀리 밭쪽을 둘러보았지만 아내는 보이질 않았다. 그렇게 목골 밭을 향해 저수지 둑을 지나려던 차에, 수양버들 밑에서 인기척이 들리는 듯 해, 그 곳을 바라보자 거기에 아내 동엽이 신발을 벗어

두고 넋을 잃은 듯 앉아 있는 모습이 보였다.

"덕순 엄니! 덕순 엄니! 이거이 뭔 일이여, 잉?"

동엽은 기남이 불러도 듣지 못하고 있는 듯 대답할 생각이 없는 것 같았다. 그 모습에 놀란 기남이 황급히 동엽에게 달려가 동엽을 품에 안았다.

"왜 이런가, 잉? 산 사람은 살아야 할 거 아닌가 이 사람아!"

"…"

"나...가 왔으니께 됐네, 인자... 잉?"

그제야 동엽의 얼굴에서 눈물이 흐르며 울음이 터져 나오고 있었다.

"덕순 아부지!"

"그려 그려...실컷 울소, 실컷..."

동엽이 아이를 가졌다는 소식을 알게 된 식구들은 덕순이 죽자마자 아이가 들어 선 것은 '삼시랑'이 점지해 준 것이라며 좋아 했다. 거기에 시아버지는,

"아가! 고맙다...니가 복이 있는갑다..."

하며 위로를 해 주었다. 그렇게 아이가 들어서자 덕순이를 잃은 슬픔은 점차 잊혀져 가고 새 생명이 자라나는 것에 대한 기대가 커져가고 있었다.

덕순이 죽고 얼마 지나지 않아 아이를 가지게 되면서, 배가 점점 불러 올수록 동엽의 몸도 불어 움직임이 둔해졌다. 그러자 시어머니는 동엽의 배를 보고는,

"배를 보니께, 이번에는 아들인갑다!"

하며 좋아 하곤 했다.

그러나 배가 불러온다고 해도 동엽의 일은 줄어들지 않아 무거운 배를 내밀고도 해야 일은 끝이 없었다. 동네 사람들이 가을걷이를 하는데 밥이나 찬도 날라야 했고, 식구들이 삼시 세 때 밥도 해대야 하고, 고구마 밭일도 거들어야 해 하루가 모자랄 지경이었다. 그렇게 가을걷이를 해도 늘 손이 모자라, 동네 사람들이 돕기도 하고 동엽도 동네 사람들의 일을 도와 서로가 부족한 일손을 '품앗이'를 하는 것이었다.

예전에는 신작로 근처인 수동 저수지로부터 선지, 들배기, 윗동네, 아랫동네, 다래기까지의 논·밭이 거의 전부 동엽의 시댁인 '별감 집' 재산이었다고 동네 사람들이 동엽에게 얘기를 해 주었었다. 그런데 지금은 며느리인 동엽이 빈털터리가 된 그 집 안의 살림을 이어 가고 있어 안타까워하기도 하고 흉을 보기도 했었지만, 이제는 그런거 저런거 다 잊고 그저 평범한 동네 아낙으로 받아주고 있었다.

그렇게 일하는 사람들 틈에 동엽의 남편인 기남도 섞여 나락 베는 일에 매달려 있었다. 동네 남자들은 다 익은 나락을 대 여섯 포기씩 잡고 낫으로 베어 가면서 마른 바닥에 내려놓기 바쁘게 이마에 흐르는 땀을 닦을 겨를도 없이 또다시 나락 포기를 베는 손놀림이 분주했다. 그러면서도 '참'을 내 온 아짐들 틈에 배불뚝이가 된 덕순 엄마가 보이자 기남에게 '농(弄)'을 건넸다.

"허허… 기남이 자네는 좋것네…"

"그러게 말여…뭔 솜씨가 저래 좋은지! 큰 놈이 가자말자 아이를 가졌으니께, 그것도 능력이제 아믄…큰 농력이여!"

"왜들 이래? 고만들 놀려. 기남이 색시 듣것네!"

날마다 서로의 논을 돌아가며 벼를 베는 요새 같은 철에는, 온 동네가 너나없이 들판에서 하루를 보내도 손이 모자라는 지경이었다.

"어서들 오쇼! 참....잡수쇼..."

참을 가져 온 아짐이 소리를 지르자 나락을 베던 남자들이 낫질을 놓고 아짐들이 내 온 '오이냉국에 말은 국수'를 먹기 위해 모여 들었다. 그러자 다른 아제가 나서서,

"막걸리 한잔씩들 하세!"

하며, 국수를 먹기도 전에 막걸리 한잔씩을 돌렸다.

벼를 베던 이십여 명의 남정네들과 참을 머리에 이고 가져 온 다섯 명의 아짐들이 함께 논둑을 차지하고 앉아 허기진 배를 채우고 있었다. 그렇게 허기진 배를 채우는 사이에도 배가 불룩 나온 동엽이 기남의 옆에 다가 와 땀을 닦아 주자,

"허 참...부럽네 부러워!"

하며, 시기 반 부러움 반의 말들이 이어졌다.

"몇 년 전만해도 이런 막걸리 한잔 먹기가 어디 쉬웠는가... 일본 놈들 눈치 보느라 얼마나 힘들었는가! 인자는 세상 참...좋아졌제!"

"그러게, 인자는 살만해 지것지, 해방도 됐으니께..."

"그나저나 기남이 자네는 마누라 복 하나는 있네, 부럽네 부러워!"

그러거나 말거나 기남은 동엽과 나란히 앉아 다정하게 얘기를 주고받고 난 다음, 막걸리 한 잔을 들이키고는 맛잇게 말아 진 국수를 '후루룩' 소리가 나도록 입으로 가져가고 있었다. 그러는 사이, 어느새 신작로를 따라 자전거를 타고 온 인근 '청송국민학교' 선생님 한 분이 자전거를 세우고 '참'을 먹고 있는 논가로 다가 왔다.

희망의 날들

"고생들 하십니다!"

"아이고 선상님! 어서 오시랑께라! 막걸리 한 잔 하시고, 국시도 한 그릇 잡숫고 가쇼, 잉?"

"아이고...이렇게 신세를 져도 될지 모르겠습니다!"

"아무렴요...귀하신 선상님이 오셨는디라!"

서로 반가운 인사를 주고받는가 싶더니 선생님도 목이 말랐던지 어느새 막걸리 한 사발을 벌컥벌컥 돌이키고 있었다.

"야! 맛도 좋고 든...든 합니다! 막걸리는 이렇게 먹어야 제 맛이죠!"

"아무렴요, 선상님! 시상 사는 것이 뭐...별 거 있습니꺼? 이러코롬 어울려 사는 것이 인생이지라!"

"그럼요! 어서들 드십시오, 어서!"

"선상님, 여그 국시도 있응께...국시도 한 그릇 허쇼, 잉?"

"아, 예! 감사합니다. 그럼... 일도 안하고 얻어먹기는 그렇습니다만, 저도 한 그릇 얻어 먹을랍니다."

"선상님! 그런 말씀 마시고라, 맛있게 드쇼, 잉?"

동네 아이들이 다니는 국민학교 선생님에게 막걸리와 국수를 대접하는 마음들이 분주하고 가을 들녘의 벼 베기는 몇 날 며칠간 이어지고 있었다.

새 길

　날이 추워 졌다. 을씨년스러운 날씨가 이어지는가 싶더니 눈발이 날렸다. 농사일도 모두 끝나고 겨울 추위가 시작되면서 그동안 바빴던 손길도 다소 한가해 지는 때가 왔다. 그럴 즈음 기남이 어디서 소식을 들었는지 '국가 경찰대' 대원을 모집한다는 소식을 가져와 동엽에게 상의를 해 왔다.
　"덕순 엄니! 할 말이 있는디…"
　겨울이라 농사일이 조금 한가하기는 했지만, 그래도 이런 저런 일들이 하루를 기다리는 날들이 지나고 있을 때였는데, 어느 날 하루 일을 마치고 피곤함이 밀려오는 밤이었다.
　"뭔 일이다요?"
　"잉, 자네 배가 많이 불렀는디…"
　"내 걱정 말고라. 할 말 있으면 해 보쇼, 잉?"

"거시기 말여! 나라에서 '경찰'이라는 것을 만들었다는디..."
"그거이 뭐 하는 건디라?"
"잉, 일본 놈들이 패망해서 가고, 미군이 나라를 지켜 준다는디... 나라가 세워졌으니께 인자는 우리 스스로를 지키는 '순사'할 사람들을 뽑는다네!"
"순사요? 그람..."
"잉, 일정 때 순사가 하는 일을 하는디... 순경이라고 한다네! 인자... 농사지어서 입에 풀 칠 허기도 힘들고... 될지는 몰라도 순사 뽑는데....한 번 지원해 볼라네! 자네 생각은 어떤가... 해서 상의하는 거네!"
"그라믄 나랑, 태어날 아기랑은 어쩌고라!"
"글씨... 되기만 함사 뭔 걱정이것는가?
우리 형편에 농사지어서는 답이 안 나올 거 같고..."
" "
...
"왜? 맘이 좀....그란가?"
그 말에 한참을 생각하던 동엽이 결심한 듯 말을 이었다.
"그려요... 그렇게 해서라도 집 안을 다시 일으킬 수만 있담시야... 한 번 해 보셔라! 까지꺼...나라에서 하는 것잉께, 좋은 일이것지라!"
"진심인가? 알았네. 그라믄 자네가 허락한 걸로 알고 한번 해 볼라네!"

기남은 일제시대 말기에 소학교를 다녔고, 보통학교를 졸업했다. 사는 형편들이 고만고만하던 때라 보통학교도 다니기가 힘든 시절이었지만, 기남의 집이 몰락해 가기는 했어도 아버지는 기남을 보통학교에 보내 학교를 마치게 했다. 그래서 보통학교를 나온 사람조차도 흔치 않왔던 시기에 기남에게 전해진 '국가 경찰대'는 지원할 만한 충분한 자격이 있는 곳이 되고 있었다.

더구나 집안이 몰락한 마당에 정식으로 경찰이 될 수만 있다면 집 안을 일으킬 수 있는 좋은 기회가 되고도 남을 일이었다. 그 일은 동엽에게 달갑지 않은 일이 될 수도 있는 일이었지만, 기꺼이 남편 기남의 생각을 이해하고 따라 준 것이었다. 동엽은 국민학교도 나오질 못했지만, 그래도 세상 돌아가는 것에 대해서는 보고 듣고 있는 한에서 많은 이해를 하려고 애쓰고 있기도 했다. 그래서 기남의 생각을 충분히 알지는 못했지만, 경찰을 한다는 것이 지금보다는 나을 것이라는 판단을 하고 있었던 것이었다.

일제시대를 지나면서 일본순사들로부터 당한 피해들을 생각하면 시아버지가 기남의 국가 경찰대 지원을 반대하고 나설 것이 뻔했지만, 일단 시아버지한테는 비밀로 하고 경찰에 지원 서류를 넣었다. 그리고 시험을 보러 가기 위해 광주에 사는 보통학교 때 친구 아버지가 돌아가셨다는 소식을 만들어 내 아버지의 허락을 받고 광주에서 치러진 시험을 보고 와야 했다.

그렇게 시험을 보고 나서 한 달여가 지났다. 보통학교를 나온 기남에게 순경 시험은 별 어려움이 없었다. 오히려 문제는 합격을 한 경우, 반대할 아버지를 어떻게 설득하느냐가 더 어려울 것이었다. 기남의 아버지는 집 안이 몰락해 가는 과정에서 '일제(日帝)의 관리(官吏)들'로부터 당했던 일은 물론, 해방이 되고 나서도 혼란기가 이어지면서 '관(官)'에 대한 극도의 불신이 깔려 있었던 터이고, 해방 후에도 그런 이유로 '관'과는 거리를 두고 좋지 않은 인식을 가지고 있기 때문이었다.

그러나 만약 합격증이 오게 된다면, 그 때는 아버지한테 말을 하지 않을 수 없는 일이어서 기남은 고민이 커지고 있었다.

"덕순 애미야!"

화가 많이 난 듯한 시아버지가 덕순 애미를 불렀다.

"야, 아분이!"

"덕순 애비 어디갔냐!"

"야! 밭에...한 바퀴 둘러보러 갔어라!"

"언능가서 불러 오그라, 언능!"

동엽은 무슨 영문인지 알 수 없었지만 오랜만에 시아버지의 불호령이 떨어지자 겁이 덜컥 났다. 동엽은 기남을 찾았지만, 기남은 저녁이 되어서야 집에 나타났다. 그러자 시아버지의 노여운 목소리가 커지고 있었다.

"이거이 뭐냐? 잉?"

내 던지듯이 기남 앞에 보여 진 것은 '국가 경찰대' 합격증이었고, 동시에 '모일모시(某日某時)'까지 광주 교육장으로 입소해야 한다는 '전보(傳報)'였다.

"나...가 뭐라 그랬냐? 잉? 이 집 안이 망한 거 못 봤냐? 근디...이것이 뭐다냐? 그란디는 갈 거 없다. 농사나 지으라고 안했냐?"

"아분이! 그거이 아니라..."

"아니긴 뭐가 아니냐?"

그러면서 아버지는 전보용지를 기남이 보는 앞에서 찢어 버리고 말았다.

"아분이! 이 형편에 농사지어서 뭘 어쩌것는가라. 그동안 보통학교 나온 것도...이럴 때 써 먹고, 이런 거라도 풀어 묵어야 입에 풀칠이라도 할 거 아닌가라! 지...도 자식들 낳고...먹여 살려야 하고... 이 집안은 뭘로 다시 세울라고라, 야?"

그동안 고분고분하기만 했던 아들 기남이 아버지 한영을 향해 반발하는 듯한 목소리를 키우자, 아버지 한영의 목소리가 점차 더 커지는 듯 하다가는, 서서히 그 소리가 잦아들고 있었다. 하지만, 시아버지의 온 몸은 아들의 반발에 어쩔 줄 모르고 떨리는 듯 했고, 그런 가슴을 진정시키기 위해선지, 곰방대에 담배 가루를 비벼 뭉쳐 넣고는 불을 붙이며 깊은 숨을 내어 뿜고 있었다.

이른 새벽, 광주로 떠나기 위해 기남이 집을 나서기 전, 안부 인사를 이해 안방 문 앞에 섰지만 아버지 한영은 여전히 못마땅한 마음을 접지 못했던지 떠나는 아들을 등지다시피 하고 방에 앉아 있었다.

"아분이! 나...댕겨 올랍니다!"

"흠 흠.."

"너무 걱정마시고라... 부지런히 교육 잘 마치고 올랍니다. 죄송하구만요..."

"허...흠..."

대답 없는 아버지를 향해 기남은 큰 절을 올리고 집을 나섰다. 그리고는 눈물을 감추지 못하고 있는 아내 동엽의 등을 토닥거렸다.

"자네한테 미안허네... 그동안 엄니 아부지 잘 모시고...쪼금만 더 고상허소. 잘 다녀 옴세!"

"야! 기왕에 가는 것이니께... 여그 걱정은 말고...잘 댕겨 오쇼!"

"고맙고, 미안허네! 우지 마소..."

"…"

새 길 69

그렇게 울먹거리는 동엽을 남겨 두고 기남은 추운 날씨가 아직 덜 풀린 오월리 집을 뒤로 한 채 교육을 받기 위해 광주로 걸음을 재촉하고 있었다.

교육을 간 기남에게서 소식은 없었지만 달리 연락할 방도도 마땅치 않아 그저 소식이 오기만을 기다리며 추운 날들이 지나고 봄을 맞이할 무렵, 시아버지 한영이 의관을 갖추고 집을 나섰다.
"아분이! 어딜 가실라고 나서신가라..."
"잉야, 걱정 말거라! 기남이 헌테 댕겨 올란다."
"야? 거그가 어딘지 알고라?"
"어딘지 알것냐만은...주소가 있응께 가보믄 알것제! 나라에서 하는 데라고 허니께... 가서 얼굴이나 보고 올란다!"
"그려라...알것어라! 그라믄 몸 조심해서 댕겨 오시쇼!"
"암, 글고... 니는 오늘 내일 허니께... 일은 좀 쉬고 있어라, 잉? 느그 엄니헌테는 일러뒀응께...
'산기(産氣)'가 있을라치믄 언능 느그 엄니헌테 말하그라, 알것제?"
"야 아분이, 지 걱정 마시고 조심해서 댕겨 오셔라!"

시아버지 한영이 물어물어 찾아 간 곳은 광주에 있는 국가 경찰대 교육장이었다. 그곳에 찾아 간 한영은 교육이 어떻게 되는지도 알 수 없었고 아들 기남을 면회할 수 있는지도 알 수 없었지만, 한영은 무작정 아들 기남을 볼 수 있게 해 달라고 졸라댔다.
"여보시오들! 아무리 교육 중이라 면회가 안 된다고 허지만... '촌노(村老)'가 아들을 보러, 백리 길을 마다 않고 왔는디... 아들을 보러 온 애비를 못 만나게 허는 것은, 그것은 도리가 아닌법이여! 이 시상에 애비 없는 자식이 어딨고, 교육이 사람보다 더 중하다는거여? 엉?"

그렇게 억지 비슷한 말로 큰 소리를 질러 대는 노인 앞에서 면회를 거절한 경비 대원들의 입장이 곤란한지, 촌에서 온 막무가내인 노인을 설득시키느라 진땀을 빼고 있었다. 그도 그럴 것이 훈련 기간 중에는 면회를 할 수 없다는 규정을 보여 주며 면회가 안 된다고 설득을 했지만, 수염을 길게 기르고 한복에 의관까지 갖추고 지팡이를 집은 채 동그란 안경을 낀 깡마른 '촌로'가 막무가내로 아들을 보게 해 달라고 버티자 그들도 기가 막힌 듯 했다.

그러나 막무가내로 버티고 있는 촌로를 더 이상 당해 낼 수 없었던지 높은 사람인 듯한 사람이 나타나 한영을 다시 설득해 보다간 어쩔 수 없다는 듯 말을 해 왔다.

"도저히 어르신을 당해 내지 못하겠습니다. 먼 길을 오신 것 같으신데, 정히 그러신다면... 특별히, 얼굴이나 잠깐 볼 수 있게 해 드리겠습니다."

"고맙소, 고마워!"

"어르신! 대신... 많은 시간은 안됩니다. 훈련에 지장도 있고, 규정에도 없는 일이라..."

"알것소, 알았으니께... 잠깐 얼굴이라도 보믄, 그것으로 족하요. 고맙소!"

그 높은 사람은 한영을 기다리라고 하고서는 어디론가 나갔다. 한참을 그렇게 기다린 다음 드디어 아들 기남이 시꺼멓게 그을린 얼굴에 삐쩍 마른 얼굴로 훈련을 받다가 온 듯, 비지땀을 흘리며 아버지가 기다리고 있는 곳으로 들어 왔다.

"기남아!"

"아분이!"

훈련을 받으면서 배운 것인지 기남은 아버지에게 거수경례를 하고 나서는 다시 무릎을 꿇고 큰 절을 올렸다.

"어디 보자, 어디! 묵는 것은 잘 묵고 있냐, 잉?"

"야, 삼시 세 때 제 시간에 맞춰서 잘 묵고 있어라! 묵고 자는 건 걱정 안 해도 돼요, 아분이!"

"그냐! 근디, 왜 이러코롬 말랐다냐, 잉?"

"야! 훈련 중이라 그래요! 걱정 안하서도 돼요. 아분이!"

그러면서 국가 경찰대에 가는 것을 반대하던 때와 달리, 이제는 아들 기남의 건강을 염려하고 계셨다.

"아분이... 집에는 별 일 없지라?"

"그려! 집에는 별 일 없다! 느그 엄니랑, 덕순 애미도 잘 있다! 덕순 애미는 오늘 내일...헌다!"

"야! 벌써 그렇게 됐는갑네라!"

"잉야! 훈련은 언제 끝난다고 하드냐?"

"야, 달포면 끝나요. 인자, 다...됐어라! 끝나믄 배치 받고...집에 잠깐 휴가차 갈 수 있을 거 같어라! 인자는 다 됐응께 걱정 안 해도 쓰것어라!"

"그러냐...하여튼간에 건강한 걸 봐서 기분은 좋다. 고상헌다..."

광주에서 아들을 보고 내려오느라 밤이 늦은 시아버지는 해가 지면, 밤눈도 어둡고 움직이는 것도 불편해, 벌교에 있는 '분투동 큰 집'에 들러 하룻밤을 묵고, 다음날 이른 새벽에 집으로 돌아 왔다. 그런데 그렇게 돌아 온 집안이 온통 분주해 지고 있었다.

"별 일 없는가?"

"별 일이야 없소만...며느리가 진통이 도요!"

"허 허...그란가? 알았네!"

아들을 만나고 온 소식이 궁금해 할 틈도 없이 며느리의 진통이 시작되었다. 온 집안 식구들이 바빠졌고 뒷집 형님이 내려 와 아이 받을 준비를 서두르고 있었다.

"덕순 애미가 진통이 와도... 덕순 애비 소식이 궁금헐탱께, 일단은 잘 있더라고만 전해 주소, 잉?"

"야, 어르신 알았어라!"

며느리에게 소식을 전해 주라며 말을 전하고 있는데, 진통이 오는지 며느리의 목소리가 커졌다 작아졌다를 반복하고 있었다. 그러더니 그리 오랜 시간이 지나지 않아 동엽의 고함소리와 함께 아이의 울음소리가 온 집 안에 울려 퍼졌다.

"아들이요! 아들이어라!"

하는 소리가 한영의 귓가에 울려왔다. 당장 아이를 보러 갈 수는 없었지만, 아들이라는 말에 한영은 흐뭇한 표정을 지어 보이며 곰방대를 빨고 있었다.

시아버지가 아들 훈련하는 데를 다녀오고, 아들이 태어난 지 얼마 되지 않아 남편 기남이 훈련을 마치고 멋진 경찰 복장으로 집에 나타났다.

"아분이 저 왔습니다. 기남이요!"

기남이 왔다는 소리에 어머니 아버지는 물론, 동생들도 문을 열고

새 길 73

나오며 기남을 반갑게 맞아 주었다.

"오...냐! 고상했다. 어디 보세 내 아들..."

"어서 들어오너라, 어서..."

"성, 성! 진짜 멋지다..."

대문을 들어와 툇마루에서 워커 끈을 춘 기남은 안방으로 들며 어머니 아버지께 큰 절을 올리고 있었다.

"잘 다녀왔습니다. 건강하게 잘 계셨지라?"

"오냐! 고상했다."

기남은 그렇게 절을 올리면서 덕순 엄니를 찾고 있었지만, 덕순 엄니는 보이질 않았다. 그러면서 기남이 오는 것을 봤다는 말을 들은 동네 사람들이 집으로 몰려들었다.

"워매! 이거이 누구다냐..덕순이 아부지 아녀?"

"와! 저리코롬 멋지게 변했구만여..."

"진자 멋진 순사가 되어 부렀구만, 안그요?"

"허 허! 잘했네 잘했어... 우리 동네도 순사가 생겼으니께... 경사났네 경사났어!"

"잔치라도 해야 쓰것네..."

하는 소리들이 들리고 그간 받은 훈련이 어떤 것인지 궁금해 하면서 묻기도 했다. 그러는 동안 아버지는

"언능 밭에 가서 느그 형수 오라고 해라!"

하며 동생 기순에게 급히 며느리 동엽을 데리고 오도록 하고 있었다.

목골 밭에서 뙤약볕을 받으며 태어난 지도 얼마 안 된 갓난아이를 들쳐 업은 동엽은 기남이 온 지도 모르고 밭일을 하고 있는데, 저수지

를 돌아오면서부터 시동생 기순이 부르는 소리가 들려 왔다.

"성수, 성수!"

"야, 아제 뭔 일 이다요!"

"성이 왔어라! 성이요..."

들릴 듯 말 듯 소리치는 말이 남편 기남이 왔다는 말 같았다. 동엽은 곧바로 하던 일을 거두고는 업고 있던 아들의 포대기를 단속하며 뛰듯이 시동생이 오고 있는 저수지 둑을 향해 내려가고 있었다.

"누가 왔어라?"

"성이 왔당께라! 순사 옷을 멋지게 입고라!"

"순사 옷이이여라?"

"야! 멋진 사람이 됐당께라!"

그 말을 들은 동엽은 반가운 생각에, 왈칵 울음부터 나오기 시작했다.

힘든 훈련을 받고 왔지만 특별히 해 줄만한 것도 마땅찮아 마당에서 키우고 있던 닭 세 마리를 잡았다. 시아버지가 닭을 잡을 수 없어 하는 수 없이 뒷집 아제의 도움을 받아야 했다. 그러면서 때 아닌 잔치가 벌어 졌다. 마당에는 덕석을 깔고 닭죽을 끓여 식구들하고, 집에 와 있던 동네 사람들이 한데 어울려 저녁밥을 들며 이야기꽃을 피웠다.

갑자기 마련된 자리지만, 동네 사람들과 식사도 하고 막걸리도 곁들여 가며 한잔씩하고 걸치고 난 기남은 피곤해선지 방으로 돌아오자마자 금방 잠에 곯아떨어지고 말았다. 사람들 때문에 제대로 애기를 나눌 시간도 없었지만, 기남의 코고는 소리를 오랜만에 듣고 보니, 남편이 곁에 있다는 느낌만으로도 동엽의 마음은 든든해 져 있었다.

남편 기남도 할 얘기가 많았고, 아이도 보고 싶을 일이었지만, 오랜만의 '해후'는 그런 모습으로 하룻밤을 지새우고 있었다. 새벽이 되자 기남이 잠에서 깨어났다.

"더 자쇼! 피곤할건디..."

"많이 잤네! 코 많이 골든가?"

"피곤하믄 다...글지라! 나한테는 자장가로 들립디다!"

"피곤헌디다가 술도 한잔 하고... 그래서 정신이 없었는갑네! 애 낳고 일도허고..당신 고상이 많네!"

"나야...집에서 살림허는 사람인디, 힘들어도 얼마나 힘들것소! 밖에 나간 사람이 고상이제..."

"집이 이러니께...몸 조리도 제대로 못했을건디..."

"몸조리라? 워매...우리헌테 그럴 틈바구니가 있겄소! 애 낳고 다음 날부터 밭에 나갔소!"

"허..그래도 그렇지, 워떻게 그렇게 했당가...고상했네! 나...가 미안허고 할 말도 없네..."

"사는 것이...안그라믄 안되는디 어찌것소! 그나저나 언제 다시 간다요?"

"금방 가야 되네! 어제 왔으니께... 모레가지는 가야되네!"

"훈련인가 뭔가는 끝났소?"

"잉, 훈련은 끝났네!"

"그라믄...인자는 워디로 간다요?"

"가봐야 알긋네. 근디 가능허면 집에서 가까운디로 왓으면 좋것는디... 그건 내 마대로 못하는 것이라, 두고 봐야것네!"

"그나저나...훈련 받느라 고상했소!"

"고생은 뭐…인자 발령 받고 나믄 제대로 된 순경 일을 해 볼 참잉께, 자네가 조금만 더 고상허소!"

"나야… 뭣이 있것소? 그저 살림이나 허고… 애기 키우면 더 이상 뭐 바랄거이 있는가라. 배움도 없어 당신 허는 일에 도움도 안 될 거고…"

"뭔 그럼 말을 하는고? 사람 사는 건 다 똑같은디… 앞으론 그런 말 마소… 글고 이 놈은 아분이가 이름은 지었담서?"

"야! 집 안의 항렬 돌림자가 '채'라고 해서 '채수'라고 지었다요!"

"그래? 덕순이 그러고 나서… 인자 자네도 덕순이는 잊어 불소!"

"그럴라고 애는 쓰고 있소만, 아직은… 시간이 해결해 주것지라! 인자는 이 놈 보고 살아야지라!"

"그려, 고맙네…"

기남이 복귀해야 하는 날 이른 새벽, 아침을 함께 하면서 아버지 어머니와 겸상을 한 기남에게 아버지의 당부가 이어 졌다.

"순사 일이 만만한 거이 아닐탱께… 기왕에 하게 된 것이니께, 욕 안 먹게 잘 해야 헌다. 거시기 뭐시냐…일본 순사놈들 하는 거 봤으니께, 잘 할거라 믿는다! 늘 몸 조심허고, 잉?"

"야, 아분이!"

그렇게 방 안에서 아침밥을 먹으며 얘기를 나누고 있어도 동엽은 예전과 변함없이 아들 채수를 등에 업은 채 정재에서 솥단지에 물을 붓고는 누룽지를 끓일 군불을 지피고 있었다. 오늘 집을 떠나면 남편을 언제 볼 수 있을지 모를 일이지만, 훈련받을 때보단 자주 만날 수 있을 것이고, 어딘지 알 수 없지만 '지서(支署)'에서 일한다고 해 그전보다는 훨씬 나을 것이란 생각으로 걱정은 한층 덜 해 지고 있었다.

기남은 낙안 읍내에 있는 '낙안 지서'에 발령을 받아 근무를 시작했다. 당장 마땅히 먹고 잘 곳이 없어 집이 먼 순경들과 함께 지서 뒤에 있는 골방 같은 곳에서 교대로 잠을 자면서 근무를 하게 되었다. 낙안 지서에는 지서장 한 명과 네 명의 순경이 있었고, 순경 일을 보조해 주는 민간인 신분의 보조원 다섯 명도 함께 근무하고 있었다.

그 보조원들은 '의용경찰'로 일손이 모자라는 경찰을 도와주는 일을 했는데, 읍내 지리와 사정에 밝은 사람들이어서 지서 일을 하는데 있어 없어서는 안 될 사람들이었다. 그 낙안 지서에 첫 발령을 받은 기남은 순경으로서의 업무도 처음이고 해서, 한편으로는 떨리기도 하고 다른 한편으로는 경찰이 되었다는 설렘도 함께 하고 있었지만, 윗사람들이 시키는 대로 여기 저기 순찰 업무를 맡아 순경으로서의 첫 업무를 시작하고 있었다.

그러면서 낙안 지서에서 일하게 된 사실을 집에 알려야 했는데, 다행이 낙안 지서는 벌교와 가까워 벌교 지서에 전통을 넣어 집에 연락을 하도록 부탁을 해 두었다. 그렇게 연락을 한 지 며칠 만에 어머니 아버지가 낙안 지서를 함께 찾아 왔다. 보고 싶던 아내 동엽과 아들 채수는 오지 않아 실망이 컸지만, 조만간 볼 수 있는 기회가 있을 것이란 생각에 어머니 아버지를 보는 것만으로 만족해야 했다.

그리고 나서 얼마의 시간이 지난 후, 갓난아이를 들쳐 업은 동엽이 지서를 찾아 왔다. 그렇게 재회를 한 동엽은 지소에 딸린 방을 청소하고 남자들만 사는 살림들을 정리해 두고는 집으로 돌아왔다. 총을 메고 순경 옷을 입은 남편 기남이 근무하는 모습을 본 동엽은 한편으론 기쁘기도 하고 더 이상 걱정하지 않아도 될 것 같아 큰 위안이 되었고, 꿈만 같다는 생각이 들기도 했다.

그렇게 낙안 지서에 다녀오는 날이 벌교 5일장이 열리는 날이었다. 그래서 동엽은 친정어머니한테 소식도 알릴 겸 예전부터 친정어머니가 꼬막이랑 갯가에서 잡은 생물들을 팔러 나와 늘 앉던 자리를 찾았다. 그곳은 말로는 좌판이었지만 다른 상점들과는 달리 시장 입구도 아닌 그저 시장의 외진 한쪽 구석진 곳이었고, 그저 '다라'에다 머리에 이고 온 갯것들을 올려놓고 파는 것이 전부인 그런 자리였다. 그러나 그런 좌판이라도 팔 수 있는 자리가 있는 것만도 다행이었고, 그 자리마저도 할 수 없는 사람들이 한 둘이 아니어서 그나마 살림에 보탬이 되는 그런 자리이기도 했다.

어머니는 그런 좌판에서 갯가에서 잡은 것들을 팔아 자식들을 근근이 키워 오셨다. 동엽도 결혼하기 전에는 가끔 어머니를 따라가 그 좌판에서 갯것들을 팔기도 했었다. 그런 어머니가 보고 싶어 낙안에 다녀오면서 그 좌판을 찾은 것이었다.

"아가! 여그는 뭔 일이다냐, 장보러 왔는가?"

어머니는 아무런 소식도 모르고 있었고, 사위가 경찰 교육 받으러 갔다는 사실조차도 전하지 않아서, 갑자기 동엽이 나타난 것을 보고는, 장보로 나온 줄 알고 있었던 터였다.

"엄니, 워디 아픈덴 없는가라!?"

"잉야! 나야 잘 있제. 어디 보자..."

덕순이 죽은 소식을 들어서 알고 있었지만, 더 이상 딸의 소식을 알지 못하는 어머니의 궁금함이 얼굴을 쳐다보는 눈에 가득했던 것이었다.

"새끼 날 때가 된 것 같았는디... 소식이 없어서 궁금했다, 와!"

하면서 동엽의 등에 업힌 애기의 얼굴을 요리조리 뒤집어 보고 계셨다.

"새끼 낳았구나! 뭐다냐?"

"고추여라!"

"우메, 그냐! 잘했다 잘했어! 애기 업고 오느라 힘들었을건디... 근디... 여그는 뭔일이다냐? 장보러 왔냐?"

"야! 엄니도 보고, 장서방 소식도 전할라고라!"

"그냐! 잘했다 잘했어! 장 서방헌테는 별 일 없고?"

"엄니, 뭔 일은 아닌디라... 장서방이 순경이 됐어라!"

"머시기? 순경? 순사말이여? 그거이 참말이냐, 잉? 오매...경사났네. 경사났어! 이거이 꿈이냐 생시냐, 잉? 잘했다, 잘했어!"

어머니가 장서방이 순경이 됐다는 말에 큰 소리로 잘했다는 말을 연발하자 그 말을 듣고 있던 주변 사람들도 '사위가 순경이 됐다고?' 하며 다들 내 일처럼 좋아해 주기도 하고 부러워하기도 했다.

"엄니! 쬐금만 더 고상하소, 잉? 나...지금 낙안 지서 다녀왔어라! 장서방이 낙안 지서에 있으니께 그리 알고 계셔라..."

"그러냐! 아이고 니가 고상이 많았다. 춤이라도 추것다! 니도 인자는 힘 내그라, 고상 다...했다. 아이고 시상에...고맙다 고마워"

동엽이 어머니한테 힘내라고 해야 할 판인데, 오히려 어머니가 딸 동엽에게 고생했다며 위로를 해 주고 있었다. 동엽은 시집오면서 시집귀신이 되어야 한다는 말을 귀가 따갑도록 들어 왔었다. 그래서 장서방과 관련된 일을 알릴 시간도 없었지만, 시집과 관련된 일을 친정에 제대로 알릴 기회조차 없었다. 그런데다가 동엽이 힘들거나 어려워진 사정들을 말하면, 어머니 아버지가 더 마음 아파하실 것 같아서 제대로 말을 전하지도 못했던 것이, 시간이 지나면서 소식이 뜸하게 된 이유이기도 했다.

　어머니는 동엽이 땅 깨나 있고 제법 밥술 깨나 뜬다고 하는 집에 동엽을 시집보내게 되었다며 좋아 하기도 했고, 동네 사람들도 부잣집에 시집간다고 부러워하기도 했었다. 하지만, 동엽이 시집을 간 다음, '가세'가 기울고 집안이 망하다시피 하면서 아랫동네로 이사했다는 사실이 알려지면서 어머니는 말 할 수 없는 아픈 마음을 숨기며, 안타까운 마음으로 딸 동엽을 지켜 볼 수밖에 없게 되고 말았었다.

　그런 연고로 딸이 고생하고 있다는 것을 어렴풋이나마 짐작으로 알고 있었고, 딸 덕순이까지 죽었다는 소식에 걱정도 커져 온 터였다. 그런데 사위인 장서방이 순경이 되었다는 소식에 이제는 살아가는데 큰 지장이 없을 것이란 생각이 앞섰던 것이었다. 그러면서 그동안 딸 동엽이 겪었을 고생이 눈에 선해 그렇게 위로의 말을 전하고 있을 것이었다.

　순사가 된 기남이 얼마 지나지 않아 '봉급'이라며 우편환을 보내왔다. 그 돈을 받아 든 시아버지는 만감이 교차하는 듯 했고, 시어머니와 시동생들은 그 돈으로 먹고 살게 됐다며 좋아 했다. 보리쌀 밥도 제대로 해 먹기 힘들어 고구마와 감자로 끼니를 때울 때도 많았는데, 한 달치로 받은 봉급이 쌀 한가마니를 살 수 있는 정도의 돈이어서 가족들의 기대감은 무척 커져 갔다. 하지만, 시아버지 한영은 그런 말들을 모두 거두라는 말을 하고는 며느리 동엽과 식구들을 불러 앉혔다.

　"할멈도, 너희들도 잘....들어라! 우리가 힘들고 어렵게 살고 있긴 허지만... 알건 알아야 헌다. 앞으로 이 돈은 누구도 만져선 안 되고, 욕심을 부려서도 안 된다. 알것제? 이 돈은 느그 성이 힘들게 고상해서

번 돈이다. 그러니, 이 돈은 우리가 맘대로 하는 것이 아니라... 느그 성수헌테 주는 것이 당연한 거여...다들 알것제? 그란 줄 알고, 이 돈을 느그들이 보는 앞에서 성수헌테 줄 것이니께... 어떤 경우라도 느그 성수...잘 모시고 의좋게 살아야 헌다. 알것제? 에미야! 이 돈 받어라!"

그러자 동엽은 식구들 눈치를 보며 망설였다.

"에미야! 그럴 것 없다! 이건 당연한 것이야. 이건 에미가 받어야 맞는거다. 자! 에미야!"

그러면서 직접 며느리 동엽의 손에 우편환을 지어 주었다.

"아분이 고맙구만요!"

"고마운 것이 아니다! 당연한 것이다! 그리고 인자는 니가 이 집 주인이다. 인자는 니가 모든 것을 다...알아서 해야 헌다. 알긋냐?"

시어머니와 시동생들의 눈치가 약간 달리 보이긴 했지만, 시아버지 한영은 그렇게 식구들 간의 한계를 분명히 그어 주고 계셨다. 그렇게 식구들을 물린 시아버지는 며느리인 동엽만을 따로 불러 앉혔다.

"이건...너도 잘 모를 듯 해서 얘기해 주는 것이니께...잘 들어라! 이 것을 들고 우체국에 가서 돈으로 바꿔달라고 하면... 이 숫자만큼 돈으로 바꿔주는 것이다. 그러니 돈하고 같은 것이야! 그러니께 벌교 읍내 장날에 가든지, 동강 장날에 가든지 허면... 우체국에서 바꾸면 된다."

"야! 아분이..."

"그 담은...아무 누구 눈치도 보지 말고...니가 알아서 잘 사용하그라"

"야! 아분이..."

동엽은 시아버지가 준 종이를 받아 들었지만, 글씨를 알지 못 해 그 내용을 알 수는 없었다. 그러나 숫자는 볼 수 있어서 거기에 찍혀 있는 숫자를 확인하고는 벌써부터 가슴이 벌렁 거리기 시작했다. 우체국에 가면 이 돈을 어떻게 바꿔 달라고 해야 할지 고민이 되기도 했다. 지나다가 우체국을 보기는 했지만, 한 번도 우체국 안에는 들어 가 본 적도 없었기 때문이었다. 그래서 어쩔 수 없이 동엽은 뒷집 형님한테 도움을 청할 수밖에 없었다.

"우메...자네는 뭔 복이당가, 잉? 자네 신랑이 달마다 꼬박꼬박 봉급도 부쳐 올 것이고... 자네 그동안 고상 많이 했네! 인자는 살게 되굿네. 우체국은 걱정 말소! 장에 가는 날, 나랑 같이 가세! 돈으로 바꾸는 것은 나...가 알려 줌세!"

"야! 성님이 좀 도와주쇼! 지..가 언제 해 봤어야 알지라!"

"그란거이 뭔 숭인가? 안해보믄 모르제...그란 걱정 말고... 그라고 이건 지금 헐 말인지는 몰것네만... 돈이 조금이라도 모이믄...'장리(長利)' 쌀이나 놓든지 하소! 이런 시상에서는 돈 굴리는 거이 최고라네! 돈이 돈 번다는 말을 이럴 때 허는 거네! 지금 시상에...그런거 말고는 돈 벌 재주가 없응께..."

"장리 쌀요?"

"잉! 왜...아직 그런거 모르는감?"

"들어 보긴 했는디라...한 번도 해 보질 않아서 글지라!"

"알긋네...하여튼 그것도 나...가 차차 알아 볼 탱께 그리 알소! 그나저나 자네는 인자 살게 됐네, 살게 됐어!"

기다리던 장날이 돌아 왔다. 동엽은 소출도 없고 팔러 갈 물건도 없었지만, 뒷집 형님을 따라 우체국에 가서 돈을 바꾸기 위해 집을 나섰다. 듣는 말에 의하면, 첫 봉급이니 시어른들 속옷을 사다 드리는 것이 좋다고 해 그럴 생각도 하고 있었다. 또, 반찬도 조금 사와 식구들하고 함께 맛있게 한 끼 식사를 하는 것도 좋을 일이고, 친정어머니에게도 육고기라도 사 드려야겠다는 생각을 하고 길을 나섰다.

벌교 장에 가는 길은 돈을 바꾼다는 생각에 발걸음이 가벼웠고 가슴이 두근거려 왔다. 그리고 마침내 들어 선 우체국 안에는 사람들이 북적이고 있었다.

"언능 오소! 글고 그거 이리 내 보소!"

우체국에 들어서는 것도 어색하고 우편환 자체도 어색했지만, 고쟁이에 넣어 둔 우편환 종이를 꺼내기 위해 벽을 보고 돌아 선 동엽은 어색하게 우편환을 꺼내 형님에게 내 밀었다. 그러자 형님은 그것을 들고 우체국 직원에게 다가 갔다.

"에쇼! 이것 좀 바꿔 주쇼!"

그러자 직원이 그것을 받아 들고 살피더니,

"여그다가 이름이랑...써야 하는디라!"

하며, 서류를 내 밀었다. 그러자 형님은,

"뭣이 뭔지 몰것소! 알아서 써 주쇼, 잉?"

하면서 부탁을 하자, 그 우체국 직원은 이름하고 주소를 물으면서 적더니, 잠시 기다리란 말을 하고 한 참 후에 불러서 다가가 보니 돈으로 바꾸어 주었다. 그러자 그 돈을 받은 형님은,

"속 고쟁이에 잘 넣고 가소, 잉? 쓰리꾼들이 있을지 모릉께 잘 날에는 더 조심해야 허네! 글고 쓰는 것하고 바꾸는 것은 직원들 헌테만 해야 허네! 사기꾼들 허고 쓰리꾼들도 많아서 아무한테나 부탁하믄 안 되네...명심허소!"

하면서 그 돈을 동엽에게 건네고는,

"오늘 쓸 돈은 따로 넣어두고 나머진 꼭꼭 숨기소, 잉? 자네가 부럽네 부러워! 자네는 뭔 복인가 몰것네!"

하며, 동엽을 바라보았다.

동엽은 일부 쓸 돈만 따로 내 놓고는 나머지 돈을 그대로 속 고쟁이에 붙은 안주머니에 넣고는 형님을 따라 나섰다. 돈을 바꾸는 것을 보니 뒷집 형님도 글을 모르는 듯 했고, 그것과는 상관없이 말로 그렇게 하면 돈을 바꾸는 일은 그리 어려운 일이 아닌 듯해서 안심이 되고도 했다. 허기사 국문을 제대로 배운 사람이 많지 않은 세상이니 우체국 직원한테 부탁을 하면, 직원들이 서류도 써 주고 돈도 바꿔 줄 일이어서 앞으로도 큰 걱정은 없을 듯 했다.

"동상! 장보러 같이 갈랑가... 아니믄 친정엄니 보고 올랑가?"

"야! 엄니도 보고...그리고 싶어라!"

"그라소! 그라믄 엄니도 보고, 장 볼 것도 있으면 보고 오소. 나...가 엄니 좌판이 있는디를 아니께, 이따 거그로 감세"

"야! 성님 고마워라!"

뒷집 형님과는 장을 보고 나서 다시 만나기로 하고 동엽은 한 걸음이라도 빨리 엄니를 보고 싶어 등에 업은 아들 채수를 어르며 어머니가 계시는 좌판을 향했다. 한참 좌판을 열고 왔다 갔다 하는 사람들과 흥정을 주고받던 어머니 옆자리로 비집고 들어 간 동엽은 어머니가 흥정하는 좌판에 함께 끼어 어머니도 모르는 사이에 소리를 질러댔다.

"갓 잡은 싱싱한 낙자요, 낙자..."

갑자기 나타나 소리를 지르는 딸을 보던 어머니는

"아가! 이거이 뭔 일 이다냐, 잉?"

하며 놀란 표정을 지었다.
"엄니! 이따 말허고라! 언능 팔고 보게라! 자 자! 싱싱하당께라! 어서 오쇼, 잉? 어서들 오쇼..."

결혼 전에 어머니를 따라 다닌 적이 있어 이 좌판이 낯설지 않은 동엽은 기분이 좋아선지 소리를 더 크게 질러 댔다. 세상 아무 것도 모르고 엄마 동엽의 등에 업힌 채수는 킁킁거리며 등에서 보채고 있었다.
"아가! 글지 말고 애기나 봐라 애기가 힘든갑다, 잉?!"
그런 동엽을 보다 못한 어머니가 밀치다시피 좌판에서 딸 동엽을 떼어 냈다. 그러자 동엽은 하는 수 없이 뒤로 밀려나와 포대기를 풀어 아이를 가슴으로 돌려 안아 젖을 물렸다. 어머니는 부지런히 좌판의 갯것들을 흥정하다가도 잠시 짬이 나자 딸 동엽이 찾아 온 것이 궁금했던지 다시 물으셨다.
"아가! 뭔 일이다냐..."
"잉! 엄니 보러 왔지라!"
"나헌테 뭔 볼 일이 있다고...뭔 일 있다냐?"
"엄니, 딸이 엄니 보러 왔는디...뭔 일은?"
어머니는 딸 동엽의 젖을 먹이는 모양이 측은하게 보였던지 말을 아끼며 눈치를 보고 있었다. 친정어머니는 알 수 없는 이유로 언제부턴가 머리에 수건을 쓰기 시작하셨는데, 일 년 내내 그 수건을 벗질 않으셨다. 나중에 동엽이 커가면서 알게 되었지만, 그 것은 원인 모를 병으로 어머니의 머리카락이 모두 빠져서 그렇게 하고 다닌다고 하신 것이었다.
"엄니! 장서방이 첫 봉급을 보내왔어라!"
"워매! 잘했다 잘했어! 느그 시아부지 시엄니 헌테도 말은 했고?"

"하믄요. 나보고 알어서 하라고 허락도 했어라"
"그려! 고마운 일이네. 고마워…"
"엄니, 이거 받어, 잉?"
하면서 동엽은 바꿔 온 돈을 넣은 게춤에서 꼬깃꼬깃 돈을 꺼내 어머니의 손에 쥐어 주었다. 난생 처음 어머니에게 드리는 돈이었다.
"우메 우메 이거이 뭐다냐, 잉? 아가! 난 괜찮다, 잉?"
하며, 어머니는 돈을 받으려 하질 않으셨다.
"엄니! 뭐라도 사드릴라고 했는디라… 그냥 돈으로 드리는 것이 더 나을 것 같아서라! 그러니께 아분이랑 뭐도 좀 사 잡수고 그라쇼, 잉? 쬐금이니께 그리 아시고… 엄니! 나…가요, 잉?"
"아가! 난 괜찮다. 그러니께 이거 가져 가그라, 잉? 아가…"
하지만, 동엽은 뿌리치듯 아들 채수를 업고 어머니를 떠나 왔다.
"엄니, 아프지 말고라! 담에 또 보러 올께라…"
그런 말을 하고 돌아 선 동엽의 눈에는 알지 못할 눈물이 '핑' 돌 았다.

두어 끼 고기를 사다가 국을 끓여 식구들끼리 맛있는 밥을 먹은 것 말고는 석 달 치 봉급을 꼬박 모은 동엽은 뒷집 형님에게 '장리 쌀' 놓는 곳을 알아 봐 달라고 졸라 장리 쌀을 놓았다. 집에서는 아무도 모르게 했고, 뒷집 형님에게도 입을 열지 말라는 약조를 해 두었던 참 이었다. 그렇게 두어 달 간격으로 돈을 맏기고 나니 장리 놓는 쌀가마 니 숫자가 제법 늘어 가고 있었다.
"채수야! 어이 동상! 인자는 좀 살 수 있게…한숨 쉴 수 있게 됐잖 은가? 그만 강글고…몸 생각도 좀 허고, 먹을 것도 먹고 해야제… 그러다 큰일 나네!"

"야! 성님. 그랴도 인자 시작인디...그러면 쓰것는가라. 이러코롬 살다보믄...끝이 있겠지라! 그건 그렇네만...그래도 먹고 살긴 해야제...몸 상허네!"

"야! 알것어라...명심허것네요!"

동엽을 덕순 엄니라고 불렀지만, 채수가 태어나자 '채수 엄니'라든가 '채수야'라고 불렀는데, 그 중에서도 동엽의 형편을 잘 아는 뒷집 형님은 돈을 안 쓰고 강그르는 채수 엄마가 건강이라도 해칠까 싶어 걱정을 해 주면서, 먹을 건 먹고 살라며 힘을 실어 주고 있었다.

위난(危亂)의 시대

 낙안 지서에 비상이 걸렸다. 순경으로 부임한지 얼마 되지도 않았는데, 기남이 있는 낙안 지서에 '갑호 비상령'이 내려 졌다. 이 '갑호 비상령'은 국가의 중대 사태가 생겼을 때 내리는 것으로 훈련을 받았었다. 지서장도 이런 상황을 처음 맞아선지 '군(郡)'과 '도경(道警)'에 연락을 취하며 긴급 조치들을 하고 있었다.
 "자 자! 다들 총기를 소지하고 중요 문서들을 모두 뒷마당으로 끌어내라! 상황이 급박해서 정리할 겨를이 없으니 모두 불태워야 한다. 어서들 서둘러라, 어서!"
 갑자기 내려진 명령에 지서가 혼란스럽게 어수선해지기 시작했다. 기남도 지서장의 지시에 따라 총기를 챙기고 중요 문서들을 꺼내 한 쪽에 쌓아 두고는 보조하는 민간인들에게 그 곳에 불을 붙여 태우게 했다. 그런 가운데 다시 통신 전화벨이 울려 대자, 지서장이 긴장된 목소리로 전화를 받았다.

"예, 예! 곧 시행하겠습니다. 예, 예!"

전화를 끊고 난 지서장의 긴급 지시가 내려 졌다.

"다들 잘 들어라! 여수 14연대라는 곳에서 반란이 일어났다."

"..."

'반란' 이라는 말에 다들 긴장이 엄습해 오고 있었다.

"사태가 어떤지 지금으로선 자세히 알 수 없다. 허지만, '전통(傳通)'에 의하면... 여수에 있는 '14연대'라는 군대에서 반란이 일어 났다고 한다. 여수가 완전히 점령됐고, 순천도 마찬가지다. 지금부터 본부로부터 명령을 하달하니까... 잘 듣고 그대로 행동해야 한다."

모두의 눈과 귀가 지서장에게 쏠렸다.

"비상사태가 발생하면 본부로부터의 명령에 따라 상황에 대처해야 하지만, 현재는 본부가 반란군들한테 점령당한 상태고... 따라서 제대로 된 명령을 수행할 수 없는 형편이다. 거기에다가...우리 낙안읍내도 곧 점령당할 위기에 처해 있다. 그래서 일단 벌교 쪽으로 후퇴한 다음, 거기서 지원을 받기로 했다. 알다시피 낙안과 벌교의 경계에 있는 '석거리재'가 문제다. 그 석거리재를 어떻게 무사히 넘느냐가 관건이란 점을 명심하고, 빨리빨리 서둘러라. 준비되는 대로 곧바로 떠난다. 모두 알아들었나?"

"예!"

그 명령이 떨어지기 바쁘게 다시 '전통'으로 다급한 목소리가 전달되어 왔다.

"낙안으로 반란군들이 들어갔다. 빨리 피해라, 서둘러라!"

지서 경찰 요원과 보조 민간인들이 급히 지서를 나왔다. 순간, 멀리서 시끄러운 소리와 함께 총 쏘는 소리가 들려 왔다.

"각자 피하라, 급하다. 각자 피하라! 단체로 움직이면 위험하다. 각자 피해서 1차로 벌교 지서에서 모인다. 만약에 벌교 읍내로 가지 못하면 각자 알아서 피했다가, 사태가 진정된 다음, 그 때 낙안이나 벌교 어디로 라도 복귀한다. 급하다. 피하라!"

"예!"

"자! 건투를 빈다. 피하라, 어서!"

갑작스런 상황에 모두들 어리둥절했지만, 각자 몸을 바삐 움직여 피하기 시작했고, 기남도 벌교 쪽을 향해 움직이기 시작했다. 기남은 순천과 가까운 곳이 벌교여서 곧바로 벌교로 향하는 길을 타지 않고 벌교 외곽의 보성 쪽으로 향하는 길을 타기 시작했다. 여수·순천이 반란군들의 손에 들어갔다면서도 광주로 대피하라는 지시가 오지 않고 벌교로 가라는 것은, 광주도 위험하다는 뜻이기도 해서였다. 또한, 위험한 것은 벌교도 마찬가지일 것이기 때문에 외곽에서 상황을 지켜보기 위한 생각도 있었다.

그런데 보조원으로 일하고 있던 한 사람이 흩어지지 않고 기남을 따라 붙었다.

"김가야! 흩어져 벌교로 가란 말 못들었나?"

"장순경님! 지...는 갈 데가 없어라! 장순경님을 따라 가든 안될까라?"

"그...그래? 하여튼 간에 우선은 피해야니께. 일단은 산으로 몸을 피하고, 그 담에 보자, 알것제? 언능 가자, 언능..."

"예! 알것습니다."

기남은 보조원 김가를 앞세우고 보성 쪽 산길을 들어섰다. 그 김가는 그 지역 출신으로 그 쪽 지리에 대해서는 상세하게 잘 알아서인지 산길인데도 불구하고 익숙하게 길을 탔다.

밤이 깊어 어둠이 들었지만, 기남과 김가는 발걸음을 쉴 수가 없었다.

"김가야! 천천히 가자!"

"장순경님! 이 고개를 넘어 가면 벌교 뒷산 쪽이여라! 거그 가믄 자그마한 암자가 하나 있으니께... 일단 거그까지는 서둘러 가게요."

"알았다!"

김가를 따라 야산을 더듬듯 타고 가는 기남은 만감이 교차했다. 대피하라는 명령에 대피하기는 했지만, 경찰이 피할 정도면 보통 심각한 일이 아닐 것이었다. 거기에다가 만약에 촌에 있는 집 사람과 식구들도 어쩌면 위험한 상황이 될 수도 있을 일이어서 그것도 큰 걱정이 아닐 수 없는 일이었다.

김가가 말한 산등성이를 살짝 넘어 가자, 나무들 사이로 벌교 읍내의 불빛들이 멀리서 비춰지고 있었다. 기분이 그래선지 아니면 실제로 밤이 되어선지 알 수는 없었지만, 밤늦은 시간의 벌교 읍내는 모든 것이 조용하게 보이기만 했다. 기남 일행은 더 지체할 틈도 없이 어둠을 헤치고 내려가자 김가가 말한 자그마한 암자가 나타났다.

"계시요? 계시요?"

김가는 어둠에 싸인 암자 앞에서 소리쳐 사람을 불렀다.

"이 밤에...누구요? 잠깐만 기다리시오!"

그렇게 대답하는 소리가 들리더니 잠시 후 촛불이 켜졌다.

"밤늦게 죄송한디라... 잠깐 들어가도 되것는가라? 이 밤에 어딜 가기도 그렇고라!"

촛불에 비추인 모습으로 봐서는 스님은 아닌 듯한데, 승복을 걸친 여자의 모습으로 보아 '보살'인 듯 했다. 그러자 김가는,

"죄송허구먼요. 혹시 들어가도 될가라?"

그러자 위 아래로 두 사람을 훑어 보던 보살이 자리를 내 주며,

"그라쇼! 근디...순경인갑네라..."

하며 궁금하다는 듯한 표정을 지었다. 그러자 기남이

"야! 들어가서 자초지종을 얘기 할 탱께, 우선 들어갑시다!"

하며, 주변을 살피고는 암자 안으로 들어갔다. 그런데 기남과 김가가 더 이상 말을 시키지도 않았는데도 그 보살은 마치 무슨 일이 있는지 알고 있다는 듯

"반란군헌테 쫓겨 왔소?"

하면서 먼저 안부를 물어 왔다. 그 말을 들은 김가가

"저...기 보살님이시오?"

하고 묻고는 방으로 들어 갔다. 그러자 보살도 궁금한 듯 물었다.

"그거이 시방...뭔 일이다요? 야?"

"글쎄...아직은 우리도 내막은 소상히 모르고 있소!"

"아...니, 두 분은 순사가 아닌가라..."

"야! 순사가 맞긴 헌디라..그거이..."

그러자 보살은 자기가 알고 있는 벌교 사정을 얘기하고 나섰다.

"그나저나 큰일이요 큰일! 벌교에 시방... 반란군들이 꽉 들어찼다고들 난린디라..."

"벌써요?"

"하믄! 죽어 나간 사람도 많다든디라..."

위난(危亂)의 시대 93

그 말에 기남이 조급해 졌다.
"보살님! 자세히 말 좀 해 보쇼, 잉?"
"야! 나...가 오늘 읍내에 내려 가다가 종국에는 못가고...
　요...밑 동네서 들었는디라...
　그 이상은 나도 모르요!
　근디 두 사람은 벌교서 온 거이 아닌가라?"
"야! 우리는 낙안서 피해 오느라..."
"낙안이요?"
"거그도 반란군이 들어 와서..."
"그라믄 워디로 갈라고라!"
"벌교를 가얀디..."
"뭣이요? 아서라! 거그가믄 죽어라!
　더구나 순경이니께 가만 두것소? 바로 죽소, 잉?"
"…"
"아무튼 이왕에 드신거니께..오늘은 여그서 쉬고...
　사태를 지켜보쇼!"
그런 보살은 자리를 깔며 눈을 붙이라고 했다.
"아이고! 해방이 돼서 살만한가...했드니...
　이거이 뭔 일인지 몰거소, 시상에!"
눈을 붙이라고 이불을 깔아 주긴 했지만 잠이 올 리가 없었다. 그래도 촛불은 꺼지고 밤은 깊어가고 있었다.
　'벌교가 벌써 점령 됐으면... 집이랑은 어찌 되었는지 참...'
그런 생각이 들자 밖은 껌껌한 밤이었지만, 기남의 머릿속은 근심으로 가득 차 왔고, 눈꺼풀은 멀뚱멀뚱해 지고 있었다.

오월리 이장이 각 부락마다 말깨나 한다는 사람 십어 명을 이장 집에 모이게 했다.

"여러분! 지금...여수에 있는 14연댄가 뭔가 하는디서 반란이 일어 났답니다!"

"반란? 반란이라니...그거이 뭐여?"

"저...도 잘 모르것는디라... 북한 김일성이를 따르는 놈들이, 여수 14연댄가 하는 군대서 총이랑 무기들을 뺏어서 반란을 일으켰답니다."

"허 허! 그라믄 큰일 아닌감!"

"야! 그래서 그 놈들이 공무원이나 경찰들을 죽이고...난리들이랍 니다. 여수는 물론이고, 순천 벌교까지도 점령당했답니다. 우리 동네도 심상찮습니다. 모두들 당분간 자중해 주시고... 우리 동네는 기남이가 경찰이라서 어쩔지 모르니깐... 모두 몸조심들 하시고라..."

그 사람들 중엔 기남의 집에 양 아들로 와 있던 '영성'이도 있었다. 영성이 그 말을 듣고 놀라서 물었다.

"그라믄, 우리 성님네는 큰일 아녀?"

"그것까진 모르것지만....기남이가 없으니 알 수도 없고... 설마 뭔 일이야 있겄는가만은... 그래도 몸조심해야 쓰것네들..."

동네 회의를 마치고 기남의 집으로 온 영성이 양아버지인 한영을 찾았다.

"아분이! 소식 들었는가라!"

"뭔 일이 있었다냐? 동네 회의가 있었담서..."

"야!"

"뭔...야그들이 있었다냐?"

"야! 거시기...라"

위난(危亂)의 시대 95

"어서 말해 보그라. 뭔 일이드냐?"

"야, 거시기...반란이 일어났답니다."

"뭐? 반란? 아니...반란이라니! 그것이 뭔소리다냐, 잉?"

"야! 여수에 있는 14연대라는디서 반란을 일으켜서... 여수를 점령하고 순천 벌교까지 밀고 왔답니다."

"그랴? 그라믄 어째야 쓴다드냐?"

"글씨..그거시..."

"그라믄...기남이 소식은 있다드냐?"

"글씨...그거이 걱정입니다. 기남이 성님 소식을 알 길도 없고라... 거그다가...그 놈들이 경찰을 보믄 그냥 죽여 버린다는디라... 시상에 이런 난리가 또 있것는가라!"

"허 허! 큰일 일세 큰일..."

영성으로부터 소식을 들은 한영은 식구들을 불러 모았다.

"기순이랑 기철이는 언능 준비를 허고, 나...가 적어 주는디로 몰래 가 있그라. 조용해지면 기별을 놓을 것이니께 그 때 까정 숨어 있어야 헌다, 알것제?"

시아버지는 아들 둘의 안전이 염려됐던지 군내(郡內)의 '동강'을 지나 '과역'에 사는 아주 외진 바닷가 '지인(知人)'의 집으로 두 아들들을 숨기기 위해 서둘러 짐을 싸게 했다. 그리고 며느리인 동엽에게도 몸을 피하라는 말을 했다.

"니...도 지금 바로 친정집으로 몸을 피해라! 만약 뭔 일 있으면...나는 물론이고 죄없는 너도... 남편이 경찰이라...큰 화를 입을 수도 있다. 그러니 이럴 땐.. 하여튼 간에...너도 언능 피해야 헌다."

"아녀라, 아분이! 지는 여그 있을라요!"

"허 허...이런 땐 니가 경찰 가족이라... 큰 화를 당할 수도 있대두 그러냐!"

"아분이! 그건 아분이도 마찬가지고라..."

"그래도 난...나이도 있고 시상 다...산 사람인디

뭣이 겁나것냐, 잉?"

"여하튼 간에...아분이, 지...는 안갈라요! 채수 아부지가 언제 올지도 모르고... 안갈랍니다, 아분이!"

시아버지는 며느리가 친정으로 몸을 피했으면 했지만, 가지 않고 있겠다며 버티자 난감 할 수밖에 없었다. 하지만, 며느리가 가지 않겠다고 하자 어쩔 수 없이 허락을 해 주었다. 그러면서 힘이 없어 거의 일을 하지도 못 할 뿐만 아니라 옛날부터도 양반으로 살아 와 거의 일을 해 보지 않았던 시아버지는 무슨 생각을 했는지 정재로 가 정재 안쪽 벽에 쌓아 두었던 장작을 정재 밖으로 내어놓기 시작했다.

"아분이, 지...가 할께라! 근디...그건 왜 그라신다요..."

"잉야! 나중에 알게 될 것이여! 이 정도는 나...가 할 수 있다. 글고 니...는 제일 큰 장독 몇 개를 비워라!"

"아분이! 갑자기 장독은 왜여라?"

"잉...말은 나중에 허고... 거시기...사람이 들어 가 앉을 만큼 큰 것이 몇 개 있제?"

"야!"

"잉, 그만한 걸로 다섯 개 쯤 준비해라... 모자라믄 뒷집에도 알아보고, 잉?"

"야! 아분이..."

이유는 나중에 알려주겠다는 시아버지는 묵묵히 장작더미를 옮기면서 시아제를 시켜 다래기 '영성'을 오게 했다. 영성이 도착하자, 시아버지는 정재 아궁이 근처에 장작더미를 치운 땅바닥을 파게 했다. 영성도 의아해 하기는 마찬가지였다.

"아분이, 이건 왜 파는감요?"

"기남이가 순경 아니냐... 만약 기남이가 집에 숨어 들거나... 아니면 느그 성수도 먼 일 있으면... 피할데가 있어야 할 거 아니냐!"

"야! 그러긴 허것지만...이거이..."

"아니다... 이런 가까운디가 더 안전할 수도 있다. 등잔 밑이 어둡다는 말도 있잖냐! 글고...달리 마땅한 방법도 없고..."

영성은 아버지가 시키는 대로 땅을 파고선, 사람이 앉아도 될 만한 커다란 장독 항아리 두 개를 묻었다. 그리고 두 항아리 사이에 구멍을 내 서로 맞대어 통하도록 하고, 그 옆으로는 사람이 겨우 들어 갈 정도의 구멍을 낸 다음, 그 위로 흙을 덮었다. 그러고 나서 그 위로는 다시 그만한 크기의 항아리 세 개를 올려 그 위를 가릴 수 있도록 얹고는 담가 둔 간장과 된장을 떠오게 해 세 개의 항아리 모두 약간의 힘을 주면 이동할 수 있는 정도로 채웠다. 만약 비상시에는 그 장독을 젖히고 땅을 열어 그 안으로 들어 갈 수 있게 하기 위한 것이었다.

그렇게 땅을 파면서 나온 흙은 눈에 띄지 않도록 정재 건너편에 있는 헛간의 쌀겨하고 볼 때고 남은 재를 모아 둔 구석에 함께 버무려 표시 나지 않게 보관해 두었다. 그렇게 작업이 끝나고 나자 밤이 깊었다. 그제야 시아버지는 마음이 놓이는지 흡족해 하며 밤을 맞았다. 동엽도 그것이 효과가 있을지 알 수는 없었지만, 그래도 그런 것을 만들고 나자 감쪽같은 것에 다소 마음이 놓이기도 했다.

다른 마을에서는 반란군에 동조하는 듯한 청년들이 설치고 다닌다고도 했는데, 그래도 오월리에서는 그런 일은 아직 벌어지지 않았다. 하지만, 벌교를 장악한 반란군들이 언제 고흥 쪽으로 넘어갈지 알 수 없는 가운데, 오월리에서도 불안한 그늘이 드리워지고 있었다. 그리고 이틀 밖에 지나지 않았지만, 반란군들이 동강에 들어 들어갔다는 소문이 들리더니, 오월리 이장이 동강면 사무소에 불려 갔다 왔다며 걱정들이 커졌다.

"면사무소가 반란군한테 접수됐다요. 불순분자들을 잡아 낸다고 난리라니...큰일이네요."

이장 송가의 말은 아마 동네에서 유일한 경찰인 기남의 집을 두고 하는 말인 듯 했다.

"걱정 말소! 내 아들이 뭔 잘못이여? 잉? 곧 그 놈들이 물러 갈 거니께, 두고들 보소!"

"어르신 무슨 말씀이신지 모르것습니다만... 온 동네가 큰일을 당할 수도 있단 말입니다. 그러니....너무 곡해 마시고 진정하시랑께라..."

그 말인 즉, 뒤집어 말하자면 동네가 위험해지면 기남과 기남의 집에 위해가 갈 수도 있다는 뜻이기도 했다. 아버지 한영은 일제강점기 동안, 몰래 독립군들에 대한 지원을 하면서 위험이 닥쳐왔을 때 피했던 여러 방법들에 대해서도 몇 가지는 알고 있었는데, 마을이나 집에 혹시 모를 위험이 닥쳐오면 그것을 일시적으로 피해보고자 이번에 항아리를 묻었던 것이었다. 즉, 항아리를 정재 바닥에 묻어 일시적인 위험을 피할 수 있는 방법을 생각해 내 위험에 대비하고 있던 것이었다.

며칠 동안 암자에 머물며 상황을 살피던 기남과 김가는 암자에서 오래 기거할 수 없어, 밤을 이용해 길을 나섰다. 그러자 암자의 보살이 조심하라는 당부를 해 주었다.

"여그서 밑에 있는 동네로 가믄 안되라. 징광산 쪽으로 돌아 멀리...벌교 외곽으로 가야 할 거요. 명심하쇼, 잉? 벌교 읍내는 위험하니께 피하고라..."

"야, 고맙소! 글고 총하고 이런건... 몸을 숨기는데 방해가 되거니께 당분간 이 근처 어디에 숨겨둬야 것는디라..."

"그라쇼! 여그다 잘 보관해 놀탱께... 나중에 때가 되믄...잘 기억해 났다가 직접 찾으러 오쇼, 잉? 나는 그런거이 어떻게 하는 건지도 모르고... 하여튼 간에 암자 뒤에 묻어둡시다. 혹시 무슨 일이 있거나, 나...가 없어도 혹시 오시게 되믄... 찾아 가믄 될거요!"

"야! 그거이 좋것네라."

그렇게 해서 총알과 탄약을 묻고 나서 옷까지 승복으로 갈아입은 두 사람은 고무신까지 바꿔 신고 밤길을 나섰다. 보살님이 말한 벌교 외곽을 돌아 징광산 입구를 지나 보성 쪽으로 가려다 말고, 기남은 아무 연고도 없는 보성으로 가는 것 보다는, 위험하긴 해도 조용히 집으로 가서 숨는 것이 오래 피할 수 있을 것이란 생각을 하게 되었다.

그러나 김가는 보성에 친척이 있다며 보성으로 가겠다고 해 그 쪽으로 길을 떠났고, 기남은 벌교 외곽을 돌아 분투동 야산을 넘어 오월리로 향하고 있었다. 분투동은 큰할아버지네가 있는 동네였지만, 그 곳을 들리는 것은 위험한 일이어서 분투동 뒷산을 돌아 오월리로 넘어 가고 있는 것이었다. 그 곳으로 가는 길이 따로 있는 것은 아니었지만, 멀리 보이는 마을들을 뒤로하고 산을 따라 가면 오월리 뒷산이 나올 일이었다.

밤이었지만, 몰래 지나가는 길 중간 중간에 낯선 사람들이 바삐 지나가는 모습도 멀리 보였고, 한국군이 아닌 처음 보는 낯선 복장의 옷을 입은 사람들이 총을 메고 다니는 것도 목격되었는데, 그 모습은 말로만 듣던 반란군이 틀림없어 보였다. 거기에다가 가끔은 멀리서 총소리가 밤의 경적을 깨며 울려 퍼지기도 했다. 그런 소리를 뒤로 하고, 낮에는 숨어 있다가 해가 지면 움직이기를 반복하며, 이틀 동안 산등성이를 서너 개나 넘어 오월리 뒷산까지 타고 온 기남은 아무리 동네라고 하지만, 어떤 일이 벌어지고 있는지 몰라 몸을 숨긴 채 어둠이 깔리기만을 기다렸다.

해가 떨어지고 어두워지자 주변을 살피던 기남은 윗동네 외곽을 멀리 돌아 아랫동네 가까이로 다가와 논두룩에 몸을 낮추고는 긴장을 늦추지 않고 집안을 살폈다. 그런데 그 수간 동네 사람들의 목소리가 아닌 낯선 목소리의 젊은 사람인 듯한 무리들이 윗동네를 벗어나 신작로로 향하면서 자기들끼리 하는 말들이 들려 왔다.

"그 놈이...경찰이 맞긴 맞어?"

"엉! 그렇당께... 훈련 끝나고 집에 와서 며칠 있다가 갔다든디?"

"그람, 그 놈이 워디 있다든감?"

"낙안인가... 그렇다든디? 그런놈이 이 난리통에 여그까정 오것어? 벌써 어디로 피하든가 했것제. 안그려?"

"그건 그란디... 그러도, 혹시 모릉께... 이장헌테 단단히 일러 놨응께, 그 놈이 나타나믄 바로 연락할거시여!"

"자 자! 오늘은 늦었응께, 싸게싸게 가보드라고 잉?"

그 말은 분명, 경찰인 자신을 두고 하는 말이 틀림없었다. 그것들이 하는 말로 봐서는 이장한테 자신이 나타나면 신고하라고 윽박지른 다음 나오는 듯 했다. 그렇다면 식구들한테는 아직 무슨 일이 생기진 않은 듯 해 다행이라는 생각이 들면서 다소 안심이 되기도 했다.

　이제는 동네 사람들 몰래 집으로 숨어드는 것이 큰 숙제였다. 그들의 말대로라면 식구들이모두 위험해 질 수도 있는 일이었다. 하지만, 기남은 여기까지 온 마당이어서 죽으나 사나 집에 가야겠다는 생각을 굳히고 다시 한 번 주위를 살피며 집으로 들어 갈 마음의 준비를 하기 시작했다. 몇 집 없는 아랫동네는 조용하고, 집에는 어머니 아버지가 계신 방하고 집사람이 있는 방에 불이 켜져 있었지만, 집 안에 조용한 정적이 흐르는가 싶더니 곧이어 안방의 불이 꺼졌다.

　그 때를 놓치지 않고 기남은 집을 향해 재빨리 몸을 일으켰다. 그런 다음, 한 걸음에 집으로 다가 간 기남은 싸리문으로 된 대문에서 소리가 나지 않게 살짝 들어 올려 문을 열고 들어 간 다음, 다시 살짝 문을 닫았다. 그리고 채수 엄마가 있는 방문 옆에 몸을 숨기고는 방으로 들기 위해 다시 한 번 주변을 살피고는, 신발을 벗어 손에 들고 재빠르게 몸을 움직여 방안을 살폈다.

　아이 젖을 몰리고 있던 동엽은 아이가 잠이 들자 조용히 일어나 호롱불을 끄고 잠자리에 들었다. 세상 일이 어떻게 돌아가는지 알 수 없었지만, 반란군들이 저렇게 날 뛰면 시간이 갈수록 집 안에 위험이 닥쳐올지 몰라 그것이 걱정이 아닐 수 없었다. 더구나 경찰에 간 채수 아버지한테선 아직 소식도 없고, 그런데다 반란군들이 난리를 치고 다니는 판이어서 언제 무슨 일이 터질지 모를 불안감이 동엽을 조여오고 있었다. 그런 생각을 하고 있자니 잠은 오지 않고 눈망울만 말똥말똥해 지고 있는데, 밖에서 낮은 목소리로 부르는 듯한 목소리가 들려왔다.

"채수 엄마, 채수 엄마!"

그건 분명 채수 아버지 목소리였다. 동엽은 재빨리 몸을 일으켜 안으로 잠근 문고리를 뽑고 방문을 열었다. 그 순간,

"쉿! 조용..."

하며 방으로 들면서 고무신까지 들고 기남이 들어 왔다. 동엽은 재빨리 다시 문을 걸어 잠그고 혹시나 밖에서 무슨 소리가 들리는지 귀를 쫑긋 거리다가 채수 아버지에게 다가 왔다.

"이거이 뭔 일이다요, 야?"

"잉, 반란군헌테 쫓겨서...숨으러 왔네!"

"야? 하여튼 잘 오셨소...인자는 너무 걱정마쇼! 그람은 아분이 헌테 말을 해야지라..."

"잉...허지만 일단 몸부터 숨겨알건디..."

"그렇잖아도 아분이가 무슨 일이 있을지 모른다고... 준비를 해 놨어라..."

"준비?"

"야! 보면 알거니께... 아분이부터 깨워야지라! 잠깐만 계셔 보쇼, 잉?"

오랜만에 얼굴을 보면서도 서로 반가워할 겨를도 없이 몸을 피하는 것이 우선이었다. 그래서 불도 켜지 않은 채 마루로 통하는 옆 문을 열고 마루 건너 안방 문 앞에 있는 쪽문으로 다가간 동엽이 목소리를 낮춰 시아버지를 불렀다. 마루를 사이에 두고 안방과 동엽의 방이 마주 보고 있었는데 각각 방문은 따로 있었지만, 마루에서 들어 갈 수 있는 쪽문도 함께 나 있어서 마루에서도 들어 갈 수가 있게 되어 있었다.

"아분이! 아분이..."

밤눈이 어두운 대신 귀가 밝은 시아버지는 어느새 알아들었는지,

"아가! 무슨 일이냐..."

하며 자리에서 일어나 불을 켜려 했다.

"아분이! 불 키지 말고라..."

하자, 시아버지가 일어나고 시어머니도 일어나, 문고리를 여는 소리가 들렸다. 목소리를 낮추며 방으로 든 며느리의 행동이 의아해 졌는지 긴장된 목소리가 이어 졌다.

"아가! 뭔 일이다냐?"

"야! 거시기..."

목소리를 낮춘 동엽이 우물쭈물했다.

"뭔 일인디 그냐, 잉?"

"야! 머시기냐...채수 애비 말여라."

"채수 애비? 채수 애비가 왜? 뭔 일 있다드냐, 잉?"

"그거이 아니라...왔어라, 금방..."

"뭣이여? 그거이 진짜냐? 잉?"

그러자 채수 아버지가 뒤따라 안방으로 건너 와 목소리를 낮추며 인사를 했다.

"잘 계셨지라?"

"잉, 그래! 이거이 어찌된 일이냐, 잉?"

"야! 자세한 야그는 차차 하시고라... 반란군을 피해서 왔어라!"

"그래...고상했다! 그래 좀 어떻다고들 하드냐?"

"야! 낙안도 점령 당했고라, 벌교랑 동강도..."

"알았다. 나중에 야그하고... 잠깐만 있어 봐라! 아가! 정제에 묻어둔, 독...말이다. 언능 열어라, 잉?"

"할멈은 소리 내지 말고 조용히 허고, 잉?"

한영은 며느리한테 정재에 있는 장독을 들추라 하고, 그 밑에 있는 큰 항아리에 몸을 숨기게 하려는 참이었다.

"아가! 장독 안에 가져갈 '오강' 하나를 준비하그라! 글고 먹을 거랑 넣어 줄 수 있는 구멍도 표시 나지 않게 감추고... 무슨 말인지 알것제?"

그렇게 서둘러 기남의 몸을 숨기고, 다시 장독을 그 위에 올려 두자 웬만해서는 알 수 없게 몸을 숨길 수 있었다. 그리고 장독 앞에는 밖에 쌓아둔 장작을 들여다 마치 장작불을 때기 위해 쌓아 둔 것처럼 보이게 했다. 한 밤 중에 온 식구들이 깨어 기남을 숨겨 두고는 눈을 붙이 듯 말 듯 하면서 새벽이 다가오고 있었다.

동엽은 뜬 눈으로 밤을 새우고 다른 날보다 더 일찍 방문을 열고 정재로 나왔다. 곤히 잠든 채수도 들쳐 업고 나오자, 포대기 안에서 잠이 깬 채수가 칭얼거렸지만, 동엽의 마음은 안절부절 못하고 있었다. 아직 어둠이 깔려 있는 밖을 두리번거리다 정재로 들어 와서는 장독 밑과 통하는 구멍을 열었지만, 안에서 잠이 들었는지 채수 아버지의 소리가 조용해져 있었다.

"자요?"

하고 문자 한참 말이 없던 채수 아버지의 소리가 들려 왔다.

"잉! 잘 잤는가?"

"야! 그냥 거기 있으쇼. 나...가 부르기 전에는 절대 부르지도 말고라! 안에서는.. 밖에서 무슨 일이 있는지 모릉께라"

"알았네! 자네헌테 미안허네...자네가 고상이 많네!"

"아녀라! 지금은 그런 말이 다 뭔 소용이다요... 우선은 살고 봐양

위난(危亂)의 시대 105

께...그런 소리 마쇼! 밥 헐라요...쉬고 계시쇼!"

"알았네!"

동엽은 아궁이에 불을 부여 밥 할 준비를 하기 시작했다. 그 때 방에서 잠이 깬 시아버지가 정재문을 열었다.

"아가!"

"야, 아분이!"

"아무한테도 말하믄 안 되는 거 알제?"

"야!"

"낮말은 새가 듣고...그런 말 알제?"

"야! 뒷집 성님도라?"

"나중엔 몰라도...우선은..."

"그래도 뭔 일이 있으면 도움도 주고 받아야 할건디라..."

"그건 그런디...그라믄 그건 채수, 니...가 알아서 하그라!"

"알았어라..."

동엽은 딴 사람은 물라도 여러 모로 도움을 주고받아야 하는 뒷집 형님한테는 말을 해 둬야 할 것 같은 생각을 했다.

"할멈도... 입도 뺑끗말소, 잉?"

시아버지는 식구들 입단속부터 하고 나섰다.

조반을 먹고 나자 기남이 먹을 밥도 국에 말아 넣어 준 동엽은,

"힘든디 잠깐 나와서 눈 좀 붙일라요?"

하면서 시아버지에게,

"아분이! 잠깐만 나왔다가 들어가도 되것지라?"

하며, 허락을 받았다.

"지금은 별 일 없다만...뭔 일이 생길지 모룽께... 오늘만 특별히...잠깐만 나왔다가 들어가야 헌다!"
"야! 아분이..."
정재 밖으로 나오진 못했지만, 땅 속 항아리에서 잠깐 정재로 나온 기남은 아들 채수의 얼굴도 보고, 아내 동엽의 얼굴도 그제야 제대로 바라 볼 수 있었다. 하지만 그것도 잠시, 시아버지의 성화에 기남은 곧바로 다시 항아리 안으로 숨어야만 했다.
"힘들것지만, 살아야 허니께 그리 알고... 어서 들어 가그라, 알았제?"
"야! 아분이 그럼..."

기남이 다시 들어가고 나자, 다시 그 위를 덮고 난 동엽은 살며시 뒷집 형님을 찾았다.
"성님, 성님!"
장독에서 간장을 퍼 담던 집 형님의 모습이 담장 너머로 보이자 동엽이 형님을 불렀다.
"어이 동상! 잘 잤는가?"
"야!"
"별 일 없제?"
"야! 근디...거시기..."
"잉? 그러 뭔 일인가?"
"성님헌테 할 야그가 있는디라..."
"그란가? 그라믄 이따가 조반 먹고... 아제 나가고 나믄... 나...가 부를탱께 이따 보세, 잉?"
"야! 성님..."

위난(危亂)의 시대 107

동엽은 뒷집 형님한테 채수 아버지가 왔다는 얘기도 하고, 혹시나 무슨 일이 있으면 도움도 받을 참이었다.

"어이! 동상, 동상!"

"야, 성님! 아제는 나가셨소?"

"잉, 금방 갔네... 근디, 뭔 일 있는가?"

"야! 거시기..."

"걱정 말고...나한테는 말해도 되네! 나...가 뭔 일인지 알아야, 돕든지 말든지 헐거 아닌가, 잉?"

그러자 채수를 들쳐 업은 동엽이 대문을 돌아 뒷집 형님네로 급히 돌아들었다. 늘 담벼락을 사이에 두고 형제지간처럼 말을 주고받곤 하지만, 이렇게 형님 집을 가는 것은 참 오래간 만이었다.

"성님! 큰일이 있어라..."

"큰일? 그거이 뭔 일이다냐?"

"글씨...밤 새 채수 아부지가 왔어라, 쉿!"

"뭐? 이 난리 통에 잘 숨어 왔다든가?"

"야! 자세한 건 잘 모르고라... 하여튼 간에 왔어라!"

"그란가...그라믄 워디에 숨었당가?"

"그거이 말여요..."

아무도 없는 집이었지만, 동엽은 다시 한 번 주변을 살피 듯 둘러본 다음, 정재 밑에 땅을 판 것과 거기에 숨어 있는 채수 아버지에 대한 얘기를 해 주었다. 숨어있거나 집이 어떤 상황에 처했을 때 도움을 받아야 할지도 모를 일어서 였다.

"성님! 근디...애아부지가 안나타나믄... 저것들이 날리를 할건디라... 어쩐다요. 야?"

"즈그들이 설마...뭔 일이야 내것냐... 산 목숨 어쩌것는가... 우선은 이러고 있다가 일이 더 심각해 지든... 그 때는 다른 방법을 찾아보든지 허고, 너무 걱정 말게, 잉? 알았제? 이놈의 시상이 왜 이런지 원... 일본 놈들이 가고, 겨우 살만하다...했더니, 참..."

채수 아버지가 왔지만, 우선은 아무 일 없다는 듯 밭의 일도 해야 했고, 삼시 세 때 밥을 하는 일도 아무 일 없었다는 듯이 반복되고 있었다. 동엽은 다래기 아제한테도 채수 아버지가 정재에 숨어 있다는 얘기를 하자 직접 그것을 만들어 주었던 영성도 함께 걱정이 늘어가고 있었다.

그러던 중, 아니나 다를까 반란군들이 그냥 지날 리가 없었다. 그들이 감시하고 있는 경찰 가족이어서 감시의 눈길을 소홀히 할 리 없었던 반란군이 군인 한 사람과 함께, 그들에게 협조하고 있는 두 사람을 오월리로 보내왔다. 그들은 이장 집에 들러, 동네와 관련된 어떤 얘기를 하고 온 것인지 알 순 없었지만, 이장 송씨를 대동하고 기남의 집으로 왔다. 그리고는 다짜고짜 고함을 지르며 큰 소리로 명령을 내렸다.

"저 영감탱이를 끌어내시오!"

한영을 끌어 내리라는 소리였다. 그러자 이장이 앞을 가로 막았다.

"아니.. 나이 드신 어른헌테...이거이 무슨 짓이요. 잉?"

"뭐야? 당신이 뭔데 나서는 거야. 엉?"

하면서 이장을 향해 발길질을 해대자, 이장이 나가 떨어졌다.

"어이쿠.."

이어서 그들은 이장을 향해 총구를 들이 댔다.

"아 쌍...죽고 싶어? 엉?"

그러면서 함께 온 두 놈한테,

"이가야…송가랑 저…영감탱이를 끌어내라! 빨리…"

하고 명령을 내리자, 그들은 신발을 신은 그대로 방으로 들어가 시아버지 한영을 양쪽 팔을 잡고 끌다시피 마당으로 데리고 나왔다.

"끌고 가라…글고 이장! 당신…앞으로 죽기 싫으면 조심해…알았어?"

"…"

힘없는 노인인 한영이 발버둥을 쳐 봐야 그들한테 당할 수 없는 일이었다. 걷는 듯 끌리 듯 붙잡혀 가는 한영을 본 시어머니는 더 이상 아무 말도 못하고 놀라움에 말 한마디 붙일 수 없게 되고 말았다. 두 아들들은 과역의 지인에게 보낸 다음이라 그나마 자식들이 없어 다행이었는지도 모를 일이었다.

몇 집 안 되는 아랫동네 사람들은 물론이고, 윗동네 사람들도 윗동네와 아랫동네가 갈라지는 길가에 모여 들었다. 그 곳에는 한영 외에도 세 명의 남자들이 새끼줄로 손을 뒤로 묶인 채, 줄줄이 겁먹은 얼굴로 서 있었다.

"이 영감도 그 뒤에 묶어라. 서둘러…"

따라 온 두 사람이 한영을 네 번째로 달아 묶자, 그 반란군이 소리 쳤다.

"봤소? 우리한테 반동하면…이렇게 되오! 알것소? 자! 끌고 가라, 어서!"

동네 사람들은 구경만 하고 있을 뿐, 겁먹은 모양으로 모두들 길을 내 주고 있었다.

동엽은 밭에 가 일을 하고 있느라 잘 몰랐지만, 동네가 유난히 이상하다는 느낌을 받았다. 일을 마치고 목골 저수지를 돌아 동네 등성이를 내려오자 사람들이 모여 웅성거리는 것이 이상하게 느껴졌다. 그러자 불길한 예감이 든 동엽이 발걸음을 재촉해 집으로 돌아들었고, 집에는 시어머니의 통곡에 가까운 울음소리가 이어 지고 있었다.

"어무니, 어무니! 이거이 뭔 일이다요? 야?"

놀란 동엽은 남편 기남에게도 무슨 일이 생긴 것이 아닌지 가슴이 덜컹 내려앉았다.

"어무니..."

그러자 시어머니는 한 숨을 토해 내며 겨우 말을 이었다.

"느그 아부지...느그 아부지가..."

"야? 아분이가라?"

"잉야..그느 아부지를 그 놈들이 잡아가 부렀단다..."

그 소리에 놀란 동엽도 더 말을 이을 수가 없었다.

"어무니! 그람...채수 애비는요?"

"채수 애비? 채수 애비는..."

시아버지 일로 시어머니는 채수 아버지는 잊어버리고 있는 듯 했다. 동엽은 그런 어머니를 두고 마음이 급해져서 남편을 확인하러 급히 정재로 들어갔다. 그러자 윗집 형님이 언제 내려 왔는지 정재로 따라 들어왔다.

"채수 엄니야...안돼...좀 더 기다려 보세, 잉? 마음은 급헌지 알것지만...아직은 아무도 모르니께... 일단은 숨겨 놔야 허네. 알것는가?"

하면서 동엽을 말렸다.

동엽은 정재 안에 있는 장독을 움직이려다 말고, 형님의 그 말에

위난(危亂)의 시대

장독을 두고 뒤 돌아서서 정재를 나왔다. 장독 밑에 숨어 있는 채수 아버지가 밖에서 들리는 소리에 궁금하고 답답할 일이었지만, 아무 말도 하지 않고 밖으로 나온 것이었다. 그것이 안전하다는 생각에서였다.
 "성님! 아분이는 워디로 끌려갔다요, 야?"
 "글씨...그건 나도 몰것네! 이장도 그 놈들 헌테 맞아서...피도 나고 난리를 쳤네!"
 "..."
 "그래도...어쩌것는가? 동네 사람들이... 워디로 갔는지 알아본다고 했으니께... 채수 니...는 통 나서지 말고 가만히 있어야 허네, 알것는가?"
 "야! 성님..."

 윗동네에 모인 동네 남자들은 이구동성으로 이렇게 당할 수만은 없다고들 했다. 그 놈들이 끌고 간 동네 사람들을 죽일지도 모른다며, 끌려 간 사람들을 구해 와야 한다고 의견들을 모으고 있었다. 그 결과 이장은 동네 젊은 사람들을 모아 잡혀 간 사람들이 어디 갔는지 파악해 보자며 동네 청년들 둘을 벌교로 보냈다. 하지만, 이장과 동네 사람들이 소식을 초조하게 기다리고 있어도 어둠이 내리도록 끌려 간 사람들의 소식이 없더니, 밤이 되어서야 그들이 소식을 가지고 돌아 왔다.
 "이장님! 저 위에 있는 신작로 넘어... 수동 저수지 앞에들 모여 있습니다. 우리 동네만이 아니라 다른 동네 사람들까지... 이십여 명은 될 거 같던디라..."
 "그래? 알았네...고상들 했네!"
 그러면서 동네 젊은이들이 다시 모이기 시작하자, 끌려 간 사람들을 구할 방도를 의논하기 위해 머리를 맞대고 앉았다.

밤이 되자 동엽은 장독을 밀어 내고 채수 아버지를 나오게 했다
"채수 엄니! 뭔 일 있었제, 잉?"
아분이 헌테 뭔 일이 있던거여?
아분이 목소리랑... 뭔 소리들이 들리던디..."
"..."
기가 막힌 동엽이 아무 말도 하지 못하고 있자, 어머니가 안방으로 난 쪽문을 열었다.
"채수 애비야! 느그 아부지가..."
"엄니! 뭔 일이란가요. 언능 말해 보소, 잉?"
"반란군들이 와서 느그 아부지를 잡아가 부렀단다. 느그 아부지를..."
"아...니 뭐라고요? 그 놈들이요?"
"그려...글고, 동네 사람들이 모여서... 구하러 간다고들 한다드라..."
"그래...요? 그라믄 나도 가 봐야지라... 이대로 숨어 있을 수만은 없제라... 알았으니께...가마니 게서 보쇼, 잉?"
하면서 서둘러 윗동네로 올라 갈 채비를 했다. 그러자 동엽이 앞을 가로 막았다.
"안되라, 안돼...지금가면 사단이 나요. 사단이...야?"
동엽은 채수를 업은 채로 남편 기남을 말리고 있었다.
"채수 엄니! 아분이가 잡혀 갔고, 동네 사람들도 잡혀 갔는디..."
"그려도 지금은 안되라. 야? 채수 아부지!"
"자네 말은 알것네. 근디... 내가 명색이 경찰 아닌가?"
더 이상 남편 기남을 말릴 수가 없게 되어 가고 있었다. 채수 아버지는 그 길로 윗동네로 가야겠다고 집을 나섰다. 그러자 그런 뒷모습을 지켜보던 동엽이 소리치듯 말했다.

"에쇼...몸조심하쇼, 잉?"
동엽의 눈에는 수심만이 가득 차 있었다.

윗동네와 아랫동네 사람들을 모아 잡혀 간 사람들을 구하기 위한 작전이 시작됐다. 알아 본 바로는 그 놈들은 여러 동네에서 잡아 온 사람들을 신작로 옆에 있는 수동 마을에 모아두고 무슨 이유인지 알 순 없었지만, 일단 거기서 일단 밤을 묵고 있다는 소식이었다. 반란군으로 보이는 사람들이 대여섯 명이 있고, 그들에게 동조하며 따라 다니는 놈들 몇이서 지키고 있다고 하는 것으로 보아 마을 사람들 여럿이 힘을 모아 기습을 한다면 충분히 사람들을 구할 수 있을 것 같았다.

인근 마을 사람들까지 합해서 작전이 가능한 사람들을 모은 결과 함께 참가하겠다는 사람들이 오십여 명이나 모였다. 그렇게 모인 사람들은 훈련을 받아 본 사람은 아무도 없었고 무기라고 해 봐야 농기구가 전부였지만, 서로 모여 해야 할 일을 나누어 맡았고, 그 대장은 기남이 맡았다.

"자! 나허고,,,두 사람이 먼저 접근해서 상황 파악을 한 다음에... 대기허고 있는 뒷사람 쪽으로 신호를 보내믄... 곧바로 한꺼번에 쳐들어가야 헙니다. 알것지라?"

그러면서 반란군에게 대항하는 방법과 총을 빼앗은 방법을 간단히 일러 준 다음, 가지고 있는 농기구와 대나무로 만든 죽창의 사용법도 간단히 함께 일러 주었다. 실제로 그것을 사용할 수 있을지는 알 수 없는 일이지만, 그 방법을 알려 주는 것만으로도 동네 사람들의 각오는 대단해져 가고 있는 듯 했다. 동네 사람들을 구해야 한다는 각오를 다진 기남은 선두에 서서 사람들이 잡혀 있는 수동 마을 창고 쪽으로 움직이기 시작했다.

    제법 커 보이는 수동 마을 창고 안에는 잡혀 온 사람들과 반란군이 한꺼번에 들어 가 있었다. 창고 안쪽에는 반란군과 그 쪽에 협조하는 사람들이 쉬고 있었고, 다른 한쪽에는 잡혀 간 사람들이 뒤엉켜 있었다. 조용히 발소리를 낮추고 숨소리까지 낮춘 동네 사람들을 이끌고 창고로 간 기남은 한동안 창고 안과 주변을 살피다가 오른손을 높이 들어올렸다. 그것은 동네 사람들이 창고를 에워싸고 대기하라는 미리 약속된 신호였다.

    그 수신호에 따라 사람들이 조심스럽게 창고를 에워싸자, 이번에는 기남이 창고 문 앞에 서있는 문지기 두 사람 중 한 사람에게 기습적으로 다가가 목을 조이며 끌고 나왔고, 다른 두 사람은 또 다른 한 사람을 기남이 하는 것처럼 끌어냈다. 그런 다음, 기남이 나서서 조용히 창고 문을 열려고 했지만 열리지 않자 어쩔 수 없이 창고 문을 힘껏 발로 차는 수밖에 없었다.

    창고를 둘러 싼 동네 사람들이 숨을 죽이며 기남의 움직임을 지켜보는 가운데, 기남이 몇 발자국 뒤로 물러났다가는 뛰듯이 몸을 날리며 닫힌 대문을 이단 옆차기로 날리자 나무로 걸쳐진 문고리가 부러지며 창고 문이 활짝 열렸다. 그 다음은 약속된 대로 기남과 동네 사람들이 '와' 소리를 지르며 한꺼번에 기습적으로 창고 안으로 달려들었다.

    총을 가지고 있던 반란군들이었지만, 자고 있는 틈에 갑자기 달려든 사람들 앞에 총알을 장전할 틈도 없이, 그저 자리에서 일어나 총으로 방어하면서 막기에 급급했고, 한 사람만이 총알을 장전해 총을 쏘려고 했다. 그러나 워낙 예상치 못한 기습적인 공격이어선지 몇 놈이 쓰러 졌고, 그 사이에 창고 안에 잡혀 와 있던 사람들은 구하러 온 마을 사람들을 따라 밖으로 나가고 있었다.

"야, 이 새끼들... 전부 다 그 자리에 서... 안서면 다 죽인다, 엉?"

그렇게 반란군의 목소리가 들렸지만, 총알을 다시 갈아 넣을 틈도 없이 사람들이 한꺼번에 달려들자, 총구와 개머리판으로 사람들을 치며 맞받아 쳤다. 그렇게 한참을 뒤엉켜 싸움을 벌이고 있는데, 기남이

"어서 돌아서! 도망 가 서둘러, 어서!"

하는 말을 하자 동네 사람들이 재빨리 창고를 빠져 나가기 시작했다. 하지만, 사람들이 다 빠져 나가도록 십여 명은 그 놈들하고 싸움을 벌이며 그들이 나갈 시간을 벌어주고 있었다. 그런 틈바구니에서 사람들을 이끌던 기남은 사람들이 거의 빠져 나가자 반란군들의 상황을 파악하고는 마지막 대응을 하려고 하자, 수적으로 열세였던 반란군들이 창고를 나가 어디론가 줄행랑을 치며 달아나기 시작했다. 그러자 기남이 동네 사람들을 향해 소리 쳤다.

"자! 더 이상 쫓지 마쇼! 고상들 했소... 각자 동네분들 한번씩 챙겨 보시고... 그리고 동네로 돌아 가셔서...빨리들 숨어야 헙니다. 오늘 일은 어떤 일이 있어도 모른 척 해야 하고라...알것지라? 수고들 하셨어라!"

"장 순경이 최고여, 최고... 멋져부렀땅께!"

"와 와! 최고여 최고..."

그렇게 해서 다른 동네 사람들도 모두 함께 무사히 풀려나 집으로 갔고, 오월리 사람들도 아버지를 모시고, 기남 일행과 집으로 돌아올 수 있게 되었다.

"채수 애비야! 니...땜시 살았다! 고맙다 고마워!"

"아분이! 지가 헐 일 헌건디라…"
"그려! 니가 움직이는 것을 보니께…대단허드라! 경찰이 맞긴 맞드라! 근디…큰일이다, 인자… 저것들이 가만 안있을건디…"
하면서 몸을 추스른 아버지는 식구들 모두한테 간단히 떠날 준비를 하하고 했다.
"어서들 서두르자, 목숨이 경각에 달렸다. 당분간은 피해야 쓰것다."
"아분이 위디로 간다요…숨을 디도 없는디라…"
"반란군 놈들이 바닷가 멀리까지는 아직 힘이 못 미칠 거니께… 언능, '과역'으로 가자…서둘러라!"
시아버지의 말에 따라 시어머니와 함께 기남과 동엽은 채수를 등에 업고 서둘러 길을 났다. 어둠에 깔린 밖을 향해 길을 나선 식구들은 집을 나와서는 길을 따라 가질 않고 아랫동네인 '내대' 옆 야산을 통과해 부지런히 몸을 피하기 시작했다. 시아버지의 밤눈이 어두웠지만, 기남이 손을 잡고 이끌어 갔다. 언제 돌아올지도 모를 길을 떠나면서도 동엽은 뒷집 형님한테 집을 부탁하고 나섰다. 또, 장리 쌀 놓고 있는 것도 무슨 일이 있을지 모르니 끝까지 비밀로 하고 지켜 달라는 부탁도 해 두었다. 그것이 동엽의 돈인 것으로 알려 지면 반란군들한테 크게 당할 수도 있는 일일지 모를 것이어서 였다.

걸어걸어 산길을 타고 야반도주 하다시피 해서 다음 날 오후 늦게 힘들게 도착한 시아버지의 친구 집은 동엽의 시골집과 비슷한 바닷가 마을이었다. 시아버지 친구라는 분은 갑자기 찾아 온 친구 가족들을 반기면서도 걱정을 하며 데리고 있던 두 아들들과 함께 그 집에서도 더 멀리 떨어진 외진 동네로 데려 갔다. 그곳이 피난에는 더 안전하다는 생각에서였다.
　그 친구분이 있는 동네도 한영의 두 아들과 다른 사람들로부터 반란군 얘기도 듣고 세상 돌아가는 얘기도 듣고 있긴 했지만, 그들에게는 아직 남의 얘기나 다름없는 조용한 동네라고 해도 될 듯했다. 그러나 그 동네 이장은 벌교까지 들어 온 반란군이 아직 동강에는 본격적으로 들어오지 않았지만, 언제 동강을 들어 와 진을 칠지 모른다며 큰 걱정을 하고 있었다. 그런 상황이어서 한영과 식구들이 들어 와 그간에 있었던 얘기들을 하게 되자 더욱 더 근심이 커 가고 있었다.

　한영의 일가족이 피난 아닌 피난을 오게 됐지만, 식구들한테는 오월리에서와는 달리 평안이 찾아 온 것이나 마찬가지였다. 그런 와중이라 농사를 짓지 않게 된 동엽에게는 시집 온 후 처음 맞보는 휴식이 찾아 온 것이나 마찬가지였고, 그래서인지 동엽은 온 몸의 긴장이 풀려갔고, 몸살이 난 듯 시름시름 아프기까지 해 왔다.
　그러면서도 기남은 마을 이장을 통해 자신이 여기에 숨어있다는 사실을 은밀히 경찰에 연락을 취하도록 했고. 얼마 지나지 않아 지서에서 기남을 찾아왔다. 그 후 기남은 그 순경과 동행해 지서로 나갔고, 기남은 다시 경찰에 복귀할 수 있게 되었다. 그렇게 경찰에 복귀한 기남은 그간의 상황을 설명하고 경찰권이 회복될 때까지 이 지서에서 근무할 수 있도록 조치가 취해졌다. 그래서 기남은 식구들이 있는 이곳에서 반란군이 더 이상 넘어 오지 못하도록 저지하면서 치안을 유지하는 일에 힘을 보태게 되었다.

　반란이 난지 몇 달의 시간이 흘러가고 겨울이 가까워 올 무렵, 반란군들이 소탕되고 다시 경찰력이 회복되었다. 그렇게 되자 기남은 다시 낙안 지서로 복귀하게 되었는데, 그 지서에서 근무하던 다섯 명의 경찰 가운데 세 사람이 죽었다는 소식도 함께 접하게 되었다. 하지만, 경찰로서나 기남도 어찌해 볼 수 없는 일이 되어버린 지 오래 되고 말았다.

한편, 집으로 돌아 온 식구들은 온 집안이 거의 다 망가지다시피 한 것을 보고 놀라지 않을 수 없었다. 집을 돌아 온 동엽은 그간에 있었던 기막힌 소식을 뒷집 형님으로부터 들을 수 있었다. 뒷집 형님이 그간의 소식을 전하고 있는데, 그 집 남편인 아제가 시아버지에게 말을 열었다.

"아제! 말도 마쇼! 반란군 놈들이… 아제네가 몰래 떠난 이튿날…총을 들고, 몇 놈이나 찾아 왔습디다."

뒷집 아제가 시아버지 한영에게 더 이상 말을 잇지 못하자, 뒷집 형님이 말을 이었다.

"동상! 말도 말소! 그것들이 쳐들어 와서는 온 집 안을 뒤지더니… 우리랑 아랫집 동상네도 불러 놓고는… '어디 갔는지 불어라'믄서…총구멍을 대고 난리를 치데! 총에 맞아 죽는지 알았당께! 온 몸이 떨리고…죽는지 알았네!"

"야! 아제…나헌테는 총을 가슴에다 대고… 안 불면 죽인다고 합디다."

"허…자네들이 고상 많았네! 그려, 어디 상헌디는 없능가…"

"야! 크게 상헌디는 없어라! 근디…그 놈들이 차마 총을 쏠 순 없었든지, 발로 여그 저그를 차고…난리를 치드니, 아제네가 돌아 오믄, 반드시 신고를 하라고 합디다. 신고 안하믄 가만 안둔다고라…"

"그려, 자네들헌테 못할 짓 했네… 내가 미안허고 고맙네…"

"아녀라! 근디 기남이는 어찌 되었는가라..."
"잉! 덕분에 경찰에 무사히 복귀했네!"
"잘 됐네라! 반란군 놈들이 그렇게 지독하데요. 나쁜 놈들..."
"동네 사람들 헌테는 신세를 어찌 갚어야 헐지 몰것네!"
"아제! 그런 말 안해서도 되요. 지금...아제가 형편이 이래서 그렇죠... 다리도 만들어 줬죠...동네에다 한 것이 얼만디라... 이 정도 보호 받을 자격이 있어라... 그러니...그런 걱정 안해도 될 거 구만요!"
"그려도 참... 동네에 폐를 끼쳐서 할 말이 없네"
"그 놈들이 집을 다 뒤지고, 뿌시고 난리를 쳐 가지고... 우리가 대충 치운다고 치우긴 했는디라... 그냥 워디를 워떠케 해야 할지 몰라서...대충 얹어 놨어라!"
"고맙네! 걱정 말게....인자부턴 우리가 정리함세!"

    시동생들은 시아버지가 시키는 대로 큰 짐들을 정리하고 했고, 동엽이 살림 하나하나를 다시 정리하며 챙기기 시작했다. 정재에 있던 '설겆'이랑 '다락방'도 모두 부서지다시피 했고, 정재 안에 있던 장독 항아리도 깨져 있었다. 그리고 우물가의 장독들도 하나같이 깨져 있어서 모두 쓸모가 없게 되고 말았다. 그러나 정재 밑에 기남이 숨었던 그 곳은 발견하지 못했던지 그대로 남아 있어 시아버지가 정재 밑에 땅을 판 이유를 어렴풋이 짐작할 만도 했다.

    반란군들이 점령하고 있을 당시 '수동 마을'에서 사람들에 대한 구출 작전을 했던 일이 암암리에 알려지자 경찰에서는 기남에게 그 공적을 인정해 일 계급 특진을 시켜주는 행운이 주어졌다. 그러자 기남은 반란군 잔당 소탕작전에 참여해 보겠다는 지원을 했지만, 치안이 중요하다며 기남이 지서에서 근무하도록 해 주었다.

그렇게 정신없는 시간이 지나 가을이 가고 겨울이 왔지만, 집에는 갈 엄두도 못 내고 그저 가끔 안부만 주고받는 시간이 반복되었다. 그러면서 겨울이 닥치자 민간인들도 피폐해진 생활로 많은 힘이 들었지만, 경찰도 말만 경찰이지 국가로부터의 지원도 거의 이루어 지지 못할 정도로 어려운 탓에 힘겨운 겨울을 맞이하게 되었다.

엉망이 된 집 안이 정리되고, 어느 정도 자리를 잡게 되자 동엽은 그동안 모아 둔 돈을 다시 정리해 장리 쌀을 늘려갔고, 그 중에 장리 쌀을 갚을 능력이 없게 된 어떤 사람으로부터는 자진해서 논 세마지기를 돌려받게 되었다. 형식적으로는 장리 쌀에 대한 원리금을 갚지 못해 돌려받은 논이었지만, 사실 그 논은 동엽이 시집오기 전 시아버지 소유의 전답이라고 했다. 그렇게 해서 논과 밭을 다시 찾아오게 되자, 전체적으로 논이 다섯 마지기에 밭이 여섯 마지기가 되었다.

시아버지는 며느리가 그렇게 수단을 발휘해 논과 밭을 가져 오게 되면서 감회가 남다른 듯 했다. 그 전에도 시아버지는 다른 식구들과는 달리 며느리를 잘 보긴 했지만, 지금처럼 그렇진 않았다.

"채수 애미야! 니...가 여자 몸으로 그런 큰일을 어찌 혼자 할 수 있었냐? 장허다 장해...고맙고... 그란디...기순이 기철이 저 놈들이 논밭 일을 할 것도 아니고... 채수 애비가 순경을 그만 두고 일을 할 수도 없는 일이고... 걱정이 되기도 헌다..."

"야, 아분이! 그렇잖아도 요즈믄 '놉'을 얻기도 힘들고라... 어째얄지...고민이 되긴 해라..."

"알긋다, 너무 걱정 말아라! 나...가 여그 저그 사람을 좀 알아 볼란다. 일 할 사람 없것냐!"

"그러라! 아분이가 좀...알아 봐 주서라.."

"알았다. 그나저나 니...가 고상했다. 고맙다"

시아버지는 며느리가 살아 보려고 애쓰는 것이 대견스러웠지만, 나이 들고 힘이 들어 도와 줄 수도 없는 것이 안타깝기만 했다. 그렇다고 어린 아들들이 일을 할 수 있는 것도 아니어서 그 전에 윗동네에서 살 때 한영의 집에서 머슴을 살기도 했고, 지금은 다른 동네에서 살고 있는 '공채'라는 사람을 찾았다. '공채'는 과거 한영의 집에서 어릴 적부터 먹고 자고하며 머슴살이를 한 적이 있는 사람이었고, 어른이 되자 앞산 뒤쪽 편에 있는 '하신 마을'이라는 곳의 '금자'와 짝을 맺어 다른 곳으로 가 살고 있는 사람이었다. 그렇게 짝을 맺은 공채는 윗동네 살 때, 한영의 집 행랑채 한 구석에서 신접살림을 차리고, 거기서 아들도 낳았었다. 그러다가 한영의 가세가 기울고 일본이 패망했지만, 끝까지 한영을 보필하겠다고 해 머슴살이를 하던 사람들이 다들 떠나갔어도 마지막까지 남아 있었던 머슴이었다.

그러던 공채는 한영의 집이 망해 어쩔 수 없이 아랫동네로 집을 옮기게 되자 처가가 있는 하신 마을로 가 살고 있다는 소식을 듣고 있어서 그 공채에게 사람이 필요하다는 말을 전했다. 공채는 처가에서 농사일을 하고 있을 것이어서 공채가 올 수 있으면 좋을 일이지만, 올 수 없으면 다른 사람을 구해 줄 수 있는지를 타진해 보았다. 그런데 소식을 넣은 지 얼마 되지 않아 공채가 만사를 제쳐 두고 한영의 집으로 찾아 왔다.

"어르신, 건강하셨지라? 뭔 일로 이놈을 다...찾으셨대요? 나 같은 놈이 다...필요하당가요..."

"잉! 공채야...집 사람도 잘 있고, 아그도 잘 크제?"

"야! 그 사이에 딸도 하나 더 생겼어라!"

"그려 잘...했다. 아직 처가에 살고 있드냐?"

"하믄요! 그냥 얹혀서 살고 있지라... 지...가 배운거이 있습니까... 할 줄 아는기 있습니까... 농사 짓는거 말고는..."

"허...거 참! 우리 집 소식은 들었는가?"

"야! 아제가 경찰이 됐다고 하시고... 큰 마님이 논하고 밭을 조금 찾았다고..."

"그래. 근디... 니도 알다시피... 나도 농사를 짓지 못허고...느그 마님도 여자가.... 농사를 지을 수도 없어서...어째야 쓸지 몰라서... 그 논이랑 밭도 공채 니가 짓던 디 아니냐..."

"그렇지라! 지...가 안지은 곳이 없지라... 거시기, 그...다섯 마지기 논은 물대기도 좋고,,,,쌀도 잘되지라!"

"그려! 그건 그렇다만... 어쨌든 간에 농사지을 손도 필요하고...그란디... 공채야 이 일을 어째야 쓰것냐?"

"어르신 뭔 걱정을 하신대라. 이 공채가 있는디라..."

"뭐? 공채 니...가?"

"야! 나 말고 누가 그걸 할 수 있을께라..."

"허...그럴 수 있것는가?"

"하믄요 하믄...식구들을 모릅니까...마님을 모릅니까... 걱정도 마서요. 다들 한 식구나 마찬가징께라…"

한영은 공채가 두 말 않고 농사를 지어 주겠다고 하자 그 이상 고마울 데가 없었다. 집을 떠난 지 몇 년이나 되었지만, 공채는 기남에게 옛날처럼 아제로 불렀고 동엽에게도 큰 마님으로 부르고 있었다.
"이제는 시상도 바뀌고…했으니 부르는 것도 좀…바꿔도 되네!"
"야! 아적은 버릇이 돼서라! 차차 그렇게 되것지라!"
"글고..느그 안 사람헌테는 하락을 받았는가?"
"야! 허락 받거나 말거나가 있는가요? 처가에는 일도 적고라….일할 사람도 동네에 걱정없고라…"
"그래! 아무튼 고맙네. 내…며칠 내로 기거할 방이랑 마련해 둘 터이니 그리 알고…"
"아녀라! 여그 집으로 내려오실 때…광으로 쓰던 방이 하나 있었는디라… 그거면 충분한디라…"
"그건 그란디…허름해서…"
"아녀라! 그거면 충분헝께…지가 손봐서 쓸랍니다!"
"허! 그래도 찮것는가?"
"야! 그건 나…가 알아서 할랍니다."

집 대문을 들어서서 안채를 바라보며 왼쪽 담장 앞에 광으로 쓰이는 것이 하나 있었는데, 그 곳에 사용하지 않고 비어 둔 허름한 골방이 있었던 것을 공채가 잊지 않고 있었다. 그런 얘기를 나누는 동안 밭에서 일을 하고 집으로 온 동엽과 반갑게 마주하게 되었다.
"우메! 이거이 누구다요…공채 아제 아니어라? 그간 잘 사셨소…"

"야! 큰 마님…고상이 많지라? 여전하지라?"

그런 말을 하면서도 공채는 동엽의 머리에 이고 있는 소쿠리를 받아 내리고 있었다.

"어르신이 불러서 왔어라!"

"그려라…그라믄…"

"야! 나…가 일할라고라!"

"아제가라? 그라믄 우린 좋치라…"

공채는 머슴으로 있긴 했지만, 결혼을 하고 난 공채에게 동엽은 '아제'라고 부르고 있었고, 그만큼 서로가 잘 알고 있는 터여서 공채가 온다는 말에 마음이 크게 흡족해 지고 있었다.

옛날, 큰 농사를 지으며 대여섯 명의 머슴이 있었던 시절과는 많이 달랐지만 공채가 돌아 와 일을 하기 시작하면서 한결 일의 갈래가 잡혔고, 동엽도 공채를 따라 하는 일이 훨씬 체계가 잡히고 수월해 져 갔다. 공채에게는 밭이건 논이건 농사를 짓는 것은 어렸을 적부터 이 골이 날 정도로 몸에 배어있는 일이었지만, 어른이 되도록 바닷가 개펄에서 갯일만 해 온 동엽에게는 결혼 후 수년이 지났어도 어려운 일이었다. 논농사는 제대로 지어 보지도 못했고, 겨우 겨우 개간한 밭농사를 지어 본 것이 전부인 동엽에게는 농사짓는 일이 그리 만만찮은 일이 되고 있었던 것이었다.

공채가 하는 일은 어느 것이나 허튼 일 없이 차례차례 여러 가지 일들을 갈래있게 해 나가고 있었다. 공채가 전담해서 일을 하게 되면서 논과 밭도 그 숫자가 늘어 공채 혼자서 일을 감당하기 어려울 정도로 바빠져 가고 있었다.

그렇게 집 안 살림이 나아지고 있는 동안에 여·순 반란 사건이 완전히 진압되었다. 그러면서 새 정부가 수립되고 세상이 달라진 것처럼 모두가 기쁨에 들떠 있는 듯 했다. 그것은 해방이 되고 나서 맞는 또 하나의 경사가 아닐 수 없는 것이기도 했다. 그러나 해방이 되었다는 기쁨도 잠시였고, 남과 북이 갈라져서 남한에는 대한민국이 들어섰고, 북한에는 김일성이가 또 다른 나라를 세웠다고 했다. 그 과정에서 유엔이라는 곳이 정한 신탁통치를 찬성하니 반대하니 하는 일로 나라가 시끄러웠고, 김구 선생이 38선을 넘어 남한만의 단독정부 수립을 반대한다며, 남·북 통일을 외치다 괴한에게 총을 맞아 살해 되는 사건이 발생했다고도 했다. 그렇게 나라가 시끄럽고 혼란스러운 가운데서도 남한에는 대한민국이 세워졌고, 북한에도 북조선이 세워진 것이었다.

그렇지만, 농사를 짓는 오월리의 형편은 그리 쉽게 나아지지 않고 있었다. 나라가 세워지고 안정되면 국민이 잘 살게 되어야 하는데, 현실은 그러지 못하고 여러 가지 일들로 국민들에게 상처만 남기는 일도 반복되고 있었다. 농촌에서는 어디서 돈들이 났는지 알 순 없지만, 가난한 살림에도 노름으로 날을 새는 사람들이 늘어났고, 그것 때문에 가산을 탕진하는 사람들이 생겨나기 시작했다.

그리고는 봄이 되면 보릿고개를 못 넘겨 허덕이다가 '장리 빚'을 지는 일도 반복되어 가기도 했다. 그것은 마치 일제 말기에 기울어져 가던 동엽의 시댁이, 빚에 치이며 순식간에 가산이 탕진되어 간 것과 하나도 다를 바가 없는 일이 되어 가고 있었다. 그것을 보며 동엽은 이런 기회에 될 수 있는 한 많은 논과 밭을 찾아야겠다는 생각으로 아끼고 모으며 살림을 불려 가고 있었다.

그럴 때 마다 공채는 큰 마님이 아직 젊은데도 대단하다며 동엽이 하는 일을 믿고 따라 주었다. 그래서 동엽은 논과 밭 일 모두를 공채에게 맡기다시피 하고 있었다. 그렇게 마을에서 옛날 재산을 조금이나마 회복해 가자 동네 사람들은 장가네 며느리가 큰일을 하고 있다며 칭송이 늘어지기도 했다. 그러나 동엽에게 장리 쌀을 가져갔다가 갚지 못하고 논과 밭을 넘겨주어야 하는 사람들은 동엽은 물론, 한영에게까지도 좋지 않은 감정을 가지기도 했다. 그렇지만 기남이 순경이고 옛날 별감이었던 시아버지 한영이 있었기에 쉽게 함부로 대하진 못했다. 그러는 사이에 옛 재산에 비하면 아무것도 아니었지만, 먹고 살만할 정도로 논과 밭이 조금씩 늘어나고 있었다.

여순 반란 사건이 끝나면서 치안이 안정되어 가자 일 계급 특진했던 기남은 얼마 지나지 않아 곧바로 지서장이 되었다. 기남은 눈코 뜰 새 없이 바쁜 날들을 이어갔고, 그래서 집에는 거의 가보지 못하고 지내는 시간이 계속되었다. 그러다 기남은 우연찮은 기회에 지서에 일을 보러 왔던 낙안 읍내의 '조가' 라는 여자를 알게 되었다. 그 '조가'는 읍내에서 제법 사는 집안의 딸이었는데, 일본이 패망해 가면서 일본에 협조했던 사람이라는 낙인이 찍혀 기남이네처럼 가세가 거의 기울어 가는 집안의 딸이었다.
그러나 정부가 수립되는 과정에서 일본의 흔적에서 벗어나지 못한 정부를 구성할 수밖에 없었던 까닭에 '조가는 정부 수립에 공헌한 공로를 인정받아 어느 정도 힘이 피어 가고 있는 사람이었다. 그런 조가가 지서 일에 협조하고 도움을 주게 되면서 그의 딸 '조 여순'이 아버지를 따라 지서 일을 보러 왔다 갔다 하면서 기남과 가까워 진 것이었다.

그런 사실을 전혀 알 수 없었던 동엽은 몇 달 간이나 바쁘다며 집에 오지 않는 남편 기남을 보기 위해 바쁜 농사 일 가운데서도 큰 맘 먹고 낙안을 찾아갔다. 그러자 소식도 없이 찾아 온 동엽을 보고 난 기남은 알 수 없는 당황감에 빠져 드는 듯 했다.

"채수 아부지! 뭔 일 있소? 왜 그요?"

"아...아녀! 그런 거이 아니고..."

채수를 등에 업고 남편 기남과 지서 직원들에게 떡이라도 주려고 머리에 지고 시루떡하고 인절미를 해 왔다. 지서장이 되어서 그 밑에 직원들도 있고 해서 함께 먹일 요량으로 제법 무게가 있었지만 이를 악물고 여기까지 가져 온 떡이었다. 근무하는 직원들도 갑자기 동엽이 나타나자 다소 놀란 듯 했지만, 어색하게 떡을 받아 보자기를 풀고 있었다.

그런 모습을 보며 기남은 지서 뒤 숙소로 아내 동엽을 데리고 갔다. 직원들이 사용하는 방 하나와 서장인 기남이 사용 하는 방, 이렇게 두 개의 방이 마루를 사이에 두고 지서 뒤쪽에 있었는데 직원들이 사용하는 방은 거의 잠만 자는 듯 정리되지 않고 어지럽게 널브러져 있는 모습이었다. 그런데 기남이 자는 방은 무언가 감추려는 듯이 급하게 정리된 흔적이 보였지만, 제대로 정리되어 있지 않는 모습이었다.

기남은 동엽이 아이를 업고 지서에 나타나자 눈짓으로 부하 직원들을 시켜 방을 정리하도록 했던 것이었다. 그런 상황을 눈치 챈 부하 직원이 몰래 나가 방을 대충 정리하고 나온 다음, 기남이 먼저 방으로 들어 직원들이 치우고 난 나머지 것들을 정리하며 동엽을 자리에 앉도록 했다. 하지만, 동엽은 괜찮다며 어질러진 방을 정리하면서 청소를 해 나가기 시작했다. 그러는 동안 기남은 지서 일을 보러 가야 한다고 했고, 동엽은 방 안 곳곳을 닦아 가며 청소를 하고 있었다. 그런데 얼마 지나지 않아 어떤 여자가 지서 뒤 숙소로 불쑥 들어왔다.

"누구 신... 가라?"

동엽이 물어야 할 말을 그 사람이 묻고 있었다. 동엽은 그 여자의 말이 무슨 뜻인지 알 수 없었다. 그러자 누구냐고 묻던 그 여자는 곧바로 지서 뒷문을 열고 기남을 향해 소리치듯 물었다.

"서장님! 방에...거시기..."

그 말에 놀란 기남이 황급히 뒤쪽으로 나오며 사무실 문을 닫았다. 그러면서 방에 있는 동엽을 의식하며 그 여자에게 어서 나가라는 눈짓을 했다. 하지만, 그 여자가 이런 상황을 제대로 알아차릴 리 없었다.

"아하...이제 보니까 애기 엄마구만..."

"어? 엉...그거이..."

"그래도 그렇지! 소식도 없이 이렇게 불쑥 나타나믄 곤란 하지... 안그런가...요?"

그 여자는 동엽과 아이를 번갈아 바라보며 오히려 자신이 기가 막힌다는 듯한 표정을 짓고 있었다. 동엽은 말로만 듣던 이런 상황을 직접 맞닥뜨리고 나자 그야말로 온 몸의 기운이 빠져 나갈 듯 기가 막혔고, 동엽은 그저 넋 나간 사람처럼 그 자리에 그대로 주저앉고 말았다. 그러자 기남은 그 여자를 가로 막으며 그 여자에게,

"왜 이래? 엉?"

하며 막아섰다. 그러자 그 여자는,

"왜 이래? 이런 여자를 여편네라고 델꼬 살어? 엉?"

하면서 뭘 믿고 떠드는지 알 수 없었지만, 동엽을 향해 되레 큰 소리를 치고 있었다.

"서장을 뒷바라지 할라믄, 능력도 좀 있고, 뭐... 그래야 않것이요?"

동엽은 그 여자의 말이 귀에 들어오지 않았다. 오히려 그 여자가 떠들고 있는 말이 무슨 말이든 간에 아무 상관이 없게 되어 가고 있었다. 그러자 동엽은 그 자리에서 일어나 아무 말도 하지 않은 채 아들 채수를 업은 그대로 방을 나섰다. 기남은 그런 동엽을 가로 막으며 무언가 말을 하려고 했지만, 그 여자의 목소리가 걸음을 멈추게 하고 있었다.

"어딜 가? 지금 나서믄, 목이 날아갈지 알어! 엉?"

뭘 믿고 그렇게 떠들어 대는지 알 수 없었지만, 그 여자의 그런 말에 이러지도 저러지도 못하고 있는 기남의 모습이 눈에 들어 왔다. 하지만, 동엽은 생각할 겨를도 없이 고무신도 걸친 듯 만듯하면서 밖으로 나오고 말았다.

어른들이 떠드는 사이에 등에서 조용하던 채수는 크게 울어댔고, 그런 상황을 어떻게 피해 나온 건지도 알 수 없던 동엽은, 무작정 오던 길로 발길을 돌리기 시작했다. 기남은 동엽이 그렇게 나가는 것을 보고도 그 여자가 가로 막는 말에 어쩔 수 없이 따라 나서지 못하고 지켜보는 수밖에 다른 도리가 없게 되고 말았다.

동엽은 밤길을 걷고 또 걸었다. 하도 기가 막힌 현장을 보고 나니 눈물조차 나오질 않았다. 아무것도 모르는 아이는 등 뒤에서 영문도 모른 채 불편한 칭얼거림을 계속하고 있었다. 어디쯤 지나고 있는지 알 순 없었지만, 벌교를 향해 발길을 옮기고 있는 동엽에게 한 밤 중의 어둠은 공포가 될 수도 없었다. 밤이 무서울 일이었지만 그런 것에 아랑곳 않고, 동엽은 밤길을 걷고 또 걸어 집이 있는 벌교 쪽을 향해 가는 것 말고는 아무 생각이 들지 않았다.

그렇게 얼마 동안을 걸었는지 알 수 없을 즈음, 불현 듯 등에 있는 아이의 배가 고플 것이라는 생각이 들었다. 그러자 걷고 있던 길가의 앉을만한 곳을 찾다가 신작로 가에 있는 자그마한 바위를 발견하고 그 곳에 포대기를 풀어 채수에게 젖을 물렸다.

"아가! 얼마나 배가 고픈고... 엄니가 미안 허네...맛있게 묵소, 와...아가!"

이런 생각을 하면서 젖을 물리고 채수를 어우르고 있는데 알 수 없는 눈물이 주르르 흘러내리고 있었다. 동엽은 그제야 어제 저녁에 있었던 그 장면이 눈에 그려지고 있었다. 처음엔 눈물이 흐르더니 점차 동엽의 흐느끼는 목소리가 커져 갔다. 젖을 먹던 채수도 놀랬는지 입에서 젖을 떼며 울었고, 동엽은 그런 채수를 껴안고 하염없이 눈물을 흘리고 있었다.

몇 시쯤 인지 알 수도 없었고, 알 이유도 없었다. 이 밤에 신작로를 지나는 누군가가 있을 리도 없었고, 그 소리를 들을 아무도 없을 것이기 때문이었다. 보통 때 같으면 어스름한 달빛에 낙엽 소리만 나도 무서움에 온 몸이 오싹 거릴 일이었지만, 오늘은 유난히 달빛도 없고 깜깜한 어둠 속인데도 무서운 기운은 온데간데없었다. 다시 아이를 들쳐 업은 동엽은 그저 아무 생각 없이 다시 벌교를 향해 걷기 시작했다. 벌교를 향해 왜 걸어가고 있는지 아무 생각조차 들지 않았지만, 동엽에게는 그저 이 길을 따라 가면 벌교가 나오고, 벌교가 나오면 집이 가까워 온다는 생각 밖에는 아무 것도 생각할 수 없는 발 길이 되고 있었다.

'석거리재'를 넘어 꼬불꼬불 신작로를 따라 벌교 쪽으로 접어들자 어둠 속에서 어렴풋이 낭떠러지 비탈길이 보였다. 동엽은 그 곳에서 발길을 멈춰 섰다.

'여기...이 낭떠러지로 떨어지기만 하면...'

그 곳에서 시선을 고정시키고 내려다보자, 어둠 속에 낭떠러지가 훤히 밝아지며 눈 속에 가득 차 들어 와 있었다. 마치 천 길 낭떠러지라도 되듯이 높은 절벽이 동엽을 기다리고 있는 듯 했다.

'아가! 채수야...미안허다..미안해! 누가 널 거둬 갈지... 훌륭한 사람이 되어야 헌다. 알앗제...잉?'

동엽은 포대기를 벗어 자리를 평평하게 고르고는 채수가 춥지 않게 싸고 뉘었다. 그리고 주변에 있는 제법 커 보이는 돌 두 개를 누워 있는 채수의 양 어깨와 목 주변에 고여 다른 곳으로 구르지 못하도록 받쳐 두었다. 채수가 뉘어진 곳은 날이 밝으면 사람들이 발견하기 쉽고. 안전한 곳이었다. 그러고 나서 동엽은 낭떠러지가 있는 곳에 올라섰다.

'그 여자 말이 맞는지 몰것소! 난 여그서 가요! 잘 사시오...'

더 이상 눈물이 나지도 않았고 아무 생각도 들지 않았다. 지금 이 벼랑을 뛰어 내리면 그만이었다. 그렇게 호흡을 가다듬고 있는 순간, 안전하다고 생각되는 곳에 뉘어두었던 채수의 울음소리가 들리는가 싶더니, 그 소리가 점점 더 커져 갔다. 그 울음은 엄마를 찾는 울음이 분명했다. 하지만, 동엽은 그 울음소리조차도 애써 무시하고 마음을 다잡고 있는데, 또다시 그 울음소리가 점점 더 크게 다가오고 있었다.

"으앙, 으앙...아 앙..."

동엽은 그런 소리에도 불구하고 눈을 질끈 감았다.

"미안허다, 아가..."

애써 아들 채수의 울음소리를 외면하고 벼랑 밑으로 뛰어 내려야 한다는 마음을 다잡고 호흡을 가다듬는 순간,

"으앙..."

하며 아들 채수의 목소리가 마치 무엇에 놀란 듯 '경기'를 하는 것처럼 동엽의 귓전을 두드렸다. 그 순간 동엽은 자신도 모르게 본능적으로 몸을 돌려 아들 채수에게로 달려갔다. 그리곤 채수를 포대기 째 품에 안고 어르기 시작했다.

'아가...아가! 미안하다....미안해, 응?'

벼랑 끝에서 뛰어 내리겠다는 마음은 채수 앞에서 무너져 버렸고, 동엽의 눈에서 눈물이 흐르기 시작했다 그러자 동엽의 서러운 울음소리와 채수의 울음소리가 새벽녘 '석거리재'를 적시고 있었다.

가족

낙안에 다녀 온 며느리 동엽의 몰골이 초췌해 진 것을 본 시아버지가

"아가! 잘 다녀왔냐..."

하고 물으며 며느리 눈치를 살폈다. 하지만 채수 엄마는 대답을 하지 않았다. 그리고는 곧바로 방으로 들어 가버렸다. 시아버지는 한 번도 그런 일이 없었던 며느리의 행동이 이상했던지 난감해 하며 말을 재촉했다.

"채수 애미야. 뭔 일 있었다냐? 잉? 니...얼굴이 왜 그 모양이냐, 잉?"

"..."

"할멈...자네가 한번 가 보소. 저거이 뭔 일 있네...있어, 갸...가 한 번도 저런 일이 없었는디...원..."

시어머니 역시 며느리의 행동이 이상하게 느껴졌던지 며느리 방

으로 따라 들어갔다. 동엽은 채수를 내려놓지도 않은 채 그대로 서서 아이를 어르고 있었다.

"에미야! 뭔 일 있었다냐. 잉야?"

"…"

시어머니는 뭔가 심상찮은 일이 있다는 것을 알아 차렸는지,

"아가! 채수 이리 주라. 잉?"

하며, 채수를 내려 받아 안으려고 했다. 그렇지만, 동엽은 아무 대꾸도 않고 그저 '멍'한 표정으로 덜 닫힌 방문 틈으로 보이는 밖을 내다 보고 있었다.

"아가! 니가 뭔 일이다냐. 잉? 큰일 났네. 큰일… 야…가 뭔 일이 있어도 단단히 있었는 갑네… 낙안은 댕겨 왔냐.."

"…"

"애기 이리 내라! 채수 얼굴도 이거이 뭐다냐… 세수도 안시켰는갑다…"

"…"

"언능 이리 주랑께. 잉?"

동엽이 여전히 반응이 없자, 억지로 채수를 끌어 내리려는 듯 포대기를 풀러 채수를 안아 내렸다. 채수는 엄마 품에서 떨어져선지 또 다시 울음을 터뜨리기 시작했다.

"채수 애미야! 채수는 …내 방으로 델꼬 갈탱께 그리 알어라, 잉?"

"…"

그래도 동엽이 말이 없자 시어머니는 채수를 안고 안방으로 건너가면서.

"영감, 영감! 채수 애미 좀 보쇼! 야?"

하면서 도움을 청했다. 그리고 잠시 후 시아버지 한영이 동엽의 방으로 들어 갔다.

"아가! 뭔 일이냐. 잉?"

여전히 동엽은 시아버지를 바라보지도 않은 채 넋 나간 사람처럼 서 있었다.

"채수 애미야, 채수 애미야!"

시아버지가 부르는 소리에 응대를 하면 눈물이 쏟아질 것만 같아 입을 악다물다시피 하며 눈물을 참고 있는데, 동엽 자신도 모르게 눈물이 흘러내리고 있었다. 그 모습을 본 시아버지가 더 놀래며 동엽을 붙잡았다.

"애미야, 에미야! 이리 앉어 봐라, 잉?"

하며 억지로 팔을 끌어 자리에 앉혔다.

"에미야! 말을 해야 알거 아니냐. 잉? 혹여 기남이 헌테 뭔 일이 있다냐?"

"…"

"아니믄, 다른 뭔 일이…"

"…"

"허! 거…참 답답해서… 아가! 어찌 됐든 간에…우선은 좀 쉬어라. 잉? 그러고 나서 다시 야그 허자…"

"…"

시아버지 한영은 며느리한테 무슨 일이 있는지 알 순 없었지만, 무언가 크게 잘못되어 가고 있다는 것을 짐작할 수 있었다. 그것은 분명 기남과 관련된 것이 틀림없는 일이었지만, 입을 다물고 있는 며느리의 입을 어떻게 열어야 할지 걱정이었다.
"기순아, 기순아!"
"아부지...성이 없는디라!"
"그냐...그라믄 기칠아! 언능 건너가서 '성' 좀 찾아 오그라...언능!"
"야! 아부지..."
막둥이 기철이 나간 지 한참 후에 기순이 집으로 달아 왔다.
"니는 어두워졌는디...어딜 그렇게 쏘 다니냐?"
"야! 친구들이랑 있었당께라..."
"알았다. 그건 그렇고... 너....지금 옷 갈아입고... 싸게 싸게 느그 성헌테 댕겨 온나!"
"야? 이 밤에라? 아...니 갑자기 왜라..."
"글씨...서둘러라..."

어둠이 밀려오고 있었지만 아버지가 낙안에 있는 형한테 다녀오라는 다급한 말에 기순은 영문도 모르고 서둘러 밖으로 나왔다. 기순은 형수를 직접 보지는 못했지만, 아버지로부터 들은 이야기로는 뭔가 큰일이 있는 듯해서 발걸음을 재촉했다. 기순은 동네를 나서 수동마을로 가서는, 자전거가 있는 친구한테서 자전거를 빌려 타고 벌교로 나갔다. 그러고는 벌교에서 광주로 가는 막차를 겨우 타고 낙안으로 향했다. 그렇게 도착한 낙안 지서에서는 직원들이 야간 근무를 하고 있었고, 지서장인 기남은 지난 밤 야근을 마치고 숙소에서 잠이 들었다고 했다.

"지...느는 동상인디라! 급헌일로 성을 보러 왔는디라..."
"그려? 근디, 지금은..."
직원들은 곤란한 표정을 지었지만, 기순은 방이 있다는 안쪽으로 들어갔다. 그러면서 기순은.

"성, 성...나여...기순이랑께!"

하고 형을 불렀지만, 기척이 없자 기순은,

"성! 자는가?"

라고 다시 부르고 있는데, 안에서 불이 켜지더니 낯선 여자가 나왔다.

"누구...신가요?"

기순은 그 순간 머리를 한 대 얻어맞은 듯 했다.

"거시기...성님은..."

"성님요? 누구...아! 서장님요?"

그러면서 그 여자가 방으로 들어 가 기남을 깨웠다. 깊은 잠에 들었던지 한참이 지난 후에야 일어나 밖으로 나왔다. 그리고 기순을 보는 순간, 기남은 놀래선지 입을 다물지 못하고 있었다.

공채는 일에 매달려 땀을 흘리고 있는 큰 마님의 눈치를 살피고 있었다. 자세한 이야기는 들을 수 없었지만, 기순이 돌아와 아버지와 나누는 이야기를 잠깐 잠깐 들을 수 있어 내용은 대략 알고 있어서였다. 큰 아들이 낙안을 다녀 온 후, 집 안 분위기가 흐트러지고 큰 마님의 표정이 굳어져 거의 말이 없어졌다. 그리고 기순이 낙안을 다녀왔지만, 큰 마님은 그 일에는 전혀 관심이 없는 듯, 일에만 매달리고 있는 것이었다. 아마 그 일을 잊어버리고자 한 듯 했지만 공채는 큰 마님의 눈치를 살피기만 할 뿐, 말을 꺼내지 않았다.

"큰 마님! 물이라도 한 모금 마셔야지라...그러다 쓰러져라..."

"..."

"마님...큰 마님!"

답답한 마음을 어떻게 달래야 할지 모르던 공채는 이러다간 피 나 겠다는 생각이 들었다. 가끔 주변에서 이런 일로 힘들어 하는 사람들도 봐 왔고, 그것이 심해지면 자결하는 사람들도 봐 온 터여서 큰 걱정이 아닐 수 없었다.

"도련님이라도 좀 내려 주쇼! 힘드실건디..."

"..."

"큰 마님! 채수 도련님은 나를 주시랑께라. 야?"

공채는 억지로 큰 마님의 기분을 돌리려고 채수를 안아 내려 놓고는 채수를 안고 바닥에 앉았다. 밭두렁에 앉아 채수를 어르고 있는데 그제야 큰 마님이 조용히 다가 와 앉았다. 공채는 드디어 마님과 애기 할 기회가 왔다는 것을 알고는 말을 걸었다.

"마님...큰 마님!"

"..."

"지...도 남자지만요... 남자들은 다...그란당께라! 이런 말 허기가 좀 머시기 허지만요... 남자란 동물들은... 가끔씩 그런 정신 나간 일들을 하지라! 그랴도 때가 되믄 다....기어 들어오지라... 그거이 남잡니다. 마님! 마님! 힘 내시랑께라..."

"지...가 힘이 될진 모르겄습니다만... 큰 마님 옆에서 지켜 드릴탱께... 너무 맘 쓰덜 마시랑께라. 야?"

"..."

그래도 큰 마님은 아무 대꾸도 하지 않았다. 하지만, 그마나 다행인 것은 공채의 말을 듣고 있는 마님의 눈에서 눈물이 흐르고 있나는 것이었다. 이런 일로는 차라리 눈물을 흘리고 나면 가슴에 맺힌 응어리가 풀릴 수 있다는 것을 공채는 알고 있었던 것이었다.

해방이 되기 전에 보통학교에 들어갔다가 잠시 쉬고 있던 손아래 시아제 '기순'이 해방이 되고 나서 고등중학교를 졸업하고 별 할 일없이 돌아다니는가 싶더니 갑자기 집을 나가겠다고 했다. 동엽이 남편의 일로 인해 충격이 채 가시기도 않은 때였다. 기순은 아버지인 한영의 뜻과 맞지 않아 늘 티격태격하고 삐딱하게 행동하기를 반복하고 있는 시기이기도 했다.

"나...밖으로 갈라요!"

"야, 이놈아! 이 시상이 지금, 얼매나 험헌지 눈으로 보고도 그런 소릴허냐, 이놈! 너 같은 건...이 시상 밖에 나가자 말자... 딴 놈들이 '옳...타'하고 채 가불거다, 이놈아! 쥐도 새도 모르게 어떻게 할 수 있는 거이, 이 시상이여... 알기나 허냐, 이놈아!"

"그래도 상관없어라! 지...는 더 이상 이런 쪼그라든 집 안에서... 농사일이나 허고 살 생각은 없응께 그리 아서라!"

"뭐? 저...빌어먹을 놈 보소! 그려, 니 맘대로 해라 니 맘대로... 니 놈이 어디...얼매나 잘 되는지 두고 볼란다, 이 놈..."

"야! 아부지가 뭔 말을 해도... 난, 갈라니께. 그리 아쇼..."

　　무슨 일이 있어서 그런 맘을 먹게 되었는지 알 수 없었지만, 기순은 집을 박차고 나간다며 준비를 서두르고 있었다.

"성수! 성수헌테는 지송혀요. 잘 되믄...보답할께라. 늘 건강하시고라..."

　　기순은 다른 사람한테는 몰라도 형수인 동엽에게는 함부로 하지 않았는데, 떠난다는 결심을 하고서 나서는 형수인 동엽한테 양해를 구하고 있는 것이었다.

"성수! 농사일 하나도 제대로 못 거들어 드렸어라!"

"괜찮어라...진짜로 갈라요?"

"야! 글고... 성님 일도 지가 사과드릴라요!"

"그런 말 마셔라! 잊어 부렀응께라..."

"성수! 지는 큰...데로 나갈랍니다. 큰 바닥에 나가서...그렇게 살아 볼랍니다. 성수는 이해허시지라?"

"아믄요, 암...늘 건강만 하시고라!"

"성수! 고맙구만요..."

형님 기남의 일로 충격이 채 가시기 않은 것을 잘 알고 있어선지, 시동생 기순은 형수인 동엽에게 죄송하단 마음을 감추지 못하고 있었다. 동엽도 그렇게 떠나겠다는 기순에게 뭐라고 한마디 쯤 해 주어야 할 일이었지만, 떠나는 사람의 발길이 무거울까봐 더 이상의 말은 하지 않았다. 하지만, 기순이 발길을 돌리려 하자 시동생 기순을 불러 세웠다.

"아제! 잠깐만..기둘리셔라!"

동엽은 황급히 방으로 들어가 장롱 안, 옷 속에 넣어 두었던 지폐를 자그마한 헝겊 천에 말아 쥐고는 밖으로 나와 기순의 손에 쥐어 주었다.

"아제! 자시는 거 거르지 말고라... 큰일 허시리라 믿을께라! 지...야 배운 것도 없고, 시상 일도 모르지만... 아제는 배우고... 다를 거니께... 뭔 일 있으면 언제든지 집에 오시고라! 지...는 이 집에 언제나 있을 거니께 아무 걱정 말고라..."

"성수!"

기순은 더 이상 말을 잇지 못하고 있었다. 심난한 입장에 처해있고, 별로 깊은 말도 해 보지 못했던 형수가 이렇게 자신을 이해해 주고 있을 지는 미처 알지 못하고 있었기 때문이었다.
"성수! 잊지 않을께라... 고맙구만요!"
"아제! 그런 말 마시고라...어서 가쇼, 어서..."
시동생 기순이 집을 떠났다. 기순이 집에 있고 없고야 어차피 논밭 일을 하는 데에는 아무 관계가 없었지만, 시동생 하나가 없고 나니 집 안이 온통 허전한 것 같은 느낌이 들었다 사람이 드는 건 몰라도 나는 건 티가 난다는 것을 실감할 수 있었고, 시아버지 시어머니도 서운하기도 하고 근심이 커 가는 듯도 했다.

그런 가운데 '시국(時局)'이 뭐 그리 복잡한지, 동네 사람들이 모이면 어디서 그런 소식들을 듣고 오는지 모르지만, 나라가 시끄럽다는 둥 어쩐다는 둥 수근 거리는 소리들이 들려 왔다. 그렇다고 동네에서 사람들 사는 것이 하루아침에 달라질 리 없는 일이었지만, 말하기 좋아하는 사람들은 이승만 대통령이 김구 선생을 죽였다는 말도 들리고, 북한에다 김일성이 세운 공산당 나라가 만들어졌다는 소식도 전해졌다. 그리고 그 김일성을 추종하는 세력들이 남한에서 준동을 하고 있다고도 했고, 그래서 남한 이곳저곳에서는 혼란이 일어나 시끄럽게 되고 있다는 말도 전했다.
하지만, 동엽은 그런 것을 알리도 없었고, 살기에 바쁜 탓에 그런 일에 마음을 쓸 겨를도 없는 시간이 계속되었다. 시국이 그러니 경찰인 기남도 정신없을 일이었지만, 동엽은 남편 기남이 그러든 말든 더 이상 관심을 두지 않았다. 그동안 기남은 봉급을 꼬박꼬박 보내오기는 했지만, 보내오던 돈도 어느 순간 줄어들더니, 그 여자와 살림을 차린 다음부터는 아예 보내오지도 않았다. 그러나 동엽은 그 봉급에 대한 미련도 버린 지 오래였고, 그동안 장리 쌀을 굴려서 불어 난 논과 밭을 지키기 위해 아끼고 강글어 가면서 살기로 마음을 다지고 있었다. 그런 가운데 약간의 장리 쌀도 돌고 있어서 그것이 앞으로 살아가는데 희망이 되어주고 있었다.

그런 가운데 동네에서는 이상한 소문들이 나돌기 시작했다. 그것은 이승만 대통령이 잘못해 나라가 이 모양으로 힘들다면서 선거에서 '이전투구(泥田鬪狗)'가 벌어지고 '못 살겠다'는 말 들이 여기저기서 터져 나오고 있다는 것이었다. 하지만, 동엽의 귀에는 그런 말들이 모두가 배부른 사람들 얘기로만 들려 왔다. 당장 먹고살기 힘든데, 그런 얘기를 할 겨를도 없는 것이 동엽의 현실이었기 때문이었다.

동엽은 그런 말들과 상관없이 그저 일에만 매달렸다. 시아버지 한영은 그런 며느리를 지켜보는 것이 힘이 들었던지 할멈에게 잘 해 주라는 마을 하곤 했다.

"할멈! 자네가 채수 애미 좀 챙기소... 저러다 뭔 일 나것네..."
"나...가 뭘 어쩐다고라! 지 팔자 지가 알아서 해야제..."
"허, 이 사람! 자네는 며느리 안 해 봤는가? 왜...물과 기름이랑가, 잉?"
"..."
"이 집 안에서 살림 일으키고... 우리헌테 제삿밥이라도 챙겨 줄 사람은... 채수 애미 아니믄 누구것어, 안그란가?"

시어머니는 시아버지한테 시집 올 때만 해도 고운 아가씨였었고, 재취 자리로 시집 온 시아버지와 나이 차이도 좀 있었지만, 시아버지와 가족의 사랑을 듬뿍 받으며 살기도 했었다. 그러나 나이가 들고 나니 할머니가 되어 주름살이 어느새 늘어나 있었다. 그렇게 시집을 와 아이들을 낳고 살면서 시아버지와 아편을 해 댔고, 그러다 집안이 망해 가면서 아편을 끊는 과정에서 가족들과 많은 갈등을 겪기도 했었던 시어머니였었다.

집안 살림이 쪼그라들자 어쩔 수 없이 아랫동네로 이사를 오게 되면서 폐병까지 얻은 시어머니는 며느리한테 늘 고까운 눈으로 대했고, 말끝마다 뼈에 가시를 달고 행동하곤 했었다. 그랬으니 아들이 바람을 피우고 딴 여자를 봤다는 소식을 알고도 며느리를 달래기는커녕 며느리 동엽을 별로 탐탁잖게 여기기까지 했다.

동엽도 그런 것을 모르는 것은 아니었지만, 말끝마다 아들 편에서 며느리가 아닌 일꾼으로 보는 시어버니가 어떨 땐 야속하다는 마음도 커져 갔다. 하지만, 이제는 그런 것조차도 귀에 들어오지 않아 시어머니의 말은 '쇠귀에 경 읽기'나 마찬가지인 셈이었다.

"채수 애미야! 인자는 고만 하그라!"

"…"

"남자가 밖에서 살다 보믄... 그럴 수도 있는 것이제... 살림 허는 여자가 그런 일로 투기를 허면 못 쓴다!"

동엽은 아들 편을 드는 시어머니의 말에는 신경도 쓰지 않았다. 그러나 시어머니가 하는 그런 말을 듣는 시아버지가 오히려 호통을 쳐 댔다.

"할멈! 그거이 뭔 소리당가? 정신이 있어 없어, 잉?"

"나...가 못헐 소리 했소? 야?"

"이런! 그거이 어디... 시엄씨가 헐 소린가, 잉? 워디서 함부로 그런 말을 해, 잉?"

그렇게 시아버지 시어머니의 말이 계속되면, 며느리인 동엽은 아무 대꾸도 않은 채 채수를 업고 정재로 들어가고 말았다. 그 때마다 공채는 시아보지보다 큰 마님의 눈치를 살피며 마당을 쓸기 시작했다. 그렇게 마당을 쓸긴 하지만, 마음이 편치 않으니 마당 쓰는 소리가 곱지 않은 모양인지 빗자루 소리를 듣고 있는 한영이 안방 문을 열며 소리를 쳐 댔다.

"공채야! 빗자루 소리가 영...거칠다!"

"…"

그 말을 들은 공채가 그 말에는 대꾸도 않고 빗자루 질만 해 댄다. 공채도 속으로는, '큰 마님이 다...포기하믄...어쩔라고들... 집 안 꼴이 볼만 하것네 볼만 해...' 하는 소리가 목 끝까지 차올랐지만, 그저 '꾹' 참고 만다.

전쟁

"아가! 오늘은 나가지 말고, 집구석에 가만 있거라..."
"아분이 뭔 일이 있는가라!"
다른 날과는 달리 아침 일찍부터 며느리를 부른 한영이 동엽에게 밖에 나가지 말라는 말을 하고 있었다.
"글씨, 북한에서 김일성이가 쳐들어 왔단다. 전쟁이 났다는디..허 참, 큰일이다... 할멈이랑 기칠이도 경거망동 허믄 안 된다. 알것제?"
라디오를 듣고 있던 시아버지가 새벽 댓바람부터 집안 단속을 하고 나섰다. 아들 기남의 소식이 뜸한지 한참의 시간이 지난 때였다. 동엽은 남편에 대한 기대가 사라진 지 오래였고, 그저 식구들 하고 아들 채수만 바라보며 기운을 내고 있는 틈이었다.
"채수야! 채수!"
뒷집 형님이 불렀다.

"야! 성님..."

"전장인가 머시긴가...났다는디... 이거이 먼 일이다냐? 느그 신랑 소식은 아직 없제?"

"야..."

"아분이는 뭐라든가?"

"나가지 말고 집 안에 있으랍디다..."

"그러드냐... 우린...여차하믄...딴디로 갈지 모른디..."

"야...아적은 그런 말은 없어라!"

"알것네! 아무튼 뭔 일 있으면 곧바로 불러라, 잉?"

"야! 성님도 조심하시쇼, 잉?"

뒷집 형님은 전쟁이 났다니까 어디로 피할 생각을 하는 모양이지만, 동엽은 당장 어떻게 해야 할지 알 수 없었다.

"아분이! 전쟁이 났으면...우리는 어째야 쓴다요?"

"글씨...서울이 난리라니께... 여그까지 쉽게 번지기야 허것냐만은... 라디오를 더 들어 봐야 것다! 우선은 어디... 나 댕기지 마고 조심하그라..."

"야! 아분이가 일이 어찌 되는지 좀... 알아 보셔라"

"알았다. 글고 공채도... 만약에 사태가 어려워지믄... 집에 보내얄지도 모릉께, 그리 알어라!"

"아분이 그 땐 그 때고라. 지금 당장 집에 보내야... 공채 아제네 집에도 할 일이 많지 않것어요?"

"잉, 그건 그렇다! 알았다! 나...가 공채헌테 물어 보마!"

"야! 일단은 집으로 보내 주는거이 맞겠어라..."

"그래, 알것다!"

전쟁 147

공채도 가정이 있어 이 전쟁 통에 집이고 뭐고 할 일이 많을 터였다.

"공채야! 니도 집에 가봐야잖겠냐? 전쟁이 난 거 알제?"

"들었어라! 큰일 났네요. 지..도 집에 좀 댕겨 와야 쓰것어라!"

"그려! 핑...허니 댕겨 오그라"

"야! 몸 조심허고 계시쇼! 집 안 단속도 좀 허고...그럴라믄 며칠 걸릴 지도 모르것어라!"

"그런 걱정 말고 가서...일 보고 오너라. 지금은 농사일도 크게 바쁘지 않을 때고 허니..."

공채는 전쟁이 났다는 무거운 소식을 뒤로 하고 앞산을 가로질러 집으로 발걸음을 옮기고 있었다.

전쟁이 터지자 경찰에는 또 다시 '갑호 비상령'이 내려 졌다. 기남은 급히 '조가' 여자를 집으로 돌려보내고, 위에서 내려 온 지시에 따라 지역 치안 상태를 점검하면서 무기 창고와 탄약의 물량 파악에 나섰다. 전쟁이 터지자 서울을 사수하겠다던 이승만 대통령이 서울을 비웠고, 승전보를 울리고 있다던 라디오 발표와는 달리 전쟁이 불리해 져 국군이 패퇴하고 있다는 소식이 날마다 들려오고 있었다.

"서장님! 빨갱이들이 여그까정 오는 건 시간 문젱께라... 그라믄 우리는 어째야 쓰것는가라?"

"나도 급한 건 느그들이랑 마찬가지다. 헌디...지금은 위에서 내려 오는 명령을 기다리는 수밖에 달리 도리가 없다. 만약, 워디로 피난을 가야 할 상황이 되믄... 기밀문서랑 무기들도 그전 여순반란 때 맹키로 '보안 처분'해야 될지도 모릉께... 그리 알고...마음에 준비들을 허고 있어라. 알것냐?"

"서장님! 방송에서는 국군이 '선전(善戰)'하고 있다든디... 사태가 왜 그리 심각한가라?"

"그건 나도 알 수 없다...기다려 봐야잖것나? 글고... 몇 년 전 여순 반란 때 반란군헌테 동조했던 사람들... 명단이 있을 거다. 만약 상황이 어려워 지믄... 그 사람들이 다시 나올 수도 있으니께... 그러니깐, 그 사람들 명단을 확보해 두고...잘 살펴야 헌다. 알것제?"

"예! 알것습니다..."

아무래도 전쟁이 시작되고 나서 말로는 이기고 있다고는 했지만, 실제로는 상황이 불리해 져 가면서 경찰도 그에 따른 대비를 해야 한다는 소식들이 전달되어 오고 있는 듯 했다.

"따르릉..."

새벽 두 시가 되었는데 비상근무 중인 낙안 지서의 경찰 통신망의 벨이 울렸다. 전쟁에 따라 비상근무가 계속되었고, 그 시간에는 조금 느슨해 진 지서의 야간 시간대여서 근무자들이 전화벨 소리에 긴장하고 있었다.

"예! 낙안 지서입니다. 예 예 예!"

수화기를 든 기남의 '예 에 예'하는 소리가 반복되자, 부하 직원들이 모두 더 긴장하며 지서장인 기남의 입을 바라보고 있었다. 전화를 끊고 난 기남의 얼굴에 심심찮은 변화가 읽히자 모두 올 것이 왔다는 불길한 예감이 드는지 바짝 긴장된 얼굴로 기남을 주시했다.

"다들...잘 들어라! 지금부터 지시 사항을 전달한다.기밀문서는 곧바로 모두 폐기한다. 이 순경은 김씨랑...뒷마당에 기밀문서를 모아 모두 불태워라!"

"예!"

"지금 어서 가라! 그리고 나머지는 모두 무기고로 가서... 최대한 개인이 소지할 수 있는 만큼 탄약을 몸에 차라. 그리고 남은 전량은 지하에 묻는다, 알겠나?"

"예!"

"일을 마치는 대로 곧 바로 순천 본서로 철수한다. 서둘러라!"

모두들 정신없이 주어 진 일을 끝내느라 바짝 긴장들 하고 있었다. 그러면서 지서장인 기남은 다시 본부에 전화를 돌렸다.

"뭐라고요? 수송 차량이 없다고요?"

퇴각 준비가 완료되면 수송 차량을 지원해 준다고 했지만, 막상 차량 지원 요청을 하자, 그것이 불가능하다는 대답만 돌아 왔다.

"다들 잘 들어라! 차량 지원이 불가능하다. 지금부터 도보로 원대복귀한다. 다른 방법이 없다. 무기와 탄약 외에는 최소한의 것만으로 빨리 군장을 꾸려라. 곧 출발한다, 시간이 없다!"

다들 차량 지원이 없다는 말에 사태가 심상찮다는 것을 눈치 챘는지 불만의 말도 들리지 않았고, 본서로 원대복귀만이 지상 명령이란 말에 출발 준비를 서둘렀다. 그렇게 준비를 마치고 출발하려는 참에 기남과 함께 방을 쓰던 조가 여자가 나타났다.

"떠난다요?"

"잉, 원대복귀 하라는 지시네!"

"그라믄 지...는 어쩐다요, 야?"

"걱정 말고 집에 가 있어. 지금은 전쟁이라 비상시국이네! 함부로 움직이지 말고..."

"같이 가믄 안되는가라..."

"무슨 소리야! 이 전쟁 통에…언제 어떻게 될지 아무도 모르는 판에…"
"그라믄…우리는…"
"너무 걱정 말고…일단 전쟁이 끝나야 다시 볼 수 있는 거 아닌가?"

낙안 지서에 근무하는 경찰과 경찰에 협조하는 사람들이 대오를 이루어 낙안 읍내를 벗어나 순천 쪽으로 향했다. 이제야 본서가 있는 순천을 향해 출발하는 마당인데 벌써 어렴풋이 아침이 밝아오기 시작했다. 그러자 책임자인 기남이 일행을 향해 명령을 내렸다.
"일단 도로를 피해 산으로 몸을 숨긴다. 그리고 거기서 상황을 다시 살피기로 한다. 김 순경은 길 가까운 곳에 은신한 다음, 길이 잘 보이는 곳에서 척후를 서라."
전통으로 내려온 명령에 의하면, 가능하면 신작로를 피해 비상시에 대비할 수 있는 야산 은신처를 거쳐 복귀하라는 명령이 있었다. 그런 길은 여순반란 사건 후 만약의 사태에 대비한 경로로 구축된 것이었다. 그러면서도 기남은 인민군들이 이미 광주까지 들어왔다는 말을 차마 부하직원들에게 할 수 없어 여러 상황들을 예의 주시하고 있었다. 그래서인지 부하직원들은 신작로를 두고 험한 산길을 들어서야 하는 것에 대해 투덜거리기도 하고 불만을 늘어놓기도 했다. 그러자 더 이상 인민군의 광주 진입 사실을 감출 수 없게 된 기남은, 야산 중턱에 몸을 숨긴 채 부하들에게 명령 겸 당부를 했다.
"잘들 들어라! 너희들한테 정확한 얘기를 해 줄 수 있는 기회를 보고 있었다. 상부로 부터는 말하지 말라는 것이지만, 이런 상황에서는 말을 해야 것다. 지금부터 들은 말을 그대로 전할 것이니 잘 들어라!"
"서장님, 머시기냐…그라믄… 시방 상황이 엄중하단 얘긴가라?"

"그래, 맞다! 엄중하다 못해 피난을 가야 할 입장이다."
그 말을 들은 모두가 기남의 입에서 나오는 말에 숨소리를 죽였다.
"지금 인민군들이 광주에 진입했다!"
"뭣...이 라고라..."
"그래서...낙안을 점령하는 것은 시간문제고... 차량 지원이 안되는 것도 그래서였다. 너희들한테 미리 말을 못해서 미안허다."
"그라믄 우리는 어째야 쓰간디라..."
"우선은...가능한 빨리 본서로 복귀해야 한다. 여기는 위험하다. 알았나?"
"예!"
모두를 심각한 표정으로 투덜거리는 모습은 간데없고, 다시 출발을 서둘렀다.
"혹시 우리가 복귀하는 길에 무슨 일이 생기면... 그 때 그 때 상황에 따라 대처한다. 내 명령에 잘 따라야 한다. 일단은 안전하게 복귀하는 것이 중요하다. 우선은 이 '용철산'을 돌아서 간다. 알았나? 자! 출발..."

그렇게 용철산을 돌아가는데 일행의 맨 앞에서 일정 거리를 두고 척후를 보던 김 순경의 두 손이 크게 '가위표'를 그리며 부채처럼 반복되는 손짓을 해 댔다. 긴급 상황에서 소리를 지를 수 없을 때 수신호로 하는 약속된 손짓이었는데, 그 신호는 모두 즉시 몸을 낮춰 은폐하라는 것이었다. 그리고 잠시 후, 그 순경이 일행에게로 다가왔다.
"큰일 났습니다."
"왜, 무슨 일인가?"
"군용 트럭들이 신작로를 일렬로... 여러 대가 한꺼번에 지납니다.

아무래도 인민군인 것 같습니다. 색깔이 우리 군인 트럭하고 다릅니다."

"알았다. 일단은...이 상태로 몸을 숨기고 기다린다, 알았나? 그 담에...다음 계획을 짠다..."

일행은 급하게 수풀과 나무 사이에 몸을 숨기고는 인민군 일행이 탄 트럭이 지나 가는 곳을 살피기 시작했다. 여러 대의 트럭에는 기관총이 실린 차도 있었고, 인민군들이 여럿이 타고 있는 차도 있었다. 그 트럭들은 신작로에 희뿌연 먼지를 뿌리며 광주 쪽에서 벌교 쪽으로 향하고 있었다.

"큰일이다... 저렇게 가면 벌교도 이미 인민군들 손에 떨어 질 것이다!"

"그라믄...순천은요?"

"당연히...광주서 순천으로도 갔을 것이고... 저 차들도 그래서 벌교로 가는 거 아니었어?"

"자! 문제는 우리가 어떻게 해얄지 걱정이다! 오늘은 상황 파악이 안돼서 더 이상 움직이지 못 할 거 같다. 어두워 질 때까지 여기서 기다린다. 알것나?"

"예!"

신작로를 두고 산길로 간다며 툴툴대던 말들은 어디로 갔는지, 모두에게 무거운 침묵이 흐르고 있었다.

어둠이 내리자 일행은 기남을 필두로 본부가 있는 순천으로 가기 위해 신작로로 나섰다. 인민군들이 오는 것을 목격한 다음이라 모두들 극도의 긴장감에 휩싸여 있었다. 아침부터 저녁식사까지 모두 굶었지만, 긴박한 상황 앞에 누구도 더 이상 배가 고프다거나 불만의 말을 하지 못하고 있었다.

다행인지 알 순 없었지만, 어둠이 깔린 신작로를 타고 가는 길엔 아직 아무도 지나가는 흔적이 보이질 않았다. 하지만, 그것이 인민군들이 점령한 다음의 고요인지, 아니면 무슨 상황인지 알 수 있는 방법은 없었다.

"모두들...차가 지나가는 소리가 들리면 재빨리 우측 도로변 밑으로 몸을 숨긴다."

"예!"

"내 명령이 있기 전에는 어떤 경우에도 총을 쏘면 안 된다. 모두가 몰살할 수도 있다. 알겠나?"

동네 앞을 가로 지르는 신작로를 지나는 것은 위험한 일이었지만, 동네를 통과하지 않으려면 야산을 돌아야 하는데 그러기엔 너무 무리한 일이어서 어쩔 수 없이 동네를 가야 할 수밖에 없게 되었다. 모두들 동네에 어떤 일이 있는지 알 수 없고, 위험이 깔려있다는 것을 알고 있어선지 한 밤의 적막은 너무도 조용히 그들을 맞이하고 있었다.

생각했던 것과 달리 동네에서는, 몇 마리 개 짖는 소리만이 평상시와 같이 들리는 것 말고는 달리 특이상황은 생기지 않았고, 동네 앞을 따라 무사히 지난 대원들은 곧바로 동네 외곽의 야산을 올랐다. 그 야산을 타고 가면 신작로와 같은 위험을 회피해 가면서 본부가 있는 순천으로 갈 수 있는 지름길이었다. 그렇게 그 산 길을 접어들어 한참을 지나고 있을 무렵, 벌교 쪽 방금 지나 온 마을에서 잠깐 큰 소리가 들리는 듯 하더니 횃불이 훤히 밝혀지고 있었다. 그런데 그 횃불과 함께 많은 사람들의 함성이 들리면서 기남의 일행 쪽으로 가까이 오고 있었다.

"큰일 났다. 우리가 발각된 것 같다. 이대로 뭉쳐서 가면...다 잡혀 죽는다."

"서장님, 그럼...우린 어떻게 해얍니꺼?"

"여기서 다들 흩어진다. 글고, 진짜로 극한 상황이 아니면 총 소리를 내선 안된다. 이 위험을 넘기고 나면, 각자 순천 본부로 가서... 본부에서 만난다. 알았나? 자 자! 서둘러라...가라...어서! 김가와 이가는 나를 따르라! 모두 건투를 빈다. 본부에서 보자!"

인민군인지 주민들인지 알 수 없었지만, 일행을 발견하여 쫓고 있는 것이 분명했다. 그 순간 기남도 김씨와 이씨를 대동하고 급히 산 속으로 몸을 피하기 위해 산을 향해 움직이기 시작했다.

횃불이 기남 일행이 흩어진 야산으로 다가 오면서 함성 소리가 커져 갔다.

"다들 나와라! 너희들이 모두 이 안에 있는거...알고 있다! 안 나오면 모두들 개죽음을 면치 못할 거다, 어서들 나와라!"

그런 소리가 들리는가 싶더니 마치 토끼몰이를 하듯 서너 패로 나누어 야산으로 들어오는 소리가 들렸다. 얼마 지나지 않아 따발총 소리가 들렸고, 그 총에 맞은 듯 몇 사람의 비명 소리가 들려 왔다. 그러면서 그 무리 가운데 몇이 기남과 김가, 이가가 숨어 있는 근처로 접근해 왔다.

"그 앞에 누가 있는 거 안다. 두 손을 들고 나와라! 그러면 살려준다. 어서!"

기남은 김가와 이가를 죽거나 다치게 할 순 없었다.

"둘 다 총을 버려라! 내가 앞서서 일어 날 거니까... 두 손을 들고 나를 따라 나와라..."

"그렇지만..."

"안다. 죽을 수도 있다. 하지만, 지금은 어쩔 수 없다. 다음을 기약하자. 어서 총을 버려라, 어서!"

망설이고 있던 김가와 이가는 기남의 말에 따라 총을 버렸고, 이어 기남도 총을 내려두고 자리에서 일어나 두 손을 들었다.

"항복하겠소, 모두 셋이요!"

"알았다. 그대로... 꼼짝 말고 있어라..."

그 말과 함께 사람들이 다가와 끌어냈고, 인민군 두 사람이 앞에 서서 총구를 겨누고 있었다.

"아하! 순사 나리셨구만... 좋소, 살려 주겠소! 운 좋은지 알아라! 끌고 가라..."

기남을 비롯해 경찰 다섯 명과 민간인 보조원 다섯 명 등 총 열 명이 여기까지 왔는데, 두 사람은 총에 맞아 죽고 나머지 여섯 명이 끌려 나왔다. 인민군 대 여섯 명이 총을 맨 채 사람들한테 큰 소리로 떠들고 있는 가운데, 대장인 듯 한 사람이,

"서둘러라, 어서! 두 놈이 어디로 도망갔다..."

하면서 동네 사람들과 인민군들을 재촉하고 있었다. 그러자

"서장님! 우린 인자 어찌 되는감요?"

김가가 소리를 낮춰 물었다.

"쉿! 기회를 봐야지... 너는 이 근처 사람이니까... 혹시 저 사람들 중에 아는 사람이 있는가 잘 봐 둬라..."

"알겠습니다!"

그런 말소리를 들었는지 인민군이 소리 쳤다.

"야! 입 다물지 못해, 썅? 이것들이 맛을 봐야 알겠나, 앙?"

하면서 기남 일행들을 겁박했다.

마을 사람들이 횃불을 밝히고, 기남을 끌고 가는 옆과 뒤로 인민군들이 배치돼 일행을 경계하며 마을로 내려갔다. 그렇게 마을로 끌려온 기남 일행 모두에게 무릎을 꿇게 한 인민군 책임자인 듯한 사람이 소리 쳤다.

"아 놈들은 반동분자들이다! 경찰과 경찰 끄나풀들이라 모두 죽여야 마땅하다! 그러나 이놈들은 죽기 전에 우리 인민군을 위해 해야 할 일들이 많을 것이다. 곧 본부로 끌고 갈 것이니 그리들 알아. 수고들 했다!"

그러면서 부하들에게 다음 명령을 내렸다.

"모두 묶어라. 서둘러 델꼬 가야 한다!"

"예!"

"그리고 동네 청년들은 횃불을 들고 우리와 함께 저 놈들을 데리고 간다. 알것나?"

명령이 떨어지자 그들을 데리고 가기 위한 분대가 꾸려졌다.

"글고... 너희들은 여기 남아서 ... 나머지 놈들을 쫓아라! 사로잡히지 않으면 사살해도 좋다!"

환한 횃불을 밝힌 일행들이 앞장을 서고 여섯 명이 줄에 묶여 줄줄이 묶인 채, 인민군들이 총을 메고 경계하면서 일행의 기다란 행렬이 신작로를 따라 걷기 시작했다.

"김가야! 벌교 쪽으로 가는 갑다. 여그가 워디쯤이냐.."

김가는 이 지역 사정에 밝았고, 그래서 위치 파악을 위해 기남이 김가에게 묻고 있는 것이었다.

"별량 좀 못와서...별교 외곽입니다."
"아는 사람 있던가?"
"얼핏 보기에 아는 놈이 있긴 헌거 같은디라... 두고 봐야 할 것 같어라!"
"알았다! 벌교 가기 전에 못 빠져 나가믄... 우린 죽는다. 명심해라!"
"알것습니다..."
말하는 소리를 들었던지 인민군 하나가,
"입 다물어 이 개새끼..."
하며 총구를 들이 대더니 개머리판으로 기남과 김가의 가슴을 내리 쳤다.
"어이쿠..."
기남과 김가가 땅에 엎어지자 줄에 묶여 있던 앞 뒷사람들도 함께 나뒹굴어 졌다.
"이것들이 엄살을 부려? 앙? 똑바로 서 똑바로..."
그러면서 땅에 넘어진 기남과 김가를 향해 또다시 발길질을 해 댔다. 손이 묶인 상태의 기남과 김가는 일방적으로 얻어맞고는 겨우 그 자리에서 일어났다.
"똑바로 서! 입 다물지 않으면 가만 안둘꺼다, 알갔어?"
하며, 다시 길을 재촉했다.

그렇게 밤길을 가는 사이에 앞에 인민군들과 동행하던 마을 사람 하나가 소피를 본다며 일행의 뒤쪽으로 갔다가 오면서 김가 옆을 지났다. 그러면서 김가에게 아는 척을 했다. 그는 김가가 동생으로 알고 지내던 아우 녀석이었는데, 지금 이 상황에선 어쩔 수 없다는 듯 '기다려

보자'는 듯한 표정을 하고 지나가는 듯 했다. 김가는 기남에게 말을 걸었다가는 또다시 봉변을 당할 것 같아 조용히 그 녀석의 눈을 보며 다소 안도의 숨을 쉬고 있었다.

평소에 아우로 알고 지내던 그 녀석은 '송가'였는데, 그의 성품으로 보아 아무리 이런 상황이라도 모른 척 할 놈은 아니었다. 그렇게 계속된 행군과 같은 일행의 발걸음이 무거워 질 무렵, 앞에 가던 횃불을 든 일행들이 쉬어 가기 위해선지,

"여기서 잠시 쉬어 간다!"

하며 책임자가 명령을 내렸다. 그러자 모두들 신작로 옆에 자리를 잡고 앉았다.

"너희들도 함께 쉰다! 묶여있는 끈이 짧으니까, 조심하라! 일렬로 나란히 앉는다. 알았나?"

그 때였다.

"대장님! 저것들한테 담배라도 한 대 씩 물려도 될까요?"

송가는 김가를 아는 척 하지 않으며 자연스럽게 말을 꺼냈다.

"뭐야? 저것들한테?"

"예! 어쨌든 죽을 목숨이지만... 그저 불쌍하기도 하고... 한번 봐 주시더라고라..."

"그래? 그럼...니가 알아서 해라..."

"대장님! 고맙구만요..."

송가는 대장의 허락을 받고 담배에 불을 붙여 하나씩 입에 물려 주었다. 손이 뒤로 묶여 있어 손으로 담배를 피울 순 없지만, 입에 물려 준 담배를 피워 문 일행은 별의 별 생각을 다 떠 올리듯 긴 연기를 내 뿜으며 한 숨을 쉬기도 했다. 다른 사람한테는 담배를 피워 그냥 입

에만 물려주던 송가는 김가 앞에 이르자 담뱃불을 물리면서 낮은 목소리로 한마디를 건넸다.
"좀 있다 습격 올 거니까...그 때 튀어라..."
김가는 송가의 말에 눈이 번쩍 띄었지만, 모른 척 하고 담배를 길게 내 뿜고 있었다. 송가의 말에 의하면, 누군가가 일행을 쫓고 있다는 뜻이었다. 그렇다면 추격하고 있는 그들한테 시간을 줄 필요가 있을 것이고, 그렇게 시간을 끌기 위해서는 김가가 나서서 무언가 역할을 해야 할 것 같았다. 순간, 김가는 기남에게 눈짓을 한 다음, 담배를 길게 빨아 내 뱉고 나서 배가 아프다며 자리에 쓰러져 뒹굴었다.
"아이고 배야! 아이고 나 죽것네..."
그러자 옆에 있던 기남이 곧바로,
"김가야...갑자기 왜 그냐, 잉? 김가야... 여기좀 보쇼...사람 죽것소!"
하며 영문을 모르는 듯 소리를 질러댔다.
"뭐야? 뭔 일이냐? 엉?"
휴식을 취하고 있던 인민군 하나가 가까이 다가오며 김가를 살펴보았다.
"야! 뭐야? 어디가 아프다고 지랄이야, 엉?"
"배가 많이 아프답니다!"
"그래? 그럼...니가 좀 봐봐라..."
"예...심하게 배가 많이 아픈 것 같은디라... 아프다니깐...우선 손을 좀...풀어 줄까요?"
"잘 살펴보고...많이 아프면 니가 알아서 해라..."
"예! 알것습니다."
김가 옆으로 온 인민군이 책임자의 허락을 받고 나서 김가의 손을 풀어 줬다. 그러자 김가는 또다시 손으로 배를 움켜쥐며 소리를 질러 댔다.

"아기고 배야, 아이고..."

그러자 인민군이 어쩔 수 없었는지 송가에게,

"야! 니가 살펴봐라!"

하며 송가를 김가에게 가 보라고 했다. 김가는 계속 소리를 지르며 배가 아프다고 난리를 쳤고, 송가가 그 옆으로 다가가 어디가 아픈 것인지 묻는 시늉을 하기 시작했다.

"여보시요! 어디가 아프요? 정신 좀 차리시요, 예?"

그렇게 소리를 지르면서도 아주 작은 목소리로,

"잘 했어요. 금방 올거니까 조금만 더...계속해요, 예?"

하면서,

"요기가 아퍼요? 예? 여기? 여기?"

하고는 배의 이곳저곳을 만지며 얘기를 주고 받고 있었다.

그 때 어디선지 알 순 없었지만, 총 소리가 들려 왔다. 그리곤 인민군 한 사람이 '악'하고 파열음을 내며 쓰러졌고, 대열은 금방 아수라장이 되어 버렸다. 인민군들은 곧바로 응사를 했고, 횃불을 든 사람들은 놀라 피해 달아나고 있었다.

"쏴라! 저 쪽이다, 저 쪽! 정신들 차리고 쏴라, 쏴..."

하지만, 그런 명령이 떨어질 틈도 없이 인민군들이 총에 맞아 죽어 나갔다. 어느새 횃불을 든 사람들도 온데간데없고 인민군들이 모두 그 자리에서 죽고 말았다. 그런 가운데서도 송가는 김가와 함께 신작로 한 쪽에 바짝 엎드려 있었다.

"모두들 무사하시오?"

"예! 누구시오?"

"우린 경찰이요!"

경찰이라는 말에 그제야 기남이 자리에서 일어났다.

"나...낙안 지서장이요!"

"아...그러십니까? 잠깐만 이대로 기다리십시오. 주변을 더 살피고 오것습니다."

그렇게 해서 기남은 말 그대로 구사일생으로 죽음을 면하게 되었다. 하지만 그것도 잠시, 구출된 기남 일행이 그 현장을 벗어나려고 할 무렵, 또 다른 총성이 들려 왔다. 따발총 소리가 들리는 것으로 봐서 인민군들이 틀림없었다.

"얘기는 나중에 허고 빨리 각자 퍼집시다. 각자 단독으로 행동하고...나중에 봅시다. 행운을 빕니다."

기남은 송가와 김가, 그리고 이가와 함께 현장을 벗어나 논두렁을 달리기 시작했다. 그 동네 지리를 잘 아는 송가가 앞장서 달렸다. 그러면서 누구도 아무런 말이 없었다. 그저 송가가 가는 대로 그의 발걸음을 따라 죽을힘을 다해 달렸다. 그러다가 다시 산길로 접어들었다, 멀리 뒤에서 가끔씩 따발총 소리가 들려 왔지만, 비명 소리는 더 이상 들리지 않았다.

광주·순천은 물론이고, 벌교·고흥까지도 인민군들이 점령했다는 소식이 들리더니 동네 이장이 불려 갔다 오고, 비교적 젊은 사람들을 중심으로 각 마을마다 '청년단'을 만든다는 소식이 들려왔다. 그 청년단은 인민군들을 도와서 여러 가지 활동을 한다고 했다. 그런데 이상

한 것은 청년단에 들어 간 사람들 거의 모두가 글을 잘 알지 못하는 청년들과 껄렁껄렁한 청년들이 중심이 되었고, 동네에서 꽤나 골치 아프게 굴던 아이들이 모두 그 안에 들어가 있었다. 그러자 마을 사람들의 걱정들이 커져 갔다.

"아제! 저것들이 거시기... 년단인가 뭔가...한다는디... 그거이 뭐다요?"

뒷집 형님이 시아버지 한영에게 묻고 있었다.

"허 허...큰일이네! 근디...자네 신랑은 아적...소식이 없는감?"

"야! 곰방 온다고 했으니께...오것지라!"

"자네 신랑도 청년단에 가입헌건 아닌지 몰것네!"

"야? 고것이 뭔 말 이랑가요. 참말로..."

"그럴 수도 있네...아적 안오는 것을 보믄..."

"아제! 그라믄 이 일을 어쩐다요, 야?"

"글씨...인민군들이 시키는 짓을 헐건디... 큰일이네 큰일..."

뒷집 형님은 '청년단'이 뭔지 묻다가 신랑이 청년단에 가입 했을지 모른다는 말에 아연실색 하고 말았다. 뒷집 형님만이 아니라 온 동네가 먹고 사는 일은 내 팽개쳐 두고 누가 청년단이 됐니 어쩌니 하고 난리를 쳐 댔다. 이곳 오월리는 생활권도 벌교였고 위치도 벌교와의 경계에 위치했지만, 행정 편제상으로는 동강면에 소재하고 있어서 이 동네 청년단원들은 동강면에 속해서 조직이 편제되어 가고 있다고도 했다.

그런데 그런 조직이 만들어 진지 얼마 되지도 않아 그들은 '죽창(竹槍)'과 '목창(木槍)'을 만들어 들고 다니고, 대낮이면 조용하다가도 밤만 되면 횃불을 대낮처럼 밝히고 인민군들을 따라 다니며 마을을 뒤지고,

그들이 정한 기준에 따라 마을 유지나 공무원, 경찰들, 그리고 그들 가족을 무차별 살상하기도 하고 잡아들이기도 한다는 말이 들려왔다. 또, 재산이 있는 사람들한테서는 재산을 빼앗아가고, 재산을 내놓지 않으면 무자비한 고문과 살상을 자행해 나간다는 소문이 퍼져 나갔다.

오월리에도 그런 일은 예외가 아니었다. 마을 사람들이 위축되고 청년단들이 인민군과 함께 마을에 나타나 마을 사람들을 이장네 집 마당에 모이라고 종용을 해 댔다. 그 중에 책임자인 듯한 사람은 마을 사람들이 모이자 이장네 툇마루에 올라섰다. 그는 인민군 복장에다 따발총을 등에 메고 서 있었다. 모두들 모이라는 말에 남·여 가리지 않고 모여들었지만, 젊은 아녀자들과 아이들은 모이지 않고 숨죽이듯 집에 숨어들 있었다.

"보시기요. 동무들! 난 이 동네 책임을 맡은 사람이요!"
나이가 많고 적고 간에 '동무'라는 말을 쓰는 이북 사투리에 사람들은 한마디씩 수근 거리기 시작했다.

"조용히들 하시라요, 쌍!"
짙은 이북 말씨는 평안도 말인지 함경도 말인지 알 수 없었지만 이 동네에서는 들어 보지 못한 억센 북한 말투였고, 모두들 그런 말을 하는 인민군의 눈치를 살폈다.

"동무들…우리 인민군은 남조선 인민들을… 이승만 괴뢰 정권으로부터 해방시키기 위해 머나먼, 여기 이곳까지 왔소! 동무들은 지금 이 시간부터 우리 인민군의 보호 하에 살게 될 것이오. 그리들 알고, 우리 청년단 동지들의 지시에 잘 따라 주기 바라오. 알것소?"

"…"
인민군의 말에 서로 눈치를 보며 대꾸가 거의 없자, 그 인민군은 다시 한 번 목소리를 높혀 소리를 쳐 댔다.

"알간? 아...니 알것소 모르것소? 다들 벙어리야? 엉?"

그 때서야 여기저기서 눈치를 보며,

"예..."

하는 소리들이 들려 왔다.

"오늘 안 나온 사람도 여럿 있는지 아는데... 내...오늘은 봐 주것소! 하지만, 담부터 이런 일이 있을 땐 가만 두지 않것소. 알아들 들었지비?"

"그리고, 오월리 청년단 책임자를 발표할 거니깐... 앞으로 이 사람 말을 잘 들으시오. 만약에 이 사람 말을 잘 듣지 않거나 함부로 하면... 그 땐 죽음을 면치 못 할 것이오. 알것소들?"

"예!"

겨우 몇 마디 대답들이 나오면서 궁금해들 하고 있는데,

"나오시요!"

하며, 어떤 사람을 불러냈다. 그런데 그 사람은 그간 소식이 없던 뒷집 형님의 남편인 '송민규'였다.

"다들 잘 알거요... 아랫동네 사는 송민규 동무가 이 동네 책임자요. 알것소?"

"..."

"앞으로 이 사람의 모든 행동은 우리 인민군의 지시에 따라... 하는 것들이니까 그리들 알고... 협조들 잘...해 주시오. 알것소?"

사람들은 송민규가 이 동네 책임자라는 말에 모두들 의아해 하기도 했지만, 위압적인 인민군들의 일방적인 통보에 누구도 대응할 수 없었다.

"그리고...청년 당원들도 여럿이 있으니까 그리들 알고... 나중에 차차들 알게 될 것이요! 오늘은 이만 하고 가오만... 조만간 이 동무들이 활동하게 되면, 전폭적으로 지지하고 따라 주시오. 알것소?"

그러면서 여러 가지 말들을 쏟아 낸 인민군과 청년단원들은, 다른 곳으로 가기 위해 오월리를 떠나갔다. 그러자 사람들의 웅성거리는 소리가 들리고 근심스러운 말들이 이어 지고 있었다.

윗동네 이장네에 다녀 온 한영이 동엽에게 뒷집 형님네를 불러 오라고 했다.
"자네 신랑이 청년단 책임자가 됐다네. 알고는 있는가?"
"예? 아제...그거이 먼 말이라요? 야?"
"지난번에 우리가 걱정한 것이...이렇게 돼 부렀네!"
"그라믄...인자는 우찌게 한다든가라?"
"그걸 어찌 알것는가? 근디...집에는 안들렀든가?"
"야. 소식도 없어라..."
"허! 책임자가 됐으니께 바빠서 그냥 갔는갑네..." "야? 근다고 집에도 안 와보고 간단 말여라..."
"허! 거...참!"
뒷집 형님은 그것이 어떻게 된 일인지 궁금해 했지만, 누구도 그것으로 인해 어떤 일이 생길지는 알 수 없는 일이었다.

며칠 후, 인민군들이 청년단을 이끌고 동네에 다시 들어 왔다. 오월리 청년단 책임자인 송민규는 어디 갔는지 보이지 않고, 청년 단원들을 시켜 다짜고자 마을 이장을 끌어내라며 소리를 쳤다.

"서둘러! 송가하고, 장가...아까 말한 그 놈들... 빨리빨리 데리고 와라, 서둘러라!"

그 부르는 이름에는 동네 이장 송가와 송가네 집 안의 어른인 송가 노인, 그리고 기남의 아버지 한영까지 포함해 십여 명이 되었다. 그러자 동네 사람들은 이것이 무슨 날벼락이냐며 수근 거렸다.

"아, 여보시오! 이거이 무슨 짓이요?"

동네 나이든 노인 양반들이 따졌지만, 인민군은,

"이 영감쟁이들이 뭐야? 앙?"

하며, 윽박질렀다. 그 때 송가네의 한 노인이 나서며,

"이것 보쇼! 당신은 애미 애비도 없소?"

하자, 인민군이 벌컥 화를 냈다.

"이건 또 뭐야...죽고 싶어? 엉?"

하며 발길질을 해 댔다.

"아이쿠..."

송가네 어른 중에 한 명이 그렇게 고꾸라지자 다른 사람들이 일으켜 세우려고 나섰다.

"가만 두라우, 이...쌍! 손대면 죽을지 알어...저 꼴을 잘들 봐라, 앙?"

그런 소리를 뒤로 하고, 그 송가 어른은 더 이상 어쩌지 못하고 자리에서 겨우 일어나 사람들 틈으로 돌아갔다.

"세상이 달라졌소! 우리말을 거역하거나 반동을 저지르면 어떻게 되는지... 잘들 보시라요. 알것소?"

동네 사람들이 겁에 질려있는 사이에 끌려 온 사람들이 줄줄이 묶어 졌고 인민군들이 그 사람들을 끌고 가려고 하고 있었다.

"어디로 가얄건지는 알려 줘얄거 아니요?"

"뭐야? 알아서 뭣하려고, 앙?"

인민군을 따라 온 청년 단원들도 인민군의 말에 아무런 대꾸도 하지 못하고 있었다. 그런데 그 청년단원들은 얼굴을 모르는 사람들이었는데, 그것은 아마 이런 일을 하는데 아는 사람이 있으면 서로가 곤란날 일이어서 다른 동네에서 차출한 청년단원들인 듯 했다.

"야! 느그들 뭣하는 거야, 빨리빨리 끌고 가!"

인민군들은 청년단들에게 묶여 있는 사람들을 재촉하라며 신경질적인 명령을 계속 내리고 있었다.

"장한영. 장한영이 누구냐?"

그러자 동엽의 시아버지가 힘없이 대답을 했다.

"나...나요!"

"당신이야? 알았어! 당신 아들이 경찰인가?"

"..."

"입이 없어? 왜 말을 못해, 엉? 쌍!"

그러더니 다짜고짜 한영의 배를 발로 걷어찼다. 그렇게 서 있는 것도 힘들어 하던 한영은 인민군의 발길질에 고꾸라져 바닥에 처박히고 말았다. 동네 사람들은 여순반란 사건 때와 비슷하게 반복되는 상황에 어찌할 바를 모르고 그저 바라만 보고 있을 뿐이었다.

"야! 저 영감탱이는 뒤에 따로 묶어라!"

"예!"

동엽은 그런 시아버지의 모습을 지켜보면서 눈물이 쏟아 졌다. 하지만, 아들 채수를 데리고 있던 동엽은 겁먹은 아들을 숨겨 곧바로 동네 사람들 뒤 가 숨을 죽이고 있었다.

"이...영감하고 아들하고...모두 다들 알고 있을 것이요! 아들이 나타나면 모두 신고 하라우! 만약에 숨겨 주다가 걸리면... 다 같이 총 알 맛을 볼끼야, 알것어?"

이 마당에 시아버지 한 사람만 잡혀 가는 것이 다행인지도 모를 일이었다.

그런 모습을 보고 집으로 돌아 온 동엽은,

"아제! 아제는 절대 집 밖에 나가믄 안되라, 야?"

시동생 기칠이 걱정이 되어 동엽은 외부 출입을 하지 말라고 신신 당부를 하고 있었다.

"야! 알았어라. 성수! 그라믄, 아부지는 어떠케 된다요?"

"글씨라! 큰 난리여라... 뒷집 아제가 청년단 책임자라니께, 한번 말이라도 해 볼라요만은..."

그러자 시어머니가 나섰다.

"큰일이다. 느그 시아부지...몸도 약헌디... 밤에는 눈도 안보이고..."

"어무니! 지금은 누구도 멀 어째얄지... 아무도 모른당께라... 어무니도 카만히 계셔 보시쇼. 나...가 한번 알아 볼라요!"

동엽은 어떻게 해 볼 재간은 없지만, 일단 뒷집 형님을 찾아 갔다.

"성님! 이 일을 어쩐다요, 야? 아제가 청년단인가 거그 책임자라니께... 말이라도 한 번 해 주쇼, 야?"

"글씨 말이다! 니...도 알다시피 나도 얼굴을 봤어야 말을 허든지 말든지 헐거 아녀...참!"

"성님! 그라믄...아제헌테라... 성님이랑 나랑 같이 가볼께라?"

"우리 둘이야? 이 오사리 판에 ... '동강'까정 무사히 다녀 올 수 있 것냐?"

"그래도 어쩌것어라..."
"그랴! 이 마당에 이판사판이제... 하여튼 간에 오늘은 밤도 늦고 그랬으니께 낼 아침에 나랑 일쩍 나서세... 까짓 거 죽기밖에 더 허것는가?"
"야! 성님. 고마워라!"
죽이 되던 밥이 되던 수소문을 해서 시아버지를 찾아 볼 요량이었다. 하지만, 그들이 한영에게 막무가내로 굴었던 것을 생각해 보면, 기남이 경찰이라서 인민군들한테는 '반동'으로 낙인찍힌 것 같았고, 그렇다면 동엽도 인민군들한테는 '눈에 가시'일 것인데, 그냥 놔 둘 지도 걱정이 아닐 수 없게 되어 가고 있었다.

그날 밤도 어김없이 어둠이 내리고 시아버지가 잡혀 간 일로 인해서 집 안이 뒤숭숭해 동엽은 잠을 이룰 수가 없었다. 그런데,
"동상! 자는가?"
제법 밤이 깊었는가 싶었는데 뒷집 형님이 동엽의 방 뒤 쪽 담장 너머로 불렀다.
"아! 성님..."
방문을 열고 담벼락으로 나가자 뒷집 형님이 밖으로 나오라는 손짓을 하고 있었다. 동엽은 채수가 잠든 것을 확인하고는 조용히 방문을 열고 나가 뒷집으로 연결된 담장 사이에서 형님을 만났다.
"아분이가 죽을지도 모른다네! 반동인가 뭔가, 그란다고..."
"그러라? 그라믄 어째야 쓴당가요? 야?"
"성재 아부지가 왔네! 그랴서 나...가 어찌 안되것냐고 했드니..."
"..."
"근디...느그 집에 머슴살던 공채 말이여..."

"야! 공채 아제가 왜라?"

"공채가 '면(面)' 청년단에서 높은 사람이라데…"

"야?"

"성재 아부지가 쫌 이따 간다니께… 공채헌테 부탁을 해 본다네!"

"그려라…고맙구먼요!"

"그러니께…그런지만 알고 있으소, 잉? 내일 다시 말허세, 궁금헐 꺼 같아서 미리 말허네…"

"성님! 고마워요!"

그렇게 밤이 깊어 가는데, 마치 시아버지가 잡혀 간 것을 알기라도 하듯 그동안 집을 나가 소식이 없던 손 밑 시아제 기순이 뜬금없이 집에 나타났다.

"성수! 잘 기셨지라? 아적 안 주무셨는갑네라! 죄송혀요…"

"이 시간에 삼촌이 어쩐 일이라요?"

그러자 시어머니도 잠을 자지 못했는지 아들 기순의 목소리를 듣고 방문을 열었다. 기순이 나타나자 시어머니도 놀랐지만, 동엽도 기순이 돌아 온 것이 의아해 졌다.

"기순아! 느그 아부지가 인민군들헌테 잡혀 갔단다…"

"야! 알고 있어라! 엄니도 별 일 없었는가라?"

"잉야! 나…가 뭔 일이 있것냐? 느그 아부지가 저래서…"

"야! 너무 걱정 마시고라… 오랜만에 왔는디… 오래 못 있것네라… 아분이 일이 급허니께. 그런지 아시고라… 성수…엄니… 나..알굴만 보고 가니께 그란지만 알고 계시쇼. 잉?"

"그려도 오랜만에 왔는디…좀 쉬고 가시지라…"

"야! 걱정 마시고라...그간 나쁜 일은 안했응께 걱정 마시고라... 지금 '면에 갈거니께 너무 걱정 마서라..."

"그라믄 은제 다시 온당가라?"

"성수! 당분간 못 올 수도 있어라. 걱정 마시고라!"

"성님 소식은 혹시..."

"야! 혹시 몰래 집에 올 수도 있응께라. 오믄, 잘...숭거야 돼라...안 그러면..."

"..."

기남이 올 수도 있다는 말에 동엽은 가슴이 철렁 내려앉았지만, 어쩔 수 없는 일이었다.

"아분이도 아적은 잘 몰라도, 조만간에 돌아 올 수도 있으니께 너무 걱정마서라! 그렇게 되믄 다시는 인민군들이 손대진 않을 것이여라! 대신 성은 경찰이니께... 만약에 성이 오게 되든...상황이 달라져라! 그러니 잘 숨겨야 되라..."

무슨 뜻인지 자세히 알 수는 없었지만, 시동생 기순은 아버지 한영이 곧 돌아올지도 모른다는 여운을 남기고는 '면에 가봐야 한다며 밤이 늦은 것도 아랑 곳 않고 길을 나섰다.

'면' 사무소에 임시로 차려 진 인민군 '동강면 대'에 나타 난 기순이 책임자인 인민군 '대좌'를 불러 앉혔다.

"당신이 책임자야?"

갑자기 나타난 사복 차림의 낯선 사내가 찾자, 책임자인 대좌가 나타났다.

"내가 책임자요! 누구신지..."

"난...아 참...'도당(道黨)'에서 연락 못 받았나?"

"예? 그럼..."

그러면서 그 대좌는 거수경례를 붙였다.

"그래. 알았소! 고생하오..."

"군관님께서 어쩐 일로 이 밤에..."

"그건...그렇고... 대좌 당신말야...조용히 나 좀 봐야겠소!"

"예? 무슨 일로..."

"별 일은 아니고...긴히...할 얘기가 있소!"

"알겠습니다. 군관님!"

그러더니 주변의 부하들에게 밖으로 나가라는 눈짓을 했고, 부하들이 밖으로 나가자 기순은 대좌를 가까이 오라는 손짓을 하고는 목소리를 낮췄다.

"오 대장...고생이 많소!"

"고맙습니다. 그런데 하실 말씀은... 뭣이든 말씀만 하십쇼!"

"아! 목소리를 낮추시오! 내가 이 밤에 온 것은... 요즘 오 대장의 공이 크다는 것을 잘 알고 있소!"

"아닙니다. 할 일을 했습니다..."

"그래서...내가 오 대장을 위에 '상신'할 생각인데..."

"감사합니다. 군관님!"

"글고 내가 이 시간에 직접 온 것은..."

"예! 말씀 하십시요!"

"오늘...반당분자들 몇이나 잡아 들였소?"

"예! 여기저기...해서 일백여 명은 됩니다."

"그래! 고생이 많소...수고했소!"

그런 얘를 나누고 있는데 밖에 있던 인민군 하나가 들어오면서,

"대장님! 다섯 명이 추가로 왔습니다. 어떻게 할까요?"

하고 오 대장의 명령을 기다렸다.

"군관님! 잠깐만 기다리십시요! 금방 지시를 하고 오겠습니다."

그렇게 나간 오 대장은 부하 직원들을 다그치며 잡아 온 사람들을 이리저리 분리해 창고에 집어넣고 묶으라는 지시를 하고 있었다. 그 순간 기순은 그들의 움직임을 살피기 위해 잠시 밖으로 나가 그 광경을 지켜보고 있었다.

그런데 인민군이 아닌 '청년단'들 사이에 한 사내가 조용히 가까이 다가왔다. 그러자 인민군이 그를 향해,

"이 쪽으로 오지 말고 저 쪽 창고로 가라. 알았나?"

하며 소리를 질렀다.

"그거이 아니라, 저...기 계신분 말여요..."

기순은 그 말이 누구를 가리키는지를 몰라 그 쪽으로 고개를 돌렸다. 그러자 그 사람이 기순을 바라보며 말을 해 왔다.

"도련님! 도련님! 나...공채여라 도련님..."

기순은 옛날 집에서 머슴을 살았던 공채가 그 자리에 서 있는 것을 보고 무척 놀라지 않을 수 없었다. 그러면서 그 인민군에게 명령을 내렸다.

"야! 그 사람...이리 보내!"

인민군들은 군관의 말에 놀라 공채가 다가 갈 수 있도록 해 주었고, 오 대장은 그 모습을 보고는,

"무슨 일이신가요?"

하며 의아한 표정을 지었다.

"엉, 괜찮다! 내가 잘 아는 사람이다. 걱정 말고...내가 잠깐 만나서 얘기할 것이 있으니까 그리 알고... 안으로 들여보내라!"

"예! 알겠습니다. 군관님!"

사무실 안으로 들어 온 공채는 기순을 보고 더 놀라고 있었다.

"아제! 아제가 청년단 일을 하는갑네요?"

"야! 그냥..어쩌다가.. 근디..도련님이 여그까정 어쩐 일이다요. 야? 높은 사람인갑네라!"

"어...뭐 그런 건 아니고... 근디...아분이가 여그 있다고 허든디..."

"야? 지...는 모르것는디라..."

"하여튼 알것으니께...어디 가지 말고... 여그 가만히 있다가...오 대장한테랑은 내가 말할 거니께... 아분이가 나오시믄 모시고 집으로 가쇼. 알것지라? 아무것도 묻지 말고. 알았죠?"

"야! 도련님..."

잠시 후 기순은 오 대장을 오라 했다.

"군관님! 아는 사람입네까?"

"아! 그렇네. 하여튼 그건 그렇고... 잡혀 온 사람들 중에 오월리 사람들 있지?"

"예, 며칠 됐습니다만..."

"그래? 그 중에서 장한영하고 송춘길은 내가 인수해 갈거니까... 이유는 묻지 말고...이리 데리고 와라. 지금 당장..."

"예? 그건..."

"더 이상 묻지 말라! 그리고..오월리에서 온 청년단원들이 몇 명이나 되는가?"

"몇 명 됩니다만..."

"모두들 이리 불러 오라!"

"예! 알겠습니다!"

잠시 후 왜 불렀는지 영문을 모르고 있던 오월리 출신 청년단원들은, 기순이 앞에 있는 것을 보고는 모두 놀라 입을 다물지 못했다.

"모두들 고생이 많으십니다. 나...기순입니다!"

"..."

다들 기순이 높은 사람이 되어 그 자리에 있는 것이 믿기지 않는 듯 했다.

"다...들 알고는 있어도, 이린디서 만나다 보니께 얼떨떨 할 겁니다. 하여튼 지금은 전쟁 중입니다. 고상들 하시네요. 뭐라 위로의 말씀을 드려야 할지 모르것습니다."

그리고는 잠시 안부를 묻고 건강 상태를 물은 다음,

"송민규 대원은 여기 잠깐 남으시고.."

나머지 사람들이 나가고 송민규만 남게 되자, 기순은 긴장하고 있던 송민규 옆으로 다가 왔다.

"아제! 고상하시지라?"

그제야 송민규는 기순을 똑바로 바라보았다.

"자네가 진짜로...기순인가?"

"예. 아제! 자세한 건 나중에 얘기하기로 하고라..."

그러더니 오 대장에게 명령을 내렸다.

"오 대장! 지금...송춘길, 장한영 두 사람은... 여기 이 송민규 하고...정공채... 두 사람이 인수해서 집에 데리고 갔다 올 수 있게 하라!"

"예? 그것은..."

"책임은 내가 진다. 글고...이 두 사람은 앞으로... 절대 손대지 말

라. 그리고 오월리도 모두...함부로 손대지 말라. 이건 명령이다. 알것나?"

오 대장은 어쩔 수 없다는 듯 부하들에게 그 두 사람을 데려 오라는 명령을 내렸다.

"오월리 장한영, 송춘길 두 사람을... 여기 두 대원들한테 인계하라!"

그런 명령이 떨어지자 기순은 공채와 뒷집 아제에게 말을 했다.

"두 분은 여기 이 두 분을 모시고 동네로 가서라. 나머지 뒷일은 내가 알아서 할 거니까 걱정 마시고요. 아셨죠?"

"엉! 알것네! 고맙네..."

뒷집 아제는 크게 안심이 되는지 곧바로 사무실 밖으로 나가려 하자, 기순은 뒷집 아제에게 밖에서 잠시 대기하라는 말을 했다.

"두 사람이 나오면 잠깐 밖에 계세요. 여기 말고...여기 면사무소 나가서 왼쪽으로 가면... 막걸리 집이 하나 있어요. 지금은 문을 닫았을 거니까...그 앞에서 기다려 주셔요! 지...가 곧 나갈거니깐요..."

"알것네...고맙네!"

겨우 걸을둥 말둥한 한영을 부축하며 막걸리 집 앞으로 온 한영과 이장 송춘길은 평상에 겨우 걸터앉았다. 그 때서야 공채가 입을 열었다.

"어르신...견딜만 하신가라... 이거이 어찌된 일인가라? 지는 여그 오신지도 몰랐어라!"

"그건 나도 마찬가지네...공채 자네는 여그에 웬일인가? 잉?"

"야! 지...도 청년단 일을 보게 됐어라!"

그 때 뒷집 송민규가 나섰다.

"아제! 이만허기 다행이구만요! 근디...아제 둘째 말여요!"

"둘째? 기순이?"

전쟁 177

"야! 기순이 말여요..."
"갸가 왜? 뭔일 있든가?"
"그거이 아니라...기순이가 우릴 구해 줬어라!"
"뭐? 기순이가? 기순이가 뭔 일을 허간디..."
"그것까정은 모르것는디라... 엄청 높은 사람인 것 같드라... 아제랑 이장님이랑 빼 줬어라!"
그렇게 얘기를 나누고 있는데 기순이 따라 나왔다.
"아분이..."

몸도 성치 않았던 한영을 교대로 업다시피 해 오월리 집에 도착하자 새벽닭이 울고 있었다. 기순은 동강서 아버지와 이장의 얼굴만 잠깐 보고 헤어졌고, 뒷집 아제와 공채가 한영과 이장을 데리고 동네로 온 것이었다. 그렇게라도 살아 돌아 온 것이 다행으로 알 정도로 한영은 산송장이 다 되어 있었다.
"큰 마님! 큰 마님!"
시아버지가 잡혀 갔고 모진 고초를 당할 것을 생각하면 잠을 이룰 수 없었는데 대문을 여는 소리에 식구들이 모두 잠에서 깨었고, 뒷집 형님도 그 소리를 들었는지 급히 담 너머 동엽의 집으로 오고 있었다. 공채의 등에 업혀 있다가 내린 시아버지는 뒷집 아제의 부축을 받고 겨우 서 있었는데, 얼마나 맞고 끌려 다녔는지 거의 초죽음이 되어 있는 듯 했다. 그나마 상태가 조금 나은 이장 '송가'는 한영이 집에 내린 것을 보고는 동네 집으로 돌아갔고, 뒷집 아제는 한동안 한영을 돌보다 집으로 올라갔다. 그러자 동엽은 시아버지의 상태를 살피며, 공채에게 말을 건넸다.

"아제! 고상하셨소!...힘들었을 건다라... 건너 가서 눈 좀 부치쇼, 잉?"
"예, 마님! 아침에 야그 하게라.."
"야! 그려라..."
공채가 자기가 쓰던 방으로 들어가자, 동엽과 시어머니는 시아버지의 옷을 갈아입히고 얼굴과 다친 곳을 닦아 주었다. 그런 시아버지는 인민군한테 잡혀 가서 얼마나 맞았는지 온 몸 곳곳에 시퍼런 멍이 들어 있었다.
"아분이..얼매나 고상하셨는가라!"
"괜찮다! 그나마 이렇게 숨이 붙어 있는거이 다행이다..."
"아분이! 힘든디 좀..누우셔라..."
"아니다...니가 고상했다. 물이나 한잔 주라..."
괜찮다고 말은 했지만, 벌써 다가 온 새벽이 창밖을 훤히 밝히고 있었고, 시아버지의 신음 소리는 계속되고 있었다.

아침이 되자 한영과 함께 잡혀 갔던 동네 사람들 넷도 동네로 돌아 왔다. 그들은 동네로 오자마자 제일 먼저 한영의 집을 찾았다.
"어르신...고맙습니다!"
"이번에...아드님 덕분에 살았구만요!"
아들 기순이 오월리에서 온 사람들을 전부 다 풀어 준 것이었다. 그런 그들은 한영에게 고맙다는 인사를 하고 돌아가면서,
"어르신! 이 은혜 잊지 않겠어라..."
"다른 동네 몇 사람은 밤 새 총살당한 사람들도 있어라..."
하며, 두려움에 떨었던 지난밤을 떠올리는 듯 했다.

그런 어수선한 가운데 '본대(本隊)'로 복귀하지 못한 기남은 예전의 여순반란 사건 때 피했던 암자를 찾아 몸을 숨겼다. 당장 안전하게 지낼 수 있는 곳이 그 곳 밖에 생각나지 않았기 때문이었다. 하지만, 그 곳도 안전한 곳이 되질 못해 잠깐 휴식을 취한 기남은 몸을 추스른 다음, 곧 바로 야음을 틈다 벌교 외곽 야산을 돌아 분투동 뒷산을 숨어들었다. 그 길은 여순반란 사건 때 지난 본 길이라서 훨씬 익숙하게 갈 수 있는 길이 었다.

벌교가 모두 점령당한 마당에 분투동 근처는 얼씬도 하지 못하게 된 것은 자명한 일이었다. 여순반란 사건 때는 그 분투동 뒷산을 타고 오월리로 갔지만, 그 길을 이미 알려진 길이 되고 말아서 분투동 뒷산과 연결된 산등성이를 가다가 '두평리' 뒷산을 거쳐 오월리 쪽으로 접근해 갔다. 그 두평리 뒷산을 넘으면 옛날 개간을 했던 목골이 나오기 때문이었다.

아무래도 오월리에도 인민군들의 손이 뻗쳤을 일이기 때문에 마을 앞 신작로를 가로 질러 집으로 가는 것 보다는 목골을 돌아 다래기에 사는 동생 영성을 만나 사전에 정황을 살핀 다음 움직이는 것이 더 나을 듯 했다.

그런데 두평리 마을을 건너 가로질러 가야만 목골이 있는 산등성이를 넘어 갈 수 있는데, 그 곳을 가로 질러 가기 위해서는 그 곳이 워낙 트인 곳이어서 사람들의 눈을 피할 수 있도록 밤을 기다려야만 했다. 그렇게 시간은 걸렸지만, 야음을 틈타 무사히 두평리를 가로 질러 산등성이를 넘을 수 있었다. 그 산등성이는 나무가 빽빽이 들어 차 있어 겨우 한사람이 다닐 만큼 등성이가 깊이었는데, 기남은 그 곳을 개간하느라 수없이 넘나들었던 덕분에 밤길이었지만 익숙하게 목골 밭

옆으로 난 좁은 길을 따라 들어 설 수가 있었다.

개간을 했던 그 목골 밭에서 내려다보면, 오월리는 오른쪽 등성이를 돌아 넘어야 해서 직접 보이는 곳은 아니었다. 그 목골 바로 밑 가운데에는 저수지가 있고, 그 저수지를 끼고 왼쪽으로 다래기가 있었다. 그 다래기에서도 저수지 쪽에 제일 가까우면서도 동네의 제일 깊은 길가에 입양해 온 영성의 집이 있었다. 한 밤 중의 목골에 누가 있을리는 없었지만, 기남은 혹시나 모를 위험에 대비하기 위해 숨을 죽이며 저수지를 돌아 다래기 영성의 집 앞에 다가섰다.

다른 때는 달도 밝고 어스름한 달빛이 길을 밝혀 주기도 하지만, 오늘은 칠흙 같은 어둠이 내려 늘 다녔던 아는 길인데도 걷는데 힘이 들어 터덕거렸다. 그래도 이런 날은 달이 훤히 밝아 몸을 숨겨야 하는 것 보단 나은 것인지도 모를 일이었다.

"영성이. 영성이!"

잠이 든 듯 온 집안엔 불이 꺼져 깜깜해져 있었고 영성의 뒷집에서는 개 짖는 소리가 들려 왔다.

"누구요!"

"나네! 기남이..."

"누구? 기남이 성님?"

깜짝 놀란 영성이 목소리를 낮추며 불을 켜려고 했다.

"불 키지 말소..."

"야! 성님...어서 드쇼, 어서..."

"알았네..."

잠을 자다 일어 난 제수씨도 잠이 덜 깬 채, 방 안으로 들어오는 기남을 보고 놀라 자리에 앉았다.

"워메! 아제가 먼 일이다요, 이 밤에..."

"야! 제수씨...그렇게 됐네요..."

불도 켜지 않은 영성의 안방에 기남이 자리를 차지하고 앉았다.

"성님! 이거이 어찌된 일이요. 야?"

"잉! 미안허네... 인민군들헌테 기고 있네..."

"그라믄...경찰은요?"

"지금은 다...패퇴해서 어쩔수가 없네..."

"허기사 인민군이 벌교, 고흥까지 다...점령했으니께. 큰일이네요 큰일..."

"아무튼 숨을 데가 집 밖에 더 있겄는가? 그래서 돌아 돌아 두평리로 넘어 왔네"

"고상하셨소!"

"근디...동네랑 집은 어떻든가?"

"말도 마쇼! 아분이가 인민군헌테 잡혀 갔다가는 죽지 않을 만큼 맞고 왔어라! 살아 돌아오지 못헐 줄 알았는디라... 인민군 군관이 된 기순이가 나타나서는...구해 줬당께라! 동네 이장이랑 몇 사람도 기순이가 다...구해줬어라..."

"뭐? 기순이가?"

"야! 아주 높은 사람인갑데요?"

"그래? 거...참!"

"야! 거그다가...성님 뒷집에 사는 민규랑, 성님네서 머슴 살던 공채가... '청년단'이 돼서 인민군들을 돕는 일을 헌답디다..."

"뭐? 그럼 다른 사람들도 있다든가?"

"그라지라! 하여튼 간에... 성님이 집에 가야될건디라... 지금은 공채가 집에 있을 거요. 기순이가 아분이를 풀어 주면서, 돌 봐 주라고 해서..."

"그라믄...집에 가믄...공채가 인민군 헌테 신고할 지도 모를 일 아녀?"

"설마! 그러기야 하것는가라... 나...가 가서 한번 살펴보고 올탱께라... 성님은 꼼짝 말고 여그서 기다려 보쇼, 잉?"

그러더니 영성이 옷을 걸쳐 입고 집을 나섰다.

집에 간 영성이 한동안이 지났는데도 소식이 없더니 공채와 함께 영성의 집으로 돌아 왔다.

"아제!"

"공채...자네가?"

"야! 걱정마셔라... 청년단에 있긴 해도라... 나...가 어찌 아제랑 식구들 헌테 못된 짓을 헐 수가 있답니껴... 어서 가십시다. 숨더라도 집에서 숨어야지라! 아분이 어머니도 그렇고라... 큰 마님도 소식을 듣고는 숨 죽이고 기다리고 기셔라!"

"알것네. 고맙네. 영성이 자네가 고상했네! 제수씨도 잠도 못자고 미안하요!"

"성님, 그란 소리 마시고라... 언능 가서서 잘...숨어 계시쇼, 야? 나...가 시간 내서 한번 갈탱께라..."

머슴으로 일하던 공채는 자기가 청년단으로 있음에도 불구하고 기남을 데리고 조용히 주변을 살피며 집으로 돌아갔다. 오랜만에 오는 집이었지만, 모두들 숨을 죽이고 기남을 맞이한 채 서로 인사를 나눌 틈도 없이 기남을 정재로 데려갔다. 그것은 여순 반란 사건 때 쓰던 곳이 그대로 남아있어 거기에 기남을 숨겨야 했기 때문이었다.
"아제! 야그는 나중에 하고라... 언능 장독에 들어가쇼, 야?"
공채는 곧바로 기남에게 장독에 숨으라고 했다.
"알았네!"
"기냄아! 입 다물고. 그만... 말하지 말어라! 누가 들을라!"
안방에서 정재로 난 쪽 문을 열며 아버지 한영이 기남의 입을 막았다. 시어머니도 얼마나 가슴이 떨렸는지 말을 잇지 못하고 기가 막힌다는 표정만 지을 뿐이었다. 동엽은 그간 다른 여자하고 살던 기남이 도피자가 되어 나타나자 만감이 교차했지만, 워낙 엄중한 이런 현실 앞에서 어쩔 수 없이 정재에 있는 장독에 남편 기남을 숨기고 있었다. 그렇게 장독 안으로 기남이 몸을 숨기자 공채가 기남을 안심 시키려는 듯 말을 해 왔다.
"아제! 더는 걱정 말고라. 몸 좀 쉬고 계시쇼! 글고 뒷집 아제도 해꼬지 할 사람 아니라는 것도 아시지라?"
"그래! 고맙네..."
"아침에 지...가 뒷집 아제랑 방도를 알아 볼랑께 그리 아시고라! 어서 쉬시쇼..."

공채가 방으로 돌아 가고 동엽 혼자만 장독 앞에 장작으로 쌓아 놓은 아궁이에 자리를 잡고 앉았다.
"미안허네! 잘 있었는가..."
"..."
기남이 동엽에게 말을 걸어 보았지만, 동엽은 제대로 응대를 하지 못하고 있었다.

"채수는 잘 크고 있는가?"

"…"

"내가...잘못했네!"

동엽의 응답이 없어선지 남편 기남의 말도 더 이상 이어지지 않았다. 그러자 안방에서 다시 시아버지의 목소리가 들려 왔다.

"너무 걱정 말고... 채수 애미야 너도 가서 좀 쉬어라! 앞으로 더 힘든 시간이 올지도 모르니께..."

"…"

동엽은 그 소리에도 응대를 하지 않았다. 그 물음에 답을 하려고 하면, 참으며 감춰왔던 눈물이 나올 거 같아서 였다.

"피곤할건디...한 숨 자고 계시쇼! 절대로 먼저 부르면 안되어라!"

"알았네! 고맙네..."

동엽이 자리를 뜨면서 한마디 한다는 것이 그런 말 밖에는 아무런 생각도 나지 않았다. 그렇게 방으로 돌아 온 동엽은 세상모르고 잠에 취해 있는 채수의 얼굴만 빤히 바라보며 긴 한숨을 쉬고 있었다.

동엽은 뜬 눈으로 밤을 세웠다. 아침이 밝아 오자 다른 때와 마찬가지로 여전히 식구들의 아침밥을 하는 동엽이 정재로 들어가기 전에 주변의 인기척을 살폈다. 그러면서 항아리 속에 있는 채수 아버지를 살짝 불러 보았다.

"자요?"

채수 아버지는 잠이 들었는지 아무 말이 없었다. 동엽은 아궁이에 불을 지피기 시작하면서 아궁이 불빛에 비치는 여러 가지 생각들이 머릿속을 복잡하게 만들고 있었다.

"큰 마님! 잘 주무셨는가라?"

"야! 밤새..고상하셨소..."

다른 때 같으면 머슴 공채가 먼저 일어나 움직일 일이었지만, 공채가 동엽보다 늦게 정재로 왔다.

"아녀라! 큰 마님... 지...가 무슨 일이 있을지 몰라서... 뒷집 아제를 만나고 오니라고 늦었구만요..."

"그랬소? 고맙소!"

"아녀라! 어차피 뒷집 아제도 알건 알아야 뭔 방비를 세울 수 있을 탱께라..."

"잘 하셨소..."

그 사이에 뒷담 너머로 뒷집 형님의 목소리가 들려왔다.

"동상! 채수 아부지 왔담서..."

뒷집 형님의 목소리도 조심스러워선지 무척 낮아져 있었다.

"야. 성님! 아제한테 잘 부탁 좀 해 주서라..."

"무슨 그런 말을 허는가? 당연한 일 아닌가?"

그러면서 공채와 뒷집 아제는 기남이 돌아 온 것을 두 사람만 알기로 하고 입을 다물기로 약조를 했다.

"공채 자네! 기남이 아제를 숨겨 뒀다가... 경을 칠 수도 있는디, 괜찮것는가?"

"아제! 지...가 평상을 모서 왔는디... 그런 것 땜시 말 헐 놈이 아니지라! 나보다 아제가 더 걱정이지라...견디기 힘들지도 모른디..."

"나도 자네 맘 허고 같네... 한 밥솥을 먹는 형제나 다름없는디...

아무튼 어떤 일이 있어도 입 다물고 있어야 허네..."

"알것습니다!"

뒷집 아제와 공채가 밀고를 할 사람들은 아니었지만, 그럴수록 두 사람한데 다가 올 위험은 더 커져 가고 있는 것만은 사실이었다.

"아제!"

큰 마님이 공채를 찾았다.

"야, 큰 마님! 뭔 일 있다요?"

"은제까지 저렇게 숨어 있어야 헐지...큰일이여라!"

"큰 마님! 지금은 전쟁 통이라... 그건 아무도 모를 일이여라! 근디...뭔 일 있는가라?"

"야! 다름이 아니고라... 채수 아부지가 윗동네 '춘수' 아제를 불러 달라네요?"

"야! 둘이서 깨댕이 친구 아녀요... 할 말이 있는 것 같고라. 어쩐다요?"

"그씨...하여튼 알것어라! 낮에는 안되고라...이따 밤에 조용히... 올 수 있게 해 볼께라!"

안방에 계시던 어머니 아버지는 기남이 숨어 있는 것이 불안했던지 수시로 공채를 불러 밖의 돌아가는 상황을 묻곤 했다. 동네에도 청년단원들이 공채와 뒷집 아제 말고도 몇 명이 더 있었는데, 기남의 동생인 기순이 아버지 한영을 돌보라며 공채를 보냈기 때문에 공채는 공개적인 청년단 활동은 잠시 쉬고 있는 것이나 마찬가지였다.

뒷집 민규 아제도 동네 청년단의 대장이긴 했지만, 이번 동네 사람들과 함께 온 덕분에 잠시 활동을 쉬고 있었다. 그래서 청년단과 인민군의 동향을 자세히 알고 있지는 않았지만, 대강 돌아가는 상황은 짐작을 하고 있기는 했다.

"공채야 안 되것다! 군(郡)에 좀 다녀오그라!"

"군(郡)에는 왜어라?"

"기순이가 인민군 군관 아니냐?"

"야!"

"그러니...한번 만나서 상황도 좀 알아보고... 무슨 수를 써야 잖겠냐?"

"그도 그러시겠네요, 어르신....알것어라!"

한영의 말에 따라 공채는 곧바로 군으로 가려고 했지만, 동엽이

"일단, '춘수' 아제를 만나보고 결정하게라..."

하는 말에 한영의 걱정이 커지기는 했지만, 해가 어수룩해 지자 공채는 뒷동네 춘수에게로 바쁜 걸음을 재촉했다.

"춘수 아제!"

"잉! 자네가 웬 일인가?"

춘수네 집 뒤 텃밭에서 해가 뉘엿뉘엿 지도록 밭을 갈던 '송춘수'가 잠시 곡괭이질을 멈추고 밭두렁으로 나왔다.

송춘수는 옛날에 기남의 아버지 한영이 대를 이어 고을 별감으로 있을 때, 공채처럼 한영의 집에서 어릴 적부터 먹고 자고 하면서 머슴살이를 했었다. 송춘수 뿐만 아니라 송춘수의 아버지도 장한영이 살던 윗동네 집에서 머슴살이를 해, 대를 이어 한영의 집에서 머슴을 살던 사람이었다. 그러다 장한영의 집이 망해 아랫동네로 이사를 내려가면서 독립해 살고 있었는데, 그런 송춘수는 기남과 동갑내기로 태어나서부터 한 집에서 살고 자란 '불알친구'이기도 했다. 또, 머슴과 주인 집 아들 사이이긴 했지만 기남과 춘수는 둘도 없는 친구 사이로 살아 와서, 서로

가 속내를 털어 놓고 지내 오는 사이 이기도 했다, 공채도 한영의 집이 기울기 전에는 한영의 집에서 머슴이 되어 상머슴인 송춘수를 모시고 산 적이 있어서 송춘수와는 남다른 인연을 가지고 있기도 했다.

"공채야! 니가 먼 일이냐?"

"야! 거시기 말여라..."

밭두렁에 앉아서 두 사람이 얘기하는 것이야 하나도 이상할 것이 없었지만, 둘의 이야기가 특별한 것이어선지 공채는 자주 주변을 두리번거리며 목소리를 낮췄다.

"아제! 이건...우리 둘만 알어야 합니다요!"

"뭔 소린데 그러냐! 알았으니께 어서 말이나 해 보그라!"

"야! 실은 기남이 아제가요..."

"기남이가? 기남이가 왜? 뭔 일이 있더냐?"

"뭔 일이라기보다...아제를 찾고 있어라..."

"뭐? 어디서 나를 찾어...이 전쟁 통에..."

"야! 실은 밤새...집에 왔어라!"

"아...니 그람?"

"쉿! 인민군들 헌테 쫓기고 있어라!"

"알었네!"

"이따 저녁에 소문 내지 마시고라... 조용히 아무도 몰래...내러 오셔라!"

"알었네! 근디...기남이는 경찰인디... 동상 기순이는 인민군이고...이 일을 어쩐다냐? 거... 참!"

"글쎄라...그런 저런 일로 만나고 싶어 하신갑네요..."

"하여큰 알었다!"

"그라믄 지...는 아제 봤으니께... 어둠을 타고 '군'에 가서...기순이 아제를 만나보고 와야 것네요!"

"그려? 언능 가봐라 그라믄... 내 걱정 말고, 잉?"

공채는 춘수에게 기남을 찾아보라는 부탁을 하고 어둠이 내린 길을 나서 '군'으로 가기 위해 동네를 벗어나고 있었다.

망중한(忙中閑)

어둠이 깊어 지자 춘수가 조용히 기남의 집을 찾았다.
"채수 엄니! 어르신!"
목소리를 낮추며 부르는 소리에 안방에서 문이 열렸다.
"누구요?"
"어르신 접니다! 춘수요…"
"잉야, 니가 이 밤에 뭔 일이냐?"
춘수는 더 이상 머슴은 아니었지만, 한영 앞에서는 남다르게 깍듯이 모시는 모습을 보이고 있었다.
"잘 기셨는가라? 자주 찾아뵙지도 못하고… 죄송허구면요!"
"그런 소리 말계, 시상이 이런 시상인디…"
"야! 채수 엄니는 워디 갔는가라?"
"잉, 정재에 있을거네. 언능 가 보소!"

"야! 쉬서라...이따가 못보고 갈지도 몰것습니다."
"잉! 그런 걱정 말고...고맙네!"
"아녀라!"
춘수는 어른을 뵙고 간단히 인사만 나누고 곧바로 정재로 들어갔다.
"아제 오셨소!"
"야! 채수 엄니. 기냄이 왔담서라!"
"야!"
"근디 어디 갔는가라?"
춘수는 기남이 어디 있는지 몰라 기남이 있는 곳을 묻고 있었다. 그러자 동엽은 잠시 머뭇거리다가,
"잠깐 기다리쇼, 잉..."
하며, 장작더미 한 쪽에 난 구멍에 가까이 대고 말을 했다.
"춘수 아제가 왔어라!"
그 모습을 보고 있던 춘수가 깜짝 놀라는 듯 했다. 그 말에 안쪽에서 소리가 들려 왔다.
"그래? 알았네! 나...가 못 나가니께 안으로 들어오라고 하소!"
"알았어라!"
그리고 있는데 춘수가 기남의 말을 알아듣고 응대를 해 왔다.
"알았네! 나...왔네!"
"잉! 왔는가? 불편헌디...여그로 내려 올 수 있겄는가? 내려 와서 야그 허세..."
"하믄...알것네!"

그제야 동엽은 장작더미를 젖히고 있었다.

"아제! 안에가 좁은디라... 항아리가 두 개 있는디, 쬐깨 좁아라... 그리 아시고라..."

"채수 엄니! 시방 그런거이 문제것소! 걱정 마쇼!"

춘수도 함께 나서서 장작더미를 제치고 그 안에 나 있는 자그마한 구멍을 통해 춘수가 항아리 안으로 들어 갈 수 있었다. 그리곤 다시 장작더미로 그 위를 덮어 보이지 않게 해 두었다.

"이 사람, 기냄이! 이거이 어찌된 일인가?"

불을 켜면 불빛이 새어나갈 수도 있어 촛불조차 켜지 못하고 깜깜했지만, 한참의 시간이 지나자 적응이 되어선지 기남과 춘수는 희미하게나마 서로의 얼굴을 볼 수 있게 되어가고 있었다.

"와 줘서 고맙네! 나...가 이 신세가 될지 누가 알았겠는가?"

"그나저나 이런 건 또 은제 맹글었당가?"

"잉! 여순반란 때 아분이가 혹시 몰라서 만들어 뒀었네!"

"그랑가? 잘 했네...잘 했어! 근디..경찰도 그라믄....완전히?"

"잉! 인민군헌테 당해서...죽은 사람도 부지기수일 것이고... 우리 낙안 지서도 다들 흩어져서... 나도 어쩔 수 없이 본대 복귀를 못허고...집까지 숨어들었네!"

"허...참! 하여튼 간에 우리 동네가 이런 저런 일로 복잡허긴 허네만... 나도 있고...공채랑..민규도 있응께... 누가 쉽게 할 수는 없을 거네..."

"그려. 고맙네! 자네가 있으니께, 나...가 여기서 버티는데 힘이 될 것 같네!"

"아 사람아 그런 소리 마소! 나...가 당연히 해야 할 일 아닌가? 근디...동상 기순이가 인민군 군관이 되었단디... 어찌 된 건가?"

"그건 나도 몰것네! 자네도 알다시피...기순이가 집 나간지가 상당히 되지 않았는가? 집 나간 담부터는 나도 소식을 알 길이 없어서... 요번에 아분이 허고, 동네 사람들을 구해줬다는 소식만 들었고, 그것도 여기 와서 들었네!"

"그런...가?"

그렇게 동네 돌아가는 얘기들을 하며 서로가 걱정을 늘어놓으면서도 옛날 얘기들을 하기 시작했다.

"우리가 이러코롬 항아리 속에서, 그것도 단 둘이서... 이라고 있을지는 누가 알았것는가? 시상 참...묘 허게 돌아가네!"

춘수의 그런 말에 기남도 옛 생각이 났는지 말을 이어갔다.

"그러게나 말이네!"

"아 참! 오늘은 이렇게 지내는 것도 다시없을 일잉께... 오늘 밤은 자네랑 단 둘이 옛 얘기나 허고...그렇게 보내세. 덕분에 채수 엄니도 오랜만에 맘 놓고 좀...쉬라고 허소! 저러고 있니라고 한시도 맘을 못 놨을건디..."

"잉! 그라세... 채수 엄니! 오늘은 우리가...같이 있을거니께 걱정 말고... 자네도 언능 가서 눈 좀 붙이소!"

"야! 알것어라...목소리는 낮추고라!"

동엽이 방으로 가기 위해 정재문을 닫고 나가는 소리가 들리자 두 사람의 얘기가 다시 이어 졌다. 전쟁의 와중에 이런 얘기를 나눌 수 있는 시간을 가진다는 것이 기막힌 일이었지만, 항아리 속에서의 두 사람은 과거를 회상하는 다시없는 시간이 되고 있었다.

"자네! 기억날지 몰것는디... 우리가 꼬맹이였을 당시 말여..."

춘수는 옛 생각이 났는지 기억 속에서 잊고 지내던 얘기들을 꺼내기 시작했다.

"윗집에서 멋진 춤판이 벌어진 거 생각나는가?"

"춤판? 그럼, 그 때가... 일정때니께...아마도...자네랑 나랑, 소학교 들어갈땐가... 그랬을 것이네?"

"하믄, 그 때는 나...가 자네 집...새끼 머슴으로 있었을 때 였응께! 그 때 그... '창'허고, '춤추는 모습'을 보고 나서... 난 머시기냐 그 '소리'에 반해서 어깨 너머로 소리를 배우기 시작했고..."

"맞어 그랬지! 자네는 소리에 소질도 있었고... 머냐 거시기...자네는 꽹과리도 잘 쳤지! 상쇠 소리도 그 때부터 배웠지, 아마?"

"하믄 하믄!"

그 때가 일제 시대여서 아버지가 별감이 된 이후 별감 자리라는 것이 일제 치하에서는 없어지긴 했지만, 관습적으로 이어 온 고을 별감으로 있으면서 온 동네의 논과 밭이 한영의 소유가 되어 그 위세가 등등 하던 때였다. 그런 시절이 지나 일제가 태평양 전쟁을 일으킨 시기를 전후 해 온 집 안이 '풍비박산(風飛雹散)'이 났지만, 그 이전까지는 옛 조선의 영화가 부럽지 않은 '세'를 이어 오고 있던 때였다. 그 때는 일제가 '내선일체(內鮮一體)'를 주장하며 '창씨개명(創氏改名)'까지 완료해 가는 과정에서 각 지역의 거점이 되는 지역 유지들 중 일부를 그들 세력으로 끌어안기 위한 힘을 비축하던 그런 시기였었다.

그 시절의 윗집은 안채와 사랑채가 따로 있었고, 대문을 사이에 두고 좌·우에 행랑채가 마주보고 있었다. 또, 보기에도 꽤 커 보이는 마당도 있었고 사랑채 뒷 쪽에는 한마지기 정도의 텃밭도 담장 안에 들어있어 제법 살만한 큰 집이었다. 그런 그 사랑채에 당대 최고의 '조선 소리꾼'이라는 '송만갑'이 머물러 있었다. 보통 동네를 지나는 과객이

나 어려운 사람들이 하룻밤을 유숙하기 위해 먹고 잘 때는 행랑채에서 잤지만, 송만갑은 안주인이 사용하고 있는 사랑채를 비워 유숙하고 있었으니, 아주 특별한 대접을 받고 있는 것이었다.

"송만갑이 말여! 참...대단한 사람이었지... 짐꾼도 넷이나 따라 다녔고... 기생들도 둘이나 데리고 다녔잖은가?"

"자네는 기억도 잘허네! 난...가물가물헌디..."

"그런가? 그 때, 그 일행들이 집에 올 때... 나...가 글씨... 사랑채에 불을 떼고, 행랑채에 소여물을 끓이고 있었는디... 그 일행들이 집으로 들어오는 모양도 엄청난 광경이었제, 암..."

"그려! 엄청 나기만 했는가? 신기허기도 했제..."

당시 조선 최고의 소리꾼인 송만갑이 기생 둘과 짐꾼 넷을 데리고 오월리를 찾아 왔었던 것이었다. 송만갑은 사랑채에 자리를 잡았고, 기생과 짐꾼들은 행랑채에 짐을 풀었었다. 소막에 여물을 주기 위해 행랑채에 딸린 솥단지에 소여물을 끌이고 있던 춘수의 눈이 휘둥그레지며, 정재 문 뒤에 몸을 숨기고 그들 일행을 쳐다보고 있었다.

"야! 기냄아...저 사람들이 누구랑께?"

기남도 그들 일행이 신기 해 마당으로 나와 쳐다보려고 했던 참이었는데, 행랑채에 있는 정재에서 춘수가 기남을 보고 그렇게 묻고 있었다. 그러자 기남도 몸을 재빨리 움직여 춘수가 있는 정재로 들어가 춘수 옆에 서서 몸을 숨긴 채, 함께 그들을 지켜보고 있었다.

"야! 나도 모른당께! 아분이 헌테 온 모양인디, 소리패들 같기도 허고..."

"그러니께 말여! 근디 여자가 둘이나 되든디... 뭣 허는 사람들이제?"

"그랑께...그것도 나...가 어찌 알것냐? 아분이랑 야그 하는 거 들으니께... 내일 낮에 '소리'를 헌다고 허니께...한번 두고 보드라고!"

"긍께! 사람들이 많이들 모일 것 같기도 허고..."

"저 양반네들이 아주 유명한 사람들 이라는 거 같은디..."

"그랴, 그라믄 우리..내일말여... 대충 해 놓고...구경이나 헐까?"

"그러니께...잘 생각해 보장께!"

춘수와 기남 둘 다 할 일은 잊어버리고, 객지에서 온 사람들이 어떻게 '소리'를 하는지 봐야겠다는 생각만이 머릿속을 꽉 채우고 말았다. 그렇게 설레는 밤이 지나고 다음 날 아침, 춘수와 기남은 다른 때처럼 학교 가는 길에서 만났다.

"기냄아! 이따 둘째 시간 끝나고...알았제?"

"잉! 춘수 니도 약속 지켜야 쓴다, 잉?"

춘수와 기남은 두 시간 학교 공부가 끝나면 학교 옆에 나 있는 그들만이 아는 개구멍을 통해 학교를 도망쳐 나와 어른들 몰래 기남의 집으로 돌아 올 참이었다. 나중에 발각되면 어른들한테 혼날 것이 틀림없을 일이지만, 유명하다는 그 사람들의 '창 소리'를 들을 수 있다는 생각에 그런 것은 지금 문제가 되질 않았다.

"야, 기냄아! 소사 아제가 오는가 잘 봐라, 잉?"

"알았당께! 야....언능 해!"

"잉..."

기남이 망을 보는 사이에 춘수는 '소사' 아제가 사용하는 숙소 뒤 담벼락에 돌로 막아 둔 구멍의 돌을 치우기 시작했다. 그 곳은 소사 아제 몰래, 아이들이 들락거리는 곳으로 아이들이 말하는 '개구멍'인 곳이었다.

"야, 됐다! 빨리 가장께...빨리..."

춘수가 기남을 부르자 망을 보던 기남이 개구멍으로 왔고, 둘은 차례로 그 개구멍을 나와 집이 있는 곳을 향해 달리기 시작했다.

"야, 뛰어! 언능..."

소사 집 담벼락을 나오면서 학교 뒤로 이어진 동네 담벼락을 멀리 달아나는 것이 먼저였다. 그렇게 정신없이 학교를 나와 학교 옆 마을길로 접어들고 나서야 춘수와 기남은 발을 멈추며 숨을 할딱거리기 시작했다.

"야! 잠깐만 쉬드랑께, 잉?"

"잉...워매, 죽것다 죽것어! 헉헉..."

그렇게 학교를 벗어 난 둘은 잠깐 숨을 고르고는 급한 마음에 다시 집으로 향하는 발걸음을 재촉하기 시작했다. 학교와 집은 삼십여 리는 족히 되었는데, 학교가 있는 마을을 벗어나 신작로를 들어서면 저수지가 보이고, 그 저수지 옆 '임슬재'를 넘어야 눈에 보일 둥 말 둥하게 집이 있는 동네가 보였다.

또다시 마음이 급해서인지 숨을 할딱거리며 임슬재에 오르자 그때서야 마음이 놓인 듯 발이 풀려왔다. 학교를 파하고 집으로 갈 때도 이 임슬재를 넘어갈 즈음에는 잠깐 쉬었다 가는 곳이 이곳이기도 했다.

"기냄아! 안 늦었것제?"

"잉! 천천히 가도 될거여... 근디, 춘수야!"

"잉!"

"핵교 땡땡이 쳤다고..내일은 죽어 부렀다, 잉?"

"각오는 해야제, 할 수 있것냐?"

"그러긴 헌디...근디...우리가 뭔 잘못이여?"

"어쨌든 땡땡이 친거니께, 잘못은 잘못이제..."

"그랴도…이런 날은 구경하게 해 주믄 얼마나 좋것냐, 안 그냐?"

"어른들이 워디 그런다냐? 하여튼 그만허고… 싸게 싸게 가보자, 걱정은 나중에 하고…잉?"

춘수와 기남은 내일 당장 혼날 것이 걱정이었지만, 집에서 소리를 듣고 볼 수 있다는 생각에 그런 걱정은 모두 어디론가 사라져 버리고 말았다.

임슬재를 넘어 첫 동네인 다래기를 들어가기 전, 임슬재와 가장 가까운 외진 곳에 당골네 집이 있었다. 그 당골네가 가끔 당산 나무 아래서 '제(際)'를 올릴 때나, 당골네 집이나 동네에서 '굿'을 하는 때에는 가끔 그것을 구경을 할 수는 있었는데, 그런 때에도 당골네의 북소리와 방울소리, 뛰는 모습을 보게 되면 그것을 구경하느라 신이 나 어깨가 들썩이기도 했었다. 그런 마당인데 기남의 집에서 유명한 소리꾼들을 초청해 소리를 한다고 하니 얼마나 가슴 설레는 일인지 알 수 없었다.

"야! 미자 엄니도 집에 없는갑다."

"미자 엄니도 구경 갔을 거여!"

"맞다 맞어! 그라고 보니께 저…그 동네 사람들이 가는거 아녀? 저 사람들 보니께, 다들 느그 집에 구경하는갑다, 야!"

"그려, 언능 가보자, 야…"

미자는 당골 어미 딸인데, 춘수와 기남의 같은 학년 친구이기도 했다. 그런 미자 엄니도 기남의 집에서 볼 수 있을 것 같은 생각이 들었다. 가능한 동네 사람들의 눈을 피하기 위해 춘수와 기남은 다래기 동네 앞 언덕배기 밑을 살금살금 돌아 다래기와 오월리 사이의 '송씨'네 선산으로 사용하고 있는 동산으로 접어들었다. 그 동산 앞으로 난 신작로는 동네 사람들이 소리를 들으러 가느라 분주하게 가는 발걸음들이 이어 지고 있는 듯 해, 일부러 그 동산 위쪽으로 올라 선 것이었다. 그런 송가네 선산을 돌아, 동산 등성이에 올라서면 윗동네 맨 끝이 나오는데, 그 곳이 춘수네 집이 있었다.

"야, 춘수야! 느그 집 앞은 어떠냐?"

"야, 걱정마랑께! 아부지는 느그 집에 벌써 갔을거시니께... 엄니도 일 거들러 가고 없을거랑께!"

"그래? 알았당께!"

그렇게 춘수의 집 앞을 지났어도 춘수가 말한 대로 춘수의 집은 조용했다. 그런데 춘수네 집을 막 지나면서 윗동네가 들어오는 순간, 춘수와 기남은 눈앞에 펼쳐지는 광경에 깜짝 놀라 가던 발길을 멈추고 말았다. 그것은 춘수와 기남이 태어난 이래 처음 보는 수많은 사람들이 윗동네에 모여 들어 북적이고 있는 것이었다. 기남의 집 위·아래에는 물론이고, 동네 입구까지 선지, 들빼기, 다래기 사람들에다가 못 보던 다른 동네의 사람들로 꽉 차 있는 것이 마치 동네에서 벌어진 커다란 잔치를 연상케 하고 있었다.

그런 사람들을 바라보며 춘수가 앞서고 기남이 뒤따르며 주변을 살폈다. 그렇게 동네 사람들 사이를 헤집고 들어 가자 모르는 사람들도 많았지만, 동네의 아제 한 사람이 두 사람을 알아보고는,

"야, 거시기 느그들 말이여... 핵교는 어쩌고, 잉?"

하며, 둘에게 걱정하는 듯한 말을 하고 있었지만, 춘수와 기남은 그 아제 곁을 벗어나 사람들 틈을 비집고, 집 뒤 텃밭의 담장을 넘어 들었다. 집 뒤쪽에 있는 텃밭에는 여러 가지 것들이 심어져 있어서인지, 구경꾼들이 거기까지는 와 있지 않아 담장을 넘어 들어가기에는 안

성맞춤이었다. 춘수와 기남이 담장을 넘어 집 뒤쪽에 숨어 살짝 고개를 내밀자 사랑채의 모든 문들이 열려있었고, 안채에는 기남의 아버지 한영과 일본 순사 복장의 한 사람, 그리고 어젯밤에 봤던 송만갑이라는 '소리꾼'이 함께 자리를 잡고 있었다. 마당에는 안채의 마루를 중심으로 반원형을 그리며 사람들이 빙 둘러 앉아있었고, 행랑채와 그 주변, 그리고 담장 밖에는 사람들이 빼곡히 서서 '두 여자'가 부르는 '소리'를 듣고 감탄사를 연발하고 있었다.

그 노래 소리는 주변뿐만 아니라 동네 입구까지 들리는 듯 했고, 그래서인지 구경꾼들의 박수 소리와 흥에 겨워 내는 '조...타'하는 추임새가 함께 어우러지고 있었다. 그렇게 두 여자들의 노래 가락이 몇 번 이어지다가 잠시 쉬는가 싶더니, 오월리 '메구패'로 이어진 '메구놀이'가 시작되었다. 그런데 그 맨 앞에는 꽹과리를 들고 상쇠를 돌리며 메구꾼들을 이끄는 사람이 춘수 아버지라는 것을 본 춘수는 더 신이나 온 몸을 들썩 거렸다.

"야, 우리 아부지다! 멋지다 멋져!"

"춘수야 그렇게 신나냐? 근디 나...가 보니께, 니는 저런디 소질이 있는갑다, 잉?"

"하믄, 나는 저란디에 재미가 있당께! 나는 크면...저런거 배울거랑께..."

"그려? 나는 노래 솜씨는 없응께 못허고... 꽹과리 허고 장구는 해보고 싶어"

"그려 기남이 너는 그라믄 꽹과리 허고 장구 허고... 나는 울 아부지헌테 상쇠소리랑...그런거 배울랑께... '깨갱 깨갱 깨갱..'"

춘수는 온 몸을 흔들어 그 모양을 따라하고, 목소리로는 꽹과리

소리를 흉내 내며 흥에 젖어 들었다.

　　춘수 아버지의 꽹과리와 상쇠 소리에 맞춰 이십여 명의 동네 사람들이 꽹과리와 장구, 매구, 징, 소구 등을 들고 마당을 빙빙 도는가 하면, '여덟팔자(8)'로 돌다가 꼬리잡기를 하듯 돌아 그 움직임과 동작들이 점차 빨라져가고 있었다. 그러면서 춘수 아버지의 꽹과리 소리가 최고조에 다다르자,

　　"훠 훠 훠..."

　　하는 소리가 온 동네가 퍼지더니 일순간에 모든 소리와 동작이 멈추어 섰다 그러자 기남의 아버지인 장한영의 목소리가 들려왔다.

　　"오늘 이 자리에는 우리 '동강면'의 책임자인 '하세가와' 대좌도 축하차 와 있습니다. 이런 자리가 하세가와 대좌의 승인과 협조가 없었다면, 불가능한 자리라는 것을 잘 알 것입니다. 우리 모두 하세가와 대좌님께 감사의 박수를 올립시다."

　　한영의 소개가 있자 '하세가와'가 자리에서 일어나 모인 사람들 앞에 거들먹거리며 손을 흔들어 인사를 했다. 이어 한영이 기다리던 송만갑을 소개했다.

　　"지금부터는 이 시대 최고의 소리꾼으로 알려져 있고... 여러분들이 듣고 싶어 하는 소리를 해 주실 '송만갑' 사형을 소개합니다. 마음껏 즐기는 시간이 되길 바랍니다."

　　한영의 소개하는 말이 끝나자 사람들의 함성과 박수 소리가 이어지고 드디어 송만갑이 자리에서 일어났다.

　　"오늘, 지...가 이렇게 귀한 자리를 갖게 되었으니께... 여러분들을 위해 나...가 가진 모든 것을 토해 내고 갈랍니다..."

그의 말에 사람들의 기대가 한껏 모아졌고, 그 때 송만갑이 안채 마루 중앙에 서고, 바로 옆쪽에 '고(鼓)'를 치는 사람이 자리를 잡고 앉았다. 그런 다음 '고'를 치는 사람이 추임새를 놓기 시작했다.

"헛...허..."

'북'의 둥근 모서리에 왼손을 살짝 얹고 오른손에 잡은 막대기 같은 것으로 북을 두드리며 추임새가 이어지자, 드디어 송만갑의 소리가 온 집안을 진동이라도 시키듯 처마 밑을 타고 멀리 울려 퍼지고 있었다.

"청산...리 벽계수..야... 수이감...을 자랑마...라..."

그렇게 조용하고도 낭랑한 목소리로 '한시'를 읊고 난 송만갑은 마치 사뿐사뿐 날을 듯 온 몸을 움직이며 팔과 머리 온 옴이 하나가 되어 멋진 춤사위와 함께 멋진 노래 가락을 만들어 냈다.

"아리 아리아랑 스리 스리랑 아라리가 났네...에헤에헤 아...리랑 고...개...를 넘...어간다... ......"

송만갑의 아리랑이 울려 퍼지자 집 안 마당은 물론, 담 밖의 사람들과 동네 입구에 서 있던 사람들까지 어우러져 마치 합창이라도 하듯 따라 하기 시작했다. 온 동네가 '아리랑'으로 하나가 되어 서로가 서로를 부둥켜안은 듯 그저 흥겨운 가락을 이루고, 모두가 하나의 몸뚱이가 되어 용트림하듯 움직이고 있었다.

"춘수 자네는 기억도 잘 허네!"

"기억만인가? '춘향가'랑, '심청가', '적벽가'도 한마디씩 불릉거 같은디... 더 이상은 기억이 안나네! 그 때 그 광경을 보고 나서 나...가 울 아부지헌테 졸라서 상쇠놀이를 배웠잖은가?"

"그래...그 때 그 '송만갑'이라는 사람이 참....대단했지, 암!"

"하믄!"

"그 땐... 우리가 어려서... '송만갑'이라는 분이 소리를 더 했었는디... 통 기억이 안나..."

"그래 맞어! 그거야 우리가 어렸을때니께... 당연한 거 아녀? 나중에 알고보니께, 그 '송만갑'이라는 사람이 '판소리'의 맥을 이어 온 '대가(大家)'라든가...그렇데? 그런지 알았으면, 나...가 따라 다님서 배 을 건디..."

"그러게! 자네는 소질이 있었으니께... 그 길로 갔으면, 큰 사람이 됐을지도 몰것네!"

"그 정도는 아니라도...소리꾼은 됐것제..."

춘수와 기남은 비좁은 항아리 속에 있으면서도 옛 추억의 한 장면들을 되새기고 있었다.

"고맙네 춘수! 자네만 믿고... 당분간은 여그 있어야 것네!"

"알았네 너무 걱정 말고, 잉?"

그런 얘기를 나누고 있는 사이에 어느새 새벽닭이 울고 있었다.

수난(受難)의 날들

'군(郡)'에 있는 인민군 '군당(郡黨)'에 다녀 온 공채는 기순을 만나지 못했다고 했다

"아제! 그라믄 어째야 쓴다요, 야?"

동엽은 정재 밑 장독에 오래 있을 수 없는 기남이 걱정이었다.

"그래도...기순이 아제한테 인민군들이 설설 기는거 보니께... 높은 사람이 맞긴 맞는 갑습다."

"그러든가라? 인민군들이랑 청년단들이... 아제가 여그 숨은 것을 몰라야 쓸건디라!"

"야! 뒷집 아제나 춘수 아제도 그럴 사람들이 아닝께, 그런 걱정은 마서라!"

"공채 아제만 믿고 있을께라! 근디, 딴디다...워디 숨을 디를 찾아 봐야잖것어라? 여그는 오래 숨을 디가 못될 거 같기도 허고라!"

"큰 마님! 이 판국에 딴디를 가드라도… 이 보다 더 안전하게 숨을 디가 워디 있겄어라?"
"그러긴 허지라…"

좁은 공간인데도 항아리 속에 구부리고 앉아 있거나 두 항아리 사이의 연결 구멍에 두터운 이불을 깔고 누울 수도 있어 겨우 버텨 나가고는 있었지만, 오랫동안 버티기는 힘든 상황이 아닐 수 없었다. 대·소변은 요강으로 받아 내고, 먹는 것도 끼니때마다 대접에 국을 퍼 밥을 말고, 김치나 깍두기 몇 개를 넣어 주는 것이 전부였다.

동엽은 이 전쟁 때문에 어쩔 수 없이 기남을 다시 보게 됐지만, 그것만 아니었으면 낙안에서 그 여자하고 살림을 차린 기남을 다시는 안 볼 생각이었다. 그저 채수나 키우고 시집 식구들 건사하며 이렇게 살면 되는 일이었는데, 막상 숨어 있는 남편 기남을 보자 마음도 안됐고, 심지어 불쌍한 생각까지 들었다. 그런 동엽은 '사람 마음은 알다가도 모를 일'이란 생각에 씁쓸한 웃음이 나오기도 했지만 어쩔 수 없는 일이 되고 있었다.

동네에서 청년단 황동을 하는 사람들도 기남이 숨어 있다는 것을 알지 못하도록 철저히 비밀에 붙였다. 덕분에 기남은 불안하기는 했지만, 그런 가운데서도 발각될 것에 대한 큰 걱정은 덜어 가고 있었다. 그 무렵 또다시 인민군들이 자신들에게 비협조적인 유지들과 반동분자들을 색출해 낸다며 청년단원들을 앞세우고 여러 동네를 이 잡듯이 뒤지고 다닌다는 소문이 들려 왔다. 그것은 오월리도 예외가 아니어서 인민군들은 지난번 잡아 갔다가 풀어 준 사람들에다가 몇몇 사람들을 추가로 반동으로 낙인찍어 잡아 갔다.

그러나 장한영과 이장만은 그 반동의 대열에서 빠졌다. 그것뿐만 아니라 청년단원들에게도 장한영과 그 집안에 대해서는 추호의 결례도 범해선 안 된다는 명령까지 내려 두고 있었다. 그것은 순전히 한영의 아들이 군관으로 있기 때문일 것이었다. 그렇게 동네 사람들이 잡혀 가자, 이번에는 동네 사람들이 한영을 찾아 들었다.

"어르신! 우리 애기아부지 좀 구해 주서라, 야? 우리 집 양반이 무신...죄가 있다고라, 안그요 어르신, 야?"

"허허! 알아는 봄세만... 나...가 뭘 알것는가! 하여튼 간에 나도 연락이 안 되니 원.... 알았네 알았어, 거...참"

"어르신! 우리 아들도 좀 구해주쇼, 잉? 정히 안 되믄 나...가 대신 잡혀 갈라요, 야? 어르신... 우리 아...가 무신 잘못이랑가라? 그저 못 배우고 무지랭이로 살지만... 넘헌테 못된 짓 안허고 착하디 착하게 산 것이... 그거이 죄라믄 죄랑께라!"

한영은 난데없이 동네 사람들이 찾아와 아들과 남편을 구해 달라며 마치 한영이 생사여탈권을 가진 것처럼 애걸복걸하는 것이 무척 부담스럽지 않을 수 없었다. 어떻게 보면 한영도 아들 기순이 인민군 군관이란 것만 알았지 그 이상은 아무것도 알지 못하기 때문에 그 부담은 더 커져만 가고 있었다.

그런데 동네 사람들의 그런 말이 인민군들한테 채 전달이 되기도 전에 동네 사람들 중 세 사람이 총살을 당했다는 소식이 들려왔다. 가족들의 슬픔은 말할 것도 없고, 동네 사람들 모두가 그 소식에 엄청난 충격을 받았다.

그런 가운데 죽은 세 사람의 시신이 우마차에 거적때기로 덮힌 채

짐짝처럼 실려 동네로 들어오고 있었다. 거기다가 한 사람이 우마차 하나에 따로따로 실려 오는 것도 아니고, 우마차 한 대에 세 사람이 포개지다시피 해 실려 오고 있어서 동네 사람들의 충격과 분노는 더 헤아릴 수 없이 커져 가고 있었다.

"이거이 뭔 일이다요, 영자 아부지…"

영자 아부지 송가는 무슨 영문인지도 모르고 잡혀 갔다가 시체가 되어 돌아 왔다. 영자 아부지는 단지 일정 때 고등교육을 받은 사람이라는 것이 결정적인 이유가 되었다고 했다.

"신체도 못 찾을 뻔 했어라!"

청년단에 속한 청년 하나가 그것도 변명이라고 말을 해 댔다.

"야, 이 놈아! 니 놈은 이 동네…우리 일가 아니냐, 이놈… 니…가 청년단인가 머시긴가 한담서… 이 꼴로 느그 아제가 죽어 갔는디, 머시라고? 신체도 못 찾을 뻔 했다고? 이 빌어먹을 놈!"

또 다른 송가의 아내가 청년단인 총각의 멱살을 부여잡고 이판사판으로 달려 들었다.

"아짐 아짐! 나…가 뭔 힘이 있다요, 야? 난 그저 시신이라도 달라고 애걸복걸해서 싣고 온 죄 밖에 없당께라!"

사실 그 청년단원의 말도 틀린 말은 아니었다. 인민군들이 그들을 무차별적으로 처형하고 나서 누구랄 것도 없이 죽은 시신들을 파묻어 버렸는데, 그나마 오월리 세 사람은 시체라도 가져 오게 된 것은 그들의 노력이었던 것만은 분명했다. 동네 사람들은 그런 것을 알 리 없었고, 동네 아짐들이 청년단 총각들에게 그렇게 달려드는 것을 사람들이 말리기도 했지만, 그들의 슬픔을 달랠 방법은 어디에도 없을 것이었다.

한날한시에 죽은 그들 세 사람은 어쩔 수 없이 따로 장례를 치를 겨를도 없어 같은 날 합동 장례를 치를 수밖에 없게 되고 말았다. 온 동네가 울음바다가 되었고, 장례식이라고도 할 수 없이 그저 간단히 장례 형식만 갖춰 지냈고, 매장 장소도 모두 '송가네 선산 한 곳으로 잡았는데, 그것은 그들 모두가 '여산 송가'들이었기 때문이었다. 한영의 선친 때부터 이곳에 '한영의 일가'가 별감으로 오면서 이 동네에 자리를 잡았지만, 원래 이 동네는 '여산 송가'의 집성촌이었고, 이번에 세 사람을 매장하는 그 곳은 그들 송가네 '중(中) 문중(門中)'의 선산격인 곳이어서 그 곳으로 자리를 잡은 것이었다.

"아분이! 아무리 그래도 장례식에는 다녀와야잖것는가라..."

"그래...알았다 나...가 가봐야 쓰것다! 혹여 무슨 일이 있을지도 모르고..."

"야, 아분이!"

"공채헌테 말해서... 채비를 해서 같이 가자고 하그라..."

"야, 아분이!"

동엽은 공채에게 시아버지의 장례식 참여를 상의했지만, 공채는 시아버지가 장례식에 가는 것이 걱정되는지 말리고 나섰다.

"어르신! 어르신 마음이야 얼매든지 알것지만여라... 이 마당에 동네 사람들이 험한 말을 할 수도 있을 거고라... 괜찮것는가라..."

"니 말을 잘 알것다만은... 나...가 이번 일에 잘 못헌 것이 없는디... 혹여 기수가 거그 있다고 해서 나헌테 해꼬지를 헌다믄... 그기야 어쩔 수 없는 일 아니냐... 사람도 셋이나 죽었는디... 그거이 무슨 대수냐.."

동네 사람들이 하는 말을 들을 각오를 하고 난 것인지, 한영은 아직도 온전치 못한 몸을 추슬러 합동 장례식이 열리는 송가네 '제각(祭

閣)'으로 갔다. 한영이 나타나자 사람들이 함부로 말하진 않았지만, 장례식장엔 긴장이 흐르고 있었다. 한영도 그런 분위기를 의식하긴 했지만, 그에 상관 않고 제사상에 잔을 붓고 큰 절을 했다.

"죽을 죄를 졌네! 나이 먹은 이 영감이 죽어얀디....이거이 무슨 일인지... 나...가 입이 열 개라도 할 말이 없네들..."

죽은 사람들한테 용서를 빌고 있는 한영은 자신도 모르게 뜨거운 눈물을 흘리고 있었다. 동네 사람들의 따가운 시선도 그런 한영의 눈물 앞에 숙연해 지고 있었다. 동네 사람들 셋은 마지막 가는 길에 꽃가마를 타지 못했다. 고생스런 이 세상을 하직하면서나마 마지막으로 호강하게 해 주려는 꽃가마이지만, 이런 상황에서는 그저 친척들에 의해 항렬 순에 따라 일렬로 늘어선 채, 당목으로 꼬아서 만든 하얀 끈에 묶인 관에 넣어져 지게에 올라타고 선산에 파둔 '하관(下棺)' 장소로 운구(運柩)되고 있었다.

세 세 사람은 한날한시에 선산으로 들어가지만, 한 사람은 항렬이 높고 다른 두 사람은 항렬이 같아 각각 묻히는 위치가 달라졌다. 그렇게 차례로 하관이 되면서 동네 사람들은 하루 내내 선산에서 기나 긴 시간을 보내며 슬픔을 달래야 했다.

세 사람의 장례가 끝나고 삼오도 지났지만 앞으로 49제도 있고, 100일 탈상도 있어 온 동네에 긴장이 지속되고 있었다. 한영은 아들 기순이 인민군 군관이라는 이유로 죄인 아닌 죄인으로 동네의 분위기를 살피며 시간을 보내야만 했다. 항아리 속에 숨어있는 기남도 마을의 그런 소식을 듣기는 했지만, 아무 역할도 할 수 없는 자신이 원망스럽기만 했다.

그런 가운데 마을 사람들의 삼오가 지나고 얼마 지나지 않아 느닷없이 인민군 지프차 한 대가 먼지를 일으키면서 신작로를 달려오는가 싶더니 한영의 집 앞에 섰다. 그리고 그 차에서 기순이 인민군 복장으로 내렸다.

"차 돌려서 대기하라. 한 시간 정도 걸린다!"

"예!"

운전병하고 뒤에 탄 부하인 듯한 인민군에게 명령을 내린 기순이 곧바로 집으로 들었다. 지프차 서는 소리에 달려 나온 공채가 기순을 알아보고는 곧바로 인사를 하고 한영에게 달려갔다.

"어르신! 기순 아제가 왔어라!"

그 말에 아버지 한영이 놀라 문을 열고 나왔다.

"큰 마님! 기순 아제 왔어라!"

동엽도 공채의 말에 급히 마당으로 나왔다.

"아부지 어무니! 그간 잘 기셨는가라? 형수도 잘 기셨지라?"

한영은 기순의 모습을 그저 바라보고만 있을 뿐 말을 잇지 못하고 있자, 동엽이 기순을 맞았다.

"아제! 어쩐 일이다요... 어서 방으로 들게라!"

"야, 형수! 잘 기시지라?"

그러면서 인민군 군화를 벗고 안방으로 들어 간 기순은 어머니 아버지에게 큰 절을 올렸다.

"오랜만에 집에 왔네라! 그간 죄송했어라!"

"이거이 뭔 난리다냐, 잉?"

"야! 그렇게 됐어라..."

"엄니도 건강하시지라?"

"이냐! 어디 얼굴이나 한번 보자, 내 새끼!"
아버지와는 달리 기순의 얼굴을 바라보는 어머니의 눈길은 달라 보였다.
"이 사람아! 야그 좀 허게 가만히 있어 보소..."
아버지가 말려도 어머니는 그런 말에 아랑곳 않고 말을 이었다. 안방으로 따라 들어 간 동엽도 채수를 무릎에 앉힌 채 함께 기순을 바라보며 앉았다.
"형수! 채수도 많이 컷네요..."
"야! 애들은 금방 커라!"
"형수도 별 일 없지라?"
"지난번에 아부지랑 동네 사람들이 풀려 날 때... 공채 아제랑 뒷집 아제랑...잠깐 보긴 했는디라... 다들 잘 지내시지라?"
그 때서야 공채도 안방으로 따라 들어 왔다.
"거시기...근디 아제..."
공채가 무슨 말을 하려고 하자, 기순이 물었다.
"아제! 무슨 일 있었는가요?"
"저...그거이..."
그러자 아버지 한영이 입을 열었다.
"기순아!"
"야!"
"엊그저께 마을 사람들이 셋이나 총살을 당했다!"
"뭣이라고라?"
"왜? 몰랐냐?"
"예! 금시초문인디라..."

"높은 군관이 그런 소식도 몰랐다냐?"

"예! 우리가 여러 군데를 돌아 댕기니께... 그런 것까정 알 수가 없어라..."

"그라믄 니...는 도대체 어디서 뭘 허다 온 거냐?"

"그건 말 할 수 없고라! 그냥 '도당(道黨)' 군관으로 일하고 있으니께 그렇게만 아서요..."

"그러도 자식이 뭐하는지는 알아야 헐거 아니냐? 연락할 데도 없고... 그러니 사람이 죽어 나가도 너헌테 연락 헐 방도도 없고..."

"죄송허구만요! 허지만, 더 큰일을 허기 위해서 나선거니께 그리 아시고라..."

그런 얘기를 나누고 있는데 윗동네 이장 송가가 헐레벌떡 집으로 들어 왔다.

"기순아! 니가 뭔 일이냐, 잉? 동네 사람들이 셋이나 처형당했다, 셋이..."

"아제! 잘 기셨는가라... 지도 인자사 얘기 들었어라.."

"뭐라? 그라믄 니도 모르고 있었단 말이여?"

"야! 지가 알았으면 그냥 뒀겄는가라? 하여튼 간에 담부턴 우리 동네에 이런 일이 안 생기게... 지시를 해 놓겠습니다만..."

"어쨋든 기순이 니가... 지난 일이야 돌이킬 순 없것지만... 우리 동네를 좀 살펴봐 줘야것네, 알것는가?"

"야! 어쨌든 고생들 하셨구만요, 죄송하고라..."

동엽은 좀 더 기순의 얘기를 들어 봐야 하고 기남이 숨어있다는 얘기도 해야 하는데, 이장이 방안에 앉아 이런 저런 얘기를 하고 있어 공채 아제와 시아버지랑 서로 눈치만 살피며 더 이상 말을 이을 수가 없었다. 그렇게 잠깐의 시간이 흘러가고 기순이 일어서야 할 시간이라며 다시 일어나 절을 올렸다.

"아부지 어무니! 지...가 언제 올진 모르지만... 군인이니께... 아마 전쟁이 끝나야 올 거라고 생각하고 기서라. 전쟁이 그리 오래 가진 않을 거여요."

"그러냐! 나...가 뭘 알것냐마는... 어딜 가도 늘 몸조심 허고 잘 다녀 오그라!"

그렇게 밖으로 나온 기순은 형수인 동엽의 손을 꼭 잡아 주었다.

"성수! 조금만 더 고상하쇼! 아 참! 성님 소식은요?"

동엽은 금방이라도 형님이 정재 밑에 숨어 있다는 얘기를 하고 싶었지만, 그 상황에서 말을 할 수 없었다.

"성수! 성님이 아마 쫓기고 있을지도 모르니께라... 경찰이라...인민군들이 아마... 어쨌든 걱정 마시고라! 우리 채수도 잘 부탁합니다. 갈께라..."

그러면서 기순은 어색해 하는 조카 채수의 얼굴을 한번 쓰다듬어 주고는 공채와 이장에게도 인사를 나누고 곧바로 대기하고 있던 지프차에 올랐다. 그렇게 한 시간도 채 머물지 않은 기순이 떠나고 집 안이 조용해졌지만, 동엽은 정재에 앉아 아궁이에 장작 하나씩을 넣으며 항아리 밑에 숨어 바깥소식을 궁금해 하는 기남에게 말을 건넸다.

"기순이 아제가 왔다 갔어라!"

"뭐? 그래서 사람들 소리가 들렸던거여?"

"야..."

"기순이 인민군 군관이 맞다등가?"

"도당이니 뭐니 허고 광주서 오는 참이라고 허는거 보니께... 거그다가 지프차에다가 부하까지 데리고 왔구먼요!"

"그려? 짜...식 인민군만 아니었으면 좋았을건디..."

"성님이 쫓길 것이라고 걱정입디다..."

"그려?"

"허지만, 이장 송씨가 있어서... 채수 아부지가 여그 와 있다는 말을 못했어라"

"헐 수 없제! 그런 야그는...하면 뭐 헐거여? 그나저나 자네랑...다들 큰일이네!"

전쟁이 어떻게 될 지도 알 수 없는 일이지만 오월리에도 인민군들이 가끔 들락거리고 청년단원들도 무슨 일이 있는지 한번 나가면 며칠씩도 돌아오지 않았다. 그러면서 동네에는 어디 사는 누가 총살을 당했다는 둥, 누구는 죽창에 찔려 죽었다는 둥 흉흉한 소식들이 들려 와 모두들을 긴장하게 만들어 가고 있었다. 공채도 청년단에 몇 번씩 불려 다니기도 하고 뒷집 민규 아제도 얼굴 보기가 힘들어 지면서 한영의 집도 안전하지 못하게 되어 가고 있어선지 밖에 다녀 온 공채가 동엽을 찾았다.

"큰 마님! 아제가 더 이상 여기 있는건... 인자는 안전하지 못헐꺼 같으니께라..."

"그라믄 어쩐대요, 아제?"

"글쎄라...다래기 아제헌테 한번..."

"그라믄...아제 좀 오시라고 하쇼, 잉?"

"야....그럴랍니다!"

그 일이 있은 후 며칠 되지 않은 깊은 밤에 다래기 용성 아제가 기남을 데리고 그의 집이 있는 곳으로 갔다. 그간 아제도 기남의 집이 안전하지 않아 걱정이었는데, 아제의 집 뒤 야산에 상당히 큰 구멍을 파고 서너 사람이 서거나 앉을 수 있을 정도의 공간을 만들어 두고 있었다.

기남이 집에서 항아리에 숨어 있을 때보다 훨씬 편한 곳에 자리를 하게 되어 숨어 있기가 한결 나아지고 있었다. 동엽도 남편 기남이 직접 곁에 있지 않아 불안하기는 했지만, 자주 가지 않던 다래기 아제 집을 들락거리면 무언가 오해를 받을 수 있을 일이어서 송영성에게 모든 것을 맡긴 채 마음 졸이는 시간을 보낼 수밖에 없게 되어 갔다.

가뜩이나 먹고 살기 어려운 시절이 반복되고 있는 판인데, 전쟁이 일어나자 먹고 살기는 더 어려워 졌고, 동네 사람들의 살림살이도 거의 다 바닥이 날 정도가 되어 갔다. 그래서인지 동엽의 '장리 쌀'도 더 이상 돌릴 수 없을 정도로 모든 것이 멈춰지다시피 했는데, 총살 된 세 사람 중 한 사람이 장리 쌀을 가져 간 사람이라 거기에 놓은 쌀은 아예 받을 수 없게 되고 말았다. 그러니 나머지 장리 쌀을 놓았던 것도 전쟁 통이라 거의 돌아가지 못하고 없어져 버린 것이나 마찬가지가 되어 가고 말았다. 그러자 동엽은 지금까지 힘들게 다시 찾아오곤 했던 '전답(田畓)'을 더 이상은 사들일 수 없게 되고 말았다.

그것만이 아니었다. 인민군들이 들어오면서 그런 장리 쌀을 놓는 사람들을 잡아가기도 했지만, 시동생 기순 덕분에 잡혀 가지 않은 것만도 다행한 일이 되어 가고 있었다. 시아버지는 그간 며느리 동엽이, 기남이가 보내 준 돈으로 살림을 늘려온 것을 잘 알고는 있었지만, 시어머니는 그런 것에 별로 신경을 쓰지 않고 있었다. 오히려 전답이 늘어

나는 것을 보고는 아들이 벌어다 준 것을 며느리가 아들 몰래 지 마음대로 사용한다며 엉뚱한 억지까지 부리기도 했었다.

　어쨌거나 시아버지는 철이 없다시피 한 시어머니를 억누르며 며느리를 다독거려 여기까지 끌고 오고 있었다. 하지만, 며느리 동엽이 이 전쟁 통에 돈이 돌지 않고 아들 기남이 까지 이런 상황이 되자, 힘들어 하는 동엽을 보다 못해선지 아들 기남이 다래기 야산에 숨은 지 거의 한달 만에 조용히 며느리 동엽을 불러 앉혔다.

　"아가! 많이 힘들지..."
　"아녀라, 아분이! 다들...힘든 건 마찬가지지라..."
　"내...니 맘 잘 안다! 채수 애비가 제대로 허고 있어도 될까 말까 허는 판에... 인민군 헌테 쫓기고... 전쟁판이라...장리 쌀도 안돌고고..."
　"..."
　"니가 말 안해도 잘...안다. 니가 얼매나 맘 고상이 많것냐! 글고, 인자는 공채도 더 이상 데리고 있기가 힘들 거 아니냐!"
　"야! 아분이... 그런 생각까지 허시는 줄은 몰랐어라!"
　"허! 흠 흠..."

　시아버지가 그런 생각까지 하고 있을 진 미처 몰랐지만, 시아버지는 며느리의 입장까지 배려해 가면서 자연스럽게 공채 얘기까지 하고 있었다.

　"아분이! 실은 지...도, 그 일을 어째야 헐지...여러 생각을 했구만요.."
　"그래! 너무 걱정 말그라! 나...가 공채헌테, 니...입장 곤란허지 않게 말 헐란다. 어차피 나...가 나서야잖겠냐?"
　"야! 아분이..."

공채를 데려 올 때도 시아버지는 동엽의 얘기는 빼고 자신을 도와 달라고 했었다. 그런 마당이라 공채를 보내는 일도 직접 나서서 해결하 겠다는 마음으로 공채를 불렀다.

"공채야!"

"야! 어르신..."

"니도 알다시피... 요즘은 전쟁 중인디다... 농사일도 못허고, 여러 모로 어렵다..."

"야! 그건 지...도 알지라!"

"그래서 허는 소린디... 우리 논허고 밭 중에 서너마지기는... 공채 니...가 뭇각림으로 지어야 것다!"

"야? 그거이 뭔 말이라요?"

"살림이 요로코롬 힘들지 알았것냐? 그래서 너...'새경'도 제대로 못 주고... 사정이 어려운 건 알고 있을 거고..."

"야! 허지만 지...가 언제 '새경' 달라고 하든가라? 그런 건 신경 쓰지 말어라!"

"그래! 니...맘은 안다. 허지만, 시상이 워디 근다냐? 인자는 시상도 달라졌고..."

"어르신! 무슨 말인지 알어라! 그라믄...큰 마님허고 야그해 볼랍니 다, 그라믄..."

공채는 모든 일을 큰 마님인 동엽하고 같이 해 와선지, 이번 일도 큰 마님하고 상의하겠다며 자리를 물러났다.

"큰 마님! 거시기라...어르신 말씀 하신 거 들었는디라..."

"야! 지...도 뭐라 할 말이..."

"알았어라! 지...가 큰 마님 맘을 모르겠는가라?"

"미안허구만요!"

"아녀라...지금은 전쟁 중인디다가... 사실은 이 일이 아니라도.... 지...가 여그 있기도 그러고...해서라... 일단은 집에 가 있을랍니다. 글고...전쟁이 끝나믄 다시 와서 뭇갈림을 허든, 아니믄 다시 큰 마님 일을 허든 간에... 그 때 야그 하시게라. 어차피 전쟁 중에 농사짓기는 힘들기 어려운 거고..."

"그랍시다! 신세만 지고...미안허네요!"

"그런 말 마셔요! 지...는 걱정 안해도 되는 구먼요. 마님이 걱정이지라...늘 건강하시고라!"

"늘 그 맘은 잊지 않것어라! 고맙고라..."

공채는 한영의 말을 듣고 난 다음, 마님에게 더 이상의 부담을 주지 않으려고 스스로 결정을 하고 난 것이었다. 그리고 나서 공채는 다시 돌아 올 것을 기약하며 동엽의 집을 떠났다.

발각

"성! 이거이 뭔 일이여, 엉? 어떻게 된 거냐고? 엉?"

기순은 온 몸이 피투성이가 되어 실신하다시피 한 채, 통나무 여러 개를 세워 마치 돼지우리처럼 만들어 진 틀에 갇혀 있는 기남을 불렀지만, 기남은 그 소리가 들리지 않은 듯 움직임이 없었다.

"야? 어떻게 된거냐 이 새끼들아, 엉?"

군관인 기순이 벌교 읍내 인민군 임시 창고에 갇혀 있는 기남을 찾아 온 것은, 잡힌 기남이 벌교의 인민군 책임자에게, 인민군 고급 군관인 기순이 '동생'이라고 말했고, 그런 사실을 전남 도당에 보고한 결과, 그 소식을 들은 기순이 만사를 제쳐 두고 광주에서 벌교로 넘어 온 것이었다.

보고에 의하면, 형인 기남이 잡혀왔다고만 했지, 이렇게 인사불성이 되도록 얻어맞아 처참한 몰골로 갇혀 있는지는 꿈에도 상상하지 못

했었다. 그래서 형이 이렇게 된 것을 보고 난 기순이 가만히 있을 리 없었다.

"야! 이 개 새끼들아... 인민군 군관이 동생이라는데... 확인도 안 해보고 이렇게 만들어, 엉? 이 새끼들... 이라고도...느그들 모가지가 붙어 있을 거 같어, 썅?"

인민군 책임자의 멱살을 험악하게 쥐었다가 내 팽개친 기순이 권총을 뽑아 들었다.

"디져 봐야 알것어, 썅?"

그러자 인민군 책임자가 무릎을 꿇며 빌었다.

"잘못했습니다. 살려주시오, 군관 동무! 이미 여기 왔을 땐...저렇게 되어 끌려 왔습네다. 정말입네다! 내가...어떤 놈들이 그랬는지... 잡아내서 가만 두지 않것습네다. 살려 주시라요, 예?"

"야! 이 개새끼야... 니 놈들이...내 성이라는 것을 모를 리 없었지, 안그래? 우리 동네 청년단이랑...다들 나를 알고 있는데... 일부러 그 놈들 시켜 놓고, 니 놈들이 모른 척 하는거... 내가 모를 거 같어 이 새끼들아? 엉?"

기순이 권총을 꺼내 인민군 책임자의 이마에 대고 마치 금방이라도 방아쇠를 당길 듯 흥분하고 있었다. 그 때 어떻게 알았는지 오월리 뒷집 아제인 송민규와 기남의 친구인 송춘수가 그 곳으로 들어와 기순을 말리며 가로 막고 섰다.

"기순이! 안되네, 안돼..."

송춘수는 기순 앞으로 다가와 총구 앞에서 두 손으로 기순을 막아섰다. 두 사람이 들어 온 것을 본 기순은 어떻게 두 사람이 여기에 와 있는지 궁금해 하며 물었다.

"아제! 어떻게 알고 여그까지..."

"잉야! 벌교서 인민군들이 기냄이를 확인하라고 불러서 와네! 기남이가 나허고 아제를 얘기 했는갑네!"

인민군 책임자의 이마에 권총을 대고 그 소리를 듣고 있는데, 그 책임자가,

"지...가 확인해 보라고 사람을 보냈습니다."

하며 기순을 바라보았다. 그러자 기순이 책임자를 향해,

"사실이냐?"

하고 물었다.

"예? 군관님! 제가 확인 차 연락을 드렸습니다."

그 말을 들은 기순이 잠시 망설이다가 권총을 내려놓았다. 그러면서,

"저렇게 만든 놈들을 잡아내라, 알겠나?"

하며 밖으로 나가게 해 주었다. 그 인민군 책임자는 마치 살았다는 것처럼 재빨리 밖으로 향했다.

"아제! 와 주셔서 고맙습니다!"

"그래! 그런 야그는 나중에 허고... 느그 성은 어딨냐, 잉?"

"야! 저...그"

기순이 가리키는 돼지 움막 같은 곳에는 형체를 알아 볼 수 없을 정도로 피범벅이 된 사람이 혼자서 엎어지다시피 고꾸라져 있었다. 그 모양을 발견한 민규와 춘수는 더욱 놀라고 있었다.

"아...니 왜 이 모양이냐, 잉?"

"나도 아직 상황 파악을 하지 못했어요! 그래서 아까 그...놈이 그런지 알고 그랬어요!"

"우리가 들어 가 봐도 되것는가?"

"당연하죠! 어서 들어 가 보셔요, 잘 부탁혀요! 의식은 있는 거 같은디...저렇게 맞았으니... 몸이 성헐지 몰것네요!"

"일단은... 의식이 돌아와야 뭘 어떻게 해 볼 거 아니냐!"

그리고 두 사람은 곧바로 통나무 문을 젖히고 안으로 들어갔다.

"이 봐, 기냠이! 정신 차려 봐, 잉?"

"아제, 아제!"

춘수는 기남의 얼굴을 들어 자신의 무릎에 끌다시피 올려놓고 옷소매로 기남의 얼굴에 묻어 굳어 진 핏자국을 닦아 내고 있었다.

"어이 기순이! 이러다 큰일 나것네! 물 좀 줄 수 있는가?"

그러면서 한 손으로 얼굴을 토닥거리듯이 만져 보았지만, 기남은 반응이 없었다. 그러자 기순도 상황이 심각한 것을 알라 차린 듯 다급히 서둘렀다.

"쬐끔만 기둘리쇼! 의무병 찾아 올께라! 물도 가져오라 하고라!"

얼마 후 의무병이 들어왔는데, 그 의무병은 기남의 상태를 살피고는 물을 묻혀 얼굴을 대충 닦아냈다.

"어쩌요? 살기는 허것소?"

춘수는 기남이 살 수 있을지 부터가 걱정이었다.

"죽지는 않을 거 같으니깐 걱정들 마시라요! 그 이상은 깨어나 봐야 알거시요!"

"그라요? 그나마 다행이요..."

"예! 두 분이 계시니까 저도 훨씬 마음이 놓이긴 헙니다만..."

그러면서 그 의무병은 별다른 것 없이 임시로 머리와 목까지 붕대로 대충대충 돌아가며 말아 놓고는 나가 버렸다. 춘수와 민규는 달리 방도가 없어, 그저 기남의 온 몸을 주무르고 의식이 깨어나기만을 기다릴 수밖에 없었다.

그렇게 한참 온 몸을 주무르며 기남을 살펴보고 있는데 의식이 돌아오는 듯 기남의 목소리가 들려오기 시작했다. 그러자 춘수가 말을 이었다.

"어이, 기냄이...정신이 드는가, 잉?"

"어...어...여그가 워딘가? 워디여?"

"기냄이, 어이 기냄이! 정신이 드는가, 잉? 정신 차리소! 나네 나, 춘수랑께..."

그제야 정신이 차려 지는지 기남이 춘수와 민규를 바라보며 눈을 떴다.

"자네가 어떻게..."

"야그는 나중에 허고... 어서 기운이나 좀 차리게! 워떻게 된건가, 잉?"

"응?...어...음..."

기남은 온 몸에 고통이 엄습해 오는 듯 신음소리를 내며 그들을 바라보고 있었다.

"아...아...악!"

어디가 아픈지도 모르고 몸을 움직이지도 않았는데, 기남은 아프다는 소리부터 지르고 있었다.

"이 사람아 어디를 어떻게 다쳤는디 이 모양인가, 잉? 어디가 아가, 잉?"

춘수가 머리부터 얼굴을 만지자 고통스런 모습으로 기남이 또 다시 소리를 질러댔다.

"악...아...악..."

짐작컨대 머리가 깨진 것도 같았고, 눈썹과 눈 주위가 터져 피도 흘러내리다 굳어있기도 했다. 얼굴이고 어디고 간에 무엇으로 얼어맞았는지 온 몸이 피멍이 들어있었고, 어깨부터 발끝까지 만지는 곳마다 고통스런 신음소리가 났다. 그러자 걱정이 된 듯 민규가 기가 막힌다는 표정을 지으며 말을 건넸다.

"큰일이여라! 온 몸이 이 모양이라... 성헌디가 한 군디도 없어라... 우째 사람을 이 모양으로 만들었데라?"

"민규! 우리가 지금, 그런 거 따질 때가 아니네! 언능 기냄이를 데리고...여그를 벗어나야 것네"

"아제! 인자 겨우 의식이 돌아 왔고... 온 몸이 이 모양인디, 어떻게 델꼬 간다요?"

"그래도 할 수 있겠는가? 떼 메고라도 델꼬 가야제, 안긍가?"

그 때 기순이 다시 돌아 왔다.

"아제! 좀 어떤가라?"

"잉! 의식은 돌아 왔네만... 온 몸을 자근자근하게 맞아서..."

"밖에 우마차 대기시켜 놨으니께라... 죄송헙니다만, 두 분이 집까지 좀... 데려다 주실 수 있것지라?"

"하믄...그럴라고 우리가 온 거 아녀. 그런 걱정 마소! 어찌됐던 간에 자네 덕분에 성이 목숨은 건졌네!"

그러면서 춘수와 민규는 팔만 만져도 고통스러워하는 기남을 머리와 발쪽에서부터 들어 올려 밖으로 데리고 나갔다. 그러는 동안에도 기남은 고통스러운 신음소리를 내고 있었다.

"성, 성! 나...알아 보것어?"

기순이 기남을 부르자 그제야 기남은 기순을 바라보며 겨우 나올까 말까 하는 목소리로,

"잉…아!"

그렇게 응답을 하고 있었다.

"성! 자세한 야그는 나중에 허고… 아제들 허고…일단 집으로 가소, 잉? 우선은 치료가 급허니께…언능 가소!"

그런 기순의 말을 듣긴 했지만 기남은 더 이상 대꾸할 기력조차 없어 보였다. 춘수와 민규, 두 아제에게 형인 기남을 부탁한 기순은,

"조만간 찾아 뵐건께 그리 아시고라… 잘 부탁헙니다….어서 가쇼, 어서!"

하며 우마차를 재촉했다, 소가 끄는 우마차에 마치 '송장'처럼 실려 진 기남은, 춘수와 민규가 함께 올라 탄 우마차로 겨우겨우 목숨을 부지한 채 오월리로 향했다.

"아랴!"

우마차 주인은 생각보다 상태가 심하다는 생각을 했는지,

"허..허…참!"

하는 헛기침을 몇 번이나 하면서 말을 쉽게 잇지 못하고 채찍질을 하고 있었다.

"이랴! 어서 가자, 이랴…"

다래기 영성의 집 뒤 야산에 숨어 있던 기남은 공채가 더 이상 일을 하지 못하게 되어 돌아갔다는 소식도 듣고 있었다. 그렇게 숨어 있은 지 얼마 지나지 않아 인민군들의 주기적인 감시가 이어졌고, 기순의 집도 예외는 아니었다. 기순이 군관이어서 그들은 조심스러워 하긴 했지만, 기남이 경찰이어서 어쩔 수 없이 감시를 늦출 수는 없는 일이었다. 기남이 집으로 돌아 온 후 무사히 정재 밑 항아리에서 피해 있다가 다

래기 뒷산으로 숨어가긴 했지만, 그 곳 역시 한 곳에 오래 머물긴 어려운 곳이었다. 그래서 동엽은 영성 아제와 그 문제를 상의하기 시작했다.

"아제! 점점 감시가 심하든디...어째야 쓰것는가라?"

"성수! 성수 친정네 가는디가... 아무래도 좀 외진디고, 사람도 적으니께, 여그보단 나을 듯 헙니다만... 성수 생각은 어떤가라?"

"그라긴 헌디라... 그라믄 나...가 친정에 한 번 다녀 올라요!"

"그라쇼, 성수!"

그 길로 동엽은 지체 없이 친정집으로 달려갔다. 기남이 다녔던 청송 국민학교를 돌아 십여 리 쯤 더 가면 바닷가 마을이 동엽의 동네인 대포리였는데, 그곳은 행정 구역으로는 벌교에 속했지만, 아주 외진 바닷가 마을이었다.

"아가! 니...가 뭔 일이다냐, 잉?"

잔치가 있거나 무슨 일이 생기지 않으면, 시집 간 딸이 집에 오는 일은 드문 일이어서 친정아버지와 어머니는 동엽이 온 것을 보고 반가워하기 보다는 걱정스러운 눈으로 보고 있었다.

"엄니! 아분이...잘 기셨는가라?"

"잉야! 채수 애비는 잘 있드냐?"

친정어머니는 사위인 기남이 숨어 있다는 소식을 듣고 있어선지 기남의 안부부터 물었다.

"야! 근디...워디로 옮겨얄 건디라...큰일이어라! 그래서 왔어라!"

"그란가! 전쟁인가 뭔가가 사람들을 못살게 허고... 다들 죽이고 난리라든지... 알았다. 어쨌든 알아 봐야긋다! 큰일이다, 큰일!"

친정집에서 이틀을 머물면서 친정아버지가 마련 해 준 곳은, 친정 동네를 돌아 나가면 갯가에서도 떨어져 있어 사람들이 거의 가지 않는 자그마한 바닷가 동굴이었다. 또, 그 곳은 당골네가 바다에서 빠져 죽은 사람들의 원혼을 달래는 굿을 하는 곳이어서, 동네 사람들이 신성시하여 함부로 범접하지 않는 곳이기도 했다. 그런데다 그 곳에 함부로 들어가거나 그 안의 것들을 잘 못 건드리면, 용왕님과 칠 님의 노여움을 산다는 전설이 내려오는 곳이기도 해서 이 마을 청년들까지도 그 곳을 가기를 꺼려하는 곳이고, 그래서인지 인민군들의 발자국이 아직 미치지 않는 곳이기도 했다.

동엽은 친정아버지와 함께 그 곳을 찾아 살펴보고는 숨어 있을 곳으로 안성맞춤이라는 생각에 서둘러 기남을 이곳으로 데려와 숨기게 되었다. 물론, 동네 사람들은 동엽이 친정집에 잠시 다녀왔다 간 것으로 알게 했고, 기남이 여기에 숨어 든 것도 친정어머니와 아버지 외에는 형제지간도 모르게 했다. 그것은 혹시나 말이 새 나갈지도 모를 일이었기 때문이었다.

그렇게 해서 이곳에 숨어 든 기남은 숨어 있기에는 훨씬 더 편한 시간을 보낼 수 있었다. 그 동굴 안은 비교적 깊고, 활동할 수 있는 공간도 있었다. 천정에서는 천연 그대로 마셔도 좋을 만한 물이 떨어져 먹는 물도 자연스럽게 해결할 수 있었다. 또, 낮에는 발각될 수 있어 움직일 수 없었지만, 어두워지면 동굴 밖으로 나와 잠깐 바깥 구경도 하고 바람도 쐴 수 있게 되기도 했다.

그러다가 해가 완전히 지고 어두워지면 주변을 돌아다닐 수도 있었고, 달 밝은 밤이면 제법 멀리까지 걸어 가 보기도 했다. 그래도 동엽은 친정에 자주 오면 동네 사람들의 오해를 살 수도 있어 아예 나타나지도 않았고, 친정어머니도 그 곳에 가지 않았다. 유일하게 그 곳에 가서 먹을 것이나 이것저것 챙겨주는 것은 장인어른이셨다. 그것도 가야 할 필요가 있을 때에는 깊은 밤을 이용해야만 했다.

처음 이곳에 왔을 때의 기남은 다래기에 숨어 있을 때와 비교해서 훨씬 더 자유롭고 편안한 생활이 가능해서 한결 숨어 있기가 나아졌다. 그러나 연말이 지나가고 해가 바뀌자 사람 인기척이라곤 없던 그 동굴 앞에 당골네가 동굴 입구를 찾아, 왔다 가는 일이 생겼다. 처음에는 사람들의 소리가 들리자 기남이 동굴 제일 깊은 곳에 몸을 숨겼다.

그런데 다행인지 동굴 안으로 그들이 들어오지는 않았고, 동굴 입구에 굿을 하려는지 '상'을 차리는 모습이 보였다. 여러 사람들이 동굴 입구 주변에 촛불을 켜고 '치성'을 드리는 것이 보였고, 동굴 안에 숨어 있어야 하는 기남은 그것을 구경할 겨를도 없이 깊숙이 숨어야만 했다.

그러나 그런 일이 두어 번 있고 나자, 당골네나 사람들이 동굴 안 깊숙한 곳으로는 들어오지 않는다는 것을 알게 된 기남은, 당골네의 '굿'이 있는 날에는 살짝, 상이 차려진 곳이 잘 보이는 입구 쪽으로 나와 사람들이 보일까 말까 하는 곳에 자리를 잡고 치성을 드리는 모양을 몰래 살펴보기도 했다.

또, 그들이 '굿'을 치르고 '제사'를 지내고 난 다음, 바다의 용왕님께 바친다며 여기 저기 남겨 둔 떡과 음식들을 가져 와 맛있게 먹는 여유까지도 생겨났다. 그러면서 전쟁의 한 가운데에 있을 시국이 걱정이 되기도 하고, 경찰 신분으로서 언제 어떻게 복귀를 해야 할지에 대한 고민도 깊어 가기 시작했다.

그런 가운데 일제가 만든 설인 '신정(新正)'을 지내는 풍습이 있긴 하지만, 아직은 전통적으로 내려 온 설인 '구정(舊正)'을 지낼 즈음, '엄동설한(嚴冬雪寒)'의 추위가 다가 왔다. 마치 살을 에는 듯한 추위가 동굴 안을 휘감자, 장인이 가져다 준 이부자리들이 모두 소용없을 정도로 추위와 눈보라가 동반된 차가운 바람이 동굴 안을 엄습해 왔다.

추위가 닥쳐오자 장인이 여러 겹의 이부자리들을 자져다 주기는 했었다. 거기에다 추울 때 조금씩 마시면 추위를 이기는데 도움이 될 것이라면서, 대두병에 담겨 진 소주도 갖다놓은 덕분에 다소간 힘이 되기도 했다. 그러던 중 설이 며칠 남지 않은 추운 밤, 잠이 오지 않아 소주를 몇 잔 마시고 이불을 뒤집어 쓴 채 잠을 재촉하고 있었다.

그런데 어디서 들릴 듯 말 듯 한 여자의 목소리에 잠이 깼다.

"이보시오? 정신이 드요, 야?"

분명 여자의 목소리였지만, 온 몸이 얼어붙은 듯 움직일 수 없었다. 그러자 그 여자는 기남이 누워 있는 곳 주변에 촛불을 밝히고 기남의 온 몸을 감싸고 있는 이불을 눌러 고쳐 덮어 주었다.

"거시기..."

기남은 무슨 말을 하려고 했지만, 온 몸이 굳어있어 꼼짝할 수가 없었고, 입도 멀어지지 않았다.

"그냥 계시쇼! 안 얼어 죽기 다행이요, 잉?"

"..."

"온 몸이 다 얼어붙었는 갑소!"

기남은 그 사람이 누군지 알 수도 없었고, 비몽사몽이었는데도 그 사람이 어디서 많이 본 듯하다는 생각을 했다. 그런 생각이 미치자 기남은 자신이 발각된 것으로 생각이 되어 몸을 움직여 보려고 애를 썼다.

"누구신지 모르지만... 움직이지 말고 그대로 계시쇼!"

그 여자는 기남에게 움직이지 말라며 이불을 덮어주고 있었다. 그런데 기남은 그 여자의 모습을 다시 기억해 내려고 애를 써 보았지만, 기억은 떠오르지 않고 온 몸은 움직이기 힘든데도 정신이 점차 맑아오는가 싶더니, 드디어 그 여자가 생각이 나기 시작했다. 그 여자는 동굴 입구에서 무당복을 입고 고깔모자를 쓴 채, 손에 든 휘청거리는 얇은 칼을 들고 마치 춤을 추듯 뛰던 그 사람이었다. 늘 고깔모자를 쓰고 있어서 처음 얼굴을 봤을 때 쉽게 기억해 낼 수가 없었던 것이었다.

"저..."

"야! 인자 말을 할 수 있것는가라? 말허기 힘들면...나중에 허쇼!"

"머시기냐..."

기남은 일어나 보려는 몸짓을 했지만 더 이상 움직일 수가 없었다.

"일어날라고라? 그냥 누워 계시쇼!"

그러면서 그 여자는 기남을 부축해 돌 틈 사이 벽에 몸을 기댈 수 있게 해 주었다.

"고맙소! 근디,.... 혼자 온거요? 아니믄..."

기남은 그 순간에도 자신이 피해 다닌다는 사실을 의식해선지 다른 사람들이 있는지를 묻고 있었다.

"그건 왜여라? 나...혼자여라!"

"그라믄..."

"야! 나...가 갑자기 굿 헐 일이 생겨서, 준비 차 여글 왔는디라... 굴 안에서 이상한 소리가 납디다."

"이상한 소리요?"

"야! 웬만한 강심장을 가진 사람이 아니었으면... 여그까정 와 보지도 못 허고 갔을거구만유!"

"..."

"가만히 들어 보니께, 사람 신음 소립디다! 불러도 대답도 없고...그래서 여그까정 와 보니께, 이녘이 이라고 있습디다."

"죄송혀요! 지...가 본의 아니게 고상시켜 드렸구만요!"

"인명은 재천인디...이런거이 뭔 고상이라요? 근디 뭔...사연이 있어서...여그서 이라고 있다요?"

"야! 그거이..."

"뭔 곡절이 있는갑소만... 말 허고 싶지 않으면...안해도 되라! 이 정도 정신을 차렸응께 난 갈라요만..."

"그래요? 고맙소! 근디..."

"야! 말씀허셔요..."

"아무헌테도 날 봤단 말은..."

"알것소! 근디....낼 굿이 있응께... 굿판 끝나믄, 낼 밤에 올테니께 그리 알고... 몸조리 잘 허고 계시쇼!"

기남은 그 여자가 무당인 것을 알게 되었지만, 내일까지 비밀을 지켜 줄지 알 순 없었다. 하지만, 지금은 무작정 이렇게 기다리는 것 말고는 달리 방도가 없어 그 여자의 말을 따를 수밖에 없었다.

오후 한 나절에 시작된 굿이 해가 질 무렵에야 끝이 났는지 조용해 졌다. 기남은 그 여자가 시키는 대로 그 자리에서 몸을 추스르며 기다렸다. 그리고 어둠이 내리고 완전히 밤이 깊어 갈 즈음, 그 여자인 듯한 목소리가 들리며 발자국이 가까이 다가오고 있었다. 그 여자는 안에 숨어 있는 기남이 불안해 할까봐선지 목소리로 기척을 하고 동굴 안으로 들어오고 있었다.

"기운이 좀 나요...어쩌요?"

"야... 쬐끔 좋아 졌소!"

"그라요? 다행이요... 나...가 먹을 것을 쫌 싸 왔으니께 이것 좀 잡숴 보쇼!"

당골에는 몇 가지 먹을 것들을 싸와 기남 앞에 풀어 놓았다.

"이런디서...뭔 사연이 있어 숨어 있소, 야?"

"야...신경 쓰게 해서 미안허요!"

기남은 배고프고 허기진 상태라 허겁지겁 그 당골네가 싸 온 것을 먹고 있었다.

"찬한히 드쇼, 체허것소!"

"야! 고맙소!"

당골네는 어둠 속에서도 기남이 먹을 수 있게 가져 온 것들을 가까이 끌어다 주고 있었다.

"근디...뭔 사연이 있어서 여그까정 왔다요? 누구헌테 쫓기고 있는가라?"

"야! 쫓기고 있는 건 맞는디라, 그거이..."

"걱정마쇼! 여그는 나만 알고 잇을께라!"

기남은 이것저것 배를 채우면서 말을 이었다.

"야! 이렇게 된 마당에 무슨 말을 못허것소?"

"지...가 도움이 될지는 몰것소만... 멀 알어야 어떻게 해 보든지 말든지 헐거 아니요?"

"고맙소! 실은 경찰인디라..."

"뭐라? 경찰이라?"

당골네는 경찰이라는 말에 많이 놀라고 있었다.
"그라믄 시방...인민군헌테 쫓겨 왔단 말인가라?"
"야!..."
"허! 멀리도 와 부럿네라, 잉? 그라믄 인민군들헌테 잡히믄...죽을 수도 있것네라..."
"..."
"우리 동네 청년단들 헌테도...좋은 먹잇감일 건디라! 큰일 나부렀소...큰일!"
"글고..."

기남이 더 말을 하려고 했지만 당골네는 더 이상 말을 듣지도 않고 자신의 말을 이었다.

"그만혀도 알거 같으니께... 일단은 날 믿고라...몸조리부터 합시다!"
"고맙소! 근디, 집은 어디쇼?"
"나같은 당골년이 동네서 편허게 살게 두것는가라? 그래서 이 동네허고 저 동네 사이에 있는 초막으로 만들어 진, 당골네 집에서 사요! 이 동네긴 헌디...이 동네도 아니고 저 동네도 아니고... 그냥 그요!"
"맘 고상이 많소! 그나저나 이 동네는 인민군들이....조용헌가라?"
"조용허긴...개뿔이... 온 동네에 청년단들이 죽창을 들고 판을 치고 다니고... 인민군 놈들은 맘에 안드는 동네 사람들을 잡아다 쳐 죽이고... 난리굿도 그런 굿이 없소!"
"큰일이네요..."
"군인이랑 경찰은 워디 가불고 없드니... 이란디서 경찰을 만날지 어찌 알았것소!"
"죄송허구만요!

"지...도 피해 다니고 있지만... 일단은 살아서 경찰에 복귀해야... 다시 인민군들허고 싸우든지 말든지 할 거 아녀라..."

"그런 날이 빨리 와야지라! 하여튼 간에 밤이 늦었으니께... 내일이든 모레든 간에 시간되는 대로 올테니께 그리 알고라... 여그 가만히 숨어 기서라, 야? 인민군 청년단들이 득실거리니께 절대로 나오믄 안되라, 알것지라?"

"고맙소! 힘들 것 같으면 그냥 모른 척 두쇼! 잘 못 허다강 당골네도 크게 다칠지 모릉께라!"

당골네는 언제 올진 약속을 하진 않았지만, 다시 오겠다는 말을 남기고 동굴을 나갔다. 기남은 불안 했지만 당골네가 입을 다물어 주기만을 바라며 기다리고 있어야만 했다.

곧 올 것 같았던 당골네는 일주일이 지나도 나타나지 않았다. 그 사이에 겨울눈이 수북이 쌓이는 밤에 장인어른이 다녀가셨다. 장인은 눈이 오면 발자국이 나고 흔적이 날 수도 있다며, 눈이 쌓이면 오지 못한다는 말을 남기고 가셨다. 기남은 그런 장인의 말에 비추어 그 당골네도 눈이 쌓여 못 오고 있을 것이라는 생각을 하기도 했지만, 다른 한편으로는 무언가 잘 못 되어 가고 있는 것 같아 불안한 생각이 들기도 했다.

그런 시간이 지나면서 그 당골네가 오지 않을 것이라는 생각이 깊어져 갈 무렵, 밤이 깊은 시간에 당골네가 숨을 헐떡거리며 동굴로 들어왔다. 기남은 그 당골네의 숨소리가 반갑기도 했지만, 무언가에 쫓기는 듯한 불안감이 커져 가고 있었다. 동굴 안으로 들어 온 당골네는 몹시 추운 모습으로 기남이 덮고 있는 이불 속을 파고들었다.

"잘 있었소? 밖에는 눈도 많이 오고, 엄청 춥소!"

"그라요? 근디 이 밤에 왔는가라! 숨도 가쁘요!"
"야! 금방 온다고 했는디...벌써 열흘이나 지났소. 미안허요!"
"괜찮소! 근디 무슨 일이 있었소?"
"야! 그거이...우선 몸이나 녹이고라..."

그러면서 당골네는 기남이 덮고 있는 이불을 뒤집어쓰다시피 하며 파고들었다. 기남은 그런 당골네의 행동에 다소 당황하기는 했지만, 추운 기운을 떨쳐 내기 위해서는 어쩔 수 없는 일이었다. 추운데서 온 때문인지 이불 속에서 잠시 몸을 녹인 듯 했던 당골네는 몸이 풀어진 것인지 이내 잠이 들고 말았다. 기남은 그런 당골네한테 그저 이불을 덮어 주며 잠이 깨지 않도록 조용히 바라보다가, 기남도 당골네가 잠든 사이로 어쩌지 못하고 이불을 당겨 잠을 청했다. 그렇게 막 잠이 들까말까 하는데 당골네가 어렴풋이 잠이 깬 것인지 아니면 잠이 든 상태인지 한 팔을 뻗어 기남의 목을 감싸 안아왔다. 기남은 그런 당골네가 당황스러웠지만, 당골네의 잠이 깰까봐 그대로 둔 채 잠을 청하고 있었다.

희미하게 아침 여명이 빛으로 스며드는가 싶더니, 금세 아침 햇살이 동굴 깊숙이 비추이고 있었다. 그 때가 되어서야 기남이 잠에서 깨어났지만, 당골네는 아직도 잠에서 헤어나지 못하고 있었다. 기남은 잠이 든 당골네 옆에서 살짝 빠져나와 밖을 살펴보려고 하는데, 당골네가 기남의 몸을 껴안은 채 놓아주질 않았다. 기남은 당골네의 팔을 벗어나려고 했지만, 기남의 목을 더듬어 한 손을 기남의 가슴에 넣어두고 있는 것이었다. 기남은 이러면 안 된다는 생각을 했지만, 생각과는 달리 안겨 오는 당골네의 품에서 벗어나지 못하고 있었다.

"겁내지 마서라! 난...혼자여라!"

"야? 그라도..."
"나 땜시 걱정 헐 필요없어라! 지...는 여자가 아닌가라?"
"..."
더 이상 아무 말은 없었지만, 당골네는 오랫동안 남정네의 품을 보지 못했던 듯, 기남의 뜻과는 아랑곳 않았고 순간적으로 기남의 품을 파고들었다. 마치 그녀가 가지고 있는 모든 것을 토해 내 듯 기남의 뜨거워진 몸을 받아들이며 가쁜 숨을 몰아쉬고 있었다.

겨울이 깊어지고 정월 대보름이 지나자 곧 봄이 올 듯 아직은 차갑긴 했지만, 동굴 안에도 봄 햇살이 가끔 얼굴을 내밀고 있었다. 그러는 사이에 장인의 발길이 가끔 왔다가는 것 말고는 당골네 만이 이 동굴을 왔다 갔다 하며 기남에 대한 수발 아닌 수발을 하고 있었다. 비록 동굴 안에서였지만, 덩골네는 기남과 첫 정을 나눈 후부터 자연스럽게 기남의 옆을 파고들곤 했다.

그러던 밤늦은 어느 날, 다른 때와 마찬가지로 밤이 늦은 야심한 시간에 당골네가 동굴로 들어 와 기남의 품에서 잠을 청하기 위해 누웠을 때였다. 그간 한 번도 이 밤에 사람 목소리가 들려 온 적이 없는 이곳에, 동굴 가까이에서 사람들의 목소리가 다가오고 있는 것이었다. 순간 기남과 당골네는 바짝 긴장한 채 자리에서 일어나 벽에 허리를 대고 앉아 낮은 목소리로 경계를 늦추지 않았다.

"밖에서 뭔 소리가 나는디..."
"그러니께라! 큰일이네라!"
"자네는 여그 있지 말고...조금 더 들어 가믄 왼쪽에, 한 사람 정도 몸을 숨길 데가 있으니께...일단 거그로 가 있으소!"

"나만, 혼자라?"

"내 걱정 말고... 혹시 저것들이 오믄... 나헌테 뭔 일이 있드래도...절대로 나오믄 안되네, 잉?"

"그려도라..."

"언능 가! 언능 가소!"

밖에서 다가오는 소리가 점차 커지면서 횃불이 훤히 밝혀졌다. 그것은 필시 동굴 입구로부터 사람들이 들어오고 있는 것이 틀림없었다.

"샅샅이 뒤져라! 앞에...불을 좀 더 비춰봐라!"

밖에서 동굴을 향해 들어오며 나는 소리가 이 안에 사람이 숨어 있다는 것을 눈치 채고 하는 소리인 듯 했다.

"총을 갖고 있을지도 모르니깐 조심들 해, 알것나?"

발걸음 소리와 사람들의 목소리를 들어 보면, 족히 십여 명은 되는 듯 했다. 그 사이에 당골네는 몸을 숨겼고, 기남은 더 이상 그들을 피할 수 없다는 것을 알고는 차라리 자신이 여기 있다는 것을 알려 당골네라도 숨게 해 주어야겠다는 생각을 하게 되었다.

"누구요? 여기 사람 있소!"

기남이 소리를 치자 동굴로 들어오던 일행들이 긴장했는지, 숨소리를 죽이며 물어왔다.

"누구냐? 우린 청년단이다. 몇이나 있는가?"

"나...혼자요! 아무도 없소! 나...가 나갈 것이니 그리 아시요!"

"알았다! 그럼...두 손을 머리에 얹고 나와라! 알았나? 허튼 짓 하면 가만 안둔다!"

"알았소!"

기남은 모든 것을 포기하고 머리에 두 손을 얹고 밖으로 나갔다.

그러자 십여 명은 족히 될 그들이 횃불을 들고 기남을 에워쌌고. 그 중의 책임자인 듯한 사람이 경계하는 눈초리로 물었다.

"당신 뭐야? 뭔데 여기에 있는거야, 엉?"

그 말과 함께 횃불을 가까이 갔다 댔다. 그러자 그 일행 중 한 사람이 기남을 알아 본 듯,

"야! 너...오가네 사위쟁이 아녀? 맞제?"

하며 소리 쳤다. 기남은 그 사람이 누군지 알지 못했지만, 그 사람은 기남을 기억하고 있는 듯 했다.

"그렇소..."

기남의 말이 떨어지기가 무섭게 그 청년은

"저 놈이 경찰이라는 거 같든디?"

하며 그 사람들에게 말을 건넸다.

"뭐여? 진짜로?"

"야! 그렇게 들었어라!"

"그래? 야 야...저 놈 잡아서 묶고... 저 놈이 있던 곳도 샅샅이 뒤져 봐라. 누가 있을지도 모른다!"

기남은 반항 한번 해 보지 못하고 그대로 사람들에게 잡혀, 그 자리에 꿇어앉혀지고 있었다. 그들 중 몇몇은 기남이 있었던 곳의 흔적을 뒤져 보고 왔지만, 별 것은 없었던지

"아무도 없습니다!"

하는 말을 하고 나왔다. 그것으로 모든 것이 끝이었다.

청년단은 한 밤 중인데도 불구하고 기남을 새끼줄로 꽁꽁 묶어

벌교로 데리고 간다며, 자기들이 큰일을 했다고 난리들이었다.

"그래도 오가네 집에는 연락을 해야 하는 거 아녀?"

"야, 야! 너...뭔 소리 허는 거여? 연락은 뭔 연락...우선 벌교로 델꼬 가서... 거그서 알아서 하라고 해야제, 안 그래? 어서 델고가 어서!"

그들은 기남이 경찰이라는 것을 알고는 자기들끼리 어찌지 못하고, 곧바로 본서인 벌교로 밤 새 끌고 간 것이었다. 국군이나 경찰을 발견하거나 잡으면 반드시 인민군에게 이첩해야 한다는 지시를 받고 있는 청년단이었다, 그렇게 밤 새 기남을 묶어 벌교로 데려 온 청년단들은,

"이 놈이 경찰이랍니다"

하며 인민군에게 기남을 인계해 주었다.

"그래? 동무들 큰 수고들 했소! 그래서 여러분들의 힘이 필요한 것이요! 동무들한테 큰 상이 내려질 것이요! 이놈을 끌고 가라!"

인민군 책임자는 기남을 데리고 곧바로 어디론가 사라졌다. 그리고 기남은 그 순간부터 다짜고짜 얻어 맞기 시작한 것이었다.

"니 놈이 경찰이라고? 엉?"

그 인민군은 눈에 쌍 불을 켠 것처럼 지휘봉으로 기남의 머리를 내려 갈겼다. 그러자 단번에 기남의 머리에서는 피가 터져 나왔다.

"아 악!"

완전히 몸이 묶여 꼼짝할 수 없는 상태에서 피가 봇물처럼 흘렀지만, 인민군은 그것이 대수롭지 않다는 듯,

"봤나? 내가 묻는 말에 제대로 대답안하면... 곧바로 이렇게 된다. 이 자리서 죽게 된단 말이다. 알것나?"

하며 눈초리를 흘렸다.

"오.. 그래도 대답을 안 한다 이거지, 앙?"

기남의 대답이 없자 또 다시 군홧발로 기남의 복부를 찍어 누르듯 차버리자 그대로 나뒹굴어 떨어지는 기남이었다.

"아 악!"

"어디서 엄살이야 엄살이, 쌍!"

그 인민군은 무작정 서너 번의 발길질을 해 댔다.

"일어나 이 쫑 간나 새끼야!"

겨우 겨우 기남이 몸을 일으키려 하자, 피가 철철 흐르는 기남의 턱을 손으로 떠받치듯 들어 올리며,

"이름이 뭐라고? 앙?"

"…"

"아직도 상황 파악을 못하는 가분데..."

"장기남이요!"

"뭐야? 어디다 대고 반말이야 반말이, 앙? 이 간나 새끼 아직도 정신을 못차렸구만, 앙?"

"이름이 뭐라고?"

"장기남입니다!"

"오! 그래 그래...이제사 상황 파악이 되는가 보구만, 앙?"

"…"

기남은 말을 하고 싶지 않았지만, 더 이상 말을 않고 버티기는 힘들다는 것을 알고 있어서 대꾸를 하는 수밖에 방법이 없었다.

"니...가 경찰이라고?"

"…"

"이 새끼가 또 말을 안 한다? 뒈지고 싶어, 앙? 오...냐 정 그렇다면

할 수 없지..."

"저...장기순 군관을 불러 주시요!"

"뭐? 장기순? 뭔 관겐데 불러 달라 말라 하는거야, 앙?"

"내 동생이요!"

"뭐? 니 동생? 니가 뭔데 부르라 마라 하는거야, 앙? 내가 그런 심부름이나 하는 한가한 사람들인지 알어, 앙?"

"인민군 도당에 있는 군관이요..."

"뭐?"

그 때서야 그 말을 듣고 있던 군관은 잠시 멈칫하더니,

"뭐야 이 개새끼가 무슨 개수작을 하는거야, 앙?"

하며 개머리판으로 기남의 가슴을 다시 한 번 세게 쳐서 넘어뜨리고는 넘어진 기남에게 또 다시 발길질을 해 댔다.

"야! 이 간나 새끼... 가둬 둬라, 알것나? 반항하면 가만 두지 말고, 쌰..."

그 인민군은 부하에게 기남을 가둬 두라고 하고는 어디론가 사라져 버렸다가 한 참 후에 다시 돌아 왔는데, 인민군 벌교 책임자가 함께 따라 들어왔고, 그 책임자가 기남에게 물었다.

"니 놈이 경찰이라고?"

"흠...대답을 안 하시것다..."

"..."

"그래...어디까지 버티는가...두고보자구..."

그렇게 돌아가려다 말고,

"도당 군관 장기순을 찾는다고?"

"..."

"너! 그거이 거짓말이면... 너는 즉결처분 당할 줄 알아라., 알것나?"
"..."
그렇게 해서 기남은 기순을 만날 수 있게 되었던 것이었다.

우마차에 실려 온 기남을 본 동엽과 식구들은 기남이 죽을지도 모른다는 불안한 생각을 할 정도였다. 그나마 이렇게 살아 있는 것만도 감사해야 할 정도로 인사불성이 된 기남을 들어 올려 겨우 방으로 옮기긴 했지만, 반송장이나 마찬가지였다.

"어떻게 된거냐, 잉?"

아버지 한영이 춘수를 향해 물었다.

"야! 기순이가 와서 그나마 목숨이라도 구할 수 있었답니다..."

"그랬드냐...자네들이 고상했네, 고맙네!"

춘수와 민규는 기남을 방에 눕힌 다음, 그들이 도착해서 보고 들은 이야기를 전달 해 주고 각자의 집으로 돌아갔다. 동엽은 친정인 대포에 가서 두 계절이나 잘 숨어 지내던 남편 기남이 이런 모습으로 돌아오자 놀라기도 하고 한없이 슬프기도 했지만, 기남을 회복시키는 것이 우선이라는 생각에 방에 누운 기남을 보살피는데 진력을 다하기 시작했다.

동엽은 기남의 회복에 매달려 있었고, 동네에는 기남이 잡혀서 이렇게 되기까지의 이야기가 알려졌다. 그나마 다행인 것은 청년단원들이 기남의 동생인 기순이 전라남도 도당에서 큰 힘을 가진 인민군의 높은 자리에 있어서 기남이 경찰이긴 했지만, 더 이상 기남의 집에 나타나거나 귀찮게 하지 않은 것이었다. 그것은 만약 그들이 간섭을 하거나 무슨 일이 생기면 뒷감당을 하지 못할 것을 잘 알고 있어서 그런 듯 했다.

그러는 사이에 시간이 가면서 기남의 기력이 회복되어 갔고, 여기저기 났던 상처와 피멍들도 서서히 아물어 갔다. 하지만, 기남은 허리에 무리가 갔는지 서서히 움직이는 데에는 문제가 없었지만, 무거운 것들을 들거나 허리힘을 사용하는 일에 큰 지장을 받게 되고 말았다. 그렇게 부상을 당했지만 그래도 기남은 살아 있을 수 있었지만, 또 다른 사람들은 인민군한테 총살을 당했다거나 어디로 끌려가 어떻게 되었는지 소식조차 모르는 사람들도 많아서 그런 것에 비하면 기남은 다행한 일이 되어 가고 있었다.

길 위의 가족

　　인민군들이 장악하고 있는 벌교와 고흥에 더 이상 국군과 경찰이 있을 리 없었다. 그렇게 인민군들이 이 지역을 완전히 장악하고 있는데, 낙동강에서는 마지막 해방 전쟁을 벌이고 있다며 전쟁이 곧 인민군의 승리로 끝나 위대한 해방 전쟁을 끝낼 수 있다는 소문이 인민군과 청년단의 입을 통해 나돌고 있었다.
　　그렇게 의기양양한 인민군들이었는데, 어느날 갑자기 알 수 없는 이유로 곧 돌아 올 것이라는 말만 남긴 채, 작전상의 이유로 잠시 철수를 해야 한다며 떠나갔다. 그러자 그 동안 인민군 밑에서 그들을 추종하며 일을 했던 청년단원들 중에 핵심이 될 몇몇은 그들이 철수하면서 데려가기도 했지만, 대부분은 그대로 남겨두고 떠나가고 말았다.
　　어느 누구도 그 이유를 설명해 주지도 않았고, 무슨 일이 어떻게 되고 있는지도 알 수 없는데 인민군이 모두 떠난 지 얼마 되지 않아, 이번에는 군인들이 다시 돌아와 벌교와 고흥에 나타났다. 그렇게 되자 그동안 인민군에 협조했다는 청년단원들을 잡아 들였고, 그 가운데 핵심 역할을 했던 몇몇은 군인들에 의해 즉결처분을 당하기도 했다. 인민군들이 쳐들어 왔을 때에는 인민군들에 의해 죽임을 당했는데, 세상이 바뀌자 이번에는 국군들에 의해 사람들이 죽어 나간다는 소문들이 돌았고, 오월리에도 그런 소문에 긴장이 높아지고 있었다.

군인들이 들어 왔다는 소식이 들린 지 얼마 되지 않아 경찰도 치안 확보를 위해 들어 왔다는 소식이 전해졌다. 그러자 기남은 즉시 동강 지서로 갔다. 그리고는 그간 기남이 당했던 일과 상황을 소명하고 자신이 복귀할 수 있을지에 대한 가능성을 타진했다. 하지만, 심한 허리 부상을 당한 기남은 더 이상 경찰 활동을 할 수 없다는 답을 들어야만 했다. 거기에다 동생이 인민군 군관이었고, 인민군이 패퇴해 가면서 그나마 연락이 두절되어 원인불명의 실종상태가 되어 기남에게는 더 이상 경찰로서 근무하는 것이 불가능하다는 통보를 받게 되었던 것이었다.

그 결과 기남은 하는 수 없이 경찰을 그만두고 말았다. 그것은 기남이 낙안 지서 근무 때 제대로 복귀하지 못하고 패했던 사실을 중심으로, 인민군 점령 기간에 있었던 여러 가지 일들에 대해 책임을 묻거나 처벌하지 않는 것만도 다행으로 알라며, 기남에게 사표를 종용하기에 이른 것이기도 했다. 기남은 전쟁 속에서 살아 난 자신에 대한 경찰의 태도가 큰 불만이었지만, 전쟁이 계속되고 있는 전시 체제 아래서 이루어진 조치들을 받아들일 수밖에 없는 입장이 되고 말았다.

동엽은 남편 기남이 경찰에 복귀하지 못한 것이 아쉬웠지만 그 또한 받아 들여야 할 수밖에 없는 무거운 현실이 되고 말았다. 그럴 즈음, 인민군들이 완전히 패퇴해 이북으로 돌아갔고, 한국과 유엔(U.N.)군이 남·북 통일을 시킨다며 북진 통일의 기치 아래 북한 지역에서 전쟁을 벌이고 있다는 소식이 전해져 왔다.

그 결정적인 계기가 된 것이 인천에서 맥아더 장군이 이끄는 유엔군이 성공적인 상륙작전을 감행한 것이었다는 소식도 들려 왔다. 동엽은 그것이 무슨 뜻인지 알아들을 수가 없었다. 그렇지만, 국군과 경찰이 들어오면서 청년단에서 활동하던 동네 청년들이 잡혀갈 것이 걱정이었고, 그 중에서도 뒷집 민규 아제와 집에서 일을 하던 공채가 걱정이 되었다.

"채수 아부지! 뒷집 아제하고 공채는 나쁜 짓 안했는디라... 경찰에 말을 하든지, 무슨 방법을 써서라도 구명을 해야 잖겠는가라?"

"하믄...당연히 그래야제, 춘수랑도... 시상이 이렇게 될 줄 누가 알았것는가만은... 그 동안 날 구명해 주었는디, 나...가 가만있으면 쓰것는가?"

뒷집 아제는 청년단 일을 했다는 이유로 끌려갔고, 공채도 같은 이유로 잡혀갔다는 소식이 들려왔다. 그 중에서도 뒷집 형님은 동엽에게 ,남편 민규가 무사히 돌아 올 수 있게 해 달라고 눈물로 부탁을 하고 있기도 했다.

"성님! 채수 아부지가 갔으니께 너무 걱정마쇼, 잉? 성님이 우리 채수 아부지랑, 우리 식구들 살려 준 은공을 어찌 잊는다요? 걱정 말고 기다려 봅시다, 성님!"

동엽은 이제 그렇게 뒷집 형님을 달래야 하는 입장이 되어 있었다. 또, 기남을 인민군들한테서 데려 온 친구인 춘수도 윗동네 사는 그의 사촌을 구해 달라고 했고, 공채도 구명해야 하는 입장이어서 기남은 동강 지서를 찾아 갔다. 동강지서에서 근무하진 않았지만, 낙안 지서장으로 일 할 때 순천과 도경에 알고 지내던 사람들도 있었고, 그들에게 연락을 해 구명해 줘야 할 사람들을 구명하기 위해서였다.

기남은 그 사이에 경찰 사표를 냈지만, 낙안 지서장으로 경찰에 몸담았었기 때문에 동강지서에서는 그에게 깍듯한 예우를 갖추어 주었고, 기남이 연락하고자 하는 사람들과도 연락을 취할 수 있도록 편의를 제공해 주었다. 기남이 그런 사람들과 통화를 하고 나자, 그 사람들은 동간지서장과 직접 통화를 하면서 기남의 말대로 선처를 하라는 명령도 해주어 기남에게 힘을 실어 주었다.

"예! 그렇게 하겠습니다! 예 예!"

그들 통화의 내용을 다 알 순 없었지만, 지서장은 전화를 끊고 나서 기남에게 통화 내용을 설명해 주고 있었다.

"부탁하신 대로 잘 된 것 같습니다. 대신...우리 입장이 있으니까 그리 아시고요... 잠깐만... 요 앞 국밥집에서 기다리시면, 우리 직원들이 그들을 데리고 갈 것입니다."

"고맙소!"

"그리고 잘 아시겠습니다만... 절대 소문 내시면 안되고요. 그저 소리소문 없이..."

"알것소! 고맙소!"

옛날에 동생 기순이 기다리던 그 국밥집에서, 이번에는 기순이 아닌 형인 기남이 뒷집 민규와 공채, 그리고 춘수의 사촌과 오월리 사람몇을 기다려야 해, 세상일은 참으로 알다가도 모를 일이 아닐 수 없었다. 그렇게 기남이 한참을 기다리자 경찰 한 사람이 세 사람을 인솔해 나타나 인사를 했다.

"모시고 왔습니다!"

"고맙소, 고마워!"

경찰이 나가고 나서야 세 사람은 기남을 바라보며 안도의 한숨을 쉬고 있었다.

"아제 아제가 날 살렸소!"

그러면서 뒷집 민규가 눈물을 흘렸다.

"이 사람아! 우리가 지금 그런 거 따질 땐가... 인자 됐네, 자네랑 공채랑 모두...내 은인들 아닌가? 그 은공을 어찌 잊것는가?"

"아제!"

그제야 공채가 기남을 향해 입을 열었다.

"아제! 이러코롬 무사해서 다행이네요! 지...가 끝까정 돌봐 드렸어야 하는디라..."

"이 사람아 그런 소리 말어! 우리는 다...형제나 마찬가지 아닌가? 인자 됐으니께 우리...국밥이나 한 그릇씩 말아 묵고... 살살 집에들 가 봐야잖것는가? 집에서들 목메고 기다리고 있을걸세!"

게 눈 감추듯 국밥을 말아 먹은 세 사람은 서둘러 그 곳을 빠져나와, 집으로 향한 발걸음을 재촉하고 있었다. 그리고 집으로 돌아오는 길에 공채는 자신의 집으로 발길을 돌렸고, 나머지 사람들은 동네로 돌아 왔다. 출발할 때는 낮이었지만, 벌써 해는 지고 밤이 꽤 깊어가고 있는 야심한 시간이 되어 있었다.

"아제 아제! 고맙소 고마워! 이 은공을 어찌 갚는다요!"

담 너머로 뒷집 형님의 울음 섞인 목소리가 들려 왔다. 그제야 동엽은 기남에게,

"고상했소! 감사하요!"

하며 오랜만에 고마움을 표시하고 있었다.

"그 동안 우리가 뒷집 성님이랑... 공채헌테는 말 헐 것도 없고라... 윗동네 사람들 헌티도 신세만 지고 살았는디라... 인제사 쪼끔이나마 빚을 갚은성 싶으요, 감사허요!"

"나...가 뭣이 고마운가? 당신 말대로...그 동안 신세진 거, 쬐끔 갚은건디..."

그런 말을 주고받자, 그간 힘들었던 일들이 모두 눈 녹듯 녹아 내려가고 있는 듯 했다.

힘들게 버텨 온 시간들이 지나고 전쟁이 끝났다고 모두들 좋아했다.

"이 지긋지긋한 전쟁이 끝났으니께... 인자는 살게들 됐구먼!"

그렇게 좋아들 하는 한편에서는 볼 멘 소리도 터져 나왔다.

"인민군 세상에서 까불던 놈들은, 인자는 죽었네 죽었어! 인자는 군인들 한테 배겨 나것어? 이리 당하고 저리 치이고... 이거이 뭔 놈의 팔자인지 원..."

그런 소리를 듣고 있던 동엽도 처음엔 그런 생각까지는 해 보진 않았지만, 가만히 생각해 보면 그들이 하는 말이 그저 헛되 소리만은 아닌 듯해서 앞으로의 일이 걱정이었다. 당장에만 해도 청년단에 가입해 있던 사람들을 남편 기남이 꺼내 왔지만, 앞으로 그들의 일 뿐만 아니라 시아제인 기순의 일도 큰 걱정이 아닐 수 없었다.

그런 가운데서도 3년여 동안 전쟁이니 뭐니 해서 제대로 농사다

운 농사를 짓지 못해 집집마다 식량 사정이 더욱 더 극도의 어려움에 처해지게 되었다. 동엽의 식구들도 식량 걱정을 한 것은 마찬가지였지만, 모두들 동엽의 얼굴만 바라보고 있는 꼴이 되어서 동엽의 어깨는 더 무거워졌다. 그래서 동엽은 전쟁 전에 놓았던 장리 쌀의 일부라도 건질 수 있을까 해서 여기저기 알아보았지만, 모두 어려운 형편들이라 거의 받을 수 없게 되어 버렸고, 차라리 포기하는 것이 더 나을 일이 되고 말았다.

그런 어려운 상황인데도 전혀 생각지도 못했던 일이 벌어 졌다. 그 것은 고흥에 살던 원래 시어머니의 아들인 시숙이 찾아와 다짜고짜 행패를 부리고 집안 분란을 일으킨 것이었다.

"아부지! 이 전쟁 통에... 살아있는 것만도 다행인지 아쇼! 아들이라고...나헌테 해 준 거이 뭐 있소?"

해방 후 얼마 지나지 않아 큰 시숙은 결혼을 해 고흥 읍내에 정착을 해 살았는데, 시아버지의 본 부인이었던 돌아가신 별감 할머니의 하나 밖에 없는 아들이었다. 동엽은 결혼 후 집에 다니러 온 큰 시숙을 한번 보기는 했지만, 남이나 다름없이 있으나 마나 한 시숙이었다. 그런 큰 시숙이 전쟁 동안 무슨 일이 있었는지 알 수 없었지만, 느닷없이 나타나 시끄럽게 하고 있는 것이 기차 막혔다.

"이 놈아! 너만 그렇게 산건지 알아? 엉? 우리도 죽지 못해 살았다 ,이 놈!"

"난 몰것소! 듣자허니 논밭도 좀 샀다고 허든디... 살만 헌갑소, 잉... 나도 죽것소! 논이라도 두어 마지기 팔어 주쇼!"

"뭐여? 니가 사람 새끼냐? 이 놈? 그것을 나...가 샀는지 아냐? 그건 산 것이 아니라... 느그 제수 별 일 다 해서...되찾아 온 거다, 이 놈아... 제대로 알기나 하고 말 해라, 이 놈! 니...가 그걸 나보고 내 노라고? 이 빌어먹을 놈아!"

"그건 나...가 알 바 아닝께.... 그건 아부지 사정이고라! 나는 내 몫이라도 받아야 허니께..."

"뭐여? 니 몫? 허... 니 놈헌테 줄 몫이 어딨어 이 놈아, 잉?"

"아분이! 윗동네 살 때까정 있었던 그 많든 재산들... 그것들 팔아 묵을 때, 쬐끔이라도 나헌테 돌려 달라고, 그렇게 말했드니... 뭐라 그러셨소, 잉? 나헌테 줄 것 없다고 쫓아내다시피 한 거... 잊어 부렀소? 야?"

시아버지와 큰 시숙은 서로 감정이 뒤 섞여선지 과거에 있었던 일부터 시작해 그간 쌓인 감정들로 인해 끝이 없을 것 같은 하나마나 한 이야기들을 주고받고 있었다. 동엽은 두 사람의 이야기를 들으면서 고생고생해서 찾아 온 전답을 시아버지가 주겠다고 하는 건 아닌지 노심초사하고 있었다. 설령 시아버지가 주겠다고 해도 동엽은 받아들일 수 없는 일이지만, 동엽은 끼어 들 수도 없는 입장에서 귀를 쫑긋거리고 있었다.

"오늘은 이만 갈라요! 또 올거니께... 그 땐 결판을 낼거니께 그리 아시고라!"

"이 놈! 니 놈 맘대로 이 놈? 절대로 안된다 이 놈..."

시아버지는 대꾸할 가치도 없다는 듯 그런 말을 남기고 돌아가는 큰아들을 쳐다보지도 않았다. 그렇게 왔다 가는 큰 시숙도 어떤 악 감정이 더 많은지 몰라도 둘째어머니인 동엽의 시어머니와는 눈도 한번 제대로 마주치지도 않고 인사도 제대로 건네지 않고는 냉정하게 돌아서 버렸다. 그런 큰 시숙의 모양을 지켜보던 동엽은 큰 시숙의 태도를 이해 할 수가 없었지만, 큰 시숙은 무슨 의도인지 모르지만, 동엽을 향해 한마디 건넸다.
"제수씨! 제수씨 헌테는 미안허요! 나...가 제수씨 헌테야 무슨 할 말이 있것소!"
"…"
"아분이 모시고 고상허는거... 모르는 거 아니요! 그래도 옛날 생각을 하자면...내 맘이 그라요! 고상하시쇼!"
대문을 나가면서 큰 시숙은 동엽에게는 그런 말을 남기고 돌아갔다. 동엽은 그런 큰 시숙이 그동안 쌓인 것이 많았을 것이란 짐작은 했지만, 재산을 내 놓으라는 말에 대해선 마음이 께름칙해 지고 있었다. 지금 전답은 시아버지한테 물려받은 것이 아니라 동엽이 찾아 온 것인데, 옛날 그것들이 시아버지 것이었다고 해서 내 놓으라는 것은 앞뒤가 안 맞는 일이었기 때문이었다.

고흥 큰 시숙이 그 난리를 치고 돌아 간지 얼마 되지 않아 이번에는 여수에 살고 있는 시누가 나타났다. 그 시누는 남편 기남의 손아래 동생으로 시어머니의 첫 딸이었는데, 여순 반란 사건이 나기 전 벌교 남자와 결혼을 해 여수에 정착해 살고 있었다. 아버지인 한영은 고흥 큰 시숙을 제외하고, 현재 시어머니한테서 낳은 첫 딸이어서 늘 눈에 밟힌다며 마음을 쓰고는 있었지만, 망해 버린 살림에 해 준 것도 없어 늘 가슴 아파 한 딸이었다.
"니가 먼...길을 웬 일이냐, 잉? 무슨 일이라도 있드냐?"
다른 사람들과 달리 딸이 집에 오자 시어머니가 먼저 나가 딸을 맞이 했다.

"아가! 잘 사냐, 와? 이 전쟁 통에 우찌 살았냐, 잉?"

"엄니 엄니! 죽지 못해 살았소!"

"이냐! 고상했다... 근디 뭔 일이다냐, 잉?"

"전쟁도 끝났고라...그래서 벌교 시집에도 올겸 겸사겸사 들렀소!"

"벌교는 혼자 왔나?"

"야! 벌교 시집에 일이 있어서 벌교까지는 같이 왔는디라.. 일이 좀 그래서...여그는 나 혼자 왔소! 안부나 전화 드리라고 합디다!"

"그래...잘 왔다. 오니라 수고했다!"

시어머니는 반갑게 딸을 맞이하고 있었지만, 시아버지는 딸이 반갑긴 하면서도 갑자기 나타난 것을 보면서 무언가 할 말이 있을 것이라는 생각을 하고 있는 듯 했다. 고흥 큰아들과는 달리 딸한테는 집안이 망해 가면서도 딸 명의로 밭 몇 마지기를 떼어 주었었다. 하지만 딸은 결혼하면서 그 밭을 팔아 시댁에서 보태 준 것과 함께 여수로 가져갔다고 했었다. 고흥의 큰 시숙은 그것을 알고 자신한테는 '땅을 주지 않는다'고 늘 원망을 하기도 했었고, 지난번에 왔을 때에도 그런 것들을 포함해서 싸잡아 땅을 내 놓으라고 억지를 부리고 간 것이었다.

아버지 한영은 재산을 떼어 준 딸이 결혼 후에는 한 번도 집을 찾아오지 않았지만, 벌교 시집에서 자금을 나, 여수로 간 다음, 여수에서 장사를 한다고 했는데 그것이 잘 되지 않아 어렵게 된 것을 알고 있었다. 그래서 이번에 딸이 온 것은 돈을 보태 달라고 할 것이 뻔한 것이어서 달갑게 생각지 않고 있는 것이었다.

"아부지! 아부지는 딸이 왔는디 반갑지도 않소?"

"흠!"

"딸이 왔는디, 뭔 반응이 그요?"

"흠 흠! 그래 잘 살았냐!"

아버지의 달갑지 않은 반응은 신경도 쓰지 않는 듯 시누는 동엽에게 말을 걸었다.

"올케! 야...가 채수라고 했지? 오매야 이쁘게 잘 컸네, 잉? 그나저나 올케가 고상이 많소!"

"나야 뭐...그동안 잘 기셨는가라?"

"야! 그냥 저냥 잘 지냈소... 오빠! 오빠도 잘 있었지라?"

시누는 기남이 당했던 일을 상상도 못했을 일이었을 것이었지만, 기남의 안부를 묻고 있었다.

"느그 오빠가...죽다 살았다!"

"아부지 왜라? 뭔 일이 있었는가라라!"

"뭔 일은 뭔 일...느그 오빠가 경찰아니었드냐! 인민군들한테 잡혀서...맞어서..."

"뭐라...."

"느그 동상 기순이가 인민군 군관인거도... 아냐 모르냐?"

"뭐라? 기순이가 인민군 군관이어라?"

그라믄 오빠는 경찰이고라?"

"그랴! 그나마 기순이가 겨우 겨우 기냄이를 살리긴 했다만... 느그 오빠가 허리를 많이 다쳤다!"

"아이고... 그라요! 그라믄 올케도 고상이 말이 아니었겄소, 잉? 고상들 했소, 참말로..."

시누는 그렇게 잠시도 입을 쉬지 않고 이런 저런 얘기를 하더니 방으로 들어갔다. 동엽은 시어머니로부터 그간 고모에 대한 얘기를 간

길 위의 가족 255

간히 듣기는 했지만, 갑자기 나타 난 시누가 또 무슨 할 말이 있어서 왔는지 걱정이 아닐 수 없었다.

그러던 시누는 어둠이 내리기 전에 시댁을 들어가 봐야한다며 집을 나섰고, 유난히 동엽에게만은 다정한 말씨로 작별 인사를 해 왔다.

"올케! 고상이 많소! 담에 와서 또 볼께라...채수 잘 키우고 나중에 보게라!"

"야! 잘 가시쇼..."

시어머니는 시누와 나눈 얘기는 하지 않았지만, 아무래도 둘 사이에 아무런 얘기도 없이 그냥 안부만 나누고 갈 리는 없어 보였다. 그렇지만 동엽은 당장에 먹고 사는 일이 힘든 마당이어서 그냥 모른 척 하고 지나가는 수밖에 달리 도리가 없었다.

한편, 시동생 기순은 전쟁이 끝나고 어디로 갔는지 소식도 없었지만, 그 밑 시동생은 전쟁이 끝나자마자 돈을 벌어야겠다며 서울로 떠나갔다. 동엽은 그 시동생의 나이가 아직 어리고 세상 물정을 모르기 때문에 나중에 더 커서 가기를 원했지만, 워낙 생각이 굳어져 있어선지 더 말릴 수도 없었다. 그래도 시동생을 그냥 보낼 수 없었던 동엽은, 그 전에 기순이를 보냈던 것처럼, 힘든 형편에도 불구하고 근근이 모아두었던 쌈지 돈을 꺼내, 서울 가면 당장에 필요할 용돈을 손에 쥐어 주었다.

"아제! 집이 어려우니께... 도움은 안 되것지만, 이거라도 보태고라! 늘 건강하고..."

"성수, 고마워라! 부지런히 해서 돈도 벌고...은혜도 갚을께라!"

"그런 건 안 해도 되니께라. 배곯지 말고 잘 챙겨 드셔라! 뭔 일 있으면 연락 하고라!"

전쟁 후 어수선 해선지 아니면 서록 어려운 것을 알고 있어선지 식구들도 각자 먹고 살 수 있는 길을 찾아 가는 듯 했지만, 다들 사정이 여의치 않아 앞으로의 길이 어떻게 될 지는 아무도 모를 일이었다.

새 생명

전쟁이 끝나면 모든 것이 더 나아질 줄 알았지만, 사는 것이 그리 녹록치 않았다. 동엽은 아이를 키우며 허리와 다리를 다쳐 제대로 일을 할 수 없게 된 기남과 함께 농사를 짓는 일만이 유일하게 살아 갈 수 있는 길이어서, 다시 날마다 힘든 날들을 보내야만 했다. 그 전에 공채가 있을 때에는 공채가 거의 모든 일을 다 했었고, 동엽은 점심이나 아침 낮으로 참을 가져다주는 일을 하거나 잡다한 일을 하면 되었던 일들이었다. 그러나 공채가 없는 농사일은 기남과 단 둘이 해야만 했는데, 일을 하기는 해도 기남의 허리가 좋지 않아 힘든 일을 할 수가 없어, 거의 모든 일을 동엽 혼자 해 나가야만 했다. 그 모습이 안타깝고 미안했던지 기남은 별 일 없으면 공채를 데려오고 싶어 했다.

"데려 오믄 좋기야 허지만... 우리 형편에 새경이랑...이런 저런 걸 생각허믄... 공채 아제를 오라고 할 수 있것는가라?"

"그건 그란디, 나...가 일을 제대로 할 수 없어서... 어짤 수 없어 그런 생각을 했네!"

"생각은 고맙소만, 이런 여건에서 할 수 있다요? 이러코롬 살다보믄 무슨 수가 나도 나것지라!"

전쟁이 끝나고 나서야 동네에서는 몇 년 만에 제대로 농사를 짓게 되었다. 모내기는 동네 전체가 나서서 돌아가면서 품앗이로 심었지만, '피'를 뽑거나 관리하는 일은 동엽과 기남, 둘이서 해야 하는 일이었다. 그래서 두 사람은 하루 종일 뙤약볕 아래서 논일에 매달려 있어야만 했다. 그러면서도 동엽은, 이 나락만 잘되면 그마나 식구들을 배불리 먹일 수 있다는 생각에 지칠 줄 모르고 일에만 매달려 있었다. 그렇게 논일에 매달려 일을 하고 있는데, 동엽은 갑자기 속이 매슥거리며 쓰러질 것 같은 현기증이 돌았다.

"괜찮은가, 잉?"

기남은 논가에서 일을 하다말고 휘청거리는 동엽을 부축해 논두렁으로 나가 앉혔다.

"힘든디 좀...쉬소! 너무 더워서 그런갑네!"

"..."

논두렁에 앉아 쉬고 있는 동엽은 마치 먹은 것을 토해 내듯 헛기침을 해 댔다. 하지만, 토해지진 않고 속이 맺힌 듯 가슴이 답답해 왔다. 기남은 그저 일사병인줄로만 알았지만, 동엽은 집히는 것이 있어 가만히 논두렁에 기대 앉아 날짜를 세어 보았다. 그러자 그것은 일사병이 아니라 아이를 가진 것이 분명해 보였다.

순간, 동엽은 한창 일을 해야 할 때에 아이를 가져선 안 된다는 생각이 앞서며 남편 기남에게 아무 말을 하지 못했다. 우선은 이렇게 지내다가 다음에 말할 기회가 되면 그 때 말을 해야 겠다는 생각을 하고 있었다. 그러다가 운 좋게 중간에 유산을 해도 좋고, 그렇지 않으면 조금 더 기다렸다가 말을 하면 될 것이기 때문이었다.

뜻하지 않게 임신을 하게 된 동엽은 남편 기남에게는 물론, 식구들한테도 알리지 않고 있는데 시아버지로부터 날벼락 같은 소식이 들려 왔다.
"아가! 나...가 니헌테 할 말이 있는디..."
"야! 아분이 뭔 일 이랑가라!?"
"잉야! 남사스럽긴 허다만...느그 엄니가..."
"야? 뭔 일이 있다요?"
"잉! 그거이 말다..."
"…"
"느그 엄니가...아 글씨... 늦둥이를 가졌는 갑다!"
"야?"
동엽은 시어머니가 아이를 가졌다는 말에 잘못 들었는가 싶어 귀를 의심하지 않을 수 없었다.
"아분이!"
"니가 고상하는거 아는디... 근디 이 일을 어쩐다냐?"
"아니어라, 아분이!"
말은 하지 않았지만 동엽도 아이를 가져, 내년이 되면 조카와 삼촌이 같이 태어나는 일이 생길 것이어서 난감한 일이 아닐 수 없었다. 동엽은 아이를 가졌다는 사실을 한동안 숨기려 했지만, 시어머니가 아이를 가지게 된 마당이라 말을 하지 않을 수 없게 되고 말았다.

"채수 아부지!"

"잉, 뭔 일 있는가?"

"그거이 아니라, 실은...나도 말이여요!"

"잉, 말허소!"

"나도 아이를 가진 거 같소!"

"뭐? 진짠가?"

"야! 그란거 같소!"

"그래서 지난번에 쓰러지고 그랬구먼!"

"근디 말이여라...어머니도 아이를 가졌는디..."

"글씨! 어무니는 어무니고... 어쩌것는가 할 수 없는 일이제, 안긍가?"

"그랴도 그거이..."

"그런 걱정 말소! 어떻게든 낳아야제... 그건 나...가 말씀 드릴거니께, 걱정 말고 몸조리나 잘 허소, 잉?"

기남으로부터 며느리 동엽이 아이를 가졌다는 말을 들은 시아버지도 난감해 하기는 마찬가지였다. 그런 시아버지는 며느리의 입장이 곤란할까봐 일부러 모른 척 눈을 감아 주고 있었다. 그 일이 있고 나서 아이를 가진 동엽이 일을 하는데 힘들어 하는 기색이 역력하자 기남은 공채를 찾아 갔다. 그리고 무슨 말을 주고받았는지 알 순 없었지만, 얼마 후 공채가 집으로 와 함께 일을 하기 시작했다.

해가 바뀌고 따스한 봄 날이 오자 산통을 느낀 시어머니가 먼저 아들을 낳았다. 동네 사람들은 시어머니와 며느리가 한 해에 아이를 낳는다고, 수근 거리기도 하고 재미있어 하기도 했다. 시어머니가 그렇게 아이를 낳은지 한 달 후, 동엽도 진통 끝에 아들을 낳았다. 그런데 나이가 들고 늦둥이를 본 시어머니의 젖이 나질 않자, 마치 쌍둥이를 키우듯 시동생과 아들에게 동시에 젖을 물려야 하는 기막힌 일이 벌어지게 되었다.

젖먹이는 일이야 그렇다 치더라도 시어머니가 늦둥이를 낳자 '금줄'을 삼칠일간 걸어 둔 지 얼마 되지 않은 터라 며느리인 동엽은 금줄조차 걸지 못했다. 그런데 동엽은 아이를 낳는 날 아침, 탯줄도 혼자 자르고 두어 시간이 지나기도 전에 핏덩이 아이를 두고 아침밥까지 해야 하는 엄청난 일을 해야만 했다. 그것은 집에 일할 사람이 없는 것은 물론, 밥할 사람도 없고, 나이 많은 시어머니는 아이를 낳자마자 몸조리를 한다며 누웠는데, 그 일이 아니라도 시어머니는 며느리가 들어오고 나서부턴 한 번도 제대로 일을 해 본 적이 없고, 며느리가 아이를 낳았어도 제대로 밥을 할 생각도 하지 않았기 때문이었다.

아이를 낳아 핏덩이인 아이를 남편 기남에게 보라하고, 정재로 기어 나오다시피 해 보리쌀을 씻을 때에는 따뜻한 봄이었어도 우물물에 닿는 손이 시려 왔고, 온 몸에 한기가 돌아 도저히 견디기 어려운 정도가 되어 갔다. 그것만이 아니라 밥을 하고 나서는 밭에서 일을 하고 있는 공채와 기남에게 참과 점심도 날라줘야 해서 동엽의 몸은 가루가 되어 부서지는 듯한 통증과 아픔으로 한시를 지나기 어려운 시간들이 이어 졌다. 그런 저런 일들이 겹쳐서 동엽에게는 말 그대로 시집살이의 한이 베이지 않을 수 없게 되어 가고 있었다.

'아이고 내 팔자야! 나...가 이 고상하러 시집을 왔당가...'

삼칠일이 지나지 않은 갓난아이를 등에 업고 큰 아들 채수를 걸리며 목골 산을 오를 땐, 옛날에 빠져죽고 싶었던 수양버들 가에서 마치 정신이 나간 사람처럼 자리를 잡고 앉아 넋을 놓고 혼자만의 신세타령을 했다. 등에 업은 아이는 아직 이름도 짓지 못했고, 아들 채수는 세상모르고, 동엽이 그러든지 말든지 이리 저리 돌아다니며 재밌는 시간을 보내고 있는 듯 했다.

아직 이름도 없는 아들은 동엽의 등에서 새록새록 잠이 들어 있었다. 동엽이 그런 아이를 업고 저수지 가까이 내려앉자, 아들 채수는 무언가 이상한 눈치를 챈 듯 엄마인 동엽의 옆에 붙어 앉아 마치 엄마의 눈치를 보는 듯 했다. 그런 채수가 불쌍해 보인 동엽은 채수를 안아 무릎에 앉혔고, 채수는 그런 엄마의 품으로 들어 와 훌쩍거리기 시작했다.

"아가! 내 새끼..."

동엽은 또다시 이 세상을 버리고 싶었지만, 생떼 같은 아이를 이 험한 세상에 남겨 두고 혼자 가버릴 용기가 나질 않았다. 내 속으로 나은 이런 아이들을 두고 갈 수는 없는 일이었다. 그런 동엽은 옛날에 그랬던 것처럼, 그 자리에서 그저 아이들을 껴안고 하염없이 눈물만 흘리고 말았다.

선산

　나라가 시끄럽고 선거가 잘못 됐다며 세상이 뒤집어 질 듯 난리를 치더니 이승만 대통령이 하야를 하고 하와인가 어디로 떠났다고들 난리를 쳤다. 그리고 새로운 정부가 들어서서 부정 선거로 얼룩진 나라를 수습한다고 나섰다고 했다. 그와 때를 같이 해 시아버지인 한영이 '민의원' 선거에 나서겠다는 마음을 굳히고 있는 듯 했다.
　"아분이 꼭 나서야 겠는가라?"
　"왜? 나...가 못 나갈 이유가 뭐디? 이번이 나헌티는 마지막 명예회복의 기회가 아니냐?"
　"아분이 그건 그란디라..."
　"하여튼 그란지 알고... 군당(郡黨)에 가서 사람들 좀 만나고 올랑께 그리 알아라, 잉?"
　기남은 아버지 한영의 '민의원' 출마가 말도 안 되는 일이라는 것을 잘 알고 있었다. 선거 때마다 돈이 뿌려지고, 그 돈으로 표를 산 것이나 마찬가지인 세상에서, 아무리 선거제도가 바뀌고 민의원과 참의원을 따로 뽑는다고는 하지만, 그들이 말하는 대로 깨끗한 선거가 되리라도 생각하는 사람은 거의 없는 듯 했다.

부정부패로 얼룩진 정권이 무너지고 내각제인가 뭔가 하는 알지도 못하는 제도를 통해 새 정치를 하겠다며 민의원이니 참의원이니 했지만, 그것을 제대로 아는 사람은 없었다. 기남은 전쟁이 끝나고 시끄러운 세상을 살아오면서 얼마 전부터 동네 이장을 맡아 오고 있었다. 오월리는 대다수가 '송가'들 '자자유촌'이나 마찬가지인 동네였지만, 기남의 아버지 때부터 별감으로 살아 와선지 집 안은 망했어도 가문의 뼈대는 그대로 기남이 이어 받았다고 보면 될 일이어서 이장을 맡고 있는 것이었다.

망한 집안이었지만, 보통학교도 나왔고, 경찰에 몸 담기도 했으며, 동네에서 기남이 만큼 배운 사람도 거의 없어 어쩌면 기남이 동네 이장을 하는 것은 당연한 것인지도 모를 일이었다. 그런데 가운데 세상이 복잡해지고 '군(郡)'이나 '면(面)'의 일을 보는 데에는 배운 사람이 있어야 한다는 것을 잘 알게 된 동네 어른들이 나서서 기남을 천거 해 이장 일을 하게 된 것이었다.

그렇게 해서 동네 이장 일을 보게 되면서 몇 차례 선거도 직접 치러봤고, 그 덕에 선거판이 어떻게 돌아가는지 너무도 잘 알고 있는 기남이었다. 그런데 아버지가 갑자기 '민의원' 선거에 나서겠다고 고집을 부려 난감하지 않을 수 없게 되었다.

"채수 엄마! 이 일을 어째야 것소?"

동엽은 채수와, 그 밑으로 진남과 진채, 진건을 두었고, 막내딸인 점이를 두어, 다섯을 줄줄이 낳았다. 위로 딸 하나를 잃었으면서도 아이들이 태어나 커가는 것을 보면서 그런 아픔은 이미 잊힌 지 오래였다.

아이들이 줄줄이었지만, 다른 집들도 아이들이 서너 명에서 대여섯 명을 두고 있는 것은 보통이어서 동엽의 집도 다른 집들과 별로 크게 다른 일은 아니었다. 그런 가운데서도 동엽은 논·밭 관리를 잘 해서인지 논도 두마지기가 늘어 동네 사람들의 부러움을 사기도 했다.

"옛날에야... 아분이가 별감도 허고, 일 헐 능력도 있었으니께 그란다고 치드라도라... 인자는 나이도 있고라...안허는 거이 좋을 거 아닌가라? 막걸리도 한잔씩 멕여야 표를 찍어 주는 시상인디라... 그럴 돈도 없고라!"

"아분이가 저러다 말것지, 안그란가?"

"글씨라! 아분이가 허튼 짓 헐 분은 아닌디라... 그란 것은 알 수 없는 일이라... 하여튼 더 두고 봅시다..."

"걱정이네, 걱정!"

동강면을 대표하는 민의원에 나서겠다는 생각을 한 한영은, 동강에서 사람들을 만나다니 '군(郡)' 당이 있는 고흥으로 건너가 일도 볼 겸 큰 아들을 만났다.

"잘 살었드냐!"

"아분이! 아분이가 뭔 일로 여그까정 왔당가라?"

"왜? 나...가 여그 오믄 안된다냐? 아무리 돈 없고 힘없는 애비라고... 애비가 이 집에 오는 거이 뭔 이상헌 일이드냐?"

"아분이 그런 말이 아니고라..."

남이 되다시피 살고 있다가 갑자기 나타 난 아버지가 달가울 리 없는 큰아들은 시큰둥하게 아버지를 맞이하고 있었다.

"나...가 이 참에 민의원에 나갈라고 헌다!"

"야? 아분이가라?"

"그려...나는 그런거 하믄 안되기라도 허냐?"

"아...니 그란거이 아니라..."

"놀래긴 뭘 놀래? 그래서 '군(郡)'에 있는 높은 놈들을 한번...만나 볼라고 왔다!"

큰 아들은 아버지가 그런 생각으로 고흥까지 온 것은 생각하지 못하고 있어서인지 몹시 놀래는 듯 했다.

"아분이! 그래도 그렇죠, 갑자기..."

"갑자기는 뭔 갑자기? 왜? 나는 안 된다는 거냐?"

"그거이 아니라...돈은 어찌 감당할라고라? 인맥이랑, 조직은 또..."

"그래서 널 찾아 온 거 아니냐?"

한영은 고흥에서 '트럭' 화물 운송을 하고 있는 큰 아들이 세상 물정을 좀 더 잘 알 것 같아서 큰 아들에게 의견도 묻고, 또 큰 아들이 많은 사람들을 알고 있을 터여서 민의원 선거에 나설 조건들도 알아 보는 것은 물론, 도움도 받을 생각을 하고 있었다.

"아분이! 그 돈 있으면 나...나 주쇼!"

"..."

"그란거 보다는... 나...가 하고 있는 짐 나르는 운수 사업이 더 돈이 될거고... 힘도 될건디라. 그라니께 거그서 버릴 돈 있으면 나를 주란 말이요!"

"..."

"글고 기남이 밑에 거시기 누구냐...거 기순인가라? 갸...가 인민군 군관이었담서라? 전장이 끝나고 아적도 행방불명인디라... 갸...가 인민군이었는디... 그 아부지가 민의원에 나가믄...가만 두겠는가라? 안그요? 빨갱이를 잡아낸다 어쩐다고 난리고... 부역자들을 싹...잡아들인 것도 잘 알고 있음서 그라요?"

"흠 흠..."

"그리고 일정 때...아편했던 것도 알만헌 사람은 다 알고... 집 안도 말아 먹고, 요모양 됐는디... 누가 아부지 보고 찍어 준다요, 안그요?"

"네 이놈! 부아를 질러라 질러... 고만해라... 이 빌어먹을 놈아!"

큰아들 기훈이 무슨 이야기를 더 할 지 알순 없지만, 아버지 한영은 더 이상 말을 듣지 않겠다는 듯 자리를 박차고 일어났다.

"아분이! 아분이..."

큰 아들 기훈이 화를 내며 돌아 나가는 아버지를 불러 보았지만 소용없는 일이었다. 그 길 로 한영은 고흥 읍내의 '지인(知人)' 몇을 만나 민의원 출마와 관련된 생각을 나누고 집으로 돌아 왔다. 그런 아버지에게 기남은 다른 말은 하지 못하고 아버지가 하는 얘기를 듣고만 있었다.

"기냄아!"

"야!"

"기순이는 아적도 연락이 없제?"

"야? 아분이 갑자기 기순이 얘기는...왜라?"

"잉, 아니다! 그 놈이 북으로 갔다고 봐야 것제?"

"그러게라! 아무래도..."

"글고 목골 산은 쌀...몇가마니나 되긋냐?"

"야?"

"아...니다, 아녀!"

민의원에 나가겠다고 하던 아버지가 고흥에 다녀 온 후, 그동안 아무 관심도 없었던 동생 기순을 물어 보고, 목골 산의 가격을 물어 보는 것이 아무래도 맘에 걸렸다. 동생 기순에 대해서는 그간 수차례에 걸쳐 조사가 진행되었지만, 북으로 간 건지 아니면 전쟁 말기에 죽었는지 행방이 묘연했다. 그래서 동생 기순은 행방불명으로 처리됐고, 아버지 한영과 기남을 비롯한 가족들은 감시 아닌 감시의 대상이 되고 있기도 했었다.

그러나 기남이 경찰 출신이어서 동생 기순이 인민군 활동을 했음에도 불구하고 기남에 대한 활동제한은 그리 크지 않았다. 그리고 아버지가 말하는 목골 산은 집안이 망하면서 유일하게 남은 재산이었는데, 그것은 개인 재산이라기 보단 '문중산(門中山)'으로 보는 것이 더 맞는 일일 것이었다. 그래서 어쩔 수 없이 남겨진 산이 그 곳이었다. 그런데 아버지가 그 산 이야기를 하는 것은 어찌 되었든 간에 집 안의 장손이 고흥에 사는 큰 아들이어서 그런 말을 하고 있는 것이란 생각이 들었다.

"아분이 그 산이 어떤 산인디라... 고흥 성님이 달라든가라?"

"흠 흠..."

"아시다시피, 그 산은... 집 안이 다...망했을 때도 남겨 둔... 하나 밖에 없는 재산이었고라... 그 밑에다 밭도 개간해서, 입에 풀칠노 허고... 지금 이렇게라도 묵고 살 수 있는 기반이 된 곳인디라..."

"흠..."

기남은 더 이상 말을 잇지 못하고 아버지 앞을 나왔다. 그리고 아내인 동엽에게 아버지와 나눈 얘기를 안 할 수 없어 소상히 말을 전해주었다.

"채수 아부지! 민의원 나간다고 하던 아분이가... 왜 그란 야그를 헌다요? 난, 몰것소! 당신이 알아서 허쇼! 나는 새끼들 허고 묵고 살아야 것으니께라... 아분이허고 뭘...어쩌든지, 알아서들 허쇼!"

동엽은 온 몸에 열이 날 정도로 성질이 나 한숨만 푹푹 쉬면서 더 이상 참을 수 없었던지, 이불을 뒤집어쓰고 말았다 아내의 그런 행동을 지켜봐야 하는 기남도 가슴이 무너질 정도로 답답한 것은 마찬가지였지만, 할 말을 잃고 말았다.

그로부터 며칠 후 고흥 큰 아들 기훈이 산을 사겠다는 사람을 데리고 갑자기 기남의 집에 나타났다.

"성님! 이건... 안됩니다. 집 안이 다 망했어도... 남은 것이 이 산인디라!"

"뭐여? 나...가 명색이 장남인디, 나...가 물려받은 것이나 마찬가지 아녀? 나...가 내 산을 내 맘대로 헌다는디... 니가 나서서 이래라 저래라 할 자격이 있어, 잉? 이건 니가 나설 일이 아니랑께!"

그러자 아버지 한영이 나섰다.

"이놈! 니 놈이...니가 장남이라고, 그 산을 니 맘대로 팔 수 있을지 아냐, 이 놈?"

"아분이! 왜 내 맘대로 못헌다고라? 엄연히 나...가 장손인디라..."

"네, 이 놈, 이 나쁜 놈!"

아버지의 호통에도 불구하고, 그러거나 말거나 기훈은 산을 사겠다는 따라 온 임자를 데리고 목골 산으로 갔다. 동엽은 그런 큰 시숙이 죽이고 싶도록 미웠지만, 시아버지가 저러고 있는 판에 마땅히 나설 수 있는 일이 아니었다. 그렇게 산을 둘러보고 내려 온 큰아들 기훈은 큰 인심이라도 쓰듯 말을 내 뱉었다.

"산소 자리는 냉겨 놨응께라... 글고 기냄이가 밭을 개간한디도... 나...가 냉겨 놀 참잉께라...걱정 안해도 되라! 그라믄 난...갑니다!"

"네, 이 놈! 그러고도 니...가 살 수 있을거 같냐, 이 놈! 이 빌어먹을 놈!"

시아버지의 그런 말이 들리지 않는 것인지 모른 척 하는 것인지 알 수 없었지만, 큰 시숙은 산을 사겠다는 임자를 데리고 대문을 나가고 말았다.

큰아들 기훈은 아버지가 민의원에 나가려면 돈이 없을 것이었고, 그 돈을 조달하려면 산을 팔 것이라는 생각을 했는지, 서둘러 산을 사겠다는 사람을 데리고 나타나 산을 보여 주고 돌아갔다. 하긴 그 산은 선산이라며 남겨 둔 것이었고, 그래서 기남이 개간해서 밭으로 사용해 온 것이어서 큰 형님이 그렇게 우거도 할 말은 없을 것인지도 모를 일이었다.

민의원에 출마하지도 못하고 큰 아들 기훈이 산을 팔아 버리는 바람에 시아버지는 끓는 화를 참지 못하고 자리에 눕고 말았다. 민의원 선거에 출마하지 못하게 된 것은 잘 된 일인지 모르는 일이지만, 스스로 포기한 것도 아니고 여러 가지 여건이 안 되는데다가 아들이 산까지 팔아버린 바람에 그렇게 된 것이라 마음 한 구석에선 안쓰럽다는 생각을 하고 있던 동엽도 시아버지의 눈치를 살폈다.

"아분이! 다....잊어 보리시고라... 훌훌 털로 일어 나셔라!"

"니 헌테는 면목도 없고, 할 말도 없다! 산도 그렇고..."

"아분이! 산을 생각허믄 속상허지만... 어쩌것어라! 너무 생각 마셔라... 그거 없어도 사는디 지장없어라..."

"고맙다, 고마워! 입이 열 개라도 헐 말이 없다."

"아분이! 아닌 건 아니니께... 다...잊어버리시게라. 까짓 거 사람도 죽고 사는디..."

"고맙다, 고마워..."

동엽이 산을 개간해 밭을 만들 때만 해도 그 산이 먹고 사는 유일한 곳이어서 애착이 많은 산이었지만, 이제는 그 곳에 대한 미련도 멀어 졌다. 또, 논밭도 몇 군데를 다시 찾아와서 농사를 짓게 되어, 재산으로서의 목골 산에 대한 미련도 적어져 있던 참이어서 선산을 쓸 자리하고 개간한 밭을 남겨 둔 것만으로도 만족해야 할 입장이 되어 가고 있는 참이었다.

북망산천(北邙山川)

동엽의 그런 생각에 기남도 훨씬 부담감이 줄어들고 마음이 편해지던 마당이었는데, 그간 여러 가지 일들과 아편 후유증으로 몸이 성치 않았던 시아버지 한영의 병세가 호전되지 않고 점점 더 악화되어 가고 있었다.

"기냄아! 느그 아부지가 왜 이런다냐, 잉? 기냄아!"

"어무니, 원 일이다요?"

시어머니가 기남을 찾자 기남이 급히 안방으로 건너갔고, 동엽도 뒤를 따라 들었다.

"아분이, 아분이!"

기남이 아버지를 불렀지만, 아버지는 기력을 찾지 못하고 신음만 하고 있었다.

"채수 엄니! 당신은 여그서 잘 지키고 있소, 잉? 나…언능 벌교 넘어 가서 의원 델꼬 올라네, 안되것네!"

"이 밤에 워딜 간다요, 야? 가도 이 밤중에 와줄리 도 없고... 차라리 윗동네 아제헌테 다녀오쇼!"

"알았네, 그거이 맞것네..."

동엽의 말에 기남은 윗동네 송가를 찾았다. '침'을 꽤 잘 놓는다고 소문이 난 송가는 동네에서 급한 일이 생기면 의원 역할까지 톡톡히 해 내는 사람이었다.

"가는 길에 다래기 아제랑, 선지 조카헌테도 소식을 넣으쇼! 아무래도 상태가 심상찮소!"

"알았네... 잘 보고 있소, 잉?"

기남은 윗동네로 가고, 뒷집 송민규를 깨워 다래기 영성과 선지 조카에게 연락을 부탁했다. 선지에 사는 조카는 기남보다 나이가 많았지만, 항렬이 낮아 집안 조카가 되는 사이였고, 조카라고 부르긴 하지만, 집안에 큰일이 생기면 여러 가지로 도움을 주는 어른이나 마찬가지인 조카였다. 윗동네 송가가 잠을 자다 말고 기남을 따라 집으로 내려왔고, 영성과 조카도 소식을 듣고 집으로 찾아 들었다. 송가는 집에 오자마자 여러 곳을 진맥하기 시작했다. 송가는 한의사는 아니었지만, 침을 오랫동안 놓아 온 경험이 있어 차분하게 한영의 병세를 살폈다.

"몸이 많이 '허' 허네!"

"예?"

"일단 호흡을 살펴보고 있기는 허네만... 기력이 다 헌거 같으네! 그란지 알고...침을 놓기는 허것네만..."

그렇게 한 동안 침을 놓고 나서 조금 우선해 지자 밖으로 나온 송가는 기남에게 따로 말을 해 주었다.

"그니께...아분이 앞에서는 말을 못했네만... 내 짐작이 틀림없을거네!"
"야?"
"그니께 서운하게 듣진 말고... 내 생각이 틀림 없을거니께... 다들 연락들 해서...임종이라도 볼 수 있게 허소!"

기남은 자리를 지켜야 하는 입장이어서 고흥 큰 형님과 벌교 친척들에게 소식을 넣었다. 그리고 여수에 사는 여동생에게도 연락을 하고 여기 저기 친지들에게도 연락을 넣었다. 그런데 기남에게는 기남의 손위 형님이 한 분 계셨는데, 지금의 어머니가 낳은 자식으로는 제일 큰 아들이었다. 동생 기순이야 전쟁 전에 집을 나가 인민군이 되어 나타났다가 사라져서 소식이라도 알 수 있지만, 그 큰 형님은 해방 후 집을 나갔다가 전쟁 때도 소식이 없었고, 지금껏 서울 어디서 산다는 풍문만 들려왔을 뿐이었다. 하지만, 그것도 풍문일 뿐 어디서 무엇을 하고 살고 있는지 소식이 없어 행방이 묘연해 연락을 할 방도가 없었다.

동엽의 친정에도 소식을 넣어 친정어머니와 아버지도 마지막일지 모르는 바깥사돈의 얼굴을 보기 위해 다녀가셨다. 그렇게 며칠이 지나도록 사람을 거의 알아보지 못하고 거친 호흡만을 거듭하던 아버지는 더 이상 일어나기 힘들어지고 말았다. 여수에 사는 유일한 딸인 여동생은 그나마 아버지를 찾아 슬픈 울음을 울었다.

"아부지! 아부지...이거이 뭔 일이다요, 야? 인났쇼, 인나! 야?"

딸이 귀한 집의 고명딸인 여동생은 집안이 망하는 바람에 시집갈 때, 아버지가 해 준 것도 별로 없었고 아버지가 냉랭하게 대하긴 했지만, 딸로써 아버지의 운명을 예감한 것인지 슬픈 울음소리를 내고 있었다.

"오빠! 고흥 큰 오빠는 안 온다요?"

그런 가운데서도 고흥 큰 오빠가 왔는지 묻고 있었다.

"글고 기찬이 오빠도 소식 있다요? 자식새끼들이 아니라 웬수요 웬수!"

소식이 끊긴 큰 오빠 기찬을 찾을 수 없다는 것을 알면서도, 아버지의 임종 앞에 서운한 마음을 그렇게 '어깃장을 놓는 말'로 묻고 있는 것이었다.

"어차피 안 올건디... 그 형님들이 오든지 말든지... 우리가 뭘 어쩌것냐? 어쨌든 그런 소리 말고... 우리가 준비 할 껀 준비 해야잖것냐, 잉?"

"그건 그렇소만... 즈그들이...한 놈은 엄니는 달라도, 아부지는 하나고... 또 한 놈은 즈그 아부지 죽는지도 모르고... 그래 그래 잘 먹고 잘들 살아라, 그래!"

정신을 놓은 지 열흘 정도가 지날 무렵 임종을 봐야 할 사람들이 거의 다 다녀갔지만, 큰 아들 둘은 여전히 소식이 없었다. 그런데 아버지 한영이 이상하다는 생각을 한 기남은

"다들 방으로 들어 와 보그라, 잉?"

하며, 식구들을 불러 방으로 앉혔다. 기남의 아들 채수와 나이가 거의 비슷한 늦둥이 막내 동생 기출도 함께 자리를 했지만, 여동생은 벌교 시집에 간다며 자리를 비운 사이였다. 그렇게 막 '자정(子正)'을 넘기고 있을 무렵이었다. 아버지 한영은 그동안 호흡이 끊어질 듯 말 듯 이어 오면서 사람들을 알지 못하는 혼수상태를 이어 왔었다. 그런데 자정이 지날 무렵 호흡이 거칠어지면서 눈을 뜬 상태로 거의 살이 다 내려 깡말라 버린 손을 겨우 움직여 동엽을 가르키는 듯 했다. 아마 시아버지는 시어머니와 다른 식구들을 다 제쳐두고 며느리 동엽에게 무언가 마지막으로 해야 할 말이 있는 듯 했다.

"아분이, 아분이!"

동엽은 그러면서 시아버지의 손을 잡았다. 그러자 시아버지는 마지막 안간 힘을 쓰듯 동엽의 손을 끌어 당겼다. 그리고 나선 큰 호흡을 깊게 들이키더니 눈에서 눈물이 가늘게 흘러 내렸다. 온 식구들은 그런 모습을 보며, 마지막 가는 길이라는 것을 직감한 것인지 모두 눈물을 흘리며 긴장하고 있었다. 그러면서 한영은 더 이상 입을 벌리지 못하고,

"허...억 허 허...억..."

하는 소리를 몇 번 반복하더니 온 몸이 뜰썩이는 듯하다가, 눈도 감지 못한 채 그의 몸을 내려놓고 말았다.

"아분이, 아분이!"

동엽 뿐만 아니라 온 식구들이 아랫목에서 눈도 감지 못하고, 하고 싶은 말도 하지 못한 채 이승을 떠나는 한영의 '영면(永眠)'을 지켜보고 있었다.

다음 날, 벌교 시댁에 다녀 온 여동생은 아버지의 죽음 앞에 대성통곡을 했다.

"아부지, 아부지!"

하나 밖에 없는 고명딸에게 임종을 보이기 싫어서인지, 자신이 없는 사이에 임종도 못보게 했다며 통곡을 했지만, 이미 돌이킬 수 없는 일이 되고 말았다.

사람의 죽음을 알리는 '근조등(謹弔燈)'이 밝혀 지고 마지막 가는 길에 입을 '수의(壽衣)'도 마련하면서 장례 준비가 진행되었다. 장례는 '칠

일장(七日葬)'으로 결정되었고, 온 동네가 장례 준비에 나섰다. 가을이 시작되기는 했지만, 아직 여름날의 끝 더위가 남아 있는 때여서 시아버지의 장례 준비를 하는 동네 사람들의 고생이 이만저만이 아니었다.

상여를 만드는 남자들은 3단으로 된 상여를 만드느라 정신이 없었고, 긴 대나무를 잘라 만장을 만들어야 하는 사람들은 대나무를 잘라 동네로 지고 오는 일에 바빴다.

"어이 조카! 만장이 몇 개나 된다고 허든가?"

"아제! 서른 개 정도만 하잡디다!"

"그란가? 그래도...한 오십여 개 정도는 해야 되잖것어?"

"그라세! 근디...별감 양반이... 며느리 복은 있는갑소!"

"잉? 그건 뭔 말이여?"

"며느리가 들어 와서...집안이 이러코롬이라도 일어난 거 아닌가? 그러니께...이런 만장에다 삼단 상여를 타고 갈 수 있는거 아녀?"

"그건 그렇네! 근디, 별감 어르신네 큰 아들은 와 보지도 않았담서라?"

"글씨! 아적은 며칠 남았으니께...두고 봐야제!"

"눈 감은 담에 오믄 뭣헌다요?"

"그건 그러네...하여튼 언능 일이나 허세!"

동네 사람들은 별감이었던 한영이 가는 길에 할 말들이 많았는지 여기 저기서 지나간 얘기들을 되새기고 있었다.

"그나저나 저 양반이...저렇게 가 부러서... 인자 본 부인이 낳은 자석하고는, 넘이나 마찬가지가 되것제?"

"지금은 뭐...넘 아닌가?"

"그나저나 '자남떡(동엽의 택호)'이 복잡허것어!"

"복잡허긴? 그냥 모른 척 허고 살믄 되지, 안그래?"

"이 사람아, 시상 사는 거시 워디 그란가? 그나마 시아부지가 있을 땐 '어덕(언덕)'이라도 됐는디... 앞으론 그란 일도 없을 거고..."

"그런 그라것네, 참....시상 일이!"

'출상(出喪)'을 앞두고 문상이 줄을 이었다. 윗동네에 살던 집과는 달리 지금 사는 집은 그저 평범하고 자그마한 여느 집과 다를 바 없어 손님을 맞이하기가 불편했다. 그래서 뒷집 마당과 옆집 마당까지 빌려 임시로 돌담을 헐고 덕석을 깔아 조문객을 맞이하고 대접을 해야만 했다. '굴건제복(屈巾祭服)'을 입은 상주인 기남은, 조문 기간 내내 거의 잠을 이루지 못하고 손님을 맞이해야만 했다. 고흥의 큰 형님이나 아직 소식이 없는 형이 상주가 되어야 하지만, 둘 다 나타나지 않아 기남이 사실상의 상주가 되어 손님들을 맞이해야만 했다.

대문 앞을 들어 선 조문객들은 마당 안으로 들면서 오른쪽에 차려 진 조문객을 맞는 '곡사(哭舍)'에 들러 기남의 동생인 영성과 기칠에게 조문을 알리는 맞절을 하고 나면 영성과 기칠이,

"아이고 아이고..."

하며, '곡(哭)' 소리로 조문의 뜻을 주고받았다. 그러고 나면 조문객들이 툇마루로 올라 안방과 연결된 문 앞에 서서, 안방으로 열려 있는 문을 향해 옷매무새를 바로 잡고 섰다. 안방 아랫목에는 병풍이 둘러쳐져 있고, 그 앞에 차려져 있는 차례상 앞에 잠시 섰다가는 제사상 위의 병풍 밑에 세워져 있는 한영의 영정을 바라보았다. '영정 그림'이라고 해서 이번에 따로 그린 것은 아니었지만, 젊은 시절 별감으로 있을 당시 길게 길러진 턱수염과 '사모관대(紗帽冠帶)'를 쓰고 저고리를 걸친

상반신 '영정(影幀) 그림'을 그대로 사용하고 있어서 무척 젊어 보이는 한영의 모습이 자리를 차지하고 있었다.

    그런 한영의 영정 그림을 앞에 두고, '북망산천(北邙山川)' 가는 길에 위안이 될만한 글귀들이 '초서체(草書體)'로 쓰여 있는 여덟 폭 병풍 뒤로는, 다시 오지 못할 길을 떠나는 한영이 하얀 광목으로 된 '천'에 가려져 누워 있었다. 한영은 숨이 지고 나서 삼일 동안은 '숨'을 확인하기 위해 '무명 솜'으로 코와 입만 막아진 상태로 그저 편안히 잠을 자듯 누워 있었다. 한영의 입을 무명 솜으로 막기 전 '흰 쌀'을 입에 채워 넣었는데, 그 쌀은 저승 갈 때 먹을 흰 쌀밥이었다. 그렇게 해서 완전히 숨이 끊긴 것을 확인 한 '염쟁이'가 '칠성(七星:두 눈, 두 코, 두 귀, 입)을 모두 막고 나서, 하얀 광목을 깨끗한 물에 적셔 온 몸을 깨끗이 닦고 난 다음, 깨끗한 새 옷을 입히고 지금 이 자리에 뉘어 졌다. 그러고 나서 '삼일(三日)' 이 지나고 나면 한영에게는 본격적인 '염(殮)'이 진행될 참이었다. 한영은 그야말로 이승을 떠난 주검이 되었던 것이었다.

    그런 한영을 조문하기 위해 병풍 앞에 놓인 영정을 바라보며 예의를 갖춰 두 번 절을 하고 난 조문객들은, 곧바로 그 옆에 상주자리에서 조문이 끝나도록 기다리고 있던 기남과 서로 맞절을 하고 위로의 말을 주고받았다. 그 후 수발을 하던 사람들이 빈자리가 있는 곳으로 조문객들을 이끌어 준비한 찬을 대접하게 되는데, 시간이 가면서 초상집은 드디어 조문객들로 북적 거리게 되었다. 그렇게 조문을 마치고 나온 사람들은,

    "허 허! 큰 아들이 둘이나 있는디... 다들 워디 가고 기남이가 상주 노릇을 허네...참!"

하며 위로 반 안타까움 반으로 기남을 대하기도 한다.

'출상(出喪)'을 앞두고 '염'을 마치고 나서는 '입관식(入棺式)'이 거행되었다. 기남의 어머니와 식구들 그리고 가까운 친지들과 동네 사람들이 입관식을 지켜보고 있었다. '염사(殮士)'는 동네에서 사람이 죽으면 염을 해 주는 '송가 노인'이 맡았다. 여기저기서 울음소리가 들려오자 송가 노인은,

"시작도 안했는디... 이따가 실컷 울게 해 줄거니께, 그리 알고, 뒤로 들 물러나 있게들..."

하는 말과 함께 마지막 가는 길을 준비해 나갔다.

안방에 차려 진 젯상을 치우고 병풍을 걷어 낸 뒤, 안방 가운데에 한영을 뉘인 염사는 익숙한 솜씨로 입고 있던 평상복을 벗겨 내고 집에서 마련한 삼베옷으로, 마치 옷을 갈아입히는 것처럼 차근차근 갈아 입혔다. 그리고 양 손톱과 양 발톱을 갈아 자그마한 삼베 주머니에 달고는 손과 발에 묶은 다음, 온 몸을 차례로 결박해 나갔고 마지막에는 '건(巾)'을 머리에 씌워 이승을 떠나기 위한 마지막 준비를 마쳤다. 그렇게 염이 끝나자 '송가 노인'은 염을 도와주던 주변 사람들한테,

"자! 관을 가까이 가져들 오게, 이 쪽 옆으로..."

하고는 관을 가까이 가져 오게 했다. 그리고는,

"자! 위 아래로 여럿이 나눠서 시신을 관으로 옮기세, 자 자!"

그러면서 한영의 시신을 관으로 옮기게 하고는 다음 절차를 진행했다.

"됐네들! 수고들 했어! 관 뚜껑은 나중에 덮게 준비해 두고... 모두들 물러서게! 인자부터는... 가족들 허고 가까이 지내던 사람들이 와

서... 마지막 가는 길에...곡도 허고... 마지막잉께, 울 사람은 실컷들 울고... 뚜껑 닫으면 그만잉께...자 자!"

그런 말을 남긴 염사는 담배를 피운다며 자리를 비켜주었고, 그러자 가족들의 '곡소리'가 본격적으로 시작되었다. 어머니로부터 여동생, 동엽 그리고 기남과 시동생들, 친척들의 울음소리가 한동안 아우러지며 멀리까지 퍼져 나가고 있었다. 그렇게 한동안 곡소리가 이어지자, 염사가 다시 들어 와 자리를 잡았다.

"자 자! 내일 출상 때 또 울어야 허니께... 적당히들 혀...언능 들 뜯어 말리고, 잉?"

하며 동네 사람들한테 식구들을 관에서 떼어 놓으라는 말을 전했다.

"자! 관 뚜껑 준비허고...관을 닫어야 허니께... 다들 지켜보소..."

식구들의 울음소리가 그치질 않자 억지로 떼어놓는 듯 한 염사는, 그런 정신없는 사이에 재빠르게 나무 관의 뚜껑을 닫고 나무로 된 못을 박아 관을 덮어 버리고 말았다. 그렇게 해서 입관을 마친 염사는 관을 제자리에 바로 놓고는 광목으로 된 천을 관 위에 덮었고, 그 앞에는 다시 병풍을 가로 쳐, 염하고 입관식까지 모두 마쳐 버리고 말았다.

그렇게 입관을 마친 송가 노인은 잠시 중단된 조문을 다시 재촉했다.

"자! 다...끝났소 인자! 조문 헐 사람은 다시 조문해도 좋소! 낼 아침 출상을 해야니께 그리 아시고들... 이승에서 보내는 마지막 밤잉께...실컷들 드시고 좋은 곳으로 보내들 주시오!"

송가 노인은 시신을 만지고 염을 하고 나서도 아무렇지도 않은 듯 손도 씻지 않은 채, 작은 반상에 별도로 받쳐 내 온 주전자에서 막걸리 한 잔을 쭉 따라 들이 키고는 그 손가락으로 김치를 집어 입으로 가져갔다.

"햐! 늘상... 염을 하고 나서 마시는 이 막걸리 한잔이 말여... 막걸리는 역시 이 맛이 최고여 최고, 암..."

송가 노인은 자기가 마치 죽은 사람을 저승으로 데려 가는 저승사자라도 된 듯, 듬성듬성 난 턱수염을 쓱쓱 문지르며 탁주 사발을 한잔 더 들이 키고는 '내일 보자'며 자리를 떴다.

입관이 끝나자 아침에 상여 나가는 일을 책임 질 친구 춘수와 산소에서의 하관 절차를 맡을 선지 사는 조카가 기남과 자리를 함께 했다.

"기냄이 자네는 잠깐 눈이라도 붙이소! 며칠 동안 잠도 못자고...그러다 큰일 나것네!"

기남의 친구인 춘수가 조문기간 내내 거의 잠을 자지 못한 기남에게 쉬라며 다독거리고 있었다.

"고맙네! 자네도 낼... 생애 나갈 때 앞소리하고 갈건디... 생애랑 다 준비 됐다고 허니까...자네도 좀 쉬지 그랑가?"

기남은 춘수가 어렸을 적부터 '상쇠' 소리를 하며 사물놀이도 했고, 상여 소리도 이 근처에서는 둘째가라면 서운할 정도로 잘 하는 것을 알고 있어서, 당연히 상여는 춘수가 알아서 할 것이라는 것을 믿고 있었다. 그러면서 선지 조카에게도 확인을 하고 있었다.

"조카, 산소는...자네만 믿네! 못자리는 다 준비 됐든가?"

"야, 아제! 그런 걱정마시고라! 나...가 오늘 가서 좌향도 잡아 줬고... 입관할 자리 파는 거도 봐 주었응께... 아제는 아무 걱정 마쇼!"

나이 많은 조카는 풍수(風水)는 아니었지만, 한학(漢學)을 하면서 그런 것을 익혀선지 '패철(佩鐵)'을 이용해 잡는 못자리 '좌향법(挫向法)'을 풍수 못지않게 볼 수 있었다. 그런 두 사람에다가 한영의 양아들인 송영성이 장례 전반을 관장하고 있어 기남은 남들보다 든든한 장례식을 맞이하고 있는 것이나 마찬가지였다.

장례 날이 밝았다. 지난 며칠 동안 흐렸다 맑았다를 반복하던 날씨가 출상하는 날 아침에는 꾸물거리며 해를 가리고 있었다. 춘수는 출상하는 날 아침 일찍부터 상여를 기남의 집 앞에 대기시키고 출상 준비를 서두르고 있었다.
"허! 하관이 끝날 때 까정은 비가 안와야 헐건디..."
하늘을 보며 상여 걱정을 하던 춘수는,
"성님들은 종국에도 안 올 모양이네, 잉!"
하며 기남의 눈치를 살폈다.
"그건 나도 몰것네! 오늘이나 올랑가..."
안 올 것이라는 말을 그렇게 하고 있는 것이었다.

출상 준비가 부산하게 이루어 졌다. 뒷집 형님과 옆집 형님들의 도움으로 동네 아짐들이 일사분란하게 '노제'에 차릴 음식과 하관 때 차릴 음식들까지 차곡차곡 준비하고 있어 동엽은 시아버지의 출상에 따른 버거움을 다소 덜 수 있었다. 출상에 가장 중요한 상여도 대문 밖에 기다렸는데, 꽃으로 장식된 3단 상여가 사람들의 눈길을 잡을 정도로 화려한 장식이 돋보이고 있었다.
"자! 곧 떠나야 허니께... 마지막 잔도 올리고...곡도 하시게.."
춘수는 하관 시간 '오시(午時)'를 맞춰야 한다며 시간이 너무 지체되지 않도록 시신이 나갈 절차 하나 하나를 재가면서 시간 조절을 하고 있었다. 그러면서 기남을 비롯한 가족과 친척, 가까이 지냈던 사람들의 마지막 작별 인사가 끝나자 드디어 출상을 알리고 있었다.

"자! 다들 나가고... 젯상허고 병풍도 치우게! 글고 운구헐 사람들은 전부들 들어오게! 자! 인자는 가야제..."

하며, 춘수가 안방을 정리하고 나섰다. 한영의 주검은 '오동나무 관'에다 한 쪽에서 네 명씩 총 여덟 명이 하얀 당목 줄이 묶여진 줄을 잡고, 운구할 수 있도록 출상 준비를 하고 섰다.

"자! 각자 줄 앞에 서서... 나...가 시키는 대로만 하믄 되네, 알것는가들?"

"예!"

"다들 힘을 합해야 힘이 덜 들걸세! 자! 인자부터...모두들 광목 끈이 있는 자리에 앉소!"

"예!"

"자! 앉았으면...단단히 땡겨서 손 목에서...풀리지 않도록 감고...대기허소! 아적은 힘을 주지는 말고, 잉?"

"예!"

"자! 그라믄 준비 됐제? 나...가 핑경 소리를 냄서 시키는 대로... 내 말에 따라 관을 들고 마루로 내려간 다음, 상여 틀에 앉힐 거네, 알것는가?"

"예!"

"자! 가세, 조심 조심..."

"조심 조심!"

춘수는 그의 오른 손에 들고 있던 핑경을 흔들며 딸랑딸랑' 소리를 내기 시작했다.

"조심 조심!...딸랑 딸랑..."

"조심 조심!"

조심 조심 소리를 반복하며 운구할 여덟 명이 동시에 광목 끈을 당겨 자리에서 일어섰다. 그러자 춘수가 먼저 관 앞에 서서, 마루를 내려오며 앞소리를 시작했다.

"간다 간다 나는 간다!"
"어야...어야!"
"꽃 생여가 기다리네!"
"어야...어야!"
"모두 모두 잘들 있소!"
"어야...어야!"
"나는 간다 북망산천!"
"어야...어야!"
"모두 모두 길 내주소!"
"어야...어야!"

안방에서 대문까지의 짧은 거리였지만, 운구 꾼들의 발걸음은 느리기만 했다. 그것은 출상의 분위기를 돋우기 위해 일부러 그런 행보를 하고 있는 듯 했다. 상여가 움직여 본격적인 상여 소리를 하기 전이라 운구꾼들의 목소리도 목젖을 가다듬는 듯 서서히 분위기를 잡아 가고 있었다. 그렇게 운구가 되어 대문 밖으로 나오자 춘수는 관을 상여 틀 위에 놓는 소리를 하기 시작했다.

"자! 생애 틀에다 관을 서서히 내려들 놓을 거여... 자! 조심 조심!"
"조심 조심!"

몇 번의 소리를 거쳐 한영의 관이 상여 틀의 정 중앙에 놓인 것을 확인 한 춘수가,

"자 자! 다들 잡고 온 광목을 상여 틀에 단단히 묶어들, 알것제? 잘 못 묶으면 어찌 되는지 잘들 알제? 어서들 묶게!"

하는 말을 하고는, 상여 틀에 묶인 끈을 살피며 확인도 하면서 상여 주변을 돌았다.

"모두들 수고했네... 자...인자는 꽃 틀을 올리네... 꽃이 상허지 않게 조심들 허고... 자! 꽃상여를 올려라!"

"올려라!"

드디어 상여 틀 옆에 내려져 있던 꽃상여가 관 위로 올려 덮혀 지면서 단단히 고정되기 시작했다. 그렇게 상여가 덮이자 집 떠나기 위한 마지막 '노제(路祭)'가 시작되었다.

"자! 떠날 준비는 다...끝났으니께, 노제를 지내야제...노제를 지내라!"

그러자 노제를 지낼 병풍과 제사상이 상여의 앞쪽에 차려졌고, 바닥에는 둥글게 말아진 덕석을 깔고는 노제에 필요한 음식들이 차려졌다. 또 다시 곡소리와 함께 가족들의 마지막 큰 절과 함께 친지들과 동네 사람들의 술잔이 올려졌다.

"자 자! 너무 길면 못써! 그만들 허고... 제상을 걷어라! 인자는 가야제..."

그 말에 주섬주섬 제상과 병풍이 치워지고, 그것들이 깔아졌던 덕석이 정리되어 가는 것을 본 춘수가 떠날 준비를 서둘렀다.

"생애 앞에는...만장꾼들이 먼저 나래비 스고... 다들 길을 비켜서시오! '생애살(상여살)'을 맞으면 죽을 수도 있으니께... 생애 앞에는 나 말고는 누구도 스면 안되네!"

그러자 만장을 든 만장꾼들이 상여 앞 양쪽에 늘어섰다. 옛날에 별감에다가 재산도 꽤나 있었을 때 같았으면 만장도 일백여 개는 족히 되었을 법한 일이었지만, 양쪽에 삼십여 개 늘어 선 만장이 그나마 한영의 가는 길에 마지막 길잡이가 되어주고 있었다. 만장꾼들이 자리를 잡자 드디어 상여꾼들이 자리를 잡기 시작했다.

"자! 다들 상여 옆에 자리를 잡고 섯제?"

"예!"

"인자부터 시작이네! 힘도 들것일세만...마지막 가시는 길이니... 잘들 모셔 보세, 알것는가들?"

"예!"

"자! 그라믄 나...가 시키는 대로... 각자 상여 틀에 들어가게... 글고 상여 틀 안에 앉아서, 상여 끈을 자신의 어깨에 어긋나게 열십자로 걸치고 앉아서 대기허게!"

"예!"

운구할 때보다 많은 한 쪽에 여덟 명씩 모두 열여섯 명이 상여 끈을 메고 자리에 앉아 상여을 띄울 준비가 되자 드디어 춘수가 핑경 소리를 내기 시작했다.

"조심 조심! 조심 조심!"

"조심 조심! 조심 조심!"

"일어나자 일어나자!"

"어야...어야!"

춘수가 매기는 앞소리에 드디어 꽃상여가 자리에서 완전히 일어난 것을 확인한 춘수가, 핑경 소리를 더 크게 흔들며 출발을 알리 듯 소리를 높이기 시작했다. 춘수의 앞소리에 상여꾼들은 동네에서 여러 번 입을 맞춰 본 사람들이어선지 척척 호흡을 맞춰 박자를 치고 나갔다.

"간다 간다, 나는 간다!"

"어야...어야!"

앞 매김 소리와 뒷소리가 서서히 목청을 돋워가기 시작하자 가족들의 울음소리가 여기저기서 들려왔다. 그런 상여 소리가 시작되면서 상여가 서서히 움직이기 시작하자, 상주인 기남을 필두로 가족들이 상여 뒤에 가족 서열별로 자리를 잡은 다음, 친지와 동네 사람들이 길게 줄을 늘어 서 상여 행렬을 이루기 시작했다. 상여가 출발해 하관할 목골 산까지는 '오리(五里)'가 채 안되는 길이었지만, 중간 중간 좁은 길도 지나가야 하고 저수지 옆길도 지나야 해서 쉽지만은 않은 운구가 될지도 모를 일이었다.

"북망산천 어디매뇨!"

"어야...어야!"

"정든님은 어디 두고!"

"어야...어야!"

"나만 홀로 길떠나네!"

"어야...어야!"

상여 소리의 시작은 여느 출상과 별 다른 것이 없는 것이었지만, 춘수는 상여가 가는 길에 누구보다 잘 알고 있는 한영의 인생을 앞소리로 매겨나가기 시작했다. 상여의 걸음은 평상시 보다 몇 배는 더디고, 어떤 때는 두어 발자국씩 뒷걸음질도 치며 '노잣돈'을 꽂아야 움직임이 이어지는 일도 벌어 졌다.

"한 많은 인생길에..."

"어야...어야!"

"어이 눈을 감았는고!"

"어야...어야!"

"큰 아들은 어디갔소!"

"어야...어야!"

"별감할멈 옆자리에"

"어야...어야!"

"편안하게 잠드소서!"

"어야...어야!"

"살아있는 할멈생각!"

"어야...어야!"

"무덤 속에 내려놓고"

"어야...어야!"

춘수의 상여 가락은 마치 '창(唱)'을 하듯 노래를 하듯 쉼 없이 이어졌고, 상여꾼들의 소리는 '어야 어야'를 반복하더니 '어...허...어허어야...'로 이어지는 긴 상여꾼들의 소리로 길을 이끌어 가고 있었다. 그렇게 길을 가다가 저수지 옆 좁은 길을 갈 때는 상여꾼들이 애를 먹기도 했고, 동네 젊은 사람들 여럿이 저수지 밑까지 내려가 상여를 겨우 받쳐 지나기기도 했다.

만장이 먼저 묫자리에 도착해 '진(陣)'을 치자, 꽃상여가 묻힐 자리 가까이까지 다다랐다.

"조심 조심!"

"조심 조심!"

하관할 자리 가까운 곳에 도착한 상여는 '조심조심' 소리를 반복하며 상여를 내려놓았다.

"고상들 했네!"

"노제를 준비허소!"

올라오는 길에 중간에 노제를 지냈고, 여기까지 올라오는 도중에는 저승 가는 길에 상여에 꽂는 노잣돈이 적다고 앞으로 나가지도 않고 놀기를 반복하면서 시간을 끌던 상여였지만, 상여는 무사히 제자리에 도착하고 있었다.

노제를 지낼 젯상과 병풍이 다시 마련되고, 기남이 간단히 절을 올린 다음, 가족과 친지들이 차례대로 다시 절을 올렸다. 노제가 다 치러지자 드디어 꽃상여를 묶었던 끈을 풀고 꽃상여를 들어 낸 다음, 드디어 관을 묶은 끈을 풀어 내 하관할 장소까지 운구할 준비가 이루어졌다.

한영이 영면할 곳은 본 부인인 '별감할멈'의 옆에 마련되었는데, '별감할멈'은 묻힌 지 오래되어 탈골이 되었을 일이지만, 한영은 그렇질 못해 '합봉'을 하진 못하고 바로 그 옆에 따로 봉분을 쓸 것이었다.

"자! 영정은 묫자리 맨 위에 세워 두소!"

이 순간부터는 선지의 나이 많은 조카가 춘수의 뒤를 이어 받아 하관부터의 절차를 주도해 나갈 것이었다.

"식구들은 옆으로 비켜서서 대기허고... 일단은 나...가 자리를 잡아 뒀으니께... 시키는 대로 하관을 하면 되네!"

조카는 '패철'을 들고 지팡이를 들어 올려 '좌향'을 다시 한 번 확인한 다음, 관이 묻힐 자리를 잡으면서 위치 확인을 위해 꽂아 둔 대나무의 위치도 점검을 하고 있었다.

"자! 잘들 듣게! 관을 내리면서 이 대나무 방향을 보고 좌향을 맞추면 되네! 알것는가들?"

그러면서 안주머니에서 줄이 달린 시계를 거냈다.

"자 자! 이십분이 남았으니께... 담배 한 대씩 피우고 잠깐... 땀들 좀 식히소. 식구들도 잠깐 기다리쇼! '오시'를 맞춰야니께..."

전통적으로 하관은 '오시(午時)'를 기준으로 하게 되는데, 보통은 그 시간 기준을 11시로 잡고 있었다. 드디어 잠깐의 정적이 흐르고 11시가 되자 드디어 준비가 시작되었다.

"자! 하관합시다!"

그의 말에 운구꾼들은 관에 엮인 광목 끈을 잡고 관을 들 준비를 했다.

"자! 준비 됐으니께, 인자 하관을 허세!"

"식구들은 이따 따로 볼 시간이 있으니께 한발씩 뒤로 무르고... 조심들 해서 관을 내려... 자! 관을 내리소!"

그리고 여덟 명의 운구꾼들이 흰 광목 끈을 길게 잡고 관을 내리자 하관을 담당하는 윗집 송가가, 관을 묻기 위해 파놓은 땅 속으로 들어가 자리를 잡고는 대나무 표식을 따라 관의 위치를 살폈다.

"천천히...천천히...좋네, 좋아!"

관의 위치를 잡은 송가의 말에 관을 내려놓자, 송가는 광목 줄을 일일이 풀어 올렸다. 그리고는

"자! 관 옆을 촘촘히...일단 채우소 채워..."

하는 그의 말에 따라 관 주변에 공간이 생기지 않도록 흙을 채워 넣었다. 그러자 가족들은 그 모양을 보면서 눈물을 흘리고 있었고, 그 중에서도 딸은 더 큰 소리로 울어 제켰다.

"아부지! 아부지 이러코롬 허망허게 가분다요…아부지!"

하며 곡을 이어 가갔다. 그러자 기남과 동엽 가족 친지들의 울음소리도 함께 섞여 목골에는 숙연한 시간이 흐르고 있었다.

"자 자! 인자는 참말로 마지막 절을 올려야니께… 간단히 상을 자리쇼!"

조카의 말에 따라 준비해 둔 '덕석'을 깔고 마지막 제상이 차려 졌다.

"자! 나…가 시키는 대로, 마지막 가는 길이니까 그저 정성껏 하믄 되요!"

조카가 시키는 대로 순서에 의해 큰 절이 이어 지면서도 가족들의 울음소리는 계속됐다. 그렇게 해서 어느 정도 절을 하고 잔을 따르는 일이 끝나 가자 드디어 관에 흙을 덮는 절차가 진행됐다.

"자! 상주인 기냄이가 먼저 나와서… 삽을 흙으로 떠다가 머리, 가슴, 다리…이렇게 세 군데다가… 각각 한 번씩 세 번으로 나누어 흙을 뿌리쇼! 상주부터 식구들 그리고 하고 싶은 친지들까지 차례대로 하믄 되네! 자! 기냄이 먼저 하소!"

그렇게 해서 관 위를 '횡대'로 막은 다음, '명정'을 덮은 위에 상주를 중심으로 가족 순서대로 여러 명이 삽질을 하고 나자, 이번에는 관 옆에 흙을 메우고 백회로 공기가 통하지 않게 막은 다음, 관을 묻을 준비를 마쳤다. 그리고 나서는 곧바로 봉분을 쌓는 작업이 이어 졌다.

"송가야! 식구들 그만 하라고 허고… 어서 서두르자…날이 꾸물꾸물허다!"

"야! 그랍시다…"

그 말이 떨어지자마자 송가를 중심으로 여러 사람들이 붙어 관 위에 흙을 넣고 메우기 시작했다. 그러자 가족들의 울음소리가 또다시 이어졌고, 드디어 봉분을 쌓기 위한 달공이 질이 시작되었다.

"어허야 달공이!"

"어허야 달공이!"

"어허야 달공이!"

"어허야 달공이!"

송가의 앞소리를 따라 달공이 꾼들의 뒷소리가 이어 지면서 달공이 질이 점차 속도를 더해 가기 시작했다. 그러면서 봉분 중심에 세워진 대나무에 매어 둔 새끼줄에 사람들의 '노잣돈'이 다시 차곡차곡 꽂혀지기 시작했다. 상여가 올라오는 중간에도 여러 곳에 꽂아 둔 노잣돈이 꽤 되었었는데, 달공이 줄에 매달린 '노잣돈'도, 그 돈과 함께 저승길 가는 길을 빙자해 상여꾼들과 달공이꾼들의 쏠쏠한 막걸리 값이 될 것이고, 한편으로는 마지막 보내는 길에 '흥'이 되고 있었다.

달공이 질이 시작되고 흥이 돋워지자, 한쪽 빈터에서는 꽃상여를 태우는 일이 시작되었다. 그리고 그 꽃상여를 태우는 화염 속에는 장례에 사용됐던 물품들과 한영의 옷가지들도 함께 태워지면서 한영이 살아 온 삶의 흔적들을 불살라 지워가고 있었다.

시아버지의 마지막 가는 길이 그렇게 허무하게 끝나가고 있었지만, 본인이 원하건 원하지 않건 간에 큰 아들은 끝까지 그 자리에 나타나지 않았다. 또, 소리의 대가였던 송만갑에게도 한영의 부음을 전했지만, 그에게서도 마지막 가는 길의 조문은 오질 않아, 인생무상의 한 궤적을 보는 듯 했다.

새 세상에서

　어찌된 일인지 알 수 없지만, 군인들이 '정권(政權)'을 잡았다는 발표가 나온 지 얼마 되지 않아 오월리에도 팽팽한 긴장이 감돌았다. 해방이 되고 여순반란 사건과 6.25 전쟁을 겪은 오월리에서는 국군과 인민군 사이에서 피해도 보고 갈등도 겪었기 때문에, 군인들이 정권을 잡았다는 사실에 긴장하지 않을 수 없는 것이 오월리의 실정이라고 해도 과언이 아니었다.
　'부정부패를 척결하고...오천년 간 이어 온 한민족의 얼을 이어받아... 대물림 해 온 가난을 극복하고, 잘 살아 보는 날이 오도록... 우리 모두 잘 살아 봅시다. 잘 살아 보세!'
　그런 말들을 쏟아 낸 군사 정부는 과거의 국군과 인민군 때와는 달리 적어도 오월리에서만은 잡아 가거나 핍박하는 일은 하지 않았다. 그 전제 조건은 정부에 협조하고 나라에서 하는 일에 동참한다는 조건이 붙어 있었지만, 그것만도 오월리 사람들은 한시름을 놓을 수 있는 여건이 만들어져 가고 있었다. 그런지 얼마 지나지 않아 군사정부가 민간정부로 이양된다는 발표를 하였지만, 정권을 잡았던 그 사람들이 군복만 민간 복장으로 갈아입고는 민간정부라며 다시 국가 전면에 나서고 있었다.

그러다가는 거의 때를 같이 해 '잘 살아 보자'며 '새마을 운동'이라는 것을 시작했다. 동네 이장을 맡고 있던 기남은 수시로 면사무소를 들락거리며 지시사항을 전달하고 새마을 운동의 선봉에 섰다. 동네 여러 곳의 할 일들을 찾아 사람들을 동원하고, 반발하는 사람들을 설득하기 위해 날 밤을 세우는 일도 흔한 일이 되어 버렸다.

"와들 귀찮게...새벽부터 오라 가라 하는 거여, 잉? 느그들이 밥을 줄꺼여, 돈을 줄거여?"

"이런 기회에... 지붕도 고치고, 동네 길도 넓히믄... 얼매나 좋긋소?"

"웃기는 소리 마... 안 그래도 지금까정 잘 살았으니께... 난 그란거 안헐거여... 일 허러 못 가니께 그리 알어!"

새마을 운동이 펼쳐지면서, 수천 년간 내려 온 가난을 떨쳐내자며 여러 가지 일들이 벌어지고 있었다. 그러나 일부 사람들은 새마을 운동에 나서지 않고, 심지어 새마을 사업을 방해하는 일까지 생겨나 이장인 기남을 난처하게 하는 일도 한 두 번이 아니었다.

"그라믄 배급 나오고 하믄... 못 주니께 그리 아쇼! 일 허는 사람들 허고, 협조허는 사람들 헌테 주라고 나오는 것잉께!"

"그려? 그 까지꺼... 난 필요없당께...느그들 맘대로 해!"

막상 그런 말을 해 댔지만, 새마을 운동 사업이 진행되면서 '건물

생심'이라고 한 말처럼, 보급품이나 지급품을 둘러 싼 설전이 심심찮게 벌어지기도 했다.

"왜 나는 밀가루 배급 안주는 거여, 엉? 사람 차별하는 거여 뭐여?"

밀가루 배급을 안주자 '일을 나오지 않겠다'며 불평불만을 늘어놓았던 사람들이 나서서 따져 물었다.

"송가는 '울력'에 한 번도 안 나왔제? 여그 보쇼! 장부에 다...적혀 있응께!"

"뭐어? 울력 안나오믄 안주는 거여?"

"여그 지침이 그렇게 돼 있제... 글고, 송가 자네는... 그란디는 관심 없다고 했잖은가? 내 원망 말고 저리 비키소, 바쁘니께!"

해년마다 봄이면 반복되는 보릿고개를 이겨내 보자며, 정부에서 새마을 운동에 참여하는 사람들과 아이들에게 원조물품으로 들여오는 밀가루를 배급하는 일이 이어졌고, 식량 사정이 나아지는 때까지 그 일은 계속된다고 했다. 그리고 어린아이들은 미래의 주인이라며 국민학생한테는 각 국민학교에 커다란 가마솥을 걸고, '원조물자'로 들여오는 옥수수 가루를 쪄서 만든 옥수수빵과 우유와 함께 지급되고 있었다.

그런 가운데 일반인들에게 지급되는 각종 물품 그리고 보급품들은 새마을 운동에 참여하는 사람들에게만 지급토록 했고, 그 가운데서도 '울력'을 동원하는 수단으로 사용해, 일을 안 하고 울력에 나오지 않는 사람들한테는 지급을 하지 않아 그에 대한 항의나 불만이 계속되고 있기도 했다. 그런 가운데서도 자재나 필요한 물품들이 원하는 만큼 지급되는 것은 아니었지만, 면사무소에 신청한 자재가 오는 대로 슬레

이트 지붕도 개량하고, 마을길도 포장해 나가자, 마을은 서서히 지금까지와는 다른 모습으로 변해 가고 있었다.

그렇게 해서 슬레이트 지붕으로 바꿔 이은 집은 다시는 볏짚으로 초가지붕을 얹지 않아도 되어 더 이상 좋은 일이 아니었다. 기남은 그런 가운데서도 이장 일을 보면서 동네일에 애를 썼지만, 이장이라고 해 봐야 돈을 받는 것도 아니고 보급품을 '날파'할 때 마다 동네 사람들의 원성을 사는 일도 허다하게 되었다.

거기에다 그런 일에 하루 종일 매달려야 해서 정작 자신의 논밭 일을 하지 못할 지경이 되자, 기남은 더 이상 이장 일을 하지 못하고 다른 사람에게 이장 일을 넘겨주게 되었다. 그렇게 이장 일을 넘겨 준지 채 일 년도 되지 않는데, 이장 일을 이어 받은 사람이 '불편부당'하게 일을 처리하지 못한다고 난리가 났고, 다시 기남에게 이장을 맡아 달라고 하는 동네 어른들의 부탁이 있어 기남이 다시 이장 일을 하게 되었다.

원조에 의해 들어 온 '밀가루와 옥수수 가루'가 보급되어 가는 한편에선, 우리 손으로 '식량자급'을 이루자며 '쌀농사' 짓는 방법을 개량하고 '신품종 벼'를 개발해, 쌀의 수확량이 많고 태풍이나 자연 재해에 강하다는 '통일벼'를 보급해 나가기 시작했다. 오월리에도 통일벼가 보급되어 가기 시작하면서 몇몇 농가에서 지은 통일벼가 그전 재래종과 달리 많은 소출을 기록하게 되었다. 그 통일벼의 맛은 기존 재배한 재래종보다 못했지만, 수확량이 적게는 세 배에서 많게는 다섯 배까지 늘어 나 너도 나도 통일벼 품종을 심기 시작하면서 '식량증산'의 꿈이 영글어 가기 시작했다.

그래서 오월리에서도 이제는 '보릿고개'가 없어질 수 있다는 희망이 생겨나고, 동네 전체에도 생기가 돋아나며 식량자급의 꿈이 실현되어 가고 있었다.

"인자는 먹고 살게 됐어!"

"암! 저...통일베가 보릿고개를 없애줄거여!"

"하믄! 오천년 세월에 이런 날도 있네, 잉?"

통일벼가 누렇게 익어 가는 가을 들녘을 바라보는 '농심(農心)'들은 어려웠던 옛날을 회상하며 그 때의 감회가 논두렁에 흘러넘치고 있었다.

새마을 사업이 진행되면서 새벽이면 어김없이 새마을 노래가 울려 퍼졌다.

"새벽종이 울렸네, 새 아침이 밝았네 아침 일찍 일어나, 새 아침을 만들세 살기 좋은 이 동네, 우리 힘으로 만들세..."

몇 절까지 반복되는 새마을 노래는 어떤 때는 하루쯤 게으름을 피우고 싶어서,

"아이고 저 놈의 소리..."

하면서 아침잠에서 깨어나기 싫은 듯 이불을 뒤집어 써 보지만,

"언능 인나쇼! 넘들 다...나왔것소!"

하는 안사람들의 성화로 이어져 등을 떼밀리다시피 삽자루를 둘러메고 울력을 나가는 하루가 시작되곤 했다.

아이들에게는 한 톨의 쌀과 보리라도 줍기 위해 이삭줍기 운동이 펼쳐 졌고, 쥐잡기 운동을 벌여 쥐꼬리를 학교에 가져가야 하는 일도 생겨났다. 일본 말로 '벤또'라고 부르는 도시락에는 쌀과 보리의 혼

식 비율을 검사하고 손에 묻은 때와 손, 발톱, 두발검사까지 수시로 행해지고 있었다. 그러다가 따스한 햇볕이 드는 날에는 양지바른 곳에 앉아 머리와 허리춤에 생긴 '이'를 잡는 풍경이 연출되기도 했는데, 국민학교에서는 디디티 가루를 아이들 머리와 바지 속에 뿌려 주기도 했다.

어른들은 농한기가 되어도 쉬지 못한다고 투덜거리기도 했지만, 부지런한 사람들은 비닐하우스를 세워 오이도 재배하고 소득 작물도 재배해 짭짤한 수익을 올려 나갔다. 그런데도 옛날 버릇을 고치지 못한 동네 노름꾼들은 '골방'에 옹기종기 모여 노름을 하다가 동네 부인들한테 들켜 혼쭐이 나기도 하고, 경찰의 대대적인 단속에 걸려 호된 고통을 겪기도 했다. 또, 쌀이 완전 자급을 이루지 못해 쌀로 술 담그는 것도 금지되었고, '밀주'를 엄격히 단속 해 동네 마다 밀주 제조에 비상이 걸리기도 했다.

거기에다가 동네마다 살기 힘든데 아이들이 많아 더 힘들다며 아이를 적게 나는 운동을 벌였고 '둘만 낳아 잘 키우자'라고 산아제한운동을 하더니 나중에는 '하나만 낳아도 지구는 만원'이라며 아이 적게 낳기 운동을 적극적으로 시행해 나아갔다. 그래서 남자들은 소위 말하는 '불알을 깐다'는 말로 '정관수술'을 권장하기도 하고, 정관 수술을 하고 나면 예비군 훈련을 면제한다거나 다른 혜택을 주기도 했고, 그런 남자들은 '씨 없는 수박'이 되었다는 말을 하며 정관수술 했다는 말을 하고 다니기도 했다.

추석

　새마을 운동을 하면서 잘 살기 운동을 펼쳐 나가자 여러 가지 일들이 벌어지는 것은 부지기수였다. 그런 가운데 기남의 집에도 다른 집들처럼 통일벼를 심고 나자 수확량이 늘어 올 가을 추석에는 더 할 수 없는 풍요로운 추석이 되고 있었다. 나락 수확이 많아지자 동엽은 시아버지가 돌아가신 후 몇 년 동안 힘들게 허리띠를 졸라 매고 지내 온 식구들을 위해 오랜만에 풍성한 한가위를 차릴 생각을 하고 준비를 해 나갔다.
　"어무니! 낼 모래 추석 땐 오랜만에... 식구들도 다...모여, 얼굴도 보고...하게 연락들 하시쇼!"
　"그러냐? 아이고 우리 채수 에미가 뭔 일로 이런 인심을 다 쓴다냐?"
　"어무니! 나도 워디 그라고 싶어 그란다요! 형편이 어렵고 허니께 그랬지라!"

시어머니는 동엽이 모처럼 식구들과 풍성한 시간을 보내자는 제안을 하자 의아해 하고 있는 듯 했다. 동엽은 식구들이 와서 먹을 찬거리와 육고기들을 준비하고 생선과 과일, '전'과 '적'들도 정성을 들여 준비하며 한가위 준비를 해 나갔다.

"아제! 떡 쳐야니께... 떡 매랑 준비 허쇼, 잉?"

"야! 큰 마님!"

  힘든 시절을 함께 하면서도 묵묵히 일을 거들어 온 공채는 이제 나이가 들어 쇠약해지긴 했어도 일하는데 있어서만은 최고여서 지금의 농사를 일구는데 일등공신이었다. 인절미를 찧기 위해 미리 해 둔 '고두밥'을 절구에 넣고는 아직 뜨거운 김이 가시지 않고 모락모락 베어 나오는 고두밥을 동엽이 휘저으며 뜨거워 진 손가락을 찬 물에 적시기를 반복하는 동안 공채가 떡메를 치며 박자를 맞추어 나갔다.

"후 후! 뜨겁다 뜨거워! 아제 따듯헐 때 잘 쳐서...맛있게 묵어 봅시다, 잉?"

"야! 큰 마님! 오랜만에 이러코롬 맛있게 떡을 치니께... 옛날 생각도 나고, 좋구만요! 이거이 얼마만이랍니껴!"

  떡메에 밥알이 묻어 밖으로 튀어나가는 것을 막기 위해 떡메를 적실 물을 떠다 놓은 공채는 그 물에 떡메를 적신 다음 큰 마님과 호흡을 맞춰 힘껏 떡메를 내리치기를 반복하고 있었다.

"어 엇 차! 어 엇 차!"

  공채가 떡메를 내려 친 다음 떡메를 위로 올리면, 그 사이에 동엽이 떡메가 치고 간 자리를 손으로 매만져 골고루 밥이 섞이도록 해 골고루 밥이 떡메에 의해 쳐 잘 수 있도록 이리 저리 뒤집기 시작했다. 그래서 서로가 호흡이 맞지 않으면, 머리나 어깨가 떡메에 맞아 큰 사고

가 날 수도 있는 일이어서 조심을 해야 했다. 하지만, 공채와 동엽은 오랫동안 호흡을 맞춰 함께 일을 해 온 터라 그런 걱정은 그리 하지 않고 있었다. 그렇게 절구통에서 떡메 질을 하고 있는데, 시어머니의 부르는 소리가 들려 왔다.

"아가! 채수애미야!"

시어머니의 부르는 소리에 떡을 젓다가 돌아 서며,

"어무니, 뭔일인가라?"

하고 절구통에서 손을 빼는 순간, 공채의 내려치던 떡메가 그만 큰 마님의 머리를 내려치면서 스치고 말았다. 공채는 그 순간 내려치던 떡메를 멈춰보려고 했지만, 이미 떡메는 동엽의 머리를 스친 다음이었다.

"큰 마님!"

순간적으로 떡메에 치인 동엽의 머리에서는 피가 쏟아졌고 동엽은 그 자리에 쓰러지고 말았다.

"아제 아제!"

공채는 기남을 소리쳐 부르며 피를 흘리고 쓰러진 큰 마님을 절구통 옆에 앉혔다.

"움직이지 말고 카만 계시쇼, 잉?"

그러면서 공채는 재빠르게 웃 저고리를 벗어 머리를 감싸고는 장독대에 있는 된장 항아리에서 된장을 잔뜩 퍼다가 피가 철철 흐르는 머리에 두껍게 발랐다. 그리고는 웃 저고리 고름으로 머리를 감싸 칭칭 동여맸다. 그렇게 하고 나서야 기남이 달려 왔다.

"아제! 언능 방으로 모시쇼, 야?"

겨우 머리에서 나오는 피를 지혈한 공채는 기남과 함께 큰 마님을 일으켜 방으로 옮겼다. 그러면서도 동엽은,

"아제! 떡은 어쩐다요..."
하면서 떡 걱정을 하고 있었다.
"큰 마님! 그건 걱정 마고라. 언능 추스러야지라!"
동엽이 머리를 다쳐 눕자 추석 음식을 만드는데 지장을 받았지만, 그래도 무사히 추석 음식을 만드는 일을 마칠 수 있게 되었다.

추석이 바싹 다가오자 공채는 동엽이 싸준 여러 가지 음식을 지게에 지고 동엽의 배웅을 받으며 집으로 갈 채비를 서둘렀다. 지겟발에는 집으로 가져 갈 이바지들이 가득했지만, 자신이 집을 비운 사이에도 할 일이 생기면 큰 마님 성격에 나서서 일을 할가봐 걱정을 하면서 공채는 추석을 쇠기 위해 집으로 향했다.
"아제! 추석 잘 지내고 오쇼, 잉? 고상했소!"
"야! 큰 마님! 추석 잘 지내고 올탱께라... 헐 일있어도 참고, 절대 안정하시고라... 암 것도 하믄 안되라, 야? 추석 쇠고 핑허니 올거니께라!"
"야! 걱정 말고, 며칠 푸욱 쉬었다가 찬찬히 오쇼, 야?"

그렇게 추석이 다가왔다. 시어머니는 아들인 어린 기칠을 안고 안방을 차지하고 있었지만, 어린 기칠은 채수와 함께 밖에 나가 동네 아이들과 함께 뛰어놀고 싶어 했다.
"엄니! 나도 나가서 놀랑께라, 잉?"
"아가! 삼촌이 돼서 조카랑 같이 놀믄 쓰것냐? 삼촌 체통이 있지?"
"엄니, 채수랑 나이가 비슷헌디 나...가 왜 삼촌이여?"
"글씨, 니...가 말해도 알것냐, 나중에 크면 다...알게 된다!"
"맨날 맨날 크면 안다고만 하고... 나는 놀도 못하게 허고!"

채수도 그런 삼촌 기출과 함께 맘껏 뛰놀지 못하는 것이 아쉬웠지만, 그래도 가끔은 어머니의 만류를 뿌리치고 나가, 삼촌하고 동네를 여기 저기 쏘다니며 하루가 저무는지 모르는 즐거운 시간들을 보내고 있었다.

　추선 전날, 다른 집들과 달리 초저녁부터 상이 차려졌다. 보통은 밤늦게 '젯상'을 차려 놓거나 추석날 이른 아침에 상을 차리고 식구들이 모여 한 해의 수확을 감사하는 자리를 가졌다. 그러나 기남의 집은 아버지 때부터 상을 초저녁 일찍부터 차리고, 자정이 되기 전에 제사를 치르는 것이 습관이 되어 있어서 일찍 제사를 지내고 나면 자정이 되기 전에 식구들이 모여 밤새 놀거나 일찍 쉬기도 하는 내력을 이어 왔었다.

　이번 추석도 초저녁에 상을 차리기 위해 놋쇠그릇을 꺼내서 닦고 병풍을 꺼내 안방에 상을 차렸다. 그리고 차려진 상 위에는 준비한 과일을 하나, 둘 놓고 떡과 음식을 차렸다. 동엽은 떡메에 맞아 깨진 머리에서 나는 아픈 통증이 아직 가시지 않았지만, 혼자서 그 많은 음식들을 장만할 수밖에 없었다. 그렇게 음식이 모두 다 차려져 갈 무렵, 마당에서 시어머니의 큰 소리가 들려 왔다.

　"이거이 누구다냐, 잉?"

　동엽은 어머니의 그 소리에 궁금해 밖으로 나가던 차에 깜짝 놀라지 않을 수 없는 일이 벌어져 있었다. 그것은 전쟁 때 이후 죽었는지 살았는지 한 번도 소식이 없이 기순이 나타나 그 자리에 서 있었던 것이었다.

　"엄니, 엄니!"

그러면서 기순이 마당에 그대로 꿇어앉아 큰 절을 올리고 있었다.
"아제, 아제! 이거이 뭔일 이다요, 야?"
동엽도 기순을 보고 놀라웠다.
"성수! 잘 기셨는가라, 죄송혀요!"

기순도 동엽의 두 손을 잡고 다시 만난 기쁨을 나누고 있었다. 그 날 기순은 집에 돌아 와서야 아버지가 돌아 가셨고, 막둥이 어린 동생 기칠이가 있다는 것도 알게 되었다. 기순은 살았는지 죽었는지 소식이 없었던 이유를 어머니와 기남, 형수인 동엽 앞에 차근차근 얘기를 해 나가고 있었다. 그런 시동생 기순은 식구들을 만났다는 생각에선지 아니면 다른 일들이 생각나선지 눈물이 앞을 가리고 있었다.

기순은 전쟁 중 인민군 군관으로 전라남도 당에 파견되었다가 우연찮은 기회에 집 소식을 듣고 들렸다 간 것이 그 때였다고 했다. 아버지 한영과 동네 사람들을 구하게 된 것도 그 무렵이었고, 기남이 형을 구한 것은 벌교에 있던 인민군의 신원확인 요청을 받았다가 형인 것을 알고 급히 내려와 구한 것이었다고도 했다.

그리고 얼마 지나지 않아 거의 패망해 가던 국군은 유엔군이 인천 상륙작전을 성공시키게 되자 인민군을 무찌르게 됐고, 그 때에 인민군은 긴급 철수를 하게 되었다고 했다. 그렇게 인민군이 철수해 가는 과정에서 국군과 교전 끝에 기순이 속한 인민군 부대가 거의 전멸하다시피 했고 기순은 국군에게 포로로 잡혔었다고 했다. 그 후 기순은 거제도 포로수용소로 수용되는 다른 사람들과는 달리 인민군 고급 군관이었다는 이유로 별도의 감옥에 수감되었다가 전쟁이 끝난 후에도 전향을 하지 않아 오랫동안 수감생활을 했었다고 했다. 그러다가 군사정부가 들어서고 또 다시 비전향 장기수들을 전향시킬 기회가 왔는데, 기순은 그 기회를 타고 전향을 해 이제야 나올 수 있었다고 했다.

"그래! 고상 많았다. 잘했다 잘했어! 오늘은 늦었응께, 낼 아침 일찍이...아분이 산소에나 다녀 와서, 찾아 볼 사람들은 찾아보고! 그담 일은 그 때 가서 생각해 보게, 잉? 우선은 몸도 좀 추스르고..."

기남은 행방불명된 동생 기순이 나타나 기막힌 지난 시절 이야기를 듣고는 가슴이 아프지 않을 수가 없었다.

"자! 잔이나 한잔 받거라!"

추석 상을 차려 조상에게 제사를 올리는 마음은 해마다 다르지 않지만, 기순이 돌아 온 올해의 추석 차례는 제사의 뜻이 다른 해 보다 더 깊어지는 추석날이 되고 있었다.

추석날 아침 일찍, 기순은 형 기남과 함께 아버지의 산소를 찾았다. 기순을 알아 본 몇몇 마을 사람들이 갑자기 나타난 기순을 보고 놀라기도 하고, 안부를 묻기도 했다. 아버지가 잠들어 있는 목골 선산은 낯익은 곳이었지만, 이렇게 쉽게 올 수 있는 곳인데도, 기순이 와본지가 그렇게 오래되어 세상살이에 대한 감회가 새롭게 다가오기도 했다.

생전의 아버지는 다정하지도 않았지만, 저승에 간 아버지를 본 기순은 눈물이 앞을 가려 한동안 '멍'하니 아버지 산소만을 바라고 있을 뿐이었다. 아버지는 원래 본부인이었던 별감 할머니와 나란히 누워 자식이 온 것을 아는지 모르는지 무심한 바람만이 기순의 귓전을 스치고 있었다.

산소를 다녀 온 기순은 기남과 함께 동네 매구패가 논다는 윗동네로 올라갔다. 인민군 군관이 되어 마을 사람들을 구해줬던 기순이 나타나자 그 때 살아났던 몇 사람은 기순을 반갑게 맞이해 주었고, 기순을 만나지 못해 총살을 당했던 사람들의 가족들은 기순을 보며 또 다른 감회의 눈물을 흘리고 있었다.
"자 자! 인민군 군관이었지만... 우리 마을에는 은인인 기순이 왔소! 다들 모인 오늘 이 자리서, 한 마음으로... 한 바탕 신나게 놀아 봅시다!"
춘수의 상쇠소리와 윗동네 매구패들의 함성과 소리가 동네 마당에 다시 펼쳐졌다.
"가을이라 한가위!"
'깨갱깨갱 깨개갱!'
"온 동네가 다 모였네!"
'깨갱깨갱 깨개갱!'
"산신령님 오시소서!"
'깨갱깨갱 깨개갱!'
"우리 동네 복주소서!"
'깨갱깨갱 깨개갱!'
춘수의 상쇠소리에 맞춰 동네 농악대인 매구패의 흥이 어우러지며 온 동네가 오랜만에 하나로 뭉쳐지고 있었다. 동네에서 쳐 놓은 천막에는 동네 어른들부터 어린 아이들까지 모두 무여 들었고, 국수에 흥까지 곁들여 지자 이번에는 매구패가 동네 앞마당을 돌며 원을 그렸다간 팔자를 그리며 여흥의 정점을 향해 가고 있었다. 상쇠소리에 맞춰 꽹과리를 앞세우자 징에다 장구, 소구를 든 동네 매구패들이 뒤 따랐고. 흥에 겨운 사람들이 더덩실 춤을 추며 매구패의 꼬리를 따라 붙어 한 몸뚱이가 되어 갔다.

한참을 그렇게 흥을 돋우던 매구패는 동네 사람들의 흥이 돌아 오르자 동네를 위 아래로 지르는 길을 따라 한 집 한 집 돌아들며 '무병장수'를 비는 '길 밟기'에 나섰다. 매구패가 들어가는 집집마다 매구패에게 음식도 대접하고 덕담도 주고받으며 온 동네가 하나가 되어갔다. 그런 동네 사람들 틈에 섞인 기순도 매구패를 따라 돌며 오랜만에 보는 동네 집들도 들르고 동네 사람들에게 '수인사'도 하며 고향에 돌아 온 '추석 날'의 하루를 보내고 있었다.

화전놀이

　예전에는 해가 바뀌고 봄이 되면 춘궁기가 다가 왔었다. 살기가 퍽퍽하고 녹록찮았던 그 시절에는 겨울을 나기가 쉽지 않았고, 그래서 봄이 되면 보릿고개를 넘느라 무척 힘이 들고 사는 날들이 어렵게 이어지기만 했다. 그러자니 봄이 되어도 사람들이 새로운 꿈은 생각도 못하고 그저 끼니 걱정을 하는 날들이 계속되고 있었다.
　그러나 새마을 운동이 시작되고 통일벼가 보급되면서 점차 쌀 생산량이 늘어나자 다른 곡물의 식량 증산도 함께 이루어져 가고 있었다. 그렇게 되자 명절이나 농번기를 제외하고는 아녀자들에게도 쉴 수 있는 시간들을 만들어 줘야 한다고 하는 주장들이 나왔고, 숨 가쁜 모내기를 끝내고 나면 동네 아녀자들에게도 '화전놀이'를 가는 날 주어졌다. 동엽도 지금껏 살아오면서 놀러간다는 생각을 해 본 적도 없고, 춤하고 노래를 해 본적도 없어 '화전놀이'에 관심은 있었지만, 실제로 화전놀이 가는 것에는 망설임이 앞섰다.

"자남떡! 와...따 이랄 때나 같이 가서 놀다 오세, 잉?"

"성님! 지...는 노래헐지도 모르고, 춤 출지도 모르는디라... 뀌다 논 보릿자루나 한가진디라!"

"그라믄 어쩐당가? 나도 놀찌 모른당께! 놀아야만 헌당가...바람도 쏘이고, 시상 시름도 잊고...그라세"

"야! 그건 그란디라..."

동네 사람들은 동엽에게 '자남 떡'이라고 불렀다. 원래 '택호'는 '재남 댁'인데, 동네에서 편하게 부르는 사투리 소리가 '자남 떡'이었다. 이런 택호는 원래 '고개'라는 뜻의 '재'와, '남쪽에서 온 사람이라는 뜻이 합쳐진 것으로 '재남 댁'으로 붙였던 택호였지만, 사투리 발음을 하면서 '자남댁'으로 불리다가 '자남떡'이라는 발음을 가진 택호를 가지게 되었던 어머니였다.

새마을 사업을 하면서 윗동네 공터에 '마을 회관'이 새워진지 얼마 안 되었는데 그 마을 회관이 생긴 이래 첫 행사로 '화전놀이'가 준비되고 있었다. 옛날에는 그런 회관도 없고 아낙네들이 모여서 놀긴 했어도 지금처럼 그렇게 크게 판을 벌리는 화전놀이를 하기란 쉽지 않아서, 그저 그런 동네 아낙네들이 모여 노는 것이 전부이기도 했었다. 하지만, 세월도 달라지고 마을 회관도 만들어진 마당이라, 마을 회관에서는 동네 아낙들이 모여 화전놀이 가서 먹을 음식들을 반찬거리하고 '전'을 붙이고, 한 쪽에선 시루떡과 인절미를 만들고 있었다.

"여자들은 좋...컷네! 언제부터 여자들만 놀러 갔당가? 여자들이 좋은 시상이 왔어!"

"허이고! 일 년에 딱 한번 화전놀이 가는디... 그걸 가지고 별 소릴다 허요, 잉? 그러나 저러나 이놈의 여자들 팔자는... 평상 그 모양을 못 벗어나고 있는다라!"

　동네 노인들은 여자들끼리 놀러 간다는 말에 '세상이 좋아 졌다'며 한마디씩 붙였지만, 여자들은 그 말조차 싫은 듯 맞장구를 치며 화전놀이 준비들을 했다.

　말이 '화전놀이'지 멀리 가는 것도 아니고 기껏 가 봤자 마을 앞 신작로를 따라 흐르는 개천을 건너면 앞에 보이는 앞산 꼭대기에 가서 음식도 먹고, 막걸리도 한잔씩 하면서 남정네들의 간섭에서 벗어나 하루 쉬다가 오는 것이 전부였다. 그런데도 남자들은 짐을 날라다 주거나 수발을 하는 일을 맡은 남자들 말고는, 여자들이 노는 곳에 가지 못하고 여자들이 하루 종일 집을 비운 사이에 남은 남자들끼리 먹는 것과 집안일을 해결해야 해서 이것저것 불편하기도 하고 투덜거리기도 했다.

　기껏해야 일백여 미터가 조금 넘을 정도 밖에는 안 되는 나지막하고 평범한 동네 앞산에 오르면, 국민학교 운동장만한 평탄한 곳이 있었다. 그래서 그 곳에서는 아이들이 모여 놀기도 하고, 겨울이 되면, 그 곳에 모여 소리를 지르고 내려오며 토끼몰이를 하는 곳이기도 했다.

　화전놀이 준비가 끝나고 그 날 아침 동네 청년들 몇 명이 지겟발에다 동네 아낙들이 먹고 놀 것을 지고, 앞산에 먼저 올라 내려 주고 돌아 왔다. 짐이 먼저 올라가면서 준비를 할 아짐들도 청년들과 함께 먼저 올라가 준비를 하는 사이에 동네 아짐들이 회관에 모여 줄줄이 앞산을 올라가는데, 동네에서 바라보는 그 광경은 그야말로 장관을 연출해 내기에 충분했다.

　아주 걸을 수 없는 할머니 몇 사람을 제외하고는, 거동할 수 있는 할머니들로부터 어린 아이들까지 여자들은 모두 다 모였고, 등에 업은 젖먹이까지 일렬을 이루다시피하며 논두렁길을 타고 가다가 앞산을 올랐다. 앞줄에서 먼저 간 여인네들은 벌써 앞산 꼭대기에 이르렀고, 줄 맨 뒤에 있는 아낙들은 농로 길을 벗어나 이제야 산자락으로 접어 들 정도로 긴 행렬이 마을 사람들의 구경거리가 되고 있었다.

"허 허! 거 참! 볼만 하네, 그래!"

"그라네! 우리 동네도 이런 날이 오네, 잉?"

"시상은 좋은 시상이여! 여자들이 노는 날도 오고!"

앞 산 꼭대기 평편한 곳에는 자연 그대로 자란 풀들이 감싸고 있어 마치 솜털을 밟듯 푹신푹신한 기분마저 들고 있었다. 그런 한 쪽 구석 그늘 밑에는 먹고 마실 음식들이 차례 지어 늘어지는가 싶더니 어느새 고참인 할머니의 목소리가 들려왔다.

"얼씨구나 좋...다! 이거이 무슨 기분이다냐, 잉? 좋구나 좋아, 얼씨구나!"

마치 춤이라도 출 듯 추임새가 시작되었다.

"살다보니께 이란 날도 있네, 잉? 자 자! 나...가 노래나 한 가락 뽑아야 쓰것네!"

"그라쇼, 성님! 어디...오랫만에 우리 성님 노랫가락이나 들어 봅시다. 우리 성님 목소리 하나는 기가 막히제! 암 암! 나...가 알아주제, 하믄! 성님, 자 자! 한 소리 할라믄 막걸리부터 한잔 축여야제, 안그요?"

"잉, 그건 그라제! 이리 줘 보소!"

"야! 그란지 알고 준비 했소, 자 자! 여그 있소, 잉?"

"잉. 고맙네!"

하고는 탁발에 따른 막걸리를 주욱 들이 켰다.

"캬...이거이 얼매만에 맛 보는 맛이랑가, 잉?"

동네 아짐들이 모여 베틀을 짤 때면 유감없이 소리 실력을 발휘하던 '보성떡'이 막걸리 한잔을 목에 축이고는 한껏 목청을 높였다.

"아리 아리랑 쓰리 쓰리랑 아라리가 났네, 에헤 에헤 아리랑 고개 고개로 넘어 간다! 정든님이 오셨는데, 인사도 못 해... 댕기 치마 입에 물고......"

보성댁이 소리를 시작하자 옆에 있던 영산댁이 목청을 거들었다.

"정든 님이 오시는데 인사를 못해... 댕기 치마 입에 물고...입만 뻥긋..."

마치 합창을 하듯 두 사람의 소리가 어우러지자 화전놀이의 서막을 알리듯 합세하며 '아리랑'이 산 아래 동네까지 울려 파졌다. 그러자 누가 시키지도 않았는데 동네 아짐들이 어울려 둥근 원을 만들고는 양 팔을 펼치면서 서서히 돌기 시작했다. 그러면서 아리랑 소리가 끝나가나 싶더니 이번에는 자연스럽게 만들어진 둥근 원을 중심으로 '강강수월래'가 이어지자 누구라고 할 것 없이 아낙들의 소리가 한꺼번에 이우러지며 빙빙 돌아갔다.

"강강수월래"

"강강수월래"

"......"

합창이 이어 지는가 싶더니 어느새 한 쪽에서 선창을 하면 다른 한 쪽에서 그 소리를 따라해 가며, 왼쪽으로 돌다가는 오른쪽으로 바꿔 돌고, 원의 한 가운데로 모였다 흩어지기를 반복했다. 누가 시키는 것도 아닌데 마치 일사분란하게 움직이는 '군무(群舞)'를 보는 듯 했다.

여자들이 그렇게 신나게 놀고 있는 틈 사이로 동엽도 덩달아 따라 돌고, 거기에 따라 온 어린 아이들도 신이 났는지 어른들이 잡은 팔 사이로 원 안을 들락거리며 해맑은 웃음을 띠고 있었다.
"허허! 난리가 났네 난리가!"
"그러게 말여! 잘...들 노는갑네!"
"그러게 말시! 신났는갑네. 저리들 좋을꼬?"

앞 산 꼭대기에서 들려오는 여자들의 화전놀이 소리가 마을 회관까지 흥겹게 들려오자, 마을 회관에 있던 사람들이 그런 소리들을 하며 담뱃불을 붙이고 있었다. 동엽도 그렇게 참여하고는 있었지만, 동네 아짐들이 이렇게 재미나게 노는 것을 본 것은 처음이었다. 아짐들은 일하랴 밥하랴 그저 찌든 세파에 언제 저런 노래들을 할 시간도 없었을 텐데, 그런 노래들을 배우고 목청껏 소리 지르는 것을 보자 감탄이 절로 나왔다. 다시 그런 기회가 없을 듯 하루만을 위해 사는 사람들처럼, 동네 아짐들의 노래 소리와 춤사위는 쉬지 않고 이어졌다.

동엽은 그 중에서 곡목을 알 순 없었지만, 잠깐 조용해 진 사이에 나이 많은 보성댁 아짐이 부른 '석탄백탄...'하는 노래 소리가 마음에 와 닿았다. 그것이 무슨 노래 가락인지 알 순 없었지만, 동엽의 속마음을 그대로 나타내 주고 있는 듯해서였다. 그래서 동엽은 혼잣말처럼 그 노래를 되새기며 따라해 보고 잇었다.
"석탄 백탄 타는데 연기도 벌써 나구요..
이내 가슴 타는데 연기도 김도 안나네.
에헤요 어여야 어여라 난다 디여라

허송 세월을 말어라

......

열두갈피 치마폭

갈피갈피 맺힌 설움이

초생달이 기울면

줄줄이 쌍쌍 눈물이라

에헤요 어여야 어여라 난다 디여라

......"

원을 돌며 한동안 힘을 뺀 동네 아낙들은 잠깐 쉬는 사이에 막걸리를 들이키며 목을 축이고는 만들어 간 김치와 반찬, 전들을 먹으로 그동안 못 다한 얘기들도 하고, 동네 남정네들 흉도 보아가면서 하루해가 저무는지 모르게 온 몸을 불사르듯 앞산 꼭대기를 수놓고 있었다.

세월의 흔적

　　기남은 이장 일을 보면서도 자기 일을 챙긴다든가 자기 잇속을 챙기는 이일에는 무척 서툴렀다. 동엽은 그런 남편이 다른 사람들한테는 잘하고도 자기 집 일에는 늘 치이는 것이 속상하기도 했지만, 한편으로 세상에 때 묻지 않은 그런 마음이 오히려 안쓰럽기도 했었다. 그래서 남편 기남이, 대차지 못하고 다른 사람들 일에는 물 불 안 가리고 나서지만, 집안일이나 아이들 키우는 일에는 무관심 한 것이 늘 불만이었다.

　　기남도 자신의 성격이 그런 것을 알고 있어 고쳐 보려고도 해 봤지만, 잘 되질 않았다. 기남은 이장 일을 보면서 과거 경찰 초창기에 경찰로 일했던 자신의 경력을 국가로부터 인정을 받고 싶어 했고 실제로도 가능한 일이었지만, 동생 '기순'의 인민군 경력이 늘 문제가 되어 일 처리가 되지 못하고 있었다. 소위 말하는 '연좌제'라는 것이 그의 발목을 잡는 것이었다.

아무리 그렇다 치더라도 동생의 인민군 경력과 자신의 경찰 경력은 완전히 다른 것임에도 불구하고 그것을 빌미로 경찰 경력을 인정해 주지 않는 것은 불합리하다는 얘기를 해 보았지만, 그것은 어쩔 수 없는 일이라는 답변만 들을 뿐이었다. 그러면서도 기남은 이장 일을 하면서도 새마을 운동을 해 나가는 과정에서 여러 가지 불합리한 것들이 고쳐지지 않는 것에 대한 불만도 하나 둘 쌓여 가고 있었다.

새마을 운동 시작 때부터 적극적인 참여를 해 온 기남에게는 시간이 갈수록 새마을 운동에 대한 개선 요구 사항들이 받아 들여 지기는커녕 동네 유지들이 권력 기관과 손잡고 부리는 행패에 가까운 부조리한 일들이 그 도를 더해 가면서 기남의 실망이 커져 갈 때였다. 기남 뿐만 아니라 권력에 비판적인 사람들이 나타나기 시작하면서 보다 적극적인 비판과 개혁 요구 세력이 자리를 잡기 시작해 가고 있었다.

'세상을 바꿔 보자'라든가 '무언가 새로운 돌파구를 찾아야 한다'는 운동이 전개되기 시작하면서 '여당'과 '야당'이라는 틀이 만들어져 가기 시작했다. 그러자 기남은 그 가운데서도 자신이 크게 의식하지 않으면서도 자연스럽게 '야당' 성향의 비판적 활동을 해 나가기 시작했다. 그러다가 '서민호'라는 야당 정치인의 활동에 참여한 것이 화근이 되어 '이장'일을 하는 것조차 견제대상이 되고 말았다. 그리고는 얼마 지나지 않아 반 강제적으로 '이장'일을 하지 못하게 되고 말았다.

그런 가운데 야당 성향의 사람들에 대한 정권적 차원의 견제와 감시가 끊이지 않고 지속되자 그나마도 기남의 활동이 극히 제한되는 일이 반복되어 가고 있었다. 그러는 동안 기순의 세탁소를 차려주느라 논을 팔아버려 농사일이 줄어 든 마당에 더 이상 공채를 쓸 수 없게 되어 공채도 집으로 돌려보내게 되었다.

그렇게 공채를 돌려보내고 나자 동엽의 일만 다시 크게 늘어나는 형국이 되었다. 그것은 기남이 이장 일도 그만 두고 농사일을 돕긴 했지만, 다친 허리 때문에 제대로 일을 할 수 없어 그렇기도 했고 야당 생활을 한다는 이유로 감시가 심해지자 기남이 활동을 하는데 있어 '심적' 부담이 커져 있어서 활동이 위축되기도 해서 였다.

그런 와중에 서울로 갔다는 여동생 소식이 들려 왔다. 여동생은 결혼 후 여수에서 살다가 더 이상 여수에서 살기 어렵다며 시댁의 도움을 받아 서울로 이사를 갔다고 했지만, 한동안 소식을 알 수 없었다. 그 여동생은 여수에 살 때 밀수를 해서 들어 온 여러 가지 일제 제품들을 받아 파는 일을 했지만, 새마을 운동이 본격화되고 점차 그런 물건들을 취급하기가 어렵게 되자 다른 할 일을 찾다가 그것도 잘 안되어, 무작정 상경이나 마찬가지인 서울행을 결심했다는 소식도 들려 왔던 터였다.

그런데 서울에 가 살던 여동생은 어떤 경로를 통해 알게 되었는지 모르지만, 해방 후 집을 떠나 소식이 묘연했던 큰 형님 기훈을 만나게 됐다는 소식도 함께 전해왔다. 그러자 큰 형님을 찾게 되었다는 소식을 들은 기남은 세탁소를 하는 동생 기순과 함께 어머니를 모시고 큰 형님을 만나기 위해 서울로 가는 기차에 몸을 실었다. 벌교역에서 탄 기차는 순천에서 한번 갈아타고는 밤새 서울로 서울로 달려 다음날 아침에서야 서울역에 도착할 수 잇었다.

서울에 가 본 적이 없는 기남과 어머니는 벌교와는 완전히 다른 서울의 모습을 보며 놀라워 했다. 서울역 앞에는 말로만 듣던 전차가 딸랑거리는 소리를 내며 달리고 있었고, 수많은 인파가 어디를 가는지 바삐들 움직이며 기남과 어머니의 정신까지 홀리는 듯 했다. 그렇게 서울역 앞에 다다른 기남 일행은 주소를 적은 종이를 들고, 물어물어 서대문을 지나 '영천' 시장을 찾아 그 뒷골목에 있는 '금화산' 자락의 판잣집을 찾았다. 그곳이 여동생 연자가 서울로 와 살고 있는 곳이었다.

여동생이 서울로 이사를 갔다고 해서 어떻게 사는지가 궁금하기도 했는데, 말이 서울이지 막상 판자촌인 이곳에 자리 잡은 동생을 보자 기남의 마음은 착잡하기만 했다. 더구나 매제는 '폐병' 환자가 되어 각혈까지 해 대고 있어서 여동생의 서울 생활은 무척 힘든 것이 아닐 수 없는 듯 했다. 그렇게 사는 여동생을 보자 말자 기남은,

"이렇게 사느니...촌으로 내려가자, 잉?"

하며 동생을 달래 봤지만, 그런 말이 동생에게 통할 리 없었다. 그런 여동생을 만난 다음 큰 형님을 만나러 간 곳은 서대문에서도 정반대인 의정부 가는 초입에 있는 도봉 이라는 곳이었다. 그곳 역시 아주 허름한 주택집이었다.

"성님!"

"이거이 누구냐, 엉? 어무니!"

마침 집에 있다가 어머니와 기남, 여동생을 보게 된 큰 형 기훈은, 만날 것을 전혀 예상하지 못하고 있어선지 무척 놀라고 있었다. 여동생도 소식만 들었지 만나는 것은 처음이라고도 했다.

"야! 이놈아! 니 놈이 이렇게 시퍼렇게 살아 있는디... 그렇게도 무심허게 소식이 없었더냐 이 놈아, 이 놈!"

어머니는 큰 아들 기훈을 보며 한없는 원망의 말을 쏟아내고 있

었다. 그런 큰 형님도 어머니나 식구들에게 말 할 수 없는 사연이 많을 듯 했지만, 깊은 내막은 아무도 알 수 없는 것이었다.

그런 큰 형님은 해방이 된지 얼마 되지 않아 집을 나가 이곳저곳을 전전하다가 밀항을 해 일본으로 갔다고 했다. 그러나 꿈을 안고 갔던 패망한 일본에서의 생활은 쉽지 않았다고 했다. 그러자 큰 형님은 죽더라도 한국에 가서 죽자는 생각으로 다시 귀국을 했는데, 그 때 전쟁을 맞았다고 했다.

전쟁 중에 이러지도 저러지도 못하고 있던 큰 형님은 아는 사람의 도움으로 해군에 입대하게 되었는데, 일본 생활의 흔적을 지우기 위해 전쟁 중에 돈 몇 푼을 주고 호적을 새로 만들어 입대할 수 있었다고 했다. 그렇게 해서 해군에 있다가 전쟁이 끝나고 특무 상사로 예편을 했다고 했다. 해군에 근무하면서는 그의 과거 행적이나 살아 온 것이 알려질까 봐 노심초사 하던 중 '경기도 안성'이 고향인 여자와 결혼을 해 살면서 아들 하나를 낳았다고도 했다.

그런데 그 첫째 부인하고는 갈라섰고, 거기서 낳은 아들은 엄마를 따라 갔다고 했다. 지금 살고 있는 사람은 두 번째 사람인데, 여기서도 딸 하나를 낳아 함께 살고 있다고 했다. 그럼 말을 듣고 있자니 기훈과 기남은 형제이긴 해도 서류상으론 남이고, 지난 이십여 년 떨어져 살아 온 세월이 참으로 기가 막히다는 생각을 해 보기도 했다.

기남은 그날 저녁 아버지가 돌아 가신 이야기며, 담 쌓고 사는 고흥 큰 형님 이야기, 기남 자신의 경찰 이야기와 기순의 인민군 군관 이야기까지 시간 가는 줄 모르고 형제간들 사이의 이야기를 해 주었다. 어머니와 여동생은 여자라서 그런지 그저 눈물만 흘렸고, 전쟁 중에 겪었을 기순과 큰 형의 지나 온 이야기에 긴 한숨만 늘러질 뿐이었다.

또 한 번의 이별

우연찮게 큰 형님을 찾았지만, 큰 형님은 여전히 있으나마나 한 존재로 남겨졌고, 한 집안의 가장으로서 그리고 소 문중을 관리해야 하는 장손 아닌 장손 역할을 해야 하는 기남의 자리는 그대로 변함없이 남겨 질 수밖에 없었다.

그렇게 기남은 큰 형님을 찾은 것에 만족하고 집으로 돌아왔는데, 아이들 교육이 힘든 어려운 집안들이 많은 것을 확인하고는 동네 아이들을 모아 가르쳐보겠다는 생각을 하게 되었다. 세상의 미래는 아이들에게 있다는 거창한 구호가 아니더라도, 글을 배우기 어려운 아이들이 있는 것에 마음이 좋지 않았던 시기였다.

때 마침 시절이 바뀌고 동네에서 '한학(漢學)'을 가르치던 전통이 거의 사라져 명맥을 유지할 수도 없는 환경이 되자 기남은 그것을 안타까워하며, 다른 아이들을 가르치기 전에 자신의 아이들에게 먼저 한문을 가르쳐 보게 되었다.

"하늘 천(天), 따 지(地), 검을 현(玄), 누루 황(黃)"
"하늘 천(天), 따 지(地), 검을 현(玄), 누루 황(黃)"
"......"

아이들은 기남이 가르쳐 주는 대로 무슨 뜻인지 알 수 없을 일이지만, 소리에 맞춰 잘 따라 왔지만, 그 중 작은 아들은 따라 하는 시늉만 하고 한문 공부에는 별 관심이 없는 듯 보였다. 그렇지만, 공부 하는 것을 더 지켜봐야겠다는 생각에 아들들에게 한문 교육을 시키는 과정에서 뜻하지 않은 일이 생겼다.

그것은 한문은 물론, 한글도 가르쳐 주지 않은 다섯 살짜리 아들 채서가 홍얼거리는 소리를 내며 등 너머에서 따라하고 있는 것이었다. 마루 밑에 앉아 집에서 키우는 누렁이가 앉아있는 옆에서 나무 막대기로 무언가를 그리는 듯 하는 것을 가만히 살펴보자 들릴 듯 말 듯 한 목소리로 '하늘 천, 따 지...'하며 놀고 있는 것이었다. 기남은 깜짝 놀라 진서가 땅에다 그리는 그림의 모양을 보니, 그 곳에는 서툴긴 하지만 땅 바닥에 "하늘 천(天)' 자와 '땅 지(地)' 모양이 그려져 있는 것이었다.

'한글'도 배우지 않은 아이가 '하늘 천, 따 지...'를 무슨 뜻인지 알고 썼을 리는 없을 것이지만, 입에서 나오는 말과 땅에 쓴 글이 정확히 일치하고 있었다. 기남은 그런 어린 진서의 모습을 확인하고는 동엽에게 그 상황을 설명했다.

"채수 엄마! 채서가 말여..."
"야? 갸가 왜라!"
"갸가! 천자문을 따라 하드라니까... 글도 따라 쓰고!"
"야? 국문도 모른 갸가라?"

"잉! 그니까 자네도... 진서가 웅얼거리는 소리랑, 땅에다 뭔가 쓰고 있으면...잘 살펴보소! 나도 유심히 지켜 볼랑께!"

그런 말을 듣고 난 동엽은 채서를 유심히 지켜보기 시작했다. 그런데 진짜로 채서가 웅얼거리는 소리가 천자문처럼 들려 왔다. 동엽은 한자는 물론이고 한글도 알지 못하는 까막눈이지만, 남편 기남이 아이들을 가르치는 소리하고 같은 것이어서 구분이 가능했다.

동엽은 신기하기도 하고 놀랍기도 해서 채서가 노는 모습을 더 지켜보았다. 그런데 얼마 지나지 않아 아버지 기남이 주판을 놓는 모습을 보던 진서가, 이번에는 주판 놓는 모습을 그대로 따라해 보겠다고 나섰다. 그래서 기남은 주산의 '위에 있는 알'과 '아래에 있는 알'의 사용법을 대략 알려 주고 나자, 이번에는 진서가 주산 놓는 방법을 따라 하기 시작했다. 아직 숫자를 배우고 익히지 않아 읽고 쓸 수도 없었지만, 말로 하는 숫자를 주판에 옮기고 있었으니 참으로 신기한 일이 벌어진 것이나 마찬가지가 되었다. 그것을 본 동엽이 기남에게 아들에 대한 이야기를 하게 되었다.

"나는 글을 모릉께라! 쟈...는 한번, 공부를 시켜 봅시다! 즈그 할아부지 닮아서 벼슬이라도 헐지 아요?"

동엽은 남편 기남에게 자신도 모르게 아들 채서에게 공부를 가르쳐 달라고 부탁을 하고 있는 것이었다.

"알었네! 나도 한번 가르쳐 볼랑께... 앞으로 두고 보세!"

그렇게 말한 기남은 틈이 나는 대로 채서를 불러 옆에 두고는 천자문을 외울 수 있도록 따라 하게 해 주었다. 그러자 얼마 지나지 않아 진서가 천자문을 따라 하면서 곧잘 천자문을 써 내려가기까지 했다.

글자를 아직 모른 상태라 한자를 쓴다기보다는 한자를 그린다는 표현이 더 맞을지도 모를 일이었다. 그제야 기남은 아들 채서에게 한글을 가르치기 시작했다.

"아(ㅏ) 야(ㅑ) 어(ㅓ) 여(ㅕ)..."

"기역(ㄱ) 니은(ㄴ) 디귿(ㄷ) 리을(ㄹ)..."

한문을 먼저 가르치고 나서 한글을 가르치는 형국이 되었는데, 그렇게 한글 '자모(子母)'를 가르치기 시작했다. 한문을 먼저 배운 채서는 국문과 숫자를 배우는 데는 그리 긴 시간이 걸리지 않았다. 그렇게 한글과 한문을 습득한 채서에게 기남은 밖에 일을 보러 나갈 때 마다 함께 데리고 다니면서 주변을 살피고 글자를 읽어 보게 했다. 그러자 다섯 살짜리 채서가 한문과 한글을 깨치게 된 것을 안 동네 사람들도 그런 진서가 신기한 듯, 진서만 보면 글을 읽어 보게도 하고 칭찬을 아끼지 않았다.

"진서 이놈은 공부 시키쇼! 우리 동네도 인자 인물이 나것소, 인물!"

그렇게 채서에 대한 기대가 커가고 있었다. 동엽은 다른 아들들에 대한 기대도 컸지만, 진서가 특히 남다를 재능을 보이자, 배우지 못한 한을 풀어 줄 것이란 기대를 가지고 채서에 대한 희망을 끈을 키워 갔다.

또 다른 겨울이 다가왔다. 가을걷이가 일찍 끝나고 제법 풍성한 수확이 이루어지면서 다른 해와는 다른 비교적 넉넉한 겨울이 다가 왔다. 지난여름은 곡식이 잘 익었고, 수해나 병충해도 예년보다 훨씬 적었었다. 그래서 나락 수확이 엄청 늘어났고, 그에 따라 벼의 소출도 무척 커진 한 해를 보냈다. 하지만, 오월리가 비교적 풍성한 한 해를 보낸 것에 비하면, 인근 동네인 '내대'는 더운 여름을 틈타 '장질부사(장티푸

스)'가 창궐한데다가 '이질'까지 겹쳐 온 동네가 초토화되다시피 하면서 많은 사람들이 감염되거나 죽어 나가는 바람에 오월리에도 긴장이 감돌기도 했었다.

동강면과 도에서도 총력을 펼쳐 방재를 하고 인근 동네와의 왕래를 차단하며 질병 확산 방지에 총력을 다 했었다. 덕분에 '내대'에서 가장 가까운 동네인 '골몰'에도 극심한 긴장이 감돌았지만, 다행히도 오월리는 무사할 수 있어 그 풍요로움을 배가 할 수 있었다.

그런 장질부사가 골몰에는 번져오지 않았지만, 다른 동네들에서는 피해가 발생하기도 했다. 그런 가운데서도 아이들은 면역력이 약해, 골몰에서도 아이들의 외부출입을 막았고, 동엽의 집에서도 아이들 단속을 잘 한 탓에 무사히 여름을 지낼 수 있었다.

그렇게 밖에 출입을 금하면서 집에 있는 시간이 늘어나자 채서의 한문과 한글 배우는 것이 다른 때보다 더 빨리 진행될 수 있는 여건이 만들어진 것인지도 모를 일이었다. 그런 여름을 이겨내고 가을걷이를 하던 골몰에 다가 온 겨울은 아이들에게 여름 못지않은 바깥 놀이의 즐거움을 만끽하는 좋은 계절이 되고 있었다.

다른 해 보다 추워 보이는 날씨는 아이들을 움츠리게 했지만, 추운 가운데서도 꽁꽁 얼어붙은 얼음과 백설 같은 눈은 아이들에게 또 다른 놀이의 즐거움을 주기에 충분했다. 형인 채수와 채남은 동네 형들과 어울려 나무를 자르고 철사를 구부려 썰매를 만들고, 그 썰매에 진서와 아장아장 걷는 어린 여동생 '점이'를 태우고, 벼 베기를 하고 남은 벼 포기 사이에서, 얼어붙은 얼음판을 지치기도 했다. 동네 사람들이 화전놀이를 했던 앞산에서는 눈이 오는 날이면 동네 아이들이 모여 토끼몰이가 시작되었고, 그런 동네 아이들의 함성 소리가 온 동네에 울려 퍼지기도 했다.

그렇게 재밌게 놀면서도 감기 한번 제대로 걸리지 않았던 아이들이었는데, 그런 겨울이 깊어 갈 무렵, 논에서 오빠들이 돌아가며 재밌어 하는 점이를 태우고 썰매놀이를 하고 돌아 온 그날 저녁, 딸 점이가 독감에 걸려 콧물이 줄줄 흐르는가 싶었는데 금세 뜨거운 열이 끓어오르기 시작했다. 밤늦도록 열꽃이 온 몸을 감싸 오는가 싶더니 갑자기 점이가 혼수상태에 빠져 들고 말았다.

동엽은 첫 아이를 잃어버린 경험이 있어 또다시 점이를 잃을지 몰라 겁이 나기 시작했다. 동엽과 기남은 날이 밝으면 벌교 의원에 데려 가야겠다는 생각으로, 점이의 옷을 벗기고 열을 내리기 위해 수건에 찬물을 적셔 임시방편으로 열을 내리기 위해 애를 써 봤지만, 딸 점이는 기운을 차리지 못하고 있었다.

"아가 아가! 큰일이네! 채수 아부지! 언능 업으쇼, 갑시다! 어두워도 지금이라도 가야제 안되것소, 야?"

"그라세! 자네도 언능 준비허소!"

아이들도 동생 점이가 정신을 못 차리자 자신들이 점이를 잘못 데리고 놀아서 그렇게 된 것이라는 자책감에 잠을 이루지 못하고 뜬 눈으로 뒤척이고 있었다.

"느그들은 걱정 말고...자고 있어라, 잉? 아부지랑 점이 델꼬, 의원 댕겨 올랑께!"

그런 말이 끝나기가 무섭게 의원이 있는 벌교로 발걸음을 재촉하고 있었다. 가까운 곳에 의원이 있을 리도 없었고 벌교에만 의원이 있었지만, 이 야심한 밤에 딸 점이를 봐 줄 수 있을지는 알 수 없는 일이었다. 하지만, 아이를 살려야 한다는 다급한 마음은 동엽과 기남의 발길을 재촉하고 있었다.

그렇게 짙은 어둠이 내린 추운 겨울 밤, 의원을 향해 정신없이 길을 재촉하던 그 날 밤, 동엽은 딸 점이를 의원에 데려가 보지도 못하고, 집에서 얼마 가지도 못한 곳에서 딸 점이를 잃어야만 했다.
"아가 아가!"
동엽의 흐느낌은 차가운 겨울 밤, 신작로에 퍼져 가고 있었다.

그런데, 첫 아이를 잃고 죽음을 생각하고 있을 무렵, 아이를 가졌던 것처럼, 거짓말 같은 일이 동엽에 또다시 기적처럼 다가왔다. 그것은 딸 점이를 잃은 지 얼마 되지 않은 어느 날 동엽에게 아기가 들어섰고, 그 아이가 태어났는데 점이와 같은 딸이었다.
거기에다 더욱 놀라운 일이 벌어졌다. 죽은 점이의 목젖 밑에 검은 반점이 하나 있어서 점이로 이름을 붙였었는데, 이번에 태어 난 딸아이도 똑같은 위치인 목젖 밑에 '검은 반점'이 있어 가족들과 주변 사람들 모두가 놀라지 않을 수 없는 것이었다. 그것을 본 사람들은 그 때 죽은 점이가 아이로 다시 환생해서 태어 난 것이라고 하면서 축하를 해주었고, 그 아이로 인해서 딸을 잃은 슬픔을 잊을 수 있게 해 주고 있었다.

그렇게 해서 아이 둘을 잃고도 4남 1녀를 가지게 된 동엽은 또 다른 삶을 위해 아이들에게 희망을 걸면서 그 아이들을 키우는데 남다른 열정을 갖고 혼신의 힘을 다하기 시작했다. 동엽이 시집 온 장씨 집

안에는 시아버지 때에도 딸이 하나였고, 남편에게도 고모가 하나였으며, 동엽도 결국 딸 하나를 두게 되어 딸이 귀한 집이 되었다. 그런 이유로 새로 태어 난 딸은 막내이기도 하면서 고명딸이 되어 가족의 사랑을 듬뿍 받고 자랄 수 있게 되었다.

서울로 서울로

　큰 도시에서 직장을 얻으면 돈을 벌 수 있다는 소문이 돌면서 젊은 사람들은 서울이나 부산으로 간다며 들떠 있었고, 그와 함께 도시로 가는 열풍이 불어오기 시작했다. 그런 바람은 젊은 사람들뿐만 아니라 웬만한 사람들에게도 번져, 돈을 쫓아 서울이나 대도시로 떠나는 분위기가 만들어 졌다. 그래서 농촌에서는 농사지을 사람들이 줄어들고 점차 나이 많은 사람들만 남아 농사를 지을 수밖에 없게 되어 가고 있었다.
　그런 일은 골몰도 예외는 아니어서 젊은 사람들이 떠나는 것은 물론이고, 가족이 통째로 동네를 떠나는 일도 자주 발생하게 되었다. 동엽의 친정에서도 동엽의 큰 언니네가 서울로 떠난다고 했다. 그러자 동엽은 언니네도 볼 겸 오랜만에 대포리 어머니 집을 찾아 어머니 아버지의 얼굴을 뵙기도 했다. 그러면서 언니네가 떠나 갈 빈자리에 남아 있을 남동생네 가족과도 마음을 함께 하며 위로하고 고마움을 표시하는 시간을 갖기도 했다.
    그런데 그것도 잠시일 뿐, 언니에 이어 남동생네도 결국 서울로 가게 되고 말았다. 그것은 동생네도 아이들이 있었고, 아이들 교육을 핑계로 서울로 가자고 성화를 해 대는 올케의 요구에 못 이겨 결국 동생네도 얼마 지나지 않아 서울로 떠나고 말았다. 처음에는 그런 일들이 참으로 신기하기도 하고 농사일은 누가 짓고 집과 선산은 누가 지켜야 할 지 근심스럽기만 했다. 하지만, 그런 일이 동엽 자신에게도 다가 올지는 꿈에도 상상할 수 없는 일이 되고 있었다.

    벌교에 있던 시아제 기순과 시어머니가 서울로 가서 정착해야겠다며 세탁소를 정리하고 서울로 가버리고 말았다. 막상 시동생이 서울로 떠나자 동엽은 '촌'에서 사는 자신들로 인해 자식들 교육을 제대로 시킬 수 없을지 모른다는 생각이 엄습해 오기 시작했다. 그 중에서도 초등학교에 갓 들어간 셋째 진서의 교육이 제일 큰 걱정이었다.
    어느 자식이 됐든 간에 자식들이야 다들 귀한 아이들이었지만, 공부라는 것을 생각하면 진서를 따라 갈 아이가 없었다. 기남도 진서의 교육이 염려되기는 했지만, 살림 형편이 넉넉지 못한 마당에 어쩌지 못하고 있을 때였다. 그런 것을 눈치 채고 있던 동엽이 먼저 기남에게 진서에 대한 교육 이야기를 꺼냈다.
    "채수 아부지! 진서 놈을 저렇게 썩힐라요?"
    "나도 어디 그러고 싶어서 그런가? 우리 형편에 어디..."
    "우리만 어렵다요? 진서만이 아니라, 우리 아이들이 다... 넘의 자식들 보다 잘난 아이들인디라! 저 놈들을 어찌해 봅시다. 뭔 일이라도 저질러야 것어라! 안그라믄 저 아이들이 커서 어쩌것는가라, 야?"

"그러긴 허네만..."

"딴 집들도... 돈 있어서 서울 가고, 아이들 가르친다요? 고모랑, 삼촌도 서울 가 있고라... 이모네도 서울 가 있으니께... 우리라고 못가란 법 있당가라? 우리도 갑시다. 아그들 숟가락 하나 더 놓을 자리 없을랍디여?"

"그래도, 서울이라는디가... 우리가 잘 사는 것도 아니고..."

"내 새끼들 가르치것다는디, 뭣이 어쩐다요? 일단 가 보기나 헙시다, 야?"

그렇게 해서 동엽은 남편 기남과 함께 아이들 중에서 아들 채서를 먼저 데리고 서울로 향했다. 우선 진서를 서울로 보내두고, 나머지 아이들을 데리고 서울로 가는 문제는 나중에 살펴보기로 한 것이었다. 촌에서야 초가집이라 해도 마당도 있고 논밭도 널러 있어 널찍널찍하게 생활하는데 별 어려움이 없었지만, 돈이 없어서인지 몰라도 막상 아이들 교육이라는 것을 생각하면서 올라 온 서울이라는 데는 참으로 이상하기만 했다.

동엽의 눈으로 보는 서울 시누네 집은 완전히 판자로 된 말로만 듣던 판자촌이고, 방 하나에 몇 명씩 엎혀서 자야하고, 변소는 바깥에 있는 지저분한 공동변소를 써야만 하는 곳이었다. 먹는 물조차도 물차에서 어깨에 메는 물지게로 받아 사 먹어야 했고, 사는 것 자체도 시골과는 전혀 다른 그야말로 복잡하고 전쟁터 같은데도 이런 곳이 서울이라며 옹기종기 모여 살았고, 서울로 서울로 몰려든다니 참으로 기막힌 일이 아닐 수 없었다.

하지만, 이런 곳에서도 아이들 교육이나 직장을 잡아 돈을 벌기 위해 서울로 이사를 온다니 도저히 이해가 되질 않았다.

"고모! 이런디서 살아야 헌다요?"

"어쩌것어라? 우리가 돈이 있는 것도 아니고라! 넘들도 다...이러코롬 사는디..."

"그라믄, 우리는 어쩐다요? 우리가 이사를 올 수도 없고라! 이 놈 진서를 가르쳐 볼라고 허는디라..."

"생각이야 뭐...나도 충분히 이해를 허지만... 보시다시피 우리 형편도 이래서..."

"그러게라...걱정이네요, 잉?"

뾰쪽한 답도 없이 살아가는 형편 얘기만 하고 나자, 동엽의 가슴은 답답해지기만 했다. 진서를 맡겨볼까 하는 생각으로 서울에 올라와 보긴 했지만, 사는 형편을 보자 더욱 가슴이 답답해 오고 있는 것이었다. 더구나 고모부의 지병인 '폐병'이 악화되어 오래 살지 못할 것이라는 생각이 들어 동엽의 실망은 이만저만이 아니게 되었다. 그리고 친정 언니가 서울로 이사를 와 자리를 잡았다고 하는 주소지도 고모네서 멀지 않은 서대문 형무소 근처라 골목골목 물어서 찾아갔지만, 역시 고모네와 별다르지 않는 생활을 하고 있는 것을 보고는 그 역시 마음 한 구석이 아려 오고 있을 뿐이었다.

동엽과 기남은 일단 고모네와 이모네의 형편 때문에 아들 채서를 맡기는 일을 접어두고 집으로 내려 왔다. 그런데 서울을 데리고 다녀온 채서가 그 때부터 마음이 떴는지 서울 가서 공부를 하고 싶다며 막무가내로 버티기 시작했다. 그렇잖아도 채서를 서울로 보내지 못하는 동엽의 심정은 그런 채서를 보며 더 마음이 저려 오기 시작했다.

"아가! 걱정 말소, 잉? 지금은 형편이 어려운께, 쬐끔만 참소, 잉? 쬐끔 형편이 나아지믄, 서울로 보내 줄 탱께..."

"참말로? 엄니 참말이여?"

"하믄, 아부지하고도 야그가 되고 있응께 그리 알고... 부지런히 공부하고 있소, 와?"

"야! 엄니!"

아들 채서는 당장에 서울로 보내 주지는 않았지만, 곧 서울로 보내 주겠다는 어머니의 말에 어머니의 허리를 껴안고 좋아라하고 있었다.

그런 말을 했지만, 어머니 동엽은 당장에 아들을 보낼 방도가 없어 이런 저런 궁리를 하고 있는데, 서울에 계시던 시어머니가 갑자기 시골집으로 내려왔다.

"어무니! 갑자기 무슨 일이라요, 야?"

동엽과 기남은 갑작스런 어머니의 방문에 의아한 생각이 들었다.

"잉! 잘들 있었냐! 느그 동상이...서민아파트 들어 갈 자격이 되는 갑드라! 그래서 왔다!"

"야? 그거이 무슨 말이라요? 서민아파트가 뭐디라?"

"잉! 느그들은 잘 모를건디... 서울에는 서민아파트라는 거이 있다..."

"서민아파트요?"

"잉! 그니께 5층까지 높게 지어서... 여러 집들이 한꺼번에 사는 집을 말허는디..."

"그라요? 그란디라..."

"그니께...아무튼 그란디... 아무나 들어 갈 수 있는 거이 아니고...

거그 들어 갈 수 있는 사람들이 따로 있는디... 느그 동상이 거그에 해당된다드라!"

"그래서요?"

"잉! 어쨌든 자격이 되도 다 들어 갈 수 있는 것은 아니고... 제비뽑기 같은 것을 한다드라..."

"제비뽑기라? 뭔 말인지 하나도 모르것어라!"

"그럴 것이다! 촌에서야 그란거이 있다냐? 하여튼 간에 그란 것이 있는디...운도 있어야 한다드라!"

"..."

"근디, 거기 들어갈라믄 돈이 좀 있어야 한다드라! 들어가기만 험사...권리금도 좀 붙고.... 그니께 집 값이 오른다니께...돈도 벌 수 있다드라!"

"그라요? 그라믄 잘 됐네라!"

"잉. 그라긴 헌디... 문제는 그것을 신청할 돈이 모자라서...그란다!"

"그러라?"

시어머니는 아파트라는 것을 설명하고 있기는 했지만, 그것이 어떤 것인지 잘 이해가 되지 않았다. 성냥갑 같이 생긴 데를 들어 가 산다니 그것도 알 수 없는 일이었지만, 그것을 돈을 주고 사야 한다고도 하고, 그런 곳에 들어가는 조건도 있고, 권리금도 붙는다고 해 더 알 수 없는 일이 되고 있었다.

결국 시어머니는 거기에 들어가는데 필요한 돈을 만들어 달라고 온 것이 분명했다. 그러나 가뜩이나 줄어 든 살림살이에 그럴 돈이 있을 리 없어 대답은 하지 못하고 답답하기만 해 졌다.

"엄니도 알다시피...세탁소 맹글 때 논도 팔아서, 인자는 몇 마지기 남지도 않았는디..."

"그건 알제, 근디... 그 아파트에 들어가기만 함사... 금방 권리금도 붙고...그런단다.. 그래서 얼마 안가믄 돈을 다시 돌려 줄 수 있다니께... 너 밖에 돈 준비해 줄 사람이 누가 있겄냐? 그러니께 니...가 한번 해 봐야 쓰것다!"

돈을 만들어 달라는 시어머니의 말은 동엽과 기남의 입장을 난처하게 만들고 있었다. 그런 입장 때문에 고모가 오지 않고 시어머니가 내려 온 것인 듯 했다. 그러나 기남은 다시 아내 동엽의 얼굴만 바라볼 수밖에 없게 되고 말았다.

"채수 아부지! 어무니 말대로 해 줍시다!"

기남은 곤란한 입장이어서 제대로 말도 못하고 있는 참인데 의외로 동엽의 입에서는 그런 말이 나왔다.

"엉? 우째...우리가 가진거이 뭐가 있다고!"

"돈을 빌려 주면...권리금인가 뭔가가 붙는다고 안 허요!"

"잉, 그런다고는 하네..."

"그라믄 이번 기회에... 우리 진서도 데리고 가서 공부시키는 조건이믄... 한번 말이라도 해 봅시다, 야?"

"..."

"그러니께 진서를 데리고 학교 보낼 수 있다믄야, 까지꺼... 어차피 아이들 공부는 시켜야 할 거고라!"

"뭐?"

"어차피 우리 집이 모다 서울 갈 형편은 안되니께... 논밭을 좀 팔아서 보내고...진서도 같이 보내믄... 그렇게 한번 해 보게라..."

이번에도 결심은 아내 동엽이 하고 있었다. 그런데 동엽은 아들 채서를 서울로 보내 공부시킬 생각을 하고 있던 차여서, 아들 서울 보내는 일과 고모의 아파트 구입 자금 문제를 연결시켜 논밭을 파는 방향으로 마음을 정하고 있는 것이었다.

서울 서대문의 서대문 형무소 뒤쪽 산에는 자그마한 평수의 서민 아파트가 병풍처럼 줄줄이 들어 서 있었다. 인왕산 자락에 서있었던 와우 아파트라는 곳이 세워졌다가 무너져 내린지 얼마 되지 않아 세워진 아파트라고 했는데, 무너진 아파트 때문에 걱정들이 많았지만, 방 두 개에 마루하나, 화장실 하나를 갖춘 서민 아파트는 판자촌에 사는 다른 사람들에게는 선망의 대상이 되기에 충분했다.

그 아파트는 '금화아파트'라고 하는 곳이었는데 집을 뜯긴 채 자신들이 사는 곳에서 쫓겨 난 서민들이 우선 입주할 수 있는 권리가 있는 곳이라고 했다. 그러나 그것이 진짜로 가난한 사람들에게 돌아갔는지는 알 수 없는 일이었지만, 고모네는 우여곡절 끝에 동엽네서 만들어 준 돈으로 운 좋게 아파트에 입주할 수 있게 되었다. 그러면서 그 아파트 입주에는 조카인 진서가 시골에서 올라와 함께 있으면서 학교에 다니게 한다는 조건 아닌 조건도 함께 붙어있었다.

그렇게 해서 아들 채서는 고모네에 더부살이를 하게 되어 혼자만 서울로 유학을 오게되는 기회를 가질 수 있게 되었다. 그런데 진서가 서울 고모네 아파트로 옮겨 온 지 얼마 안 되어 큰 이모네도 고모네가 사는 금화아파트에서 조금 떨어진 같은 아파트의 다른 동으로 이사를 오게 되어, 진서에게는 고모네와 이모네가 함께 가까운 곳에 사는 여건이 만들어져 한결 마음이 편안해 질 수 있는 여건이 만들어져 가고 있었다.

채서가 서울로 간 다음, 새 학기가 되어 국민학교 3학년 전학이 완료되었다고 했다. 어떻게 해서 서울로 갔든 간에 채서를 서울로 보낸 기남과 동엽은 얼마 남지 않은 전답을 팔고 난 후라 생활에 쪼들리지 않을 수 없게 되어가고 있었다. 그러는 사이에 집에서 벌교에 있는 중학교에 들어가게 된 큰 아들 채수는 집에서 벌교까지 조석으로 학교를 다녀야 하는 어려움이 가중되어 하숙을 시켜야 할 형편이었지만, 집안 형편이 그러질 못해 통학용으로 중고 자전거 한 대를 사 주는 것으로 만족해야만 했다.

　　그 자전거라는 것도 새 것도 아닌 헌 것이어서 늘 고쳐 타고 다녀야 했고, 신작로를 타고 가다 학교 가는 중간쯤에 있는 비포장에 높은 고갯길인 '뱅골재'를 넘어 한 시간여를 가야 하는 길이었지만, 큰 아들 채수는 그것도 감사하며 열심히 학교를 다녀 주어 고마울 뿐이었다. 그런 와중에서도 동엽은 집안 형편이 어려워 아이들 모두를 서울로 보내지 못해 늘 아쉬운 마음을 가지고 있게 되었다.

　　그렇게 채서가 서울로 가서 2년이 지난 5학년이 되었다. 아무리 고모네가 아파트를 들어가는 조건으로 아들을 보내긴 했지만, 동엽의 마음은 아들을 맡겨 놓고 께름칙하지 않을 수 없었다. 또, 들려오는 소식에 의하면 집이 아주 작다고 했는데, 그 좁은 집에서 과연 공부나 제대로 할 수 있을 것인지도 알 수 없었고, 고모네도 아들과 딸이 있는데 그 틈바구니에서 제대로 배겨낼 지도 알 수 없는 일이 되었다. 그러던 겨울 동엽은 가을걷이를 마치고 남편 기남에게 서울에 다녀오자고 졸랐다.

　　"에쇼! 서울 한번 댕겨 옵시다! 자석을 맡겨 두고...넘처럼 잊고 살든 쓴다요?"

"그러긴 허네만! 서울 가는 것도 돈이 한두 푼 드는가?"
"그랴도 가 봅시다. 다들 사는 것도 궁금허고... 아들이 잘 있는가도 보고라!"

그 길로 동엽은 기남과 함께 서울로 향했다. 동생네가 이사 들어갔다는 금화아파트는 동엽이 생각했던 것과는 완전히 다른 삶의 공간이었다. 산 중턱에 걸치다시피 다리를 세워 두고는 그 위에 층층의 집을 올려 성냥갑처럼 지어진 집들 수십 채가 산자락을 감싸고 있었다.

기남과 동엽이 찾아 간 동생이 사는 아파트는 촌에서 사는 기남과 동엽에게는 상상하기도 어려운 5층으로 된 아파트였는데, 그 중에서도 맨 위 층인 5층이 집이라고 했고 집이 아주 작아서 과연 이런 곳에서 사람이 산다는 것이 답답하게 생각되기도 했다. 그렇게 동생네 집을 찾아 올라가 문을 열고 들어 선 순간, 너무나 공간이 좁아 두세 명이 앉으면 꽉 찰 정도의 자그마한 마루가 눈에 들어 왔다.

그래도 사람 사는 곳이라고 반가운 인사를 나누고 방을 살펴보니 큰방과 작은방 두 개가 있었는데, 큰방이라고 해서 약간 크긴 했지만 어른 서넛이 누우면 꽉 찰 정도였고, 작은방도 아이들 두셋이 겨우 누울 정도의 아주 작은 공간 밖에는 되질 못했다. 거기에다 마루 한쪽에는 부엌이라고 해서 아주 작은 싱크대라는 것이 붙어 있었고, 집으로 들어가는 문 한쪽에는 손으로 끈을 당겨서 물을 내리는 수세식 변소라는 것이 붙어 있는 것이 전부였다.

시골의 넓은 집과 마당에서 살던 동엽은 그런 집에서 붙어산다는 것 자체가 도저히 믿기질 않았다. 고모부는 아파서 오늘 내일 하고, 고모가 밖에 나가 일을 해 겨우겨우 입에 풀칠을 하고 있는 것을 보자 그야말로 눈물이 나올 정도로 안타까운 생각이 들었다.

그렇게 잠깐 고모네를 들르고 나서 큰 언니네까지 돌아보고 시골로 가기 위해 돌아 서려는데 아들 진채서 녀석이 어머니 뒤를 따라붙어 다니며 치맛자락을 놓지 못하고 있었다.

"아가! 묵는 것은 잘 묵고 다니는가?"

"…"

"아가! 공부는 잘 허고? 서울 애기들은 공부도 잘 헌다든디…"

"…"

그래도 채서는 어머니 동엽의 말에 대답을 하지 않고 있었다. 동엽은 그런 진서가 안스러워 진서의 손을 꼭 잡아 주었다. 그러자 그제야 진서가 입을 열었다.

"엄니 아부지! 우리 같이 살믄 안돼? 응?"

그동안 얼마나 참은 것인지 채서는 눈물을 쏟아내고 있었다. 그런 채서가 울음 눈물 하는 모양을 두고 그냥 내려가자니 동엽과 기남의 마음은 찢어지는 듯 했다.

"아가! 힘이 많이 드는고?"

"…"

"알았네! 쬐끔만 더 참고 있어 보소, 와? 느그 성들허고도 야그를 해 볼란께, 알았제 잉?"

"…"

그래도 손을 놓지 못하고 있는 채서를 두고 떨어지지 않는 발걸음을 돌리자니 동엽은 또다시 어느 것과도 바꿀 수 없는 아픔이 가슴 깊이 복받쳐 오르고 있었다.

집으로 돌아 온 동엽은 일에 손이 잡히질 않았다. 아들 진서가 치맛자락을 붙잡고 '같이 살면 안돼?'라고 하면서 닭 똥 같은 눈물을 흘리던 모습이 자꾸만 생각났다. 그러자 도저히 안 되겠다는 생각을 한 동엽은, 어느 날 큰 아들 채수가 학교를 파하고 집에 돌아오기만을 기다렸다가 채수와 상의를 했다.

"엄니!"

"오야! 아들 왔는고!"

벌교에서 집으로 자전거를 타고 오는 채수가 자전거를 세우자마자 '엄니'를 부르며 먼저 정재로 들어 왔다. 어엿한 중학생이 된 큰 아들 채수는 점심 도시락을 꺼내 놓으며 어머니 옆에 자리를 차지하고 앉았다. 채수가 집에 오는 이 시간이면, 어머니가 밥을 하고 있을 시간이라 채수는 학교에서 오면 정재부터 들러 어머니를 보곤 했었다.

그렇게 늘 어머니가 밥을 하기 위해 아궁이에 불을 때고 있는 아궁이에 앉은 진수는 그날 있었던 얘기도 하고, 배가 고파 이것저것 주워 먹기도 했는데, 주로 '고구마'나 '옥수수'가 간식거리가 되고 있었다.

"천천히 묵소! 숨 넘어 가것네!"

배고픈 아들이 허겁지겁 먹는 모습을 지켜 본 동엽은, 아들이 급히 먹느라 '체' 할 것이 걱정이 되어 물 한 사발을 마시게 하면서 슬쩍 아들 채수의 얼굴 표정을 살폈다.

"아가! 우리...서울 갈까?"

"응? 서울? 와...우리 서울 놀러 가 엄니?"

어머니의 말에 채수는 서울로 놀러 가자는 뜻으로 알았는지 그렇게 말하고 있었다.

"와! 서울 가믄 좋긋다. 여그저그 구경도 허고... 언제 가는디라?"

동엽은 아들 채수가 서울 구경 할 수 있다는 생각에 좋아 하는 것을 보고는 채수가 서울에 가고 싶었었다는 생각을 했다.

"채수야! 서울 가고 싶은고?"

"야, 엄니! 나고 서울 가보고 싶어라! 우리 핵교서도 서울 구경 갔다 온 친구들이 있어라! 근디, 서울은 멋지고...대단하단다라!"

"그려? 그라믄 한번 가 보자, 잉?"

"와! 진짜? 신난다 엄니!"

큰 아들 채수는 언제 갈지 알 수 없지만 서울 구경을 간다는 말에 벌써부터 신이 나 있었다. 작은 아들 채남도 형인 채수한테 서울 간다는 말을 듣고 정재로 달려왔다.

"엄니! 나는, 잉? 엄니..."

"아가! 뭔 소린고?"

"엄니! 성만 서울 델꼬 간담서? 잉?"

"아이고...그래서 왔는고?"

"엄니! 나는, 잉?"

"잉! 걱정말소! 가믄 다들 같이 가야제, 안긍가?"

"진짜? 잉? 야! 신난다. 엄니 우리 엄니, 최고!"

그렇게 아이들과 서울 구경을 간다고 약속한 지 일년 만에 동엽은 시골에서의 살림을 정리 했다. 그 일 년 동안 서울로 이사 갈 생각을 하고 집을 정리하기 까지는 쉬운 일이 아니었다. 서울에서는 아들 진서가 이사 올 것을 기다리고 있었지만, 재산이 있어서 서울로 가면 당장에 살림을 할 수 있는 것도 아니고, 이 많은 식구들을 데리고 서울서 자리 잡고 산다는 것도 자신이 생기질 않았다. 거기다가 남편 기남이 먹고 살 수 있는 기술이 있는 것도 아니고, 야당 생활을 하면서 살림까지 변변치 않아 그야말로 서울이라는 곳에 살 수 있을 것 같지도 않아 많이 망설이기도 했다.

그런 와중에 서울 도봉동에서 오토바이 가게를 운영하던 큰 형님이 오토바이 가게에 함께 투자를 해 기술도 배우고 자립하면 된다는 말에, 기남은 서울로 갈 것을 결정하고 아직 망설이고 있는 아내 동엽에게 재촉하고 나섰다.

"성님이...동상 잘못되게 허것는가? 그니께 한 번 믿고, 다...정리해서 가보세! 애들도 서울 안 간다고 난리들이고!"

"그랴도...혹시나 모릉께 잘 알아보고 결정 하쇼! 서울 가믄 눈뜨고 코 빈다는디..."

"알았네! 성님이니께 크게 걱정 안 해도 되잖것는가? 이 참에 기회도 좋응께, 정리허고 나서세! 어차피 이렇게 된 마당에... 이... 촌에서 더 이상 뭔 미련이 있는가?"

기남의 큰 형님은 도봉동에 살면서 '성황당'이라는 곳에 오토바이 가게를 하고 있었다. 그 전에 서울에 한 번 왔을 때는 다른 일을 하고 있었는데, 지금은 오토바이 가게를 하고 있다고 했다. 형님이 그런 일을 하고 있어 잘만 하면 아이들과 함께 정착하고 사는데 힘이 될 수 있을 것이라는 생각에 논과 밭을 정리하고 살고 있는 집도 바닷가 다른 동네에서 시집살이를 하고 있던 동엽의 여동생에게 팔고 서울로 가는 길을 택했다. 동엽이 살던 집은 바닷가 동네로 시집을 갔던 동엽의 여동생이, 갯일을 하면서는 더 이상 살기 싫어 농사를 짓고 살고 싶다는 말을 해 오던 차에 ,여동생에게 그냥 저냥 싼 값에 집값을 처 넘겨주고는 서울로 떠나오게 되었다.

서울의 달

　서울이라고 이사를 오기는 했지만, 시골에서 정리한 논과 밭, 그리고 집값을 모두다 합쳐도 돈에 맞춰 기남과 동엽, 그리고 다섯 아이들이 살만한 곳은 겨우 판자촌에나 들어 갈 수 있는 정도 밖에는 되지 않았다. 그런 가운데서도 준비 해 온 돈으로 판자촌이라도 살까 하는 생각을 했지만, 큰 형님이 기남에게, 오토바이 가게에 투자를 하고 나서, 불과 몇 달 후에 그 오토바이 가게를 넘기면 권리금을 많이 챙길 수 있다며 오토바이 가게에 대한 투자를 권유했다. 그러자 기남은 판자촌에 집을 사지 않고, 우선은 아이들과 함께 얻는 대신, 가져 온 돈을 오토바이 가게에 투자를 했고, 남편 기남은 그 가게에서 오토바이 기술을 배우면서 일을 하는 조건으로 서울 생활을 시작하게 되었다.
　덕분에 기남은 아무 기술도 없이 서울에 올라왔지만, 큰 형님의 오토바이 가게에서 기술도 배울 수 있게 되었다. 그렇게 해서 판잣집이 긴 했지만, 아이들과 함께 서울에서 살 수 있다는 것이 즐거웠고, 아이들에게는 물론, 가족 모두에게 행복한 서울 생활의 출발점이 되고 있었다. 도봉시장 근처에 있는 판잣집은 아주 작은 방 두 개가 있었고 연탄 아궁이로 불을 땠는데, 그곳은 연탄 화덕에다 겨우 몸을 비집고 밥도 하고 설거지도 하면서 빨래도 하는 아주 비좁은 공간이었다. 그리고 변소는 아주 많은 세대가 공동으로 사용하는 공동변소를 사용하고 있는 곳이었고, 그것도 한참 바쁜 시간에는 길게 줄을 서야 하는 그야말로 빈민촌의 공동변소였다.

그래도 시골에서 서울로 올라 온 가족들이 함께 살 수 있는 공간이 생긴 것만으로도 가족들은 좋았다. 동엽과 기남은 막내딸을 데리고 안방에서 잠을 잤고, 작은 방에는 아이들 넷이 자기들끼리 어울려 좁은 공간에서 끼어 잠을 잤다. 그래도 아이들은 자기들끼리 무엇이 그리 좋은지 키득거리며 서울에 와서 산다는 것으로도 즐거운 시간들을 보내고 있었다.

"언능 자그라! 내일 핵교들 가야제!"

"야, 아부지!"

그러면서도 아이들은 이불 하나에 몸을 숨기며 '킥킥' 거리는 밤을 보내고 있었다.

남편 기남이 오토바이 가게를 다니면서 정비하는 기술을 배운다고는 했지만, 그것은 겉으로만 그런 것이고, 실제로는 잔심부름이나 자리를 지키는 수준을 벗어 날 수 없었다. 그것은 워낙 오토바이에 대한 기술적 지식이 없었던 것은 물론이고, 형님이 기남에게 기술을 가르쳐 주려는 의지가 있는지도 알 수 없는 여러 상황들이 만들어져 가고 있어서였다.

그러면서 점차 형님이 오토바이 가게를 하는 내막을 알게 되면서 기남의 실망을 점점 더 커져만 갔다. 즉, 형님이 오토바이 가게를 한다고는 했지만, 막상 기남이 오토바이 가게에 투자한다며 돈을 건네주자 형님은 그 돈으로 샀다며 오토바이 몇 대를 들여 와 전시하는 모양만을 내고는 영업을 한다며 밖으로 나돌기 시작한 것이었다.

그러면서 동생인 기남이 말을 하지도 안았는데, 인심을 쓰는 척하며 동생의 집이 비좁고 사는 것도 옹색해 큰 놈 채수를 형님 집에서 먹고 자게 하라는 인심까지 베풀어 주었다. 그러자 기남과 동엽은 아무 생각 없이 그저 형님의 진심으로 받아들이고, 큰아들 진수를 형님 댁으로 보내 거기서 생활하도록 해 주었다.

형님의 집도 가까이 있었고 고등학교에 들어 갈 때가 된 진수에게는 큰 아버지 밑에서 혼자 방을 쓰며 살 수 있는 것이 훨씬 더 좋은 조건이 될 것이기도 해서였다 거기에다가 큰 아버지 네에는 누님도 있어 채수에게는 더 좋은 여건이 될 수도 있을 일이었다.

그렇지만, 시간이 지나면서 큰 형님의 태도가 하나 둘씩 달라져 가기 시작했다. 거기에다 형님네에서 생활하던 채수도 큰 집에 사는 것이 불편하다며 집에 한 번씩 오면 큰 집으로 가는 것을 망설이기도 했다.

"엄니! 나...다시 집으로 오믄 안돼?"

"왜? 뭔 일이 있드냐? 힘드냐?"

"아...니 그거이 아니고!"

"그래도 조금만 더 버텨 보자! 지금 당장은 형편이 이러니께, 잉?"

"..."

동엽은 큰 집에 얹혀서 사는 것이 힘들어서 아들이 그런지만 알고 아들을 설득시켜 돌려보내기도 했다. 그런 큰 아들 채수는 일반 고등학교에 다닐 형편이 못되어 어쩔 수 없어 야간이 있는 고등학교에 다녔다. 그것도 낮에는 어렵게 얻은 조그만 사무실에서 사환으로 일을 해야 하는 형편이어서, 낮에는 직장에서 근무를 하고, 야간에는 학교를 가야하는 어려운 환경에서 생활해야 하는 힘든 상황이 되어 있었다.

어린 채수는 거기서 받은 몇 푼의 월급으로 학비도 내야하고, 생활도 해야 해서 늘 힘에 부치는 생활이 되고 있었다. 가장 기본적인 것조차 제대로 조달하기 어려운 여건이었지만, 채수는 야학을 마치고 돌아 와서는, 몇 시간 잘 수 있는 잠자는 시간까지 쪼개가며, 새벽에는 신문배달까지 하는, 힘들고 어려운 생활을 해 가며 큰 집에 얹혀사는 생활을 해 나갔다.

그렇게 나마 힘들고 어려운 서울 생활을 하고 있는 판국인데, 어느 날 갑자기 큰 형님이 기남에게 오토바이 가게를 인수하라는 말을 하며 재촉하기 시작했다.

"기남아! 니가 오토바이 가게를 아예 다 맡아라!"

"성님! 뭔 말이다요! 나...가 기술이 있소, 뭣이 있소! 아직 암것도 모르는디..."

"응! 그건 그렇다만, 사실은 나...가 오토바이 가게에 투자도 하고, 사람들을 만나서 영업도 하느라... 빚을 좀 졌다!"

"예?"

"그래서 빚쟁이들이 가게를 내놓으라고 난리다! 그러니깐 니가 이

가게를 인수해서 하그라. 안 그러믄 이 가게가 날라가 버리게 생겼다!"

"그라믄 성님은요?"

"나? 나야 뭐 우선은 좀 피해있다가 올태니까 그리 알고, 엉?"

그렇게 해서 졸지에 오토바이 가게를 인수할 수밖에 없게 된 기남은 별다른 기술이 없었지만, 같이 일하던 아이 하나가 제법 기술이 있어 그 아이를 데리고 울며 겨자먹기 식으로 오토바이 가게를 하게 되었다.

그런데 그 오토바이 가게는 시간이 갈수록 손님들이 찾아오지도 않았고 뭔가 이상한 것을 알아차린 기남이 그때서야 이것저것을 알아보고 나설 때에는, 이미 큰 형님이 어디론가 사라지고 난 다음이 되고 말았다. 오토바이 가게를 남한테 뺏길 정도로 빚을 졌다는 형님은 그렇게 사라진 다음 몇 달이 지나서 나타나서는 이번에는 집장사를 한다며 여기저기 사람들을 불러 모아 집을 짓겠다고 나섰다.

기남과 동엽은 형님이 거의 망해간다더니 또다시 집을 짓겠다고 나서는 것이 참으로 기이하게 생각되었다. 그러자 기남은 형의 움직임에 이상한 것을 눈치 챘지만, 그래도 형인데 설마설마 하며 지냈고, 그 사이에 동엽이 나서서 뒷일을 알아보기 시작했다.

"채수 아부지! 이 일을 어째야 쓰것소!"

"왜? 뭔일인디 그란가?"

잘 와보지도 않던 오토바이 가게를 들른 동엽은 넋 나간 사람처럼 힘없이 말을 내뱉고 있었다.

"우리가 속았소, 속아!"

"자네 뭔 소리 하는 거여. 밑도 끝도 없이…"

"아이고 이놈의 시상이…"
동엽은 얼마나 기가 막힌 지 미처 말을 잇지 못하고 있었다.
"우리 인자 뭐 묵고 산다요, 야?"
"뭔 소리여 그거이!"
"자석 새끼들은 또 어찌 키운다요? 저것들이 저러코롬 사는 것도 불쌍헌디라…"
"말을 해 보소! 말을 해야 알거 아녀? 답답허네…"
기남은 동엽이 말하는 그런 것들을 도저히 믿을 수가 없었다.

아내 동엽은 서울로 이사를 하면서 그래도 '형제지간'이라고 믿었던 큰 시숙한테 시골에서 준비해 온 집살 돈 전부를 맡겼었다. 그것은 오토바이를 하면 기술도 배울 수 있고 돈도 벌 수 있어 서울에서 자리를 잡는데 큰 도움이 될 것이라는 판단에서였다. 그렇지만 오토바이 가게를 남편이 인수하고 큰 시숙이 사라졌다가 나타나서 집장사를 한다고 하자 그 때서야 이상한 느낌을 가진 동엽이 뒤를 캐 본 것이었다.

동엽이 그렇게 알아 본 큰 시숙은 오토바이 가게에 투자를 하면 기술을 가르쳐 준다는 것을 핑계 삼아 동생의 돈을 가로챈 것이나 진배가 없었다. 그나마 오토바이 가게도 빚을 져서 넘어 가게 되었다고 했지만, 사실은 그것도 기남의 돈을 빼돌리기 위한 수작일 뿐이었고, 그 돈에다 이런 저런 사람들에게서 투자비 명목으로 돈을 끌어 모아 집 장사를 시작한 것이었다.

그런 얘기를 들은 기남은 동엽과 함께 큰 형님 집을 찾아 갔지만, 큰 형님은 오히려 뻔뻔하다 못해 당당하다는 듯 소리를 처 댔다.

서울의 달

"왜? 내가 망해먹길 했냐, 어쨌냐? 어떻게 됐든 간에 기남이 너 한테는... 그래도 동생이라고 봐줘서, 오토바이 가게라도 넘겨 줬잖냐?"

"뭐요? 그럼 그 돈은요?"

"뭐야? 오토바이 가게를 새로 차릴라고 해도... 그만한 돈은 드는 거 아니냐? 그건 너도 봤으니까 알거 아니냐?"

"야? 그거이 무슨 말이다요?"

"왜 이러냐? 내가 널 잡아먹기라도 했냐 아니면 망하게라도 했냐? 니가 투자한 그까짓 돈이 얼마나 된다고 이래, 엉? 그까짓 돈으로 서울서 뭘 할 수 있었어?"

"그럼, 집장사 하는 건요?"

"그건...여기 저기 투자 받아서 하는거지..."

"그라믄 우리 돈은요?"

"자꾸 무슨 돈 얘기야, 엉? 오토바이 가게가 다 그 돈 아니냐? 못 알아 듣겠냐? 느그 아들 먹고 자는 건 뭐고?"

"야?"

"그런거 저런거 다...따지다 보믄 니들이 준 건... 돈도 아니야. 이거 왜들 이래? 나...가 아부지한테 재산을 받았냐 뭘 받았냐?"

"그건 또 뭔 말이요?"

"따지고 보면... 느그들은 아부지가 물려 준 논 밭 팔아서 서울 온 거 아니냐? 왜? 지금 내가... 틀린 소리 하고 있냐?"

"뭐...라?"

기남과 동엽은 그야말로 기가 막혔다. 그러니까 형이라고 믿었던 인간이, 동생이 가져 온 돈을 투자비 명목으로 받아 가로채고서는 껍데기만 남은 오토바이 가게를 넘겨 준 다음, 자기는 그 돈과 여기 저기 투자비 명목으로 받은 돈을 가지고 집 장사를 하고 있는 것이었다. 거기다가 동생네가 가져 온 돈을 '아버지 유산'을 팔아 가져 온 것으로 치부하고, 오히려 그 돈을 가로 채 간 것이 당연한 자기 몫을 가져 간 것인 양 궤변을 늘어놓고 있는 것이었다. 그런데다 아들 채수를 데리고 있는 것 까지도 일련의 계획된 일로 변명을 늘어놓고 있는 형이었다. 한마디로 형의 계획된 사기에 동생이 당하고 만 것이었다.

"그래도 너무 걱정마라, 니는 내 동생 아니냐? 너희들도 먹고 살기는 해야니깐... 내... 집 장사 해서 잘 되면...원금은 돌려 줄 참이다!"

"…"

마치 인심이라도 쓰는 것처럼 형이 내뱉는 그 말을 믿을 수 있는 것도 아니었고 한번 속은 형에게서 다시 그런 것을 기대할 것도 없는 일이었다. 하지만, 남도 아닌 형한테 당한 일을 어찌해 볼 수도 없고, 큰 아들도 얹혀 있는 상황에서 당장에 뭘 어떻게 할 수 있는 일도 없는 일이었다. 그래서 더 이상 대꾸도 하지 못한 기남과 동엽은 돈을 대주고 그 돈마저 떼였음에도 불구하고 마치 큰 형한테 훈계를 듣는 모양새로 집으로 돌아 와야만 했다.

그래도 형이라서 집 장사를 하면 원금은 돌려주겠다는 말을 듣고 나오긴 했지만, 시간이 가면서 오토바이 가게는 점점 어려워져 문을 닫게 되고 말았고, 기남은 결국 실업자 신세가 되고 말았다. 할 수 없이 문 닫은 오토바이 가게를 뒤로 하고 기남은 그래도 기댈 데는 형 밖에 없다며 형을 찾아 애걸복걸하다시피하며 돈을 돌려 달라고 했지만, 형이 그 돈을 돌려 줄 리 만무했다. 그나마 인심 쓰는 듯, 생활비라도 조금 벌어 볼 작정이면 집 짓는 현장의 밤을 지키는 일인 '야방'이라도 보

서울의 달

라는 형의 말에 따라 기남은 형이 집 짓는 현장 몇 군데의 밤을 지키는 야방 일을 시작하게 되었다.

그러자 동엽도 더 이상 집에만 있을 수 없어 직접 나서서 할 수 있는 일을 찾게 되었다. 그러다가 서대문에 있는 금화 아파트에 살고 있던 큰 언니로부터 '마른반찬' 장사를 해 보라는 얘기를 듣게 되었다. 큰 언니와 큰 형부는 과일을 떼다가 리어카에 놓고 파는 노점 행상을 했는데 큰 언니 말에 의하면, 시골 친정 동네인 대포리에 사는 사촌 언니가 서울 근교로 와서 마른 반찬 장사를 해 꽤 돈을 벌었다고 했다.

더욱이 그 일은 큰 자본도 필요 없고 경동시장에서 물건을 떼 올 정도만 되면, 그것을 머리에 이고 서울 근교 마을에 들어가 팔고, 그 대금을 돈으로도 받고 곡식으로도 받아 바꾸면 생활하는 것은 큰 지장이 없다고 했다. 어쩌면 자본 없이 맨 몸뚱이로 할 수 있는 일은 그것이 거의 유일한 일인지도 모른다며 동엽에게 권하는 언니였다.

동엽은 그런 장사를 한 번도 해 본 적이 없었지만, 이 마당에 자식들 키우면서 입에 풀칠이라도 하기 위해선 선택의 여지가 없는 일이 되고 있었다. 그래서 시골 사는 언니가 장사하러 서울로 올라오는 때를 맞춰서 무작정 그 언니가 물건 띠러 경동시장 가는 곳에 따라 붙었다.

"성님! 오랜만이여라!"

"오냐! 동엽이 니가...참말로 장사를 한다고야? 언니헌테 말은 들었다만..."

"어쩌것어라? 이러코롬이라도 해야... 그나마 자석새끼들 굶기지 않고, 먹고 살지라!"

"허! 천하에 우리...자남떡이... 서울 오더니 힘들긴 힘든갑네! 그랴! 옛날 생각 같은 건 다...일어 불세! 산 입에 거미줄이야 치겠는가, 까지꺼 해 보세! 우리 팔자야 옹지박 팔자 아닌가, 안긍가?"

"고맙네, 언니! 그래도 언니 밖에 없소! 고맙소 고마워!"

시골 언니는 동엽이 시집 갈 때, 부잣집에 시집갔다고 좋아 했었지만, 서울로 이사를 가서 이렇게 장사에 따라 나서게 된 동엽을 보고는 안타까운 마음을 어쩔 수 없어 했다. 어쨌든 간에 그 길로 동엽은 언니를 따라 보따리 장사를 시작하게 되었다.

제일 먼저 경동시장에서 물건을 떼는 것부터 배우기 시작했다. 언니는 별칭으로 '막개 언니'라고도 했는데, 아마 언니들 중에서 막내라는 뜻으로 그렇게 부르고 있었던 듯 했다. 단골로 다니는 곳을 데리고 다니며 소개도 시켜 주고 물건을 고르는 방법도 가르쳐 주었다. 주로 물건을 머리에 이고 다녀야 하는 만큼, 구입하는 물건은 무게가 가벼운 '포' 종류나 건어물들이었는데, 반찬으로 쓸 만한 오징어포와 김 등이 주였고, 마른 골뱅이나 머리에 이고 다니며 옮길만한 건어물들이 그 대상이 되었다.

"처음엔 머리에 이는 거이 힘들거여! 머리부터 목, 허리, 발끝까지 안 아픈디가 없을 거니께 그리 알어! 그 때가 지나야 진짜로 장사를 헐 수 있어, 알것제?"

"야!"

"그랴도...그렇게 허다 보믄, 장사에 이골이 나게 돼... 오늘은 경기도 구리 넘서서 가 볼랑께... 너 땜시 서울서 가까운 곳에 가 볼랑께, 잘 봐두고 잉?"

"야! 고맙소, 언니! 잘 배울랑께…"

"잉, 장사야 배우면 되지만, 니…가 장사를 허니깐 내 맘이 찌인다 찌여…"

머리에 잔뜩 짐을 이고 버스를 타는 일 조차 쉬운 일이 아니었다. 사람들이 쳐다보는 것은 보통이고, 차장들의 짜증 섞인 잔소리도 귀에 거슬리게 들렸다.

"사람들이 많이 다니는 시간은 가급적 피해야 혀! 차장들허고 기사들이 열에 아홉은 다들… 복잡헌디다가 짐까지 있다고들 난리니께!"

"야! 구리 가믄 워디서 판다요?"

"잉! 가보믄 알어! 근디…지금 우리가 가는디가 워디가 워딘지는 알기나 혀?"

"몰러라!"

"잉, 그랄 것이다! 올 때를 생각해서 잘 봐둬! 여그가 망우리 고개라고 허는디여…공동묘지랑께! 들어는 봤제?"

"야! 들어 보기는 했지라!"

"그려! 여그가 공동묘지가 있는딘디… 하여튼 이 고개 넘어가 구리라는디여!"

동엽은 글을 몰라 언니들이 길을 묻고 찾는 것도 눈으로 귀로 배우고 들으며 눈으로 익혀 갔다. 그나마 숫자 몇 개는 알 수 있어서 버스에 쓰여 있는 번호판을 잘 봐 두어야 했다. 그 숫자를 보고타면 갈 수 있을 것 같아서 였다. 그렇게 버스는 망우리 고개를 넘어 구리로 접어 들었다. 그러고도 한참을 더 내려가더니 돌다리라는 곳을 지나자 언니가 내리라는 말을 하고는 짐을 챙겨 버스에서 내렸다. 버스에서 내리자 그 곳에는 굉장히 큰 공장이 보였는데, 그 곳이 뭘 만드는 곳인지 알 순 없었지만, '빙그레' 라는 큰 회사의 공장이라고 했고, 그 주변에는 개천이 흐르면서 판자촌이 줄줄이 이어져 있는 곳이었다.

언니가 머리에 짐을 이고 물건을 팔러 가는 곳은 그 판자촌에 있는 집들이었다. 동엽의 눈에는 개천가에 있는 판잣집들이 동엽이 살고 있는 도봉동 집 같아서 남의 일 같지 않다는 생각도 들고, 이런 곳에서 물건을 팔 수 있을지 걱정이 되기도 했다. 그 주변의 집들은 농사도 짓는 듯 했고, 동엽이 사는 시골 동네와 비슷한 풍경이 보여 시골 생각이 들기도 하는 곳이었다. 그 곳에서 언니는 익숙한 몸놀림으로 좁은 골목길을 따라 들어가려고 준비를 했고, 동엽은 언니가 시키는 대로 언니 뒤를 따라 들어 갔다.

"아야! 니는 아적은 모르께... 내 뒤를 따라 옴서 나...가 하는 걸 잘 봐둬라, 잉? 인자는 니 혼자 해야니께!"

"잉, 고맙네!"

동엽은 언니의 뒤를 따라 가고 있었지만, 가슴이 벌렁벌렁 거리고 얼굴이 붉어지며 다리가 후들 후들 떨려오고 있었다. 그래도 언니가 하는 일을 잘 보고 배워야겠다는 생각에 긴장된 모습으로 언니의 뒤를 따랐다.

"저...그, 저 집에 들어가 보자, 잉? 저런 집도... 너무 잘 살게 보이는덴... 가 봐야 물건 못 판다!"

"왜어라?"

"잉! 저 사람들은 잘 산다고...따로 물건을 대서 묵어!"

"따로라?"

"잉! 그니께 저것들은 우리를 인간 취급도 안해! 그러니께 상대나

해 주었어?"

"그런가...라?"

조금 여유가 있는 사람들은 물건도 안사고, 사람 취급도 안한다는 말을 아직은 이해할 수 없지만, 언니가 가는 대로 좁은 길을 따라 들어 갔다. 그러다가 언니는 어느 허름한 집 대문 앞을 지나다가 문이 열려 있는 것을 보고는 말을 걸었다.

"마른반찬 있어요... 오징어포나 김이요... 구경이나 한번 해 보쇼! 마른 반찬이요!"

그러자 안에서는 사람이 있는지 없는지 감감 무소식이었는데, 그렇게 소리를 지르며 그 집 앞을 지나 다음 집으로 가려는데,

"잠깐만요!"

하면서 그 집 주인인 듯 한 여자가 문 밖으로 나왔다. 그러자 언니는 발길을 돌려 그 집 대문으로 들어서며 짐을 내려놓았다.

"니도 여그다 짐을 내려 두고... 좀 쉬자, 잉?"

"야!"

동엽도 언니를 따라 그 집 대문 안으로 들어서서 자그마한 마루에 짐을 내려 두고 걸터앉았다.

"아이구! 집이 아담하고, 잘 꾸며져 있어서 좋구만요! 꽃도 심궈져 있고...멋지네라!"

"그런가요? 별 것도 아닌데..."

"아이고...아무나 이러코롬 가꾼당가라! 사모님이 잘 가꿔서 그러지라! 안그냐, 동상?"

"야? 야! 그라지라!"

막개 언니는 그런 말로 주인아주머니를 칭찬하면서 동엽에게 한

눈을 깜빡거렸다. 동엽은 무슨 뜻인지 알 수 없었지만, 그렇게 해서 짐을 내려놓은 언니는 주인아주머니를 칭찬도 하고 엄살도 부려 가며 처음 나온 동엽이 따라 할 수 있게 하려는 듯 어느새 짐도 풀어 그 아주머니가 기어코 마른 반찬거리를 사지 않을 수 없게 하고 있었다. 막개 언니는 그러면서 오늘 '첫 마수걸이'라면서 언니의 짐이 아닌 동엽의 짐에서 물건을 꺼내 주인아주머니에게 팔아 주었다.

동엽은 그런 수단을 발휘하는 언니가 무척 부러웠다. 동엽이 처음 물건을 팔아 본 것이 동엽의 자신에 의한 것은 아니었지만, 물건을 팔고 나서 호주머니에 물건 판값이 들어오자 동엽은 신기하기도 하고, 기분이 좋아져 가기도 했다. 그렇게 그 집을 나오자 동엽이 막개 언니에게 말을 붙였다.

"언니! 언변이 너무 너무 좋소, 잉!"

"야 야! 언변이 좋기는... 딴 사람들은 더 잘...해야!"

"근디...나는 말 주변머리도 없고, 어쩐다요?"

"야 야! 그란 걱정말어라! 말 잘헌다고 만이 판다드냐? 좋은 물건 가져다 팔고...거그다가 말 좀 보태믄... 그거이 장사 잘허는 거제! 칭찬을 잘 해 줘야 하는거여, 알았제? 아까 꽃 야그 허는거 봤제? 뭣이든지....칭찬 앞에는 다들 약헌 것이여!"

"야! 알았어라!"

"처음이라 좀 그라제? 몇 번 허다 보믄 금방 몸에 밸 것이여, 너무 걱정 말어. 다들 처음 시작헐 때는 다...그란거 아니냐, 잉! 자! 인자 딴 디로 가보세! 한 군디서 너무 오래 있으면 하루해가 금방 지니께... 궁둥이가 무거우면 안돼, 알것제?"

"야! 성님!"

막개 언니는 자그마한 체구에 잘 생긴데라곤 한 군데도 없는 까무잡잡한 피부를 가진 얼굴이었지만, 물건을 팔기 위한 발걸음은 따라 갈 수 없을 정도로 빠르고 민첩하기만 했다. 그런 언니의 뒤를 따라다니며 몇 군데서 물건을 팔자, 돈으로 물건 값을 쳐 받은 집도 있고, '쌀'이나 '흑태'로 물건 값을 받은 집도 있었다. 그래서 처음 올 때 보다 짐은 훨씬 더 불어나 있었고 무겁기도 하고 힘도 더 들었다. 짐이 늘어나자 머리에 이고 양 손에 겨우 들고 버스 타는 길까지 나오기도 힘든 일이 벌어지고 있었다.

그래도 가지고 온 물건은 다 팔았고, 물건 값으로 받은 쌀이나 흑태를 수매상에 넘기면 돈이 들어 올 것이라는 생각에 힘든 줄 모르고 다시 경동시장으로 돌아 올 수 있었다. 물건을 수매하는 상회도 막개 언니가 소개를 해 주었고, 얼굴도 익히게 되었다. 그렇게 해서 상회를 나오자 긴장이 풀어져서인지 온 몸이 쏟아질 듯 퍽퍽하고 힘이 들었다.

"언니! 고맙소! 우리 집이라도 가서 쉬었다 가믄 좋은디, 우리 형편이 그래서 어쩐다요!"

"그란소리 말라! 다들 형편이 그란디... 말이라도 고맙다. 우리는 여그오믄 자는 여인숙이 따로 있다. 단골집이라 암시랑토 않다. 내 집 같이 편하니께... 아무 걱정 말고, 니는 언능 집에 가 보그라! 집에서 기다리고들 있을탱께... 그래, 첫날인디...해 보니께, 헐만 허드냐?"

"야! 힘들어도 부지런히 해 봐야지라! 그라믄 내일 또 보게라!"

"그려! 몸살 안날까 몰것다! 한동안 몸살로 시달릴거니께 그리 알고 언능 가그라, 잉?"

"야! 고맙소, 성님!"

이른 새벽 댓바람부터 시작해 단 하루만 따라 다녔는데도 온 몸은 파김치가 되어 갔다. 그래도 집에는 아이들이 기다리고 있어 버스에 몸을 싣고 가는 동엽에게는 뿌듯한 마음이 차창으로 스며들고 있었다.

집으로 돌아오자 아이들이 쫄쫄 굶고 기다리고 있었다. 동엽은 집으로 오자마자 쌀을 씻고 연탄불에 얹어 밥을 하기 시작했다.
"느그들 배고프제? 늦어서 미안허네... 쬐끔만 기다리소, 금방 밥 되네!"
"응! 엄니!"
아이들은 어머니가 장사를 간다고 해 그런지만 알았지 이렇게 늦게 돌아 와 늦은 저녁밥을 먹게 될 줄을 몰라서인지 배고 고프다고들 난리였다.
"느그 아부지는 워디 갔냐?"
"응, 밤에 집 지켜야 한담서 아까 갔어요!"
"그란가, 알았네!"
쉴 틈도 없이 아이들 밥을 해 차려 주고 나자 아이들은 배가 고파 허겁지겁 밥을 맛있게 비워내고 있었다.
"엄니는? 엄니도 같이 밥 묵어, 엉?"
"잉, 나는 괜찮네! 자네들 먹는 겁만 봐도 배부르네!"
힘은 들었지만, 밥상에 앉자 아이들이 함께 하는 저녁 밥상이 동엽에게는 또 다른 행복으로 다가 오고 있었다.

막개 언니와 몇 번을 동행 하면서 장사 하는 것을 배우고 난 동엽은 막개 언니가 다른 일행들과 함께 서울이 아닌 다른 곳으로 장사를 하기 위해 떠나게 되자, 드디어 혼자 장사하는 기회를 갖게 되었다. 동

서울의 달 359

엽은 혼자서 장사를 하게 되자 언니와 함께 다닐 때와는 다른 묘한 긴장감이 온 몸에 밀려 왔지만, 언젠가는 한번 겪어야 하는 일이어서 마음을 단단히 막고 새로운 다짐을 하면서 길을 나섰다.

막개 언니는 아이들도 다 컸고 오랫동안 장사를 해 와서 전국 어디를 가드라도 수일씩 집을 비워 두고 갈 수 있지만, 동엽은 아이들이 아직 어리고 서울 집에서 아침 일찍 나갔다가 저녁에는 들어와야 하는 입장이이서 집에서 멀리 갈 수가 없었다. 그런 저런 것들을 생각하면 도봉동 집에서 갈 수 있는 곳이 의정부나 그 근처라는 것을 생각한 동엽은, 물건을 떼는 경동시장 상회에서 의정부 가는 길을 물었다. 집이 도봉동이었지만, 말만 들었지 차를 타고 의정부 방향으로는 가 본 적이 없었던 동엽은 의정부 방향의 동네들을 알 수가 없어서였다. 그러자 상회 주인은 의정부 가는 버스편을 알려 주면서 포천 쪽으로 가다 보면 '송우리'라는 곳이 있는데 그 곳이 장사하기에는 비교적 괜찮은 곳이라는 귀뜸까지 해 주는 것이었다.

그 말을 듣고 난 동엽은 의정부로 갈 수 있다는 수유리 시외버스 터미널에서, 안내하는 사람에게 물어 송우리에서 내릴 수 있는 버스를 탔다. 그리고 나서는 운전기사에게 길을 잘 모른다며 '송우리'에서 내려 달라는 부탁을 하고 자리에 앉았다. 수유리에서 탄 시외버스는 집이 있는 도봉동을 지나 의정부를 거쳐 지나갔다. 집을 코앞에 두고도 그냥 지나가야 하는 동엽의 기분은 묘한 것이 스쳐가고 있기도 하면서, 올 때는 집 근처에서 내릴 수 있을 것 같다는 생각을 하며 차 창 밖의 풍경을 한참이나 물끄러미 쳐다보기도 했다. 그러면서도 이 물건들을 팔고나면 아이들과 맛있는 저녁을 먹을 수 있을 것이라는 생각에 피곤이 싹 가시면서, 이것들을 팔아 아이들 공부도 가르치고 우선 힘든 것부터 해결해 나갈 수 있을 것이란 기대를 하면서 잠깐씩 즐기도 했다.

"아줌마! 송우리 다 왔습니다!"

한참을 달리던 차의 버스 기사가 송우리 라는 곳에서 동엽에게 안내를 해 주었다. 그렇게 해서 송우리 라는 버스 정거장에 덩그러니 버려진 듯 내린 동엽은 막상 내리긴 했지만 어디로 가야 할지 막막하기만 했다. 하지만, 어디로 가서든 물건을 팔아야 했기 때문에 우선은 눈앞에 보이는 동네를 찾아 나섰다. 막개 언니를 따라 다니면서 말도 걸어 보았고 팔아보기도 해서 자신은 있었지만, 막상 혼자 나서는 길은 그렇게 생각보다 쉽지는 않았다.

'그래! 이까짓 꺼 못헐거이 뭐 있어? 해 보는 거지!'

그런 마음을 다지며 마을 앞길에 다다르자 망설임은 어디로 가버리고 동엽의 눈은 물건을 팔 욕심으로 반짝이기 시작했다. 그러면서 벌어질 것 같지 않던 입에도 용기를 내어 소리를 쳤다.

"마른 반찬...팝니다!"

동엽은 스스로도 목소리가 자신 없고 작다는 것을 느꼈지만, 막상 한번 입을 떼고 나자 용기가 붙어 힘을 내 다시 소리를 질렀다.

"오징어포 왔어요! 김이 왔어요! 마른 반찬 왔어요!"

그러자 드디어 입이 벌어지고 아랫배에 힘이 붙어 소리가 점차 커져 갔다.

"아주머니 아주머니!"

한참 소리를 지르고 있는데 드디어 동엽을 부르는 소리가 들려 왔다. 동엽은 그렇게 부르는 소리에 힘을 얻어 그 집을 향해 달리 듯 걸어 갔다. 물건을 사지 않을 집도 있을 것이고, 팔 수 있는 집도 있을 일이지만, 동엽은 그런 것을 가리지 않고 사람들한테 잘 해야겠다는 생각을 하며 그 집으로 향했다. 물건을 안사는 집은 기억을 해 두었다가 다음에 와서 팔 생각도 하고, 한번 팔아 준 집은 단골을 만들어야겠다는 다부진 다짐을 하기도 했다.

그렇게 동엽은 혼자서 물건을 팔기 시작하면서 자신감이 붙기 시작했다. 어떤 집은 험한 말을 해대며 쫓아내듯 대하기도 하고, 어떤 집은 돈으로 물건 값을 주지 않고 곡식으로 값을 쳐 주어 그것을 옮겨 오는데 힘이 들기도 했지만, 동엽에게 그런 것은 하나도 문제가 되지 않았다. 어떤 땐 곡식이 많아 한 번에 나르질 못해 두 세 번씩이나 날라와 겨우 겨우 버스에 오르는 일도 있었고, 그러다 보면 버스 안내양으로부터 핀잔을 듣기도 했지만 ,그런 소리가 동엽에게는 아무 느낌으로 다가오질 못했다. 그저 형편 닿는 대로 벌어 아이들 가르치고 먹고 사는 것이 장땡이라는 생각만이 동엽을 감싸고 있어서 였다.

그러던 어느 날은 쫄딱 비도 맞고 장사가 되지 않아 빈털터리로 가져간 물건을 그대로 이고 오며 허탈한 날도 있었고, 또 어떤 날은 너무너무 힘이 들어 아무도 보이지 않는 동네 나무 밑에나 어둑한 곳에 앉아 실컷 울어보기도 했다. 그래도 어린 자식새끼들을 생각하면 무거운 발길을 돌려 다시 힘을 내야하는 날이 반복되었다. 그렇게 집으로 오면, 일찍 오는 날 보다는 늦게 들어오는 날이 더 많았고, 그럴 때마다 목을 빼고 기다리는 아이들을 보면서 눈물이 앞을 가려오기도 했었다.

남편 기남이 '야방' 생활을 하고 있는데도 사장이라는 큰 형은, 소위 말하는 일당도 제대로 주지 않고 일만 부려먹자, 아픈 허리 때문에 다른 일을 찾아보기도 힘든 기남은 낙담이 커져갔다. 그래서 기남이 일은 했지만 살림에는 보탬이 되질 못했고, 오로지 동엽이 장사하는 것만이 유일한 수입이 되어 살림살이는 옹색하기만 했다.

그런 와중에 큰 아버지 집에서 먹고 자며 야간학교와 직장을 다니던 큰 아들 채수가 갑자기 쓰러졌다는 소식이 들려왔다. 그 소식에 동엽은 정신없이 아들이 입원했다는 독립문 근처의 병원으로 달려갔다. 두 번이나 아이를 잃은 경험이 있던 동엽은 다 큰 아이가 또다시 어찌 될까봐 하늘이 무너지는 듯 한 슬픔이 앞을 가려 왔다. 그렇게 입원한 채수는 어머니를 알아보지 못할 정도로 혼수상태에 이르러 있었다.

"아가 아가! 정신 좀 차려보소! 애미 왔네, 아가!"

동엽은 아들 채수가 깨어나지 못할 지도 모른다는 생각에 무너지는 가슴을 어찌지 못할 지경이었지만, 그래도 아들 채수에게 희망을 걸고 밤새 간호를 하는 것만이 할 수 있는 일이어서 채수를 지키는 일에 최선을 다 하고 있었다. 병원에서는 채수의 병명을 알 수 없다며 하루 이틀 더 기다려 봤다가 정 안 되면 큰 병원으로 가야 한다는 소리만 되풀이 하고 있었다.

그렇게 입원해 이틀이나 의식이 가물가물하던 채수가 삼 일째 되던 날에서야 겨우 정신을 차리게 되었다. 병원에서는 의식이 돌아 온 것이 기적에 가까운 일이라며 운이 좋았다는 말을 덧붙였다.

그러고도 열흘을 더 입원하며 기력을 찾지 못하던 아들 채수는 심각한 영양실조로 인한 온 몸의 영양 결핍이 원인이 된 탈수 증세와 여러 증세가 복합되어 한 달여간의 입원을 거친 후에야 병원 문을 나설 수 있게 되었다. 그러자 동엽은 병원 문을 나서는 채수를 더 이상 큰 집에 둘 수 없어 곧바로 집으로 데려 왔다.

"아가! 인자부터는 집에서 같이 살자, 와! 힘들면 힘든대로...좁으면 좁은 대로 같이 살세! 나...가 애미가 돼서.. 먹지도 못하고 힘들게 사는 걸 몰라서 미안허네, 아가! 집으로 가자, 와?"

좁은 집이었지만 집으로 돌아 온 아들 채수는 안정을 되찾았는지 시간이 지나면서 완전히 회복을 하게 되었다. 그간 아들 '병 구환'을 위해 장사를 하지 못했던 동엽은 우선해진 아들을 두고 다시 장삿길에 나섰다. 그것은 생활을 해야 하는 어쩔 수 없는 일이어서 선택의 여지가 없는 일이기도 했다.

그러던 어느날 둘째 채남이 형인 채수에게 조용히 다가왔다. 어머니가 장사를 떠나고 큰 형이 아픈데다 아버지가 제대로 된 벌이를 하지 못하고 있는 것을 잘 지켜보고 있던 진남이었다.

"형! 나...돈 벌러 갈거여!"

전혀 생각지도 못했던 채남의 말에 채수는 당황하고 있었다.

"뭐? 중학교 졸업하믄, 고등학교도 가야하고, 아직 어린데..."

"그런덴 가서 뭣한데... 난 돈....많이 벌거여!"

"안돼 그건...쬐끔만 더 기다려, 엉? 내...가 몸이 더 좋아 지면 내가 벌거니까, 그래도 학교는 가야지, 안 그래?"

"인자는 중학교 졸업반이라서 학교는 안가도 졸업하는데는 지장 없데! 고등학교는 나중에 가도 되고..."

"아녀! 니가 그러면, 엄니 아부가 실망이 클거여!"

"그건 알지만... 하여튼 엄니 아부지한테는 당분간 말하지 마, 엉?"

그런 말을 주고받은 지 얼마 되지 않아서 돌아 온 초겨울 어느 날에, 둘째 채남이 집에 들어오지 않았다. 둘째가 밤이 늦도록 집에 들어오지 않자 동엽은 목을 매고 채남이 오기만을 기다렸다. 그러자 더 이상 그 모양을 지켜 볼 수 없었던 채수가 채남이 얘기를 꺼냈다.

"엄니! 너무 기다리지 않아도 되요!"
"잉? 그거이 뭔 소린고? 채남이가 아적도 안 들어 왔는디..."
"엄니, 채남이가 당분간 안 올지도 몰라요!"
"채수야! 그거이 뭔 말이여, 잉?"
"엄니 채남이가 돈 벌러 간다고...며칠 전에 그랬어요!"
"뭐? 돈?"
"예! 돈 많이 벌어 온다고...그랬어요!"
"뭐시여? 누가 돈 벌어 오라고 했다냐!"

채수는 채남이가 했던 이야기를 어머니에게 해 주었다. 그러자 동엽은 자식 공부하나 제대로 시키지 못하는 자신을 원망하듯 하며 또다시 잠 못 이루는 밤을 보내야 했다.

집을 나간 지 한참이 지난 후에, 채남은 먹고 자면서 기술을 배울 수 있다는 친구의 소개를 따라 불광동에 있는 버스회사의 정비공장에서 일을 하게 되었다는 연락을 해 와, 형인 채수가 동생이 일한다는 공장을 찾아가보게 되었다. 동생과 함께 동생이 일한다는 곳을 찾은 채수는 큰 충격을 받고 말았다. 진남의 온 몸은 기름으로 쩔어 있는 듯 했고, 잠자는 곳은 사람 사는 곳 이라기보다는 마치 돼지우리 같은 곳이어서 그 모습을 본 채수의 얼굴에는 동생 진남을 본 기쁨도 싹 가셔 버리고 말았다.

그런 일이 있은 지 얼마 지나지 않아 셋째도 친구네 집에서 먹고 자고 하면서 공부할 수 있게 해 준다고 했다며 집을 나가고 말았다. 하지만, 셋째가 간 친구네 집은 자그마한 사업을 하는 집이라서 친구하고 한 방에서 먹고 자며 학교를 다닐 수 있는 여건이 되어 훨씬 걱정은 덜 하게 되었다.

그런 형들의 움직임을 보아서인지 중학교에 들어가서 농구에 취미를 가진 넷째 채건도 성수동의 철공장에서 기술도 배우고 돈도 벌겠다며 다니기 시작했다. 동엽은 그런 아이들을 보면서 어린 것들이 공부는 하지 못하고 돈을 벌러 나간다는 것이 마음 아팠지만, 가난한 현실 앞에 어쩔 수 없는 마음을 추슬러야만 했다. 그러면서 아직 어린 막내 딸 아이는 끝까지 데리고 있으면서 잘 키워야겠다는 생각을 하기도 했다.

기남이 야방을 보는 현장에서 난리가 났다. 얼굴도 알지 못하는 험악한 사람들이 나타나 기남의 형을 찾고 잇었다.

"야! 사장 새끼 어딨어, 엉?"

"모르것는디라!"

"몰라? 이 새끼들이 짜고 지랄들이네, 엉? 야! 니놈이 사장 동생이라면서? 엉?"

집 짓는 현장 한 구석에서 야방을 보고 있는 기남을 찾은 사람들은 다짜고짜 기남에게 욕설을 퍼붓고는 먹살을 쥐어 잡았다. 그런 상황에서 기남은 무슨 일인지도 모르고 일방적으로 당해야만 했다.

"그거시 뭔 소리요? 이거 놓고 말허쇼!"

"뭐야? 이 새끼...야 내 돈...내 돈 내놓으라니까, 엉?"

"돈이요?"

그 사람들은 사장인 형이, 집을 짓다말고 도망을 갔다고 난리를 쳤다. 그런 형이 자재대금에다 인건비다 해서 차일피일 미루다가는 어디로 사라져버렸다고 현장을 찾아와 동생인 기남에게 돈을 내 놓으라고 협박을 하는 것이었다. 하지만, 기남도 돈 한 푼 못 받고 있는 마당에 그 사람들은 기남이 동생이라는 이유로 기남을 몰아붙이고 있는 것이었다. 그렇게 되고 나서야 형의 행동이 이상했던 것을 눈치 챌 때는 이미 늦은 것이 되고 말았다.

그런 생각을 하면서 겨우겨우 현장을 빠져 나온 기남은 형의 집으로 가 보았다. 그러나 형님의 집에는 형수와 딸까지 모두 어디론가 사라져 버리고 집만 덩그러니 비어 있었다.

'오토바이 가게 할 때 가져간 돈하고...

야방하면서 못받은 인건비하고...

더도 필요 없으니까 그것만이라도 받을 수 있으면...

아이들이랑 먹고 살 수 있을 거 같으니깐 그렇게만 해 주쇼, 잉?'

그렇게 형에게 아쉬운 소리를 하며 빌어 보았지만, 콧방위도 뀌지 않았던 형이었다. 그런 형에게 기남은 또 한 번 속고 나서야 허탈한 마음을 어찌할 수 없게 되고 말았다.

남겨진 삶

힘이 들긴 했지만, 동엽은 아이들이 열심히 사는 것 이상으로 몸이 가루가 되도록 장사에 매달렸다. 하루하루 나가면 용돈은 만들 수 있었고, 그것으로 인해 생활을 이어갈 수 있었기 때문이었다. 그런 어려운 가운데서도 집에서 먹고 자면서 일을 다니던 넷째와 막내딸 아이는 건강하게 자라주었고, 집에서 나가 생활하는 아이들은 그 아이들대로, 가끔 집에 들러 얼굴도 보고 하룻밤을 자고 가기도 하면서 서로 힘든 생활을 하긴 했지만, 그래도 조금씩 집안 형편이 풀려 나갈 수 있게 되어 가고 있었다.

그러자 동엽은 판자촌을 떠나야겠다는 생각으로 살고 있던 집을 다른 사람에게 넘기고는 조금 떨어진 곳에 방 두개가 달린 집으로 이사를 하게 되었다. 그것은 판잣집도 집이라고 그간 모은 돈으로 살고 있던 판자촌 집에 권리금이 붙어 그 돈에다가 그동안 푼푼이 모아 둔 돈을 보태, 큰방 두 개에다가 번듯한 주방도 하나 붙어있는 주택 집으로 전세를 올 수 있었던 것이었다. 그렇게 해서 시골에서 이사를 오게 된 이후 어렵게 살았던 빈민촌을 탈출할 수 있게 되어 가고 있었다.

그렇게 살아 온 중간 중간에 여러 곳을 옮겨 다니며 여러 차례 이사를 거듭하기도 했지만, 그런 가운데서도 큰 아들 채수가 결혼을 하겠다고 이쁜 아가씨를 데리고 나타났다. 동엽은 채수가 데리고 온 아가씨가 너무 참하고 예뻤지만, 집하나 없는 어려운 여건에다 결혼을 해오면 고생할 생각을 하면 걱정이었다. 하지만, 그렇게 인연이 되어 한 집안 장손의 며느리가 되어 준 그 아가씨 덕분에 집 안은 힘이 피고 점점 번성해 갈 수 있는 기회가 되어 갔다.

그런 며느리가 집에 들어오고 나서, 가난하기는 했지만 지금까지 경험해 보지 못한 새로운 가족을 맞이한 기쁨이 동엽과 가족들에게 밀려오고 있었다. 남들처럼 버젓하게 결혼을 시킬만한 경제적 능력은 없었지만, 아들과 며느리는 온 식구들과 함께 남의 집 전세살이를 하면서도 웃음을 잃지 않고 열심히 살아 주었다.

덕분에 식구들은 재산이 많거나 넉넉한 형편이 되지 못하고 바람 잘 날 없는 집이었지만, 큰 아들과 며느리는 집안을 일으키고 형제간들을 시집 장가까지 보내야 하는 크고 무거운 짐을 잘 이겨내 주었다. 그렇게 형제간들이 어느 정도 자리를 잡고 먹고 살게 될 무렵 그제야 안정된 노후 생활을 하게 된 동엽이었다.

자식들이 모두 결혼도 하고 손주들이 생기자, 기남과 동엽은 이제 손주들이 커가는 재미를 알아 가면서 노년을 살아가고 있었다. 동엽에게는 이제 더 이상의 바람이 없을 정도로 욕심도 여한도 없는 날들이 다가 왔다. 주변의 사람들은 그런 동엽의 자식들이 잘 살아 가는 것을 보고 부러워하기도 했다.

"참, 부럽소! 어쩌면 그렇게 자식 며느리들이 반듯하고요! 자식들 참...잘 키웠소!"

그런 부러운 소리를 듣는 것이 인사가 될 정도였다. 그럴 때마다 동엽은 가슴이 뿌듯해 져 왔고 동엽 자신은 배운 것도 가진 것도 없었지만, 아이들이 이렇게 잘 자라 준 것이 늘 감사하고 고마울 뿐이었다.

그렇게 해서 넉넉하진 않았지만, 살아가는데 어려움은 없는 날이 찾아왔다. 그러던 어느 날, 글을 배우지 못한 '까막눈'인 자신이었지만, 기회가 되면 글을 배워 봐야겠다는 생각을 하던 동엽은 용기를 내어 큰 며느리에게 부탁을 해 보았다.

"아가! 나...글 좀 가르쳐 주라!"

그러자 시어머니가 까막눈이라는 것을 잘 알고 있는 큰 며느리는 두말 않고 용기를 주었다.

"어무니! 걱정말고 배우셔요! 챙피하다고 생각도 마시고요, 아셨죠? 그 시절에는 다들 그랬으니까, 어때요? 배우면 되죠 뭐!"

그렇게 해서 늦게 배운 글이지만, 쉬운 한글을 배워 가면서 버스를 타고 먼 거리를 왔다 갔다 할 때면 글 배우는 어린 아이들이처럼 지나는 길의 간판도 읽어보고, 이것저것 읽어보면서 글을 읽히는 즐거움을 간직해 나가기도 했다.

그런 세월의 즐거움도 잠시, 시름시름 앓던 남편인 기남에게 '암'이란 판정이 내려졌다. 그것도 회복이 불가능한 단계까지 진행된 말기 '췌

장암' 판정이 났다. 동엽은 그간 살아오면서 힘이 들긴 했지만, 그래도 늘 곁에서 힘이 되어주었던 영감이었는데, 그런 영감의 말기 암 진단은 동엽에게 청천벽력이 아닐 수 없게 되었다.

"어무니! 너무 걱정 마서요! 우리가 할 수 있는데 까진 최선을 다해 볼테니까요!"

"오냐! 고맙다. 느그들헌테 미안허고..."

암 치료를 위해 병원에 입원을 하게 된 기남은 얼마 지나지 않아 치료는 엄두도 낼 수 없는 최악의 상태가 되고 말았다. 그리고 얼마 지나지 않아 영감 기남은 돌아오지 못 할 길을 떠나고 말았다. 그런데 이상하게도 남편 기남이 사망하던 그 무렵 동엽에게도 심각한 질병과 치매가 한꺼번에 몰려와 거동할 수 없고 기억할 수 없는 상황이 만들어져 결국에는 남편 기남의 장례조차도 알 수 없는 상황이 되고 말았다.

큰 아들과 큰 며느리를 중심으로 영감의 장례는 동엽이 흡족할 만큼 성대하게 치러졌다. 영감이 잠든 곳은 젊은 시절 동엽과 함께 개간했던 밭 위에 있는 '소문중(小門中)'의 선산이 있는 곳이었는데, 동엽의 상황이 그 정도가 되자 그곳에 기남의 시신을 묻으면서 동엽의 가묘까지도 함께 만들게 되었다.

그렇게 영감 기남의 장례가 치러지고 얼마 지나지 않아, 동엽도 회복이 불가능할 정도로 병세와 함께 치매가 심해져 갔다. 그래서 어쩔 수 없이 치매를 전문으로 간병하는 요양원에 보내질 수밖에 없게 되고 말았다. 큰 며느리가 집에서 수발을 해 왔지만, 도저히 그 이상 할 수 없는 단계로 진전해 갔기 때문이었다. 그런 중에도 가끔은 정신이 돌아

와 얼굴을 잠깐잠깐 알아보는 일도 있었지만, 대부분의 시간은 '치매'라는 질병 속에 갇혀 세상을 잊고 생명을 이어 가고 있었다.

그토록 아끼고 사랑했던 큰 아들 큰 며느리와 자식들 손주들을 봐도 누군지 알아보지도 못했고 들릴까 말까한 목소리로 엉뚱한 말을 이어 가기도 했다.
"누구요?"
"할머니 나야 나..."
딸 귀한 집에 하나 밖에 없는 손녀딸이 할머니를 문병 와 옆에 앉아 재롱을 떨어도 알아보지 못했다. 그것도 들릴 듯 말 듯 한 목소리로 반복하는 소리가 주변을 안타깝게 하곤 했다.
"누구요?"
그렇게 동엽은 남편을 보낸 지 아홉 달여 만에 이 세상의 기억을 내려놓고 말았다.

그러고,
동엽은 영감 기남이 세상을 떠난 것도 모른 채, 영감의 옆 자리에 주인 없이 만들어 두었던 '가묘(假墓)'의 주인이 되어, 자리를 차지하고 눕고 말았다. '한(恨)' 많았던 목골 밭 위...그 언저리에...

-끝-

발간 후기

> 「어머니」라는 글을 마무리하면서, 지나간 날들을 기억할 수 있는 몇 마디 글을 남기는 것으로 추억의 저편에 '어머니'를 남겨 두고자 합니다.

가장 예쁜 어머니를 추억하며

큰 며느리 박옥순

"나는 마지막 가는 모습이 제일 예쁘드라"
"그래? 그랬어?"
"응! 평생 고생만 하시다가 가셨지만, 마지막 가시는 모습이... 예쁘게 화장하고... 평안하고 온화하게 가신 모습이 항상 머릿속에 남아 있어!"

2019년 8월의 마지막 날, 아직 더위가 남아있기는 했지만 한 여름 더위가 어느 정도 잦아들던, 시골 산소에 벌초하러 가는 차 안에서 시누인 여동생과 올케인 큰 며느리가 나누는 얘기였다.

"물론, 다른 얘기들도 많지... 모시고 살다 보니까 별일 다 있지 않앉겠어? 그런 거 다 잊고 가시는 마지막 그 모습이 정말 예뻤어"

부모를 모시고 산다는 것이, 그 시대건 지금 시대건 간에 쉬운 일은 아닐 것인데도 불구하고, 큰 며느리로서 당연한 것으로 받아들이고 모셔 온 큰 형수님이셨다. 그러다 보니 가족 중의 그 누구보다도 부모님에 대한 사랑과 희로애락이 크셨을 형수님의 기억에서, 뭐니 뭐니 해도 가장 기억에 남는 순간을 꼽으라면 마지막 가시는 길에 예쁘게 화장을 하신 그 모습이라고 하신다. 그러면서 이 세상 모든 시름을 잊은 듯 평안하고 아름다웠던 그 모습이 가장 아름다웠다는 그 말씀에, 어머님을 다시 생각하는 시간이 되어 참으로 행복한 벌초 여행길이 되고 있었다.

마지막 손길

큰 며느리 박옥순의 추억

"그 때가... 어머니가 마지막일 정도로 온 몸을 움직일 수도 없고, 기억조차도 모두 잃어버린 때였다고 생각되는데...요."

이 집안의 장손이라며 끔찍이도 '석'이를 아끼셨던 어머니가 사람을 알아 볼 수 없던 거의 마지막일 무렵이었을 거라며, 큰 형수님이 어머니에 대한 추억의 모습을 살려 내었다. 그 때 석이가 작은 차를 한 대 사고 나서 병문안을 올 때였는데, 움직이지도 못하고 알아보지도 못하던 어머니가...글쎄

"어머니! '석이가 차를 샀으니까, 언능 나아서 석이 차타고 구경하러 가요, 예?"

하면서 내가 어머니 손을 잡자,

"알아듣지도 못하고 움직이지도 못한다고 생각했던 어머니가 '내 손'을 꽉 잡으시는 거였어...요. 아마 내가 했던 그 말을 알아들으신 거 같았어요. 말도 못하시고 움직이시지도 못하셨지만... 석이가 와서 그런 말을 한 것...을 귀로는 듣고 있었다는 징표일 것이었어요! 그 손을 잡던 순간의 아주 미세한 느낌의 어머니 손길이 지금도 생생하게 남아 있어요! 사람이 마지막까지...도 생명이 남아 있는 그 순간... 들을 수 있다는 말이 생각나드라니까요!"

어머니의 마지막 손길을 기억하시는 형수님의 목소리가 '마지막 잎새'가 되어 추억의 깊은 곳에 남아 있었다.

속닥속닥

딸 장승연

가장 예뻤던 어머니를 기리며 벌초를 가는 같은 날, 같은 차 안에서 여동생 승연도 어머니에 대한 추억을 말하고 있었다.

"언니! 근데, 나도 엄마한테 대한 기억이 있어! 내가 아주 어렸을 때 같은데 언젠지는 모르겠고, 내가 철없을 어린애 때였으니까... 자고 깨면 엄마랑 아빠랑 속닥속닥 하고 계시는 거야!"

"속닥속닥?"

"응? 그니까 엄마 아빠 사이에서 자고 있었는데... 중간에 깨서 보면 두 분이 속닥속닥 거리고 계시고 나는 저쪽에 가 있고 그랬어..."

"그래?"

"엉! 그 때는 어릴 때니까 그냥 그런갑다...했는데, 지금 생각하니까 내가 철이 없어서 몰랐던 것 같애!"

"그렇지 그거야... 아직 어린애였으니까!"

"그니까 그 시절에는 몰랐지만 다 커서 생각해 보니깐 애들은 많지...두 분이 그렇게 사랑을 하고... 두런두런 얘기도 했던거 같애!"

"그랬지...그 시절이 참..."

"그니까 그 때 그 '속닥속닥' 하던 내용들은 기억이 안 나지만 '속닥속닥'하던 것은 기억나!"

아주 짧은 시간 나눈 이야기였지만, 그 짧은 말 속에 어머니에 대한 그리움이 추억되어 묻어 나고 있었다.

통 니만 알아라

며느리 강진이

"형님 형님, 나도 할 말 있소!"

"그래, 동서도 말해 봐"

산소에 가면서 함께 탄 차 안에서 흉이라면 흉이고, 추억이라면 추억인 이야기들이 이어 졌다.

"긍께, 우리 엄니가 말여요. 무슨 말을 헐 때마다 머시기냐... '통...니만 알아라' 허신단 말여요?"

"엉, 맞어 맞어 그랬어!"

"근디 그거이, 지나고 보믄... '통 니만 알아라'고 한 말이 나만이 아니고 온식구들이 다... 알고 있는 말이드란 말이요! 마치, 비밀처럼 얘기하신 그것이요! 결혼 허고 나서 처음에는, 나도 잘 모르고 그래서... 엄니가 나 헌티만 그란지 알았는디요. 지나고 보니께 이며느리 저며느리... 어머니가 얘기하고 싶은 것이 있으면, 그렇게 말한 것이 생각나요!"

"그래 나한테도 늘 그랬어! 나중에는 '통 니만 알어라'하는 말이 유리집안 유행어가 안됐냐?"

"형님, 맞어요. 참... 그니까 그것이 머시기냐 우리 엄니 표현 방식이었던 것이 아닌가 싶어요!"

"응. 나도 그렇게 생각해, 맞어 그랬을 것이여!"

"그럼 우리도 오늘 얘기 한거...다들 '통...니만 알어라'하고 추억으로 합시다."

"그러자 그래!"

"근디, 이말 허는 순간에 벌써 다들 들어 부렀는디라!"

"하하하...그러게 말여!"

그렇게 며느리들과 딸의 산소 나들이에 함께 한 어머니의 추억이 길을 이끈다.

누구요?

손녀 딸 장솔

"할머니 나 왔어 나...솔이!"
할머니의 치매와 병환이 중해서 노인 요양병원에 입원해 있었고,

그 때 내가 미국에서 온 후 처음으로 할머니를 뵈러 요양병원에 간 날이었다. 할머니는 거동을 전혀 하지 못하셨고 사람도 알아보시는지 몰라보시는지, 도저히 가늠할 수 없는 병환으로 마지막이랄 수 있는 투병 생활을 하고 계셨다. 예전에 건강하실 때는 딸 하나 밖에 없다며, 나를 손주들 중에서 최고로 알고 대해 주셨던 할머니셨다. 그런 할머니가 나를 알아보지도 못하고 누워 계시는 것이 안타깝고 마음이 아팠지만, 어쩔 수 없는 일이었다.

"할머니! 나 좀 봐봐, 응?"

할머니 볼에 입을 맞추면서 얼굴을 쓰다듬어 보았지만, 할머니의 눈동자는 나를 알아보는 듯도 하고 몰라보는 듯도 했다. 한참을 그렇게 만져 주고 있는데, 거의 들릴 듯 말 듯한 아주 작은 소리로 내 귀에 들려오는 소리가 있었다.

"누구요...?"

할머니는 아주 작게 남아 있는 인지력의 한계 속에서 누군지는 몰라도 자신을 쓰다듬고 뽀뽀를 해 주는 손녀에게 마지막 기운을 내 그렇게 말한 듯 했다.

"할머니! 나야 나...솔이야 솔...알아 볼 수 있어?"

-끝-

추명성의 작은 창작실 [도봉]에서
장덕수·박옥순/장덕진·손명숙/장덕제/장덕준·강진이/장승연·이철수

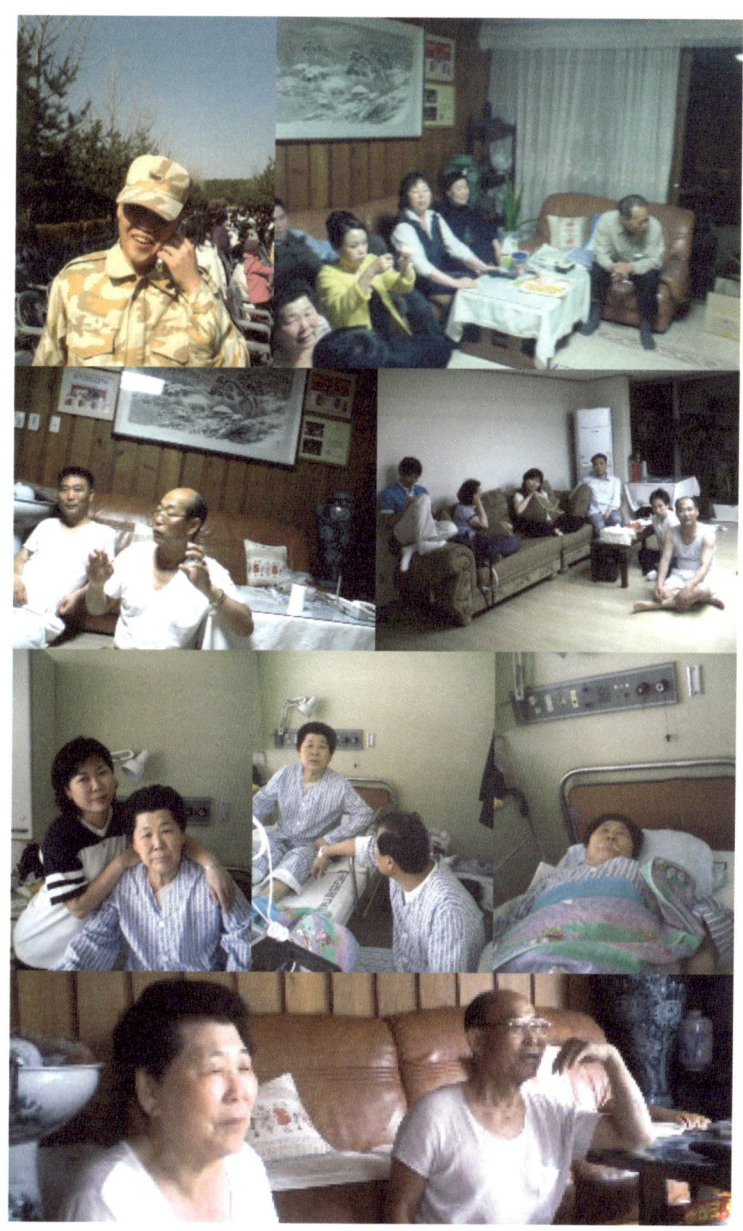

발간후기 391